Wenn du Menschen fischen willst, musst du dein Herz an die Angel stecken

(Gottfried Keller, Schweizer Schriftsteller)

Für Hanni

Prolog

Er blickte hoch auf die kahle Einsamkeit der zerstörten Gedächtniskirche, dem *hohlen Zahn*. Er zündete sich eine Zigarette an, blies den Rauch nachdenklich in die Luft und schaute den Vögelchen zu, die zwitschernd von Ast zu Ast flogen. Sie ahnten nichts von Krieg, Schmerz und Zerstörung. Die Stadt war wieder so, wie er sie in Erinnerung hatte: schnodderig, unperfekt und genial.

Die letzten Kriegsjahre hatte er in Schützengräben und Gefangenenlagern erlebt. Er war damals ein schnieker junger Mann.

Der reife, entschlossene Zug um seinen Mund verriet die Erfahrungen der Jahre. Er sah aus wie ein glamouröser Filmstar.

Er hielt die Zigarette zwischen Daumen und Zeigefinger, rauchte sie auf, bis ihm die Fingerspitzen brannten, warf sie aufs Pflaster und drückte sie mit der Fußspitze aus.

Er zog weiter bis zu seinem Stammcafé. Das *Café Kranzler* war nach der totalen Zerstörung wie Phoenix aus der Asche wiedergeboren.

***

Er trat ein. In der Auslage fanden sich meisterliche Marzipanskulpturen auf verschiedene Körbchen verteilt. Darüber thronte eine dreistöckige Torte. Einfach perfekt.

Rechts die Glasvitrine mit dem Kuchenangebot. „Guten Tag", sagte die ältere Verkäuferin. „Guten Tag." Er sah kurz auf die Kuchen. Die jüngere lächelte ihn an. „Darf's ein Stückchen sein, der Herr?" Er brauchte nicht zu überlegen. „Ein Stück

Tusnelda bitte!"

„Gerne, es wird an den Tisch gebracht." Durch zwei riesige
Schwingtüren ging es zu den Tischen.

Ziemlich was los heute. Er entdeckte einen freien Tisch.
Eroberte ihn kampflos. Ließ sich auf dem gepolsterten Stuhl
nieder.

Die Serviererin in schwarzem, eng anliegendem Kleid und
einer winzigen weißen Schürze balancierte das
Sahneschnittchen traditionell auf einem Silbertablett vor sich
her. Darf ich ihnen noch etwas bringen?"

„Einen Kaffe bitte, mit Zucker und Milch!"

Den Genuss des Sahnestücks zelebrierte er nach immer dem
gleichen Muster. Er stach mit der silbernen Kuchengabel
mehrere Male behutsam in den zarten Blätterteigdeckel mit
rosafarbenem Zuckerguss.

So wurde Stückchen für Stückchen gelöst, und das
Sahneschnittchen ließ sich problemlos genießen.

Eine alte Dame kam angewackelt. Ihre bläulich schimmernden
Haare unter einer durchsichtigen Plastikhaube, mit Bändchen
zugebunden, verstaut. Gott sei Dank wurde der Nebentisch
frei und die alte Dame fand dort Platz.

Das Geschöpf, welches gleich dahinter durch die Flügeltüre
stöckelte, war allerdings nicht zu verachten. Ein Blümchenkleid
umschmeichelte die schlanke Figur. Auf dem Kopf saß keck
ein kleines Hütchen, unter dem goldblonde Locken
hervorlugten.

Er legte seinen Mantel von einem Stuhl auf den anderen, um
auf den freien Platz aufmerksam zu machen, aber die Schöne
gesellte sich zur
Plastikhauben-Oma.

Sie hatte etwas Feines an sich. Die Lippen sorgfältig
nachgezogen, die Augenbrauen zu schmalen Bögen gezupft.

Die alte Dame fragt die Kellnerin, was ein Stück Schokoladensahne kostet und ließ sich ein dreistöckiges Stück Sahnetorte und eine Schokolade mit Sahne bringen. *Nur die Sahne war Zeuge.*
Gleichzeitig serviert die Kellnerin der hübschen Person, man sehe und staune, ein Stück Tusnelda.
Er konnte die Augen kaum vom Nachbartisch abwenden, und sie sah ihn aus dunkelbraunen Augen eine Sekunde lang an, senkte dann den Blick auf das Kuchenstück und griff zur Kuchengabel.
Im Gegensatz zu seiner Vorgehensweise wurde der Blätterteigdeckel mit spitzen Fingern abgehoben, die Kuchengabel mit Behagen in dem weiß-roten Gebäck versenkt bis zu den Kirschen, die sie genüsslich einzeln in den Mund schob.
Bei Verlassen des Cafés nickte er den beiden Damen freundlich zu. Schade, dass er keinen Hut trug. Einen solchen zu ziehen, hätte den Auftritt komplettiert. Die alte Dame zeigte keine Regung. Seine angebetete Schöne hob kurz den Kopf.

***

Heute konnte man schon unter der Markise draußen sitzen. Er fand einen freien Tisch neben vier Damen mittleren Alters, die sich lautstark über ihre Ehen ausließen. Er hatte sich kaum gesetzt, als er Ausschau nach einem kecken, kleinen Hütchen hielt.
Er strich sich durchs Haar und über den Nasenrücken. Ein Zeichen, dass er aufgeregt war. Um sich etwas abzulenken, nahm er sich die *Berliner Morgenpost.*
Ein Schatten fiel auf das Papier.
„Entschuldigung ist dieser Platz noch frei?"
Er sah auf hochhackige rote Schuhe und hob den Blick.

„Ist dieser Platz noch frei?", fragte sie erneut.

Unter keckem Hütchen blickte SIE ihn freundlich an.

Er wünschte sich einen intelligenteren Gesichtsausdruck, aber so verblüfft er war, ging das nicht. Er warf die Zeitung beiseite.

„Aber sicher!", stammelte er und stand verbal stramm.

„Bitte schön!", rückte er ihr den Stuhl zurecht.

Die Serviererin zauberte ihren Bestellblock unter dem winzigen Spitzenschürzchen hervor.

„Ein Stück Tusnelda und eine Tasse Kaffee mit Zucker und Milch"

„Für mich das Gleiche", sagte sie.

Schweigend stocherten beide in ihrem Sahneteil. Sie rührte unablässig mit dem kleinen Silberlöffel in ihrem Kaffee. Sein Kratzen erfüllte die Minuten der Stille.

„Sie sind oft hier?" Fragende Feststellung ihrerseits.

„Ja, fast täglich. Ins Café gehen Leute, die allein sein wollen, aber dazu Gesellschaft brauchen." Wo hatte er diesen Spruch aufgeschnappt?

Er hörte seinen Puls hämmern, aber sein Gehirn war leer.

„Wenn ein Mann wie Sie Gesellschaft sucht, doch mehr in einer Bar als in einem plüschigen Café", bemerkte sie über ihre Tasse hinwegsehend.

„In einem Café finden sich die besten Frauen. Bei Kaffee und Kuchen, nicht bei gepanschten Cocktails. Das beste Beispiel sitzt mir gegenüber." Forsch wagte er einen Schritt nach vorn.

„Sie sind etwas Besonderes, das habe ich sofort gesehen."

„Etwas Besonderes?" Grübelnd versuchte sie, die Antwort im Kaffeesatz zu finden.

Er nickte und nahm den letzten Schluck Kaffee gegen seine staubtrockene Kehle.

„Meinten Sie, besonders im Sinne von lustig, intelligent,

anziehend, oder dachten Sie besonders eigenartig?

Meine Nachbarin sagt gern: „Mein Sohn ist körperlich behindert, nicht etwa geistig. Er löst sogar Kreuzworträtsel. Er ist etwas Besonderes!"

„Da stellt sich doch die Frage, wie angesichts der Sprachlosigkeit des Sohnes jemals eine geistige Gesundheit festgestellt werden sollte.

Mit einem ordentlichen Dachschaden würde er seine schwierige Situation besser meistern. So dachte ich schon oft, aber ich sage das natürlich nicht. Das sind böse Gedankengänge, die muss man verbannen."

„Sie sind die bemerkenswerteste, ungewöhnlichste Frau, der ich je begegnet bin. Sie sind etwas Besonderes, und zwar für mich, Sie halten mich hier fest, sonst wäre ich schon lange fortgegangen."

„Es ist ein gutes Gefühl, für jemanden etwas Besonderes zu sein. Aber Sie haben mich zu etwas Besonderem gemacht. Danke dafür!"

Die Kellnerin trat an den Tisch. „Wir wechseln die Schicht, darf ich kassieren?" Das kleine Schürzchen schwebte fast waagrecht über der dicken schwarzen Geldtasche, die nun hervorgeholt wurde.

„Bitte lassen Sie mich das übernehmen!" Er wedelte bereits mit einem Geldschein.

Sie standen gleichzeitig auf und ihre Hände fanden einander. Ihre Hand war weich wie Gänsedaunen. In ihren dunklen Augen glitzerten goldene Sprenkel.

„Ich glaube", sagte er, und zog sie an sich, bevor er selbst sich davon abhalten konnte, „wir können froh sein, dass wir uns begegnet sind."

In den letzten beiden Wochen, in denen er fast platzte vor

Glück, trafen sie sich fast jeden Tag zum Cafébesuch. Für ihn war das Kranzler mit Kuchen und Kaffee jedes Mal der Höhepunkt des Tages.

Wenn die Servivererin an den Tisch kam, lautete die Bestellung: „das Übliche".

Manchmal sprach sie mit Feuereifer auf ihn ein, und er merkte nicht, dass er ihre Hand hielt.

Und dann geschah alles sehr schnell. Sie gingen zu ihm nach Hause. Sie küssten sich, zuerst nur oberflächlich, dann heftiger, immer wieder, bis beide kaum noch Luft bekamen. Dann betasteten sie sich, streichelten und liebkosten sich am ganzen Körper. Es deutete alles darauf hin, dass sie in Sachen Liebe ein Schattendasein geführt hatte.

***

Nach der Hochzeit, die im kleinen Kreis stattfand, zogen sie in das Haus nach Spandau, in dem er seit dem Tod seiner Eltern lebte.

Im letzten Sommer brachte sie ein entzückendes kleines Mädchen zur Welt, welches auf den ulkigen Namen Tusnelda hörte.

Zunächst hatte die junge Mutter diesen Namensvorschlag abgetan, hatte gelacht und sogar ein wenig Entrüstung geheuchelt. Aber dann fand sie die Idee ziemlich vielversprechend.

Freunde und Bekannte gerieten in Euphorie über die Kleine: „Eure Niedlichkeit, Prinzessin Tusnelda. Nach der Cheruskerfürstin?"

„Nein, nach einem Sahneschnittchen mit rosa Zuckerguss-Blätterteigdecke."

Kapitel 1

Veronika der Lenz ist da, die Mädchen singen Tralala ...! Tusneldas Unterbewusstsein hatte diesen Ohrwurm auf „Play" geschaltet. Der beschwingte Lenz lockte aber auch Amsel, Drossel, Fink und Elster hervor. Leider sangen sie nicht Tralala, sondern tschilpten, krähten und tirilierten in einem disharmonischen Konzert gegen ihren ersehnten Schlummer an.

Tusneldas Stimmung befand sich bereits seit Morgengrauen unter dem Gefrierpunkt. Dieses verdammte Gekrächze war nicht auszuhalten. Die Straßenpieper scheuchten sie aus dem Bett. Miserabler Laune schleppte sie sich ins Bad.

Sie starrte in den Spiegel und stieß einen tiefen Seufzer aus. Ich hatte mich jünger in Erinnerung! Erschrocken, aber unfähig, sich abzuwenden, als wäre sie unvermittelt an einen Unfallort geraten. Wann bin ich so hässlich geworden?, fragte sie sich, während sie die Falten um Augen und Mund hypnotisiert fixierte.

Blinzelnd suchte sie nach der jungen Frau, die sie einmal gewesen war. Die Erinnerung sagte, dass sie früher als schön bezeichnet wurde. Wann hatten eigentlich die Lebenskoordinaten begonnen, sich Schritt für Schritt zu verschieben? Außer bei Schottenröcken und altdeutschen Gardinen waren Falten unerwünscht. Knautschspuren in Oberhemden waren ebenso unmöglich wie in Autos.

Falten stören – besonders im Gesicht.

Abgesehen von der Schlaffurche, mit der Tiefe eines Reifenprofils, milderten Anti-Age-Cremes Knitter im Gesicht, bügelten sogar alles glatt wie einen Kinderpopo, schenkte man der Werbung Glauben. Wenn ich mir schon sonst nichts gönne. Kein Auto, keine Kreuzfahrt, keine neue Küche, dann wenigstens ein paar Cremetöpfchen der Luxusklasse.

Ein Griff in die Wohlstandsrolle, die ihre Taille wie ein Rettungsring umgab, schaufelte noch zusätzlichen Frust auf den Katzenjammerhaufen.

Nelly stöhnte wieder. Dieses Hüftgold hatte sich dort niedergelassen, ohne um Erlaubnis zu fragen, und rückte nicht einen Millimeter von der Stelle. Diät war erfolglos, vor allem dann, wenn man es da dabei beließ, sich in der Regenbogenpresse darüber schlauzumachen.

Samstags pulsierte in Nellys Adern die Kleinkriminalität. Der Kick, die Zeitung ihrer dusseligen Mischpoke zu stibitzen, war pures Adrenalin. Carmen, ihre Schwiegertochter, machte das noch wahnsinniger als sie ohnehin schon war. Nachmittags wanderte das Diebesgut zurück in Briefkasten. Die Zeitung war also nur *ausgeliehen*. Alles Schwarze blieb ja ebenfalls drin. Zähne putzen – immerhin die eigenen –, ein paar Spritzer kaltes Wasser ins Gesicht, und Start Richtung Treppenhaus. Sachte öffnete sie die Wohnungstür. Mit verhaltenem Atem schlich sie die Treppe Stufe für Stufe runter. Knarzende Dielen kannte sie im Schlaf und tänzelte auf Zehenspitzen an diesen vorbei.

„Hi, Tussi, alles fit, wieso schleichst du so früh durchs Haus? Bist du wieder auf Diebestour?" Nelly fuhr der Schreck in alle Glieder. Auf frischer Tat ertappt? Hatte sich jemand auf die Lauer gelegt?

Viola, der Ableger ihrer Schwiegertochter, klemmte im Türrahmen der Erdgeschosswohnung.

Auf der anderen Seite mit den Füßen abgestützt, hing sie zusammengesunken wie ein Sack Muscheln.

Aus ihrem übergroßen, ausgeschnittenen Hemd lugte seitlich ihre Brust hervor. Für ihre sechzehn Jahre hatte sie zwar limitiertes Gehirnschmalz, aber passables Holz vor der Hütte. „An Tussi kannst du dich ergötzen, stimmt's? Aber wenn du mich noch ein einziges Mal so nennst, passiert was!" Augen rollend fragte das Monster: „Und …, was passiert denn dann? Ich weiß, du heißt Tusnelda, ohne H, nach einem Sahneschnittchen benannt. Und mit rosa Zuckerguss", fügte sie süffisant hinzu.

Nelly unterdrückte den brennenden Wunsch, das kleine Biest zu vermöbeln. „Nenne mich Nelly", fauchte sie. Der eine Geist der Dunkelheit saß vor ihr, der andere, die Schwiegertochter, lag sicher noch in den Federn. Die Missbilligung der ersten Stunde war bis heute raumfüllend.

„Und was machst du hier vor der Tür in aller Herrgottsfrühe?"

„Ich wollte dir mein neues Handy zeigen. Lach' mal!" Sie hebt die technische Neuerung in Nasenhöhe, und schon hat sie ein Foto geschossen. „Na, was sagst du?" „Dein Handy interessiert mich null. Null Komma null."

Die pubertierende Göre entfaltete sich zu voller Größe, und beim Hineingehen murmelte sie „die Alte hat wohl den Knall nicht gehört."

Das Blut rauschte in Nellys Ohren. Es brodelte im Inneren wie in einem Dampfkessel, der jeden Augenblick zu explodieren drohte.„Ich schmeiße die alle raus! Alle drei!", fluchte sie zischend vor sich hin. Unverdrossen hielt sie aber das Ziel im Blick und nestelte die Zeitung aus dem Nachbarkasten. Den

Möbelprospekt stopfte sie zurück in den Kasten. Den sollte Carmen sich mal ansehen. Ihre Kiefernmöbel hatten mehr Astlöcher als Holz! Tusnelda drückte ein Ohr an die Tür der Erdgeschosswohnung, aber selbst bei angestrengtem Lauschen war kein Geräusch zu vernehmen. Also schlief die nichtsnutzige Sippschaft noch.

Als Heiko seinerzeit seine Heiratsabsicht ans Licht brachte, erschütterte diese Nachricht Nelly wie ein Paukenschlag. Sie wurde zwangsweise zur Schwiegermutter einer ihr unbekannten Carmen. Tusneldas bessere Hälfte war Feuer und Flamme für die Schwiegertochter, Nelly war sich über ihre Gefühle noch nicht im Klaren.
Das sollte sich bald ändern!

Eine Zeit lang hauste das junge Glück noch in Carmens Wohnung in Moabit. Ihr Sohn stürzte sich mit Feuereifer in die lustvolle Aufgabe, den Ansprüchen der kleinen Familie gerecht zu werden.

Zu besonderen Festtagen wie Geburtstage – oder im Ausnahmefall auch an einem Weihnachtstag – gab Heiko ein Gastspiel. Er blieb sogar hin und wieder über zwei Stunden. Der geistlose Anhang ließ sich nicht sehen.***

Die Geringschätzung gegenüber der Schwiegertochter zu untermauern, ergab sich zur Beerdigung von Wolfgang, Nellys Mann.
Nelly lauschte der dahinplätschernden Grabesrede des Pfarrers. Sie warf einen verstohlenen Blick auf Carmen. Diese hätte einem Modemagazin entsprungen sein können. Sie trug ein schwarzes Designer-Kostüm. Zugegeben, es stand ihr wirklich gut und modellierte ihre Figur unerhört. Aber Carmen konnte sehr wahrscheinlich alles tragen, selbst der Ausdruck der Trauer

stand ihr gut zu Gesicht. Das teure Teil sprengte sicherlich ihr Konto, aber für die Gastrolle in der Szenerie „Friedhof" war der Zwirn perfekt. Leider waren nur wenige Trauergäste anwesend. Zwei oder drei Kunden von Wolfgang und Angehörige seiner Malerfirma.

Es war erst Mittag, aber durch den von Gewitterwolken verhangenen Himmel wurde es schon dunkel. Wie eine Picknickdecke auf der Wiese legte sich die Wolkendecke über Berlin. Wolfgangs Ankunft im Paradies löste allem Anschein nach Turbulenzen aus. Als der Beitrag per Schaufel und Erde geleistet und die Kondolenz erfolgt war, eilten die Trauergäste zu ihren Autos, um dem einsetzenden Regenguss zu entkommen.

Carmen stöckelte auf Nelly zu, nicht ohne sich eine imaginäre Träne aus dem Auge zu wischen. Ihre Tochter, die recht groß geraten war für ihre elf Jahre, hielt krampfhaft den Schirm fest.
Die Schwiegertochter bot ihre Hand wie der Papst seinen Gläubigen dar. Die Hand, feucht und schlaff fühlte sich an wie ein toter Fisch.
Heiko nahm seine Mutter fest in die Arme und küsste sie auf beide Wangen. „Alles wird gut", tröstete er sie. Die Tränen liefen ihm übers Gesicht. Tusneldas Magenschleimhaut spielte verrückt. Sie rang sich ein Lächeln ab. Carmen strich ihre dunklen Locken hinters Ohr und starrte gleichgültig an Nelly vorbei ins Leere.

Wenn es um Gevatter Tod ging, hatte Nelly eine romantische Fantasie, die mehr an einen Schnulzenfilm als an der Realität andockte.
Wenn eines Tages der Hauch des Todes durch den Raum schwebte, sah sie sich auf dem Sterbelager, umgeben von dem

Kreis ihrer Lieben, die sich tränenreich verabschiedeten.

Aber das überraschende Ableben ihres Mannes war alles andere als Schnulzenkino. Der Anblick fuhr damals in Nelly wie ein Blitzschlag in einen Baum. Er brannte das Innere aus und machte sie zu einem seelischen Krüppel. Zerrbilder flatterten ihr vor Augen, und der aufkommende Würgereiz war kaum in den Griff zu kriegen. Es blieb nichts anderes übrig, als die Erinnerung beiseitezuschieben, und alles zu verdrängen. Also, auf Nimmerwiedersehen abscheulicher Bildstreifen!

Nach Einhaltung einer manierlichen Frist platzte ihr Sohn mit einem mehr als durchschaubaren Geistesblitz in Nellys kleine Welt – ohne einen Vorteil daraus zu ziehen, käme er nie und nimmer auf eine solche Idee.

Es wäre für die allein vor sich hinvegetierende Mutter das Beste, nach den traurigen Ereignissen nicht alleine im Haus zu bleiben. Und überhaupt, die jetzige Wohnung sei viel zu groß für sie. Trauern lässt sich auch in einer kleineren Umgebung. Im Hinterkopf hatte er natürlich für sie die Wohnung, die bereits vor einigen Jahren im Obergeschoss ausgebaut worden war. Nach oben ziehen, in die kleinere Wohnung? Das kam für sie überhaupt nicht infrage.

In diesem Haus war sie aufgewachsen. Jeder kleinste Riss im dunklen Parkett war ihr vertraut. Das alte Parkett wurde nicht abgeschliffen und versiegelt. Nelly liebte die Lebendigkeit des Holzes mitsamt den Spuren, die sich in hundert Jahren gebildet hatten. Ein solches Haus war wie ein Familienmitglied mit allen Rissen und Kanten, und es vermittelte desgleichen Nestwärme.

Hier hatten ihre Eltern und Großeltern gelebt. Einige Erinnerungsstücke hütete sie wie ihren Augapfel. „Das Monstrum von Büfett tauschen wir gegen ein modernes

Möbel", drangsalierte sie ihr Mann ständig. Das Artefakt stand bei Tusnelda unter Denkmalschutz, so befanden sich in einem silbernen Sektkühler, der das Monstrum zierte, immer frische Blumen. So wird alles auch bleiben!

An dem Damensekretär im Schlafzimmer erledigte sie ihre Post. Das fortgeschrittene Alter räumt die Privilegien ein, neuartige Medien zu ignorieren, entschied Nelly. Sie hatte ein gestörtes Verhältnis zu Handy & Co. Wenn es im Fernsehen hieß: *Alles Nähere unter www. … de* kam ihr die Galle hoch. Sie verfasste ihre Briefe noch per Papier und Tinte. Für geschäftliche Post besaß sie eine Schreibmaschine. Hin und wieder strich sie gedankenverloren über den Fächer aus schwarzer Spitze. Nelly fiel dann in einen Zeitsprung, und die Mutter war substanziell gegenwärtig.

Die Mutter hatte eine Schwäche für Mallorca mit dem kompletten Lokalkolorit. Paella, Flamenco, spanische Gitarre, Tapas. Vor allen Dingen spanischen Schampus, den sie literweise tankte, wenn sie mal wieder in ihre zweite Heimat flog. Kind und Kegel wurden als Selbstversorger zurückgelassen. Tusnelda war bis heute noch nicht auf Mallorca.

Mehr als ein Jahrhundert hatte das Haus auf dem Buckel, bis auf Kleinigkeiten war es gut erhalten und das schönste Haus der Straße. Wolfgang war Malermeister aus Leidenschaft, sodass er alles liebevoll instand hielt, ohne den Gründerzeit-Charakter zu verfälschen. So sehr sie das nostalgische Haus auch liebte, es war tatsächlich zu groß für eine Person.

Der Kummer über den Verlust ihres lieben Wolfgangs musste um ein großes Stück abgebaut, die Schreckensbilder minimiert sein, dann konnte eine Vermietung der oberen Etage ins Auge gefasst werden. Nun eben in den sauren Apfel beißen und die „schrecklich nette Familie" aufnehmen.

Das *Trio infernal* zog von Berlin-Moabit nach Spandau in das Haus von Tusnelda. Heiko suggerierte seiner Mutter mit all seiner zur Verfügung stehenden Überredungskunst, dass die obere, kleinere Wohnung schöner für sie sei.

Ihr Vater hatte es auch meistens geschafft, sie zu manipulieren, etwa mit dem Beispiel, wo mehrere weiße Gegenstände auf dem Tisch stehen, und auf die Fragen spontan geantwortet werden muss.

Auf die weiße Tasse zeigend. "Was ist das für eine Farbe?"– Weiß!
Auf die weiße Tischdecke zeigend. "Was ist das für eine Farbe?"– Weiß!
Auf den weißen Teller zeigend. "Was ist das für eine Farbe?"– Weiß!
Was trinkt die Kuh? - Milch!
Kühe trinken eigentlich nur Wasser!

Er wollte ihr damit Anschauungsunterricht erteilen und näherbringen, sich nichts suggerieren zu lassen.

Das in unserer Kultur anerzogene – wer A sagt, muss auch B sagen! - entdeckt oft nicht die indirekte Beeinflussung, die hinter dieser falschen Logik steckt.

– Wer A sagt, muss nicht auch B sagen – er kann auch feststellen, dass A falsch war!

Dieses Mal hatten die belehrenden Instruktionen keinen Eindruck hinterlassen und Nelly ließ sich überreden, in die obere Etage zu ziehen.

Mit Akklimatisierung in dem neuen Zuhause würde sich vielleicht auch das gegenseitige Missverhältnis legen, so hoffte Tusnelda, aber diese Illusion begrub sie schnell.

Die Antipathie war geboren und ließ sich nicht mehr annullieren. Allein das Enkelkind, so bizarr es auch war, verdiente mehr Herzlichkeit. Aber, *wie du mir, so ich dir.*

***

Kapitel 2

Heiko saß in der Küche am gewohnheitsmäßig spät gedeckten Frühstückstisch.

Ein Ausbrechen aus dieser Tretmühle zwecks anderer Aktivitäten war nicht in Sicht, einmal das Einerlei programmiert, war es nicht zu unterbrechen.

Carmen stand vor der Kaffeemaschine und kreischte in Heikos Richtung, seine liebe Frau Mutter, das Schwiegermonster, habe wieder die Zeitung stibitzt.

„Reg' dich nicht so auf, sie hat die Zeitung nur ausgeliehen und steckt sie zurück in den Kasten!"

„Und, wann soll das sein? Am Abend ist das Altpapier!"

Heiko spürte den Klumpen im Magen größer werden. Er baute sich an der Arbeitsplatte vor Carmen auf und wurde ebenfalls lauter: „Willst du mir weismachen, dass du die Zeitung liest, das kannst du einem erzählen, der die Hose mit der Zange anzieht!"

Carmen gab keine Ruhe: „Aber deine Mutter, die liest die Zeitung, ja? Sie hat nichts anderes im Sinn, als durch diesen Wettstreit ihren vermoderten Adrenalinspiegel auf Trab zu bringen!"

Heiko hielt es für klüger, nicht weiter darüber zu diskutieren, der endlosen Litanei war er müde und unterlag sowieso. Mit einem Gang, der John Wayne gerecht wurde, stopfte er sich das Hemd in die Hose und zog den blaugelben Rhombenpullunder gerade. Der Versuch, den Küchenstuhl geräuschlos zurückzuschieben, misslang. Wortlos nahm er eine Scheibe Brot aus dem Korb.

Die Inszenierung mit dem Frühstücksbrot zu beobachten, war immer von Neuem köstlich. Mit einer Akribie, die ihresgleichen suchte, strich Heiko die Butter auf die Brotscheibe. Die weiche Butter musste die Scheibe Brot genau, und zwar ganz genau, bis zum Rand ausfüllen. Sorgfältig wurde sie daraufhin noch geglättet, wie eine Wand mit Putz. „Reichst du mir mal die Erdbeermarmelade", sagte er, ohne seine Streichtätigkeit zu unterbrechen.

„Das ist die Orangenmarmelade, Heiko, Erdbeermarmelade ist rot. Es wäre besser, wenn du mal hinsiehst."
Carmen nahm weder Milch noch Zucker, rührte aber dennoch gedankenverloren ohne Unterlass in ihrem schwarzen Kaffee. Sie hatte bereits vor dem Schlendrian ihres Mannes kapituliert. Heute allerdings hatte er entgegen seiner Gewohnheit, den ganzen Tag im Schlafanzug zu verbringen, ein komplettes Outfit angelegt. Auf Konfrontation aus, ließ sie einfließen: „Du hättest mal ein paar Stunden Sport nötig. Der Rettungsreifen um deine Gürtelmitte lässt sich selbst bei gutem Willen nicht nur als Ansatz eines Bauches beschönigen." Zu ihrem Leidwesen bekam Carmen keine Antwort. Heiko kaute weiter grimmig auf seinem Brot herum. Carmen gab so schnell nicht auf:

„Gehst du weg? Seit wann ziehst du dich von A bis Z an?"
„Ja, gehe ich: Ich fahre nach Berlin."
Ehe sie ihn noch weiter ausquetschen konnte, stellte er klar, dass er sich mit einem Kollegen treffe. Damit nahm er ihr zunächst den Wind aus den Segeln.
(Spandauer Aborigines sagten nicht „ich fahre in die Stadt", sondern „ich fahre nach Berlin")
Carmens Unterbewusstsein klingelte, aber die Spaltung der Gefühle wurde unterbrochen durch Violas Auftauchen.

„Kann ich Kaffee haben?" Sie trug eine abgeschnittene Jeans, die über den Knien endete, und ein Shirt, das sehr an ein zu großes Unterhemd erinnerte.

Ohne sich zu setzen, nahm sie den großen Topf Kaffee in beide Hände, um sie an der Tasse zu wärmen, und schlürfte mit spitzen Lippen das heiße Getränk.

„Willst du kein Frühstück?"

„Nein!"

Carmen zensierte ihre Tochter „Deine Möpse gucken an der Seite raus"

Die erwartete Reaktion folgte auf dem Fuße: „Kann dir ja nicht passieren, du hast ja keine!"

Carmen war es gewohnt, dass ihre Tochter sie bis aufs Mark beleidigte. „Du ziehst dir sofort etwas Anständiges an, ein Mann befindet sich außerdem auch noch im Haus."

Viola dreht den Kopf in alle Richtungen: „Wo, ich sehe keinen!"

„Herrschaftszeiten, Heiko, sag doch auch mal was dazu!"

„Soll ich mich etwa mit so einem unerträglichen Pupertier anlegen. Die kommt eines Tages von selbst zur Besinnung!"

***

Kapitel 3

Tusnelda stand in der Haustür. Die tief stehende Sonne blendete so stark, dass sie die Augen zusammenkneifen musste. Das junge Grün der vor vier Jahren angepflanzten Linden reckte sich dem blauen Himmel entgegen, und die kleinen Blätter leuchteten, als ob sie den Sonnenschein in sich aufgesogen hätten.

Der Frühling ließ sein blaues Band durch die Lüfte flattern. Der dunkle kalte Winter musste gehen und die Erde wurde wiedergeboren. Flora und Fauna wurde Fruchtbarkeit gespendet. Es war die Zeit des Wachstums und des Lebens, der ersten Aussaat. Der Keim ist gepflanzt und beginnt zu wachsen. Das Neue schafft sich seinen Raum.

Die Forsythien widersetzten sich der noch herrschenden Kälte und blühten in gelber Pracht. Nelly hielt ihr Gesicht der schon wärmenden Sonne entgegen.

Ein Radfahrer strampelte mit überhöhter Geschwindigkeit durch die stille Straße

Sie blinzelte zur anderen Straßenseite hinüber. Das schräg gegenüberliegende Haus könnte trotz des verdeckenden Efeus einen frischen Anstrich vertragen. Der Bewuchs mit dem Grünzeug ließ es auch etwas düster wirken. Lugte zwischen den Gardinen eine grauhaarige Frau hervor, oder stand dort ein Blumentopf? Nelly war sich nicht sicher, und – Vorsicht ist die Mutter der Porzellankiste – drehte sie den Kopf zur Seite.

Sie wandte meistens die Vogel-Strauß-Politik an: Ich stecke den Kopf in den Sand, dann sieht mich keiner.

Ich habe keine Lust, der Alten zuzuwinken. Die Nachbarn konnten ihr gestohlen bleiben. Was besagte schon ein sogenanntes gutes nachbarschaftliches Verhältnis? Auf der Straße rumstehen, Krankengeschichten austauschen oder andere durch den Kakao ziehen?

Sie lebte frei nach der Philosophie von Erich Kästner:

Nie dürft ihr so tief sinken,

von dem Kakao, durch den man euch zieht,

auch noch zu trinken!

Nicht zu vergessen der unvermeidliche alljährlich stattfindende Grillabend im Nebenhaus. Als Krönung der Bierlaune veranstalteten die einen solchen Lärm, dass Nelly schon mehr als einmal zum Hörer gegriffen hatte, um die Polizei zu rufen. Sie ließ es aber bleiben, diese Party war ja nur einmal im Jahr.

Eine Höflichkeitseinladung würde sie allerdings dankend ablehnen. Auf die Idee kamen die Nachbarn sowieso nicht. Die hatten offensichtlich den Anstand mit dem Schaumlöffel gefressen.

***

Nelly ging meistens im nahegelegenen Supermarkt einkaufen. Sie wählte den Weg durch die verkehrsberuhigte Zone, den Altstadtkern. Dieser war zeitgemäß aufwendig hergerichtet.

Die Straßencafés waren bevölkert von Sonnenhungrigen. Einige trugen die entblößte weiße Haut zur Schau, andere konnten sich weder von ihrem Handy noch von der Winterjacke verabschieden.

Die Geräuschkulisse bestand aus einem Knäuel unterschiedlicher Sprachen. Es ist hier nicht anders, als überall: Multikulti so weit das Auge reicht, dachte Nelly.

Die architektonischen Wunderwerke an Glas- und

Stahlpalästen waren für Berlinbesucher zum vertrauten Anblick geworden. Jetzt war provinzielles Umfeld angesagt. Solange man die Asylanten-Container nicht sah, zeigte sich Spandau von seiner romantischen Seite.

***

Im Supermarkt angekommen, das fortwährende Problem: Pizza, Gemüse oder Salat? Der Kampf gegen den Schweinehund war verloren:
Tusnelda steuerte die Tiefkühltruhe an.
Ein knackiges Hinterteil wurde ihr entgegengestreckt. Der Rest des jungen Mannes hing über der Tiefkühltruhe. Von zwei Trageriemen war sein Shirt hinten hochgeschoben, er trug kein Unterhemd. Nelly trat näher. Von einem Brusttuch gehalten, schwebte ein Baby über den Pizzakartons in der kalten Truhe.
Der junge Vater hatte wohl Schwierigkeiten mit der Auswahl. Er nestelte mit einer Hand an den Kartons mit den appetitlich aufgemachten Bildern.
„Salami mit Peperoni ist nicht da, nur Salami mit Oliven. „Kann es auch die sein?", fragte er. Das Neugeborene bekam also schon Pizza. Oder brauchte er ihren Rat? Nelly entgegnete: „Ich nehme Spinat und Thunfisch, das ist auch lecker."

Dann erst sah sie, dass der Babyträger mit der anderen Hand ein Handy ans Ohr drückte und sie strafend ansah. Na also, ihr Hass auf diese Errungenschaft hatte sich wieder mal bestätigt. Hat man da noch Worte? Das Kleine war mittlerweile sehr wahrscheinlich ein Eiszapfen. Von seinem Vorgehen war der junge Mann so überzeugt, dass Nelly lieber die Klappe hielt. Genauso überzeugt war er wohl davon, lila Radlerhosen seien im Alltag ein akzeptables Kleidungsstück.

Nelly griff zur Pizza Vegetable – das ist doch wohl gesunde Nahrung. Eine mit Thunfisch und Spinat sowie eine Calzone kamen hinzu. Die Flasche Rioja Reserva fand wie von selbst den Weg in den Einkaufwagen.

***

Ein älteres Paar versperrte nicht nur den Weg, sondern auch die Sicht zum Wurstregal. Die sorgfältig ondulierte Frau wühlte die eingeschweißten Wurstwaren von hinten nach vorne.

„Kann ich mal bitte an den Schinken!", meldete sich Nelly. Als Reaktion fing sie sich einen giftigen Blick ein.

Im 45-Grad-Winkel auf den Einkaufswagen gestützt, rief der Mann: „Hol' nicht wieder mit Knoblauch." Die Frau antwortete ins Regal hinein: „Ich hole nie mit Knoblauch."

„Doch, letztes Mal war Knoblauch drin", herrschte in aggressivem Ton der Rechte-Winkel-Mann seine Frau an.

Jetzt hatte sie die Wurst gefunden, welche auch immer.

***

Die Ehe mit Wolfgang plätscherte zwar so vor sich hin, aber an diesen gleichmäßigen Takt hatte Tusnelda sich im Laufe der Jahre gewöhnt. Solche Macho-Szenen waren ihr fremd.

Die Mutter hatte es allerdings durch mühsame Kleinarbeit geschafft, Tusneldas Selbstwertgefühl den Bach runtergehen zu lassen.

„Du hast ein Gesicht wie ein Mondkalb und einen Hintern wie ein Brauereipferd!"

Oder, als Nelly von einem Treffen mit einem netten Mann berichtete,

„Hat der dich auch schon mal bei Tageslicht gesehen?"

Die Litanei ließ sich endlos fortsetzen. So war sie

überglücklich, als Wolfgang ihr einen Antrag machte. Die große Liebe war er nicht, aber sie führten eine harmonische Ehe ohne Höhen und Tiefen.

***

Murphys Gesetz schlug heute wieder zu. Das Knoblauchwurst-Paar stand vor Nelly an der einzig geöffneten Kasse.

Er hing nach wie vor mit dem Oberkörper tatenlos über dem Haltegriff des Einkaufwagens, präsentierte seine Walrossrückseite und beäugte die Aktivitäten seiner Frau.

Das Walross schaukelte sich in die Gerade. Seine Hosenträger leisteten ganze Arbeit. Zur Bekräftigung zeigte er nochmals, wer der Herr im Hause ist, indem er zum Bezahlen sein Mäppchen aus der hinteren Gesäßtasche zog und mit stoischer Gelassenheit die Münzen abzählte.

Nelly stand mit ihren Einkaufstaschen vor dem Supermarkt, als sich wie aus heiterem Himmel die Gespenster der Vergangenheit aus dem Verlies, in das diese verbannt worden waren, befreiten. Es entzog sich ihrer Macht, auf die Spukgestalten Einfluss zu nehmen. Dieses Knoblauchwurst-Ehepaar war sicherlich der Auslöser. Vor ihrem geistigen Auge liefen wie in einem 3D-Film wieder die Geschehnisse von vor fünf Jahren ab. Es war ein ebenso sonniger Tag wie heute. Wie gewohnt legte sie zuerst ihren Einkauf in der Küche ab. Drückende Stille empfing sie wie ein undurchdringlicher Nebel.

„Wolfgang", rief sie leise, „ich bin da!"
Fernseher ausgeschaltet, kein Licht in der Küche.
War Wolfgang gar nicht zu Hause?
Wo sollte er denn sein, er hätte doch was gesagt.
Diese bleierne Stille war wie eine unbestimmte Bedrohung.
Nicht das kleinste Geräusch, kein Hüsteln, kein Rascheln.
Sogar die Vögel schienen verstummt.

Eine kalte Nervosität machte sich in ihrem Magen breit.

Nelly öffnete die Tür zum Bad, lugte vorsichtig hinein und fiel in eine Schockstarre.

Die Gestalt, die ihr Mann sein sollte, saß, vornüber gebeugt, bewegungslos auf dem Toilettendeckel.

Das leichte Anfassen an der Schulter brachte den leblosen Körper ins Taumeln, und er stürzte Rücklinks zwischen Toilette und Wand.

Nun sah sie auch sein Gesicht, blau angelaufen und zu einer grotesken Fratze entstellt.

Aus dem Mundwinkel floss Speichel. Die Augen waren weit geöffnet und schauten sie Hilfe suchend an.

Nellys Schrei verwandelte sich in ein raumloses Heulen.

Sie starrte auf ihren toten Mann und wich von einem nie gekannten Grauen getrieben rücklings aus dem Badezimmer.

Im Zeitlupentempo trugen die Beine sie in die Küche. Bleigewichte hingen an ihren Füßen. Als die Beine ganz den Dienst versagten, sank sie auf einen Stuhl.

Spielte die Fantasie ihr einen Streich – Gaukelte diese etwas derart Grauenvolles vor?

Nachzuschauen, ob das alles ein Traum oder Wirklichkeit war, das brachte sie beim besten Willen nicht fertig.

Mit der 112 zu sprechen, scheiterte an ihrer Fistelstimme, und sie legte wieder auf.

Die Rufnummer von Heiko fiel ihr selbst bei größter Anstrengung nicht ein. Nach einer gefühlten Ewigkeit raffte sie allen Mut zusammen und bat flüsternd die Polizei um Hilfe.

Der Polizeiwagen fuhr zeitgleich mit dem Rettungswagen vor.

Die Zentrale hatte natürlich die Telefonnummer im Display.

Die darauf folgenden Bilder erschienen im Zeitraffer:

Eine Polizistin setzte sich mit ihr ins Wohnzimmer, um Nelly von dem nicht zu vermeidenden Ablauf auszusperren.

Das Rettungsteam und der Amtsarzt gingen ihrer Pflicht nach.

Das Hinaustragen ihres toten Mannes musste die wie gelähmt dasitzende Nelly nicht mit ansehen. Der Amtsarzt diagnostizierte Schlaganfall!

Sie versuchte, die Erinnerungen abzuschütteln.

„Hallo, passen Sie doch auf!"

Der vorbeiströmende Menschenschwarm sorgte endgültig für die Verbannung der Geister wieder in den Kerker, und Nelly fand zurück in die Wirklichkeit.

Die Angerempelte trug Leggins mit Leopardenmuster und ein T-Shirt mit einem glitzernden Totenkopf.

„Entschuldigung" stieß Nelly hervor, aber die Frau war schon zu weit weg.

Die dunklen Wolken tauchten die Stadt in graues Zwielicht und verhießen nichts Gutes. Es kam Bewegung in die Menschenmassen. Jetzt kamen sie nicht schnell genug zu den Stahl- und Glasmonstern zurück nach Berlin. Der Wind schob die grauen Wolken vor sich her zu einem Ungetüm, das die Erde verschlingen wollte.

Nun war Eile angesagt.

Schon fast bei ihrem Haus angekommen, klatschten einzelne Regentropfen auf das Pflaster und zersprangen wie Seifenblasen. Da hörte Nelly ein klägliches Miauen, und sie blieb stehen. Ein Kätzchen kam unter einem Strauch hervorgekrochen, reckte sich zu voller Größe auf und lief mit zu einem Fragezeichen gebogenen Schwanz auf sie zu.

Nelly ging weiter. Die Katze findet schon wieder nach Hause kalkulierte sie.

Aber diese folgte Nelly in gemessenem Abstand. Mit einem Satz holte sie auf, tänzelte um Nellys Beine und wollte sich

gerade anschmiegen, als Nelly rief: „Hau ab, geh' nach Hause!"
Das fehlte noch, dachte Nelly, wer weiß, was für Ungeziefer
die Katze spazieren führt!
So schnell gab das Tier aber nicht auf. Es lief weiter neben
Nelly her. Nelly wechselte ihre Einkaufstasche in die andere
Hand und schlug Löcher in die Luft, um die Katze zu
verscheuchen. „Ab, ab, geh' nach Hause, husch, husch!"

Das Kätzchen blieb stehen und schaute mit großen fragenden
Augen auf Nelly: „Wohin, sagst du, soll ich gehen?" Dann
kroch es verschreckt ins Gebüsch.

***

Endlich zu Hause! Tusnelda schlich die Treppe hinauf. Warum
war sie immer so leise, es war immerhin ihr Haus? Sie schaltete
den Fernseher ein. Die Nachrichten wurden jeden Tag
befremdlicher.
Schrecken der Kriegseinsätze und Demonstrationen waren ihr
unendlich fern. Die Länder, in denen vermummte Gestalten
sich gegenseitig umbrachten, waren ein Buch mit sieben
Siegeln. Geschweige denn, dass sie gewusst hätte, wo auf dem
Globus diese zu finden waren.

Ein Tuch der Dämmerung legte sich über die Stadt. Der
Himmel öffnete alle Schleusen, und in der Ferne donnerte und
blitzte es.
Nelly hatte die Pizza im Ofen aufgebacken, aber sie hatte
keinen rechten Appetit. Sie schaute aus dem Fenster in den
inzwischen ausgebrochenen Dauerregen.
Sie ertappte sich bei einem Gedanken, den sie eigentlich nicht
an die Oberfläche kommen lassen wollte: War das Kätzchen
jetzt in seinem kuscheligen Zuhause, oder lief es draußen
obdachlos im Regen herum und suchte nach einem trockenen

29

Unterschlupf?

Im Wechselbad der Gefühle tröstete Nelly sich selbst, Katzen finden ein sicheres Versteck, oder nicht? Regte sich etwa jetzt ihr Gewissen, weil sie das Tier verscheucht hatte?

Wie von Zauberhand steckte sie plötzlich in ihrer gelben Regenjacke und den Gummistiefeln. Vor dem Haus peitschte ihr der kalte Regen ins Gesicht. Die Kapuze fegte der Wind vom Kopf. Nelly band sie unter dem Kinn ganz fest. Ob ihr Tun richtig oder falsch war, spielte jetzt keine Rolle mehr.

Sie lief drauflos in die Richtung, in der sie die Katze vermutete. Soll ich mal rufen, fragte sie sich. „Miez, Miez, komm her!" Sie kniete sich an den Sträuchern in das nasse Gras und versuchte, in dem undurchdringlichen Gebüsch etwas zu erkennen. Es war nichts zu sehen.

Sie kehrte zur Straße zurück und lief, bis sie zu der Stelle kam, an der das Kätzchen hervorgekrochen war. Auch nichts.

Das fehlte noch: Tränen, die sie nicht mehr zurückhalten konnte, vermischten sich mit dem Regen. Ihre Stimme versagte, und heraus kam nur noch ein gepresstes „komm doch!"

Die letzte Szene von *Frühstück bei Tiffany* kam Nelly in den Sinn. Audrey Hepburn, die nach dem von ihr ausgesetzten Kater im strömenden Regen verzweifelt rief. In dem Film gab es ein Happy End, gibt es das heute auch? Nelly glaubt nicht mehr daran und macht mutlos kehrt. Sehr wahrscheinlich hat das Kätzchen doch ein Zuhause. Aber ihre innere Stimme bezweifelt das.

Ich wollte von vornherein nicht wahrhaben, dass das Tierchen heimatlos sein könnte, und habe diese Eventualität in die hinterste Ecke der Schublade verbannt. Ich bin eine griesgrämige, verbitterte Alte. Selbstsüchtig und konfliktscheu, genau, das bin ich, schalt Tusnelda sich. Menschenverachtend und widerlich obendrein. Ich mache mir selbst was vor, indem ich mich absondere und aus dem Alleinsein einen regelrechten Kult mache. Kontakt, ob Mensch, ob Tier ist für mich eine Pflichtübung. Kein Wunder, dass mein einziger Freund Rioja Reserva heißt. Langsam mit gesenktem Kopf trottete sie zum Haus zurück. Von der Ostfriesenkapuze tropfte das Wasser auf ihre Stiefel.

Nur noch wenige Meter von der Haustür entfernt blieb Nelly nochmals stehen und spähte die Straße hinunter. War da nicht ein klägliches Miauen zu hören, es klang mehr wie ein Piepton. Nein, sie hatte sich geirrt. Das Rauschen des Regens machte ihr etwas vor. Nein, das war keine Täuschung, da war es wieder, das leise Piepen. Der Ton kam aus Richtung Mülltonne. Nelly warf sich auf die Knie, um unter die Tonne schauen zu können. Der Sensor aktivierte die Lampe neben dem Eingang (danke, Heiko, für die Idee, die du damals hattest), und es leuchteten ihr ein paar glühende gelbe Augen entgegen. Nelly robbte auf dem nassen Betonboden noch ein Stückchen näher.

Sie spürte, wie ihre Hose aufgescheuert wurde. Jetzt bloß nicht durch ein falsches Geräusch dem Kätzchen noch mehr Furcht einjagen. Sie streckte nur die offene Handfläche der Katze entgegen. Komm her, komm zu mir, betete Nelly leise vor sich hin.

Flach wie eine Flunder kam die Katze endlich auf Nelly zugekrochen. Nelly griff beherzt zu, öffnete ihre Jacke und drückte das nasse Bündel an sich. Das bibbernde Etwas war spindeldürr, jeder einzelne Rippenknochen war zu fühlen. Es war nicht auszumachen, wer heftiger zitterte, Nelly oder das

Kätzchen. Mit einer Hand wurden die Schlüssel aus der triefnassen Jacke genestelt. Das aus ihrer Nase laufende Rinnsal ignorierte sie. Das war jetzt so was von egal, egaler ging's gar nicht.

Das Findelkind schlug seine nadelspitzen Krallen in Nelly Brust. Der kleine Kopf suchte die wärmende Sicherheit der Achselhöhle. „Wir sind ja gleich da", flüsterte Nelly, als sie endlich die Treppe hinaufstieg. Wie einem Kleinkind entrann ein holpriges glückliches Schluchzen ihrer Kehle: „Warum hast du nicht gerufen? Ich habe doch nach dir gesucht!"

In der Diele löste Nelly vorsichtig die Krallen aus ihrer Haut. „Ich nehme dich jetzt mal herunter." Behutsam setzte Nelly die Katze auf die Erde, und schwupp war diese unter dem Sofa verschwunden.

Nelly zog die durchnässten Sachen aus, ohne das Sofa aus dem Blick zu verlieren. Und siehe da, es schob sich eine kleine Schnauze unter dem Sofa hervor in Richtung Pizza. Die Pizza sah ziemlich merkwürdig aus, sie war inzwischen einer Mondlandschaft nicht unähnlich.

Nelly pflückte den Thunfisch aus dem Kratergebilde. „Guck mal hier, was ich habe", lockte sie. Das ließ sich das Findelkind nicht zweimal sagen. In Nullkommanichts waren die Stückchen verschlungen.

Nellys Hals war ausgetrocknet wie ein afrikanisches Flussbett. Sie öffnete die Flasche ihres geliebten spanischen Rotweins.

Sie goss sich ein Glas ein und ging wieder auf Beobachtungsposten.

Nachdem sie das neue Umfeld erforscht hatte, schleckte sie jeden ihrer Zehen einzeln ab, und zwar mit einer Intensität, als gäbe es nichts Wichtigeres auf der Welt.

Die Fußpflege war vollbracht, und das Kätzchen sprang aufs Sofa, drehte sich ein paar Mal um die eigene Achse, und legte sich neben Nelly mit einer Selbstverständlichkeit, die machtlos zur Kenntnis genommen wurde.

Die Statuen in den Uffizien von Florenz waren Lachpillen gegen die Statue, die Nelly verkörperte. Versteinert saß sie auf dem Sofa, atmete nur flach und griff noch nicht einmal zu dem Weinglas auf dem Tisch.

Das Kätzchen könnte sich ja vor einer Bewegung ängstigen und die Flucht ergreifen.

Die Kirchenuhr schlug die zwölfte Stunde. Nelly waren die Augen schon mehrere Male zugefallen, sie war also gezwungen, ihre starre Haltung aufzugeben und ins Bett zu gehen. Sie vollbrachte eine körperlose Drehung und stahl sich auf Zehenspitzen ins Schlafzimmer.

Das Kätzchen reckte sich, blieb aber mit zuckenden Barthaaren auf dem Sofa liegen. Träumte sicher von seiner abenteuerlichen Reise.

***

Nelly bekam kaum die Augen auf, ist es schon Morgen?

Blinzelnd sah sie zur anderen Betthälfte.

Die bernsteinfarbenen Augen, die sie durchbohrten, fragten: „na, endlich aufgewacht! Hi, wann gibt es Frühstück?" Zur Bekräftigung wurde ein Pfotenknuff gegen den Oberarm eingesetzt.

Ihr Betthase (Pardon, ... Katze) sprang synchron mit Nelly aus dem Bett und lief hinter ihr her. Sie starrten beide in den Kühlschrank, der mehr als übersichtlich war. Das Kätzchen schaute sie mit großen Augen fragend an. „Ich backe die Calzone auf", versprach Nelly.

„Ach, Wasser brauchst du ja sicher auch!" Oder gab man einer Katze Milch? Nelly entschied sich für den Mittelweg, sie mischte Kondensmilch mit Wasser. Nicht mehr als zwei Minuten, und das Schüsselchen war leer.
Die weißen Tröpfchen schillerten an den Barthaaren.

Die Gummistiefel können wieder in den Schrank, die brauche ich heute nicht, die Sonne scheint. Exakt zwischen den beiden Stiefeln auf der Stiefelmatte lag etwas Undefinierbares. Selbst Nelly, die sich mit Katzen nicht gut auskannte, war in der Lage, es als Stuhlgang zu definieren.
Ach du Scheiße – im wahrsten Sinne des Wortes – Pipi entdeckte sie passgenau auf der Mattenecke.

Die Drehscheibe der negativen Vorstellungskraft setzte sich in Gang:
Tapete bis zur Unkenntlichkeit zerfetzt.
Sofaecke zerkratzt bis zum Füllmaterial.
Überall hingepinkelt.
Erbrochenes auf dem Teppich.
Gardinen zerrissen.
So viele Katzenhaare, dass sie an der Wimperntusche kleben.
Unvorhersehbare mittlere Katastrophen.
Einen Pluspunkt bekam die Katze. Sie hatte immerhin mangels Katzenklo einen akzeptablen Notbehelf gesucht.
Eines konnte sie sich aus dem Kopf schlagen: Die Kleine wieder auf die Straße zu setzen. Die Adresse des Tierheims stand sicher im Telefonbuch. Gab es auch eine Babyklappe für Tiere?, dann könnte ich anonym bleiben, brütete sie vor sich hin.
Der Zwiespalt ihrer Gefühle wurde gelöst, als das haarige Etwas schmeichelnd um ihr Bein strich und gleichzeitig mit

zärtlichem Gesichtsausdruck und zitternden Barthaaren zu ihr aufschaute.

Der Backofenalarm meldete die fertige Pizza.

„Geh' weg, das ist heiß, wir müssen die Pizza noch abkühlen lassen."

Hatte sie soeben *wir* gesagt?

„Ich suche dir dann die Schinkenstücke heraus."

Nelly lief zu kreativer Höchstform auf. Zeitung zurückbringen, vergiss es, jetzt musste sie als Untergrund für den Katzenklo-Karton herhalten. Bis morgen würde das gehen.

Die ungleiche Wohngemeinschaft nahm wieder Platz auf dem Sofa.

Vor jedem Stückchen Schinken aus der Pizza war ein kräftiger Stups auf Nellys Oberschenkel fällig. „Warte doch ab, kommt ja, so schnell kann ich auch nicht!"

Für Nelly blieben nur der Teig und ein paar Pilze übrig. Besser als gar nichts. Endlich war der kleine Hungerleider satt und sprang vom Sofa herunter.

Zunächst wurde das neue provisorische Katzenklo in Augenschein genommen. Das Kratzen und Rascheln war nicht zu überhören, aber Nelly hielt sich im Hintergrund.

Zusehen bei diesen „Geschäftigkeiten" waren der Kleinen sicher peinlich und unerwünscht. Es hatte alles Nötige stattgefunden, und die Zeitung war derart ruiniert, als ob ein Aktenvernichter am Werk gewesen wäre. Gemessenen Schrittes, den Kopf vorgeschoben, ebenso die Ohren, inspizierte das Kätzchen abermals sein neues Umfeld. Dieses Mal ging alles gründlicher vonstatten. In der Küche wurde Maß genommen, um mit einem gezielten Sprung die einzelnen Möbelstücke zu erobern.

Im Schlafzimmer hieß es: Unters Bett, auf der anderen Seite

wieder heraus, aufs Bett, um dort intensive Fellpflege durchzuführen.

Ist ja doch ganz niedlich so ein Tierchen, kam es ihr wider Erwarten in den Sinn.

Ein Kaffee musste jetzt aber mal sein, dabei wirbelten die Gedanken durch Nellys Hirnkasten. Wie sollte das künftig gehen, war sie jetzt ans Haus gefesselt? Wie sah es mit Urlaub aus?

Ich habe sie nicht mehr alle, wann war ich denn das letzt Mal in Urlaub?

Ihr Verstand meldete sich: Verantwortung war nichts für sie, und eine Bindung scheute sie wie der Teufel das Weihwasser. Und das Herz, was sagte das? Das Herz hatte doch schon gesprochen.

Es wird sich alles finden. Kommt Zeit, kommt Rat sprach sie sich Trost zu.

***

Kapitel 4

„Du warst gestern aber lange mit deinem Kollegen unterwegs", bemerkte Carmen, während ihr Gemahl die Brotkrümel auf der Tischdecke in Paniermehl verwandelte.

Er fuhr glättend über seine bereits schütter werdenden Haare, ein sicheres Zeichen von Befangenheit. Seine Augenbrauen saßen dick und fusselig wie Raupen über seinen Augen fest.

„Wir haben uns etwas verplaudert über die Vorgänge im Betrieb."

Stunde, um Stunde bis zum Abend die Gegebenheiten eines Baumarktes zu diskutieren, das übertraf Carmens Vorstellungskraft, ausnahmsweise hüllte sie sich in Schweigen.

Die quälende Stille unterbrach ein aufgekratztes „Hallo, guten Morgen, habt ihr schon gefrühstückt?" Viola ließ sich auf den Stuhl fallen, und den beiden blieb das Wort im Hals stecken.

Jetzt heißt es, Haltung bewahren, ehe die üble Stimmung ganz aus dem Ruder läuft, prägte Carmen sich ein. Der Ton fiel allerdings schärfer aus als eine Cayenne Chili:

„Was soll der Lappen um deinen Kopf?"

Eine Wand der Zornesröte wanderte Violas Gesicht hoch.

„Der Lappen, wie du dir die Freiheit nimmst, ist ein *Hidschad*, den muslimische Frauen tragen."

Viola nestelte an der Spange, die das pinkfarbene Tuch über der Brust zusammenhielt. Es sollte die Verbindung zu ihrem Freund bekunden. Der aber hatte ihre Bereitschaft zum muslimischen Glauben noch nicht wahrgenommen.

Es gibt doch noch so eine Art Gerechtigkeit: Die dunklen Gewitterwolken, die sich über Heiko gerade zusammenbrauten, zogen in ein anderes Gebiet, um sich dort zu entladen.

Er verspürte nicht nur Erleichterung, sondern eine beschwingte Laune nahm von ihm Besitz.

„Vorteilhaft ist, dass deine Möpse damit bedeckt sind, und die lila Haarfarbe ist ebenso nicht jedermanns Sache." Feixend nimmt er sich noch einen Kaffee.

„Und in der Schule trägst du den Lappen, Pardon, *Hid…Dingsbums*
auch?" fragte ihre Mutter.

„Weiß ich noch nicht – vielleicht."

Während Heiko seiner Stieftochter ausnahmsweise Kaffee einschenkte, heuchelte er Interesse: „Hat derjenige, für den du den Liebesbeweis um den Kopf geschlungen hast, auch einen Namen?"

„Er heißt *Odhan*, das bedeutet soviel wie *Der Herrscher des Feuers*. Der falsche Fuffziger brachte tatsächlich über die Lippen: "Er ist doch hoffentlich kein Freizeit-Pyromane?"

Sofort bereute Viola den leisen Hauch von Vertrauen. Sie hätte in dieser Situation mehr Verständnis gebraucht.

Der Blutdruck der gepeinigten Mutter sank langsam aber sicher wieder auf normales Niveau. „Mein Gemahl ist ein Inbegriff der Heiterkeit und Toleranz, ich bin von den Socken."

Carmen stellte, mit neuem Mut bewaffnet, die Frage aller Fragen: „Was ist das denn für ein Verhältnis zwischen euch beiden?"

„*Wir* lieben uns" lautete die Antwort. „Davon habt ihr ja keine Ahnung." Heiko verspürt feine Nadelstiche.

War es die spöttische Betonung auf *Wir*, oder war es der Gedanke an die versäumten Gelegenheiten in seiner Jugend?

„Bring mir bloß nicht obendrein ein Kind ins Haus!", zeterte

Carmen.

„Es gibt ein absolut sicheres textiles Verhütungsmittel: ein Slip. Wer so was anhält, wird nicht schwanger."

Die Missachtung ihrer Empfindungen brachte das Fass zum Überlaufen.

Viola schrie: „Verarschen kann ich mich alleine!" Weg war sie.

Während Carmen nun die Spülmaschine einräumte, blitzte ihr roter String-Tanga hervor. Durch das hochgerutschte, kurz unterm Po endende T-Shirt wurde der tätowierte verlängerte Rücken freigelegt.

Heiko nannte es Arschgeweih. Sie wusste, dass er diese

Tattoos hasste, und als sie es sich stechen ließ, sprach er die ganze Woche kein Wort mit ihr. Er war der Meinung, sie wollte ihn lediglich damit ärgern.

Nachdem sie das Arschgeweih nun ein paar Jahre trug, hatte sie innerlich diesem Schmuck bereits goodbye gesagt.

Wenn sie ihn äußerlich entfernen wollte, verschlang das ein kleines Vermögen, ganz zu schweigen von den Schmerzen.

Heute fand Heiko die Hinterfront hingegen sehr ansehnlich.

Er stand auf vom Frühstückstisch und schlenderte in Richtung Spülmaschine. Sein Glied war hart wie Flintstein. Während er die Arme von hinten um sie schlang und seine erregte Männlichkeit gegen sie drückte, flüsterte er ihr ins Ohr:

„Soll ich ein bisschen an dir rumfummeln?"

Carmen fühlte sich wie in einem Schraubstock. *Nein*, schüttelte sie den Kopf.

„Oder willst du lieber an mir …?"

Widerwillig stieß Carmen ihn von sich, sie machte ein Gesicht, als ob er von ihr forderte, sich alle Zähne auf einmal ziehen zu lassen.

Ihr abwertender Blick ruinierte die Lust vollends.

Heiko sah an sich herunter, wie die Lust in Ruhestellung zurücksank.

„Na, dann nicht, wer nicht will, der hat schon", murmelte der Abgewiesene pikiert und setzte sich wieder an den Küchentisch.

Sie waren sich begegnet auf der Love-Parade, Berlins Magnet für Ausgeflippte, Technofreaks, Schwule, Lesben und alle, die dazugehören wollten. Die ganze Innenstadt waberte im Technofieber. In der U-Bahn, vollgestopft mit fast Nackten, fuhr Heiko zur Gedächtniskirche, dem Treff- und Ausgangspunkt der Szenerie.

Eine Andeutung von Shorts, ein glitzernder BH und an den Beinen die Legwarmer aus Plüschfell zogen ihn hin zu der Bank, auf der die Trägerin saß.

Ein Pärchen gab eine artistische Sex-Darbietung auf der Absperrkette. Heiko ließ sich neben der Schönen auf die Bank fallen. Schweigend beobachteten beide die akrobatische Darbietung, die sich vor ihren Augen abspielte. Heiko durchbrach als Erster das Schweigen: „Na, das muss ja unbequem sein" sagte er in Richtung Kette. „Die sind total zugedröhnt und vollkommen schmerzfrei", bemerkte lapidar die Hübsche.

Wie aufs Stichwort drehte sie eine Zigarette und schob ihm diese zwischen die Lippen.

Die Türe, die für ihn geöffnet wurde, schritt er ohne Zaudern hindurch. Der Kuss war sofort voller Leidenschaft. Sie landeten in ihrer Altbauwohnung in Moabit. Damals, auf wechselseitigen Lustpfaden wandelnd, offenbarte sich seine Angebetete als geilstes Luder nördlich der Alpen.

Carmen wies ihn in Praktiken ein, die in seiner kleinen Welt nur als Fantasiebild existierten.

Kapitel 5

Wenn ich schon bei Tagesanbruch auf der Meile bin, ist wenigstens trockenes Wetter, sann Tusnelda. Überraschend viele Leute waren schon unterwegs. Sogar zwei Jogger liefen an der Haustür vorbei.

Nun muss ich aber auch los, das Schätzchen hat Hunger. Der Kelch, ins Tierheim – womöglich noch per Babyklappe – abgeschoben zu werden, war zum Glück an dem heimatlosen Etwas vorübergegangen, allerdings um Haaresbreite. Wie es aussah, war das Gegenteil eingetreten: Die Kleine war zum *Schätzchen* mutiert.

Die Süße war in der Früh (etwa sechs Uhr?) mit ihren spitzen Pfoten auf Nellys Bauch gelandet, um auf demselben mit Vehemenz gnadenlos herumzutrampeln. Anschließend war ein Arm fällig. Sie schlug abwechselnd ihre Krallen ins Fleisch, gerade so, dass kein Blut floss und die Kratzer lediglich an der Oberfläche sichtbar waren. Und gleichzeitig dann der ungeheuerliche Liebesbeweis: Sie leckte mit ihrer kleinen rauen Zunge inbrünstig den malträtierten Arm ab.

Da war der Schmerz nur noch Larifari.

***

So, jetzt starte ich den Wettlauf gegen die Zeit.

Gesagt, getan, Nelly gab Gas in Richtung Supermarkt. Sie möchte kurz nach sieben Uhr dort sein, ihr neuer Hausgenosse sollte ja nicht verhungern. Nelly joggt nicht, das wäre zu viel verlangt.

Aber selbst bei Walking nach etwa einem Viertel der Strecke, aber gefühlten zehn Kilometern, hatten sich die Beine in gekochte Spaghetti verwandelt.

Den Mythos Laufen ist gesund, setzt Endorphine frei und erzeugt Glücksgefühle kann Tusnelda nicht bestätigen. Sie hat keine Lust auf irgendwelche Endorphine. Außerdem gibt es denkbar andere Methoden, Glücksgefühle hervorzurufen, als sich die Lunge aus dem Hals zu rennen.

Sport ist Mord ist eher ihre Gesinnung. Präsident Churchill war immerhin Nobelpreisträger und erreichte ein biblisches Alter.

Das Tempo ist auf Zeitlupe gedrosselt.

Trotzdem ist sie aufgrund ihrer Schnappatmung nicht in der Lage, dem vorbei laufenden jungen Mann zu antworten. Dieser warf, ohne eine Miene zu verziehen, seitwärts einen „Schönen guten Morgen!" rüber. Sie konnte sich nicht erinnern, jemals einen lachenden Jogger gesehen zu haben. Jogger lachten nicht! Sieben Uhr und fünfzehn Minuten. „Sie haben ihr Ziel erreicht", spricht Nelly nicht ohne Stolz zu sich selbst.

***

Nelly stakst durch die gut sortierte umfangreiche Obst- und Gemüseabteilung. Als vegetarische Fehlbesetzung bewundert sie zwar die bunte Augenweide, lässt sie aber links liegen.

Eine junge Frau arrangiert effektvoll Äpfel, Birnen, Orangen, Tomaten. Fruchtgebilde, von denen Nelly noch nie etwas gehört hatte. Würde jemand die Kühnheit besitzen, dieses kunstvolle Meisterwerk zu zerstören?

Nach Luft japsend ruft Tusnelda: „Hallo Fräulein – Katzenfutter?"

„Nein, so heiße ich nicht, mein Name ist Nowak", entgegnet mit polnischem Akzent das Mädchen.

Im Augenblick geht Nelly der Humor ab, es ist ihr vielmehr

peinlich.

Die Nette zeigt zum Trost gleichzeitig in eine imaginäre Richtung:

„Im letzten Regal, gegenüber der Babynahrung."

Wie sinnig! Bei jedem Schritt spürte sie ein Ziehen in den Waden.

Mindestens zwanzig Meter gefüllte Regale mit Tierfutter gilt es, zu durchforsten. Leider können Katzen nicht lesen, sonst liefe ihnen bereits beim Anblick der Beschreibung das Wasser im Mäulchen zusammen.

Beherzt griff Tusnelda zu, und packte die Leckerchen in den Einkaufswagen.

„Sorry, darf ich mal …!"

Ein schwarzer Arm schob sich vor Nellys Augen, ignorierte ihre Schrecksekunde und schnappte sich Dosenfutter.

Eine Hautfarbe wie ein Schokomuffin, schwarzes Shirt, schwarze Hose. „Ich sehe schwarz", schoss in ihr Hirn. Einzig die gebleckten Zähne stachen in strahlendem Weiß hervor. Sein 10.000-Watt-Lächeln brachte Eisschollen zum Schmelzen.

Nelly scannte verblüfft die Masse an Dosenfutter in seinem Einkaufswagen. Zu ihrem Erstaunen sagte der Afrikaner in fast perfektem Deutsch: „Ich brauche so viel Futter. Ich habe drei Katzen.

Und Sie haben einen kleinen Hund?"

„Nein, eine Katze"

„Perdón, ich dachte …, weil Sie die Hundeportionen im Wagen haben"

Verdammt – mit Brille wäre das nicht passiert.

„Entschuldigung darf ich helfen?" Dreimalige Entschuldigung

innerhalb fünf Minuten und in verschiedenen Sprachen. Der Katzenvater half nicht nur bei Berichtigung des Fehlkaufes, sondern leistete Beistand bei der Auswahl des richtigen Futters. Mit einem eingefrorenen Lächeln schob Nelly, während sie noch einige Ratschläge über Fressgewohnheiten von Katzen verinnerlichte, zentimeterweise den Einkaufswagen in Richtung Kasse.

Jetzt hieß es, Land zu gewinnen.

Nelly stapelte die Ausbeute an Katzenleckerchen auf das Fließband.

„Ich habe jetzt eine Katze!", wurde der Kassiererin von der bis dato grimmig schweigenden Kundin entgegengeschmettert.

Das Krönchen der Verzückung fehlte – ein kräftiges *Horrido*.

Ihre Verblüffung über den plötzlichen Redeschwall verbarg die Kassiererin hinter einem Schmunzeln.

***

Der schwarze Ritter möchte Nelly nach Hause chauffieren. Das ist der Vorteil des fortgeschrittenen Alters. Angst vor sexuellen Übergriffen ist überflüssig. Er will nur höflich sein, ähnlich, als wenn einer alten Dame über die Straße geholfen wird.

Gern nimmt sie daher das Angebot an. Alle Einkaufstüten finden auf dem Rücksitz Platz, und Nelly lässt sich in den bequemen Sitz fallen.

Schweigend kutschiert er sie in die angegebene Richtung. Tusnelda, bemüht um ein paar Höflichkeitsfloskeln, strengt eine Konversation an. „Aus welchem Teil Afrikas kommen Sie?"

„Ich bin kein Afrikaner", antwortet er.

„Aber, ich dachte, Sie sind, äh, so schwa ..., stammelt sie.

„Weil ich so schwarz bin, meinen Sie? Ich komme aus der Dominikanischen Republik."

Mannomann, ist das peinlich. Vorsichtshalber hält sie die Klappe und starrt ins Leere.

Neger ist diskriminierend, Schwarzer?, Farbiger? Aber farbig ist der Mann schließlich nicht, ist er etwa Blau, Rot oder Grün?

Nelly bestaunte seine schlanken, kraftvollen Finger.

Schöne Hände, er könnte Chirurg sein. Er ging bestimmt regelmäßig zur Maniküre.

Sein Lächeln hilft ihr aus der Sackgasse „Wie sieht denn Ihre Katze aus, und wie heißt sie?"

„Die Kleine ist dreifarbig, also bunt, einen Namen hat sie noch nicht."

„Oh, wie schön, da haben Sie eine Glückskatze. Das sind immer Mädchen. Wollen Sie das Kätzchen nicht Felize nennen? Das ist spanisch und heißt soviel wie Glück."

Artig antwortet Nelly: „ich denke darüber nach."

In der nächsten Seitenstraße ist sie zu Hause.

Ihr plötzliches Herzklopfen schreibt sie ihrer Feigheit zu: „Können Sie mich an der Ecke absetzen?"

Wie verstört kann man eigentlich noch sein?

Seit langer Zeit geistern die Begriffe *Integration, Migranten, Zuwandererprobleme* durch die Medien. Mit solchen Themen hatte sie nichts zu tun, und sie liefen an ihr ab wie Wasser an einer Ölhaut.

Aber in diesem Moment findet in ihrem Hirn nur der Gedanke einer Willkommenskultur Platz. Und schon ist es raus: „Aber nett wäre, wenn Sie die paar Meter noch bis vor die Haustüre fahren könnten, dann brauche ich nicht so weit zu schleppen."

Er hielt sich am Lenkrad fest wie an einem Rettungsring. Seine

Stirn entkräuselte sich und die Augenbrauen, die bis fast zum Haaransatz gezogen waren, landen auf ihrem Platz. „Mache ich gern", sagte er.

Das war ja vorherzusehen: Der kleine Satan steht vor der Haustür. Um diese Zeit geht sie zur Schule. Eher friert die Hölle zu, als dass Viola ihre vorwitzige Nase im Zaum hält. Nelly hievte soeben ihre Anschaffungen vom Rücksitz, als Fräulein Neunmalklug heranstürzt und Tragehilfe anbietet.

Sie will natürlich ein Auge auf den Fahrer werfen.

Mit mehr Feingefühl als nötig, bleibt dieser im Wagen sitzen, als Nelly sich dankend verabschiedet.

Sie parkt ihre Tüten vor der Haustür. Während Viola sich zwei von den Einkaufstaschen nimmt, fragt sie: „Wer war das zuckersüße Mokkatörtchen?"

Nelly hatte den Teufel im Leib: „*Mein* Freund", nicht *ein* Freund oder *ein Bekannter* und vor allem nicht das Naheliegende, die Wahrheit.

„Ich werde verrückt! Das Pärchen des Jahres, das Sahneschnittchen Tusnelda und ein zuckersüßes Mokkatörtchen", prustete die blöde Gans.

Schweigend registriert Nelly das provokative Kopftuch. Auf einen Kommentar wartet die als Muslima kostümierte Christin nur. Angekommen vor der Wohnungstür, sagt Nelly: „Vielen Dank, stelle die Tüten hier ab, und tschüss!"

„Hallo, Schätzchen, Mama ist wieder da! Es gibt ganz viele Leckerchen!"

Das war heute Morgen schon fast zu viel des Guten. Tusnelda ist fix und fertig. Sie packt die neu erworbenen Güter aus.

Das Schätzchen, den Schwanz zum Fragezeichen gebogen, kommt angelaufen und liebkost Nellys Bein.

So, das Wichtigste ist getan. Geflügelhäppchen in heller Soße sind verputzt. Der Katzenkavalier meinte, Katzen sollen keine Milch haben, also gibt es Wasser. Das neue Katzenklo ist hergerichtet und die Kleine nimmt es laut scharrend und kratzend in Besitz. Zuerst wird ein großer Kaffee aufgeschüttet. Mit dem Kaffeebecher in der Hand sinkt sie erschöpft aufs Sofa.

***

Tusnelda lässt den denkwürdigen Morgen Revue passieren. Sie kann sich nicht erinnern, wann dieser das letzte Mal derart ereignisreich war.

Wie verhält sie sich am besten, wenn ihr das *Mokkatörtchen* noch mal über den Weg läuft? Klar doch, natürlich grüßen und weitergehen.

Eines ist so sicher, wie das Amen in der Kirche: Über die sensationelle Nachricht werden spätestens am Abend Heiko und Carmen von Viola ins Bild gesetzt. Das *süße Mokkatörtchen* wird von allen Seiten beleuchtet. Die Bedenken hinsichtlich der Liaison zu *Odhan, dem Herrscher des Feuers*, wären damit hinten angestellt. Die Attraktion, die Tusnelda als Gesprächsthema bietet, stellt alles andere in den Schatten.

Die Kleine hüpfte neben Nelly auf Sofa. Sie rekelte sich in eine angenehme Position und legte eine Tatze auf Nellys Arm.

Während sie das Kätzchen mit drei Fingern auf dem Kopf krault, fragt Nelly: „Wie findest du den Namen *Felize*, möchtest du so heißen?" Als Antwort gab es einen zufriedenen Schnurrlaut.

***

Gegen sechs Uhr früh ist Pipi-time. Felize scharrte sich einen Wolf und Katzenstreu flog in alle Richtungen.

Das nächste Ziel, nämlich Nelly aus dem Bett zu treiben, ließ sich schnell erreichen: Das kleine Luder wühlte sich durch die Zudecke und kratzte an Nellys Füßen, so blieb nichts anderes übrig, als die Flucht aus dem Bett. Kurz die morschen Knochen gedehnt und gereckt, bewegte Nelly sich zum kleinen Balkon. Die Reinheit der erwachenden Natur mit all ihren Facetten war für Tusnelda eine neue Erfahrung. Nur ein älterer Mann ging mit seinem Hund Gassi. Die beiden waren zusammen alt geworden, trotteten vertraut im Gleichschritt und nahmen gegenseitig Rücksicht auf ihre Arthrose.

Schlaftrunken füllte die gefolterte Katzenmutter das Näpfchen auf. Satt gegessen gab Felize Ruhe, machte sich im eroberten Bett breit, und ihre Katzenmama hatte jetzt frei.

Die Senseo-Maschine war zu Weihnachten ins Haus gekommen. Die Kaffeetasse war nur zur Hälfte gefüllt. Müsste entkalkt werden. Abgesehen von kleineren Holpersteinen fühlte sich das frühe Aufstehen aber nicht schlecht an.

Mehrere Male hatte sie sich tatsächlich in der Frühe im Schweinsgalopp zum Einkaufen bewegt. Das sollte heute nicht anders sein.

Die Sonne lugte gerade hinter den Häusern hervor und kündigte an: Ich komme in ein paar Minuten und trockne alles wieder.

Es war nachts wohl ganz schön was runtergekommen. Die Straße glänzte

noch nass, und von den Bäumen fielen vereinzelte Tropfen.

Wie es sich für eine Hausfrau jenseits der besten Jahre

gebührte, bewegte Tusnelda sich in gemäßigtem Tempo. Von freiwerdenden Endorphinen war nicht die Rede, aber jeden Tag kam sie besser von der Stelle.

Ohne die Befürchtung eines Kreislaufkollapses konnte sie den Gruß des jungen Joggers inzwischen freundlich erwidern. Der Sportliche trug eine hautenge Montur in Grün. Er glich einer Porreestange.

„Sie sollten sich Laufschuhe zulegen, dann geht's viel besser", rief er seitlich rüber. „Die gibt es überall." Na, „überall" ist ein weites Feld, dachte Nelly.

Vor den Kopf stoßen wollte sie aber den Porree nicht. „Ja, danke."

Pizza mit einem Belag aus Analogkäse, Analogschinken und Gen-Tomaten war Geschichte. Felize stand auf Putenschnitzel, also gab es Putenschnitzel – für Tusnelda mit fertig gemischtem Tüten-Salat.

Ob er sich noch mal sehen lässt? Einen Kontrollblick durch den Laden kann ich riskieren, tut ja keinem weh!" Sie schlendert Gang für Gang durch den Supermarkt. Was-wäre-wenn? Die Antwort hatte sie parat: Ich grüße freundlich und gehe weiter.

Noch ein Blick in den Gang mit dem Katzenfutter-Sortiment, dann würde sie die Exkursion durch den Supermarkt aufgeben.

Als hinter ihr eine wohltemperierte Stimme ein fröhliches „Hallo" rief, erstarrte Tusnelda und traute sich kaum, ihn anzusehen.

Ein gekochter Hummer war blass gegen ihre Gesichtsfarbe. „Auch Hallo" quetschte sie hervor.

Er sah in dem hellblauen Polo-Shirt und den engen Jeans großartig aus.

Ihre Füße waren wie einbetoniert, mal nur so eben im Vorübergehen zu grüßen, das konnte sie sich von der Backe schmieren.

Er lächelt sie mit glänzenden Zähnen an und fragt nach dem Befinden der kleinen Felize.

Ehe sie antworten kann, rollt ein Wesen wie ein Panzer mitsamt Einkaufswagen unerschütterlich auf sie zu und schmettert: „Kann ich mal vorbei?" Nelly macht einen Satz nach hinten und bedenkt das Ungetüm mit einem verächtlichen Blick. „Geht das auch netter?" wirft sie hinterher.

„Nee, das ist ein Supermarkt und kein Bistro zum Quasseln!"

„Die zickige Kampflesbe hat nicht unrecht, was meinen Sie, sollen wir diese ungastliche Stätte verlassen und einen Kaffee trinken gehen?" Tusnelda konnte keine Meinung kundtun, ihr Hirn war gefüllt mit Watte und ihr Magen mit einem Stein.

Fürsorglich schiebt der „Freund" sie in Richtung Kasse. „Sie könnten doch sicher ein Frühstück vertragen, ich kenne ein Lokal, das wird Ihnen gefallen."

Das Restaurant *Satt und Selig* in einem wunderschönen alten Fachwerkhaus war wohl jedem Spandauer bekannt, aber sie war nie hier eingekehrt.

Sie ließen sich draußen in den soeben hingestellten Korbstühlen nieder. Wie es aussah, hatte das Lokal gerade erst geöffnet. Einige Nebentische wurden von bereits wartenden Gästen besetzt. Während sie zwei Sets auflegte, fragte die Bedienung nach ihren Wünschen.

„Ich nehme bitte das *Hausfrühstück*", sagte ihr Begleiter, und Nelly ergab sich ihrem Schicksal: „ich auch." Einen Bissen durch den Hals zu kriegen, war gar nicht einfach.

Zwei Pötte Kaffee schleppte die junge Bedienung mit einer Hand, in der anderen ein Tablett mit Milch, Zucker und einer kleinen Blumenvase.

Mit der Bemerkung „So können Sie schon mal einen Kaffee trinken", drapierte sie alles auf dem Tisch.

Ihre rundum gebundene Schürze reichte bis an die Knöchel. Das beim Gehen aufklaffende Stück Stoff legte nackte Beine und einen Minirock frei.

Nelly hielt den Pott Kaffee in den Händen, als er das Wort an sie richtete:

„Übrigens, ich heiße Dalvin, *Dalvin Martinez-Diaz*, aber nennen Sie mich bitte Dalvin."

„Nelly", war die knappe Antwort, wobei sie ein Schluck von dem Kaffee nahm. Das Frühstück war im Anmarsch. Die junge Frau stellte alles auf den Tisch: Brot, Butter, Wurst- und Käsesorten, Schinken, Ei, Konfitüre, Nuss-Nugatcreme, Honig, Kräuterquark, frisches Obst.

Dalvin nahm Butter und Wurst auf seinen Teller, Nelly Schweizer Käse: „Lecker, die Löcher mag ich am liebsten."

„Also Nelly – eine Abkürzung von …?"
Sie hielt immer noch die große Tasse Kaffe in den Händen und antwortete: „Tusnelda."

„Das ist aber mal ein hübscher Name." Charmant, wie er ist, fällt ihm sicher nichts Besseres ein, dachte sie.

„Nach der Cheruskerfürstin benannt?" Jetzt musste Nelly mangels historischer Kenntnis schwer schlucken.

„Nein, nach einem Kuchenstück. Kirschen, Sahne und obenauf Blätterteig mit rosa Zuckerguss. Mein Vater vertrat die Ansicht, dass man die besten Frauen dort antraf, wo die Bedienung über einem schwarzen Kleid ein winziges weißes, gestärktes Schürzchen mit einer Riesenschleife trug. Nämlich in einem netten Café bei einem Stück Kuchen." Er lächelte tiefgründig: „Oder im Supermarkt."

Nelly lächelte ebenfalls und erzählte weiter. „Und nicht in einer Bar bei gepanschtem Cocktail.

So hat er meine Mutter anno Knack im *Kranzler* kennengelernt. Dort keimte im Laufe von gefühlten einhundert Sahneschnitten die Leidenschaft füreinander. Das Ergebnis dieser Geschichte sitzt vor Ihnen.

Heutzutage haben die jungen Frauen in einer Hand einen Thermobecher Coffee to go, in der anderen ihr Handy. Kein Wunder, dass es so viele Singles gibt."

***

„*Hola, Dal, que tal?*"

Gleichzeitig wurde Nelly ein kurzes Nicken gegönnt.

"*Bueno, gracias*", antwortete Dalvin.

Zwei junge Männer ließen sich in die noch freien Sessel fallen, ein Mädchen nahm sich eine Sitzgelegenheit vom Nachbartisch. Der eine Junge war gelb, der andere schwarz, das Mädchen weiß.

Der Gelbe warf seinen geflochtenen Zopf über die Schulter wie Indiana Jones seine Peitsche. Die Nummer war einstudiert bis zur Vollkommenheit.

Der Haarschopf des Schwarzen glich einer Sendestation. Die verfilzten Stummel standen wild vom Kopf ab.

Falls sie den Namen überhaupt verdiente, sah die Frisur des sonst hübschen Mädchens wie mit der Stichsäge geschnitten aus.

An ihren Ohren hingen Reifen so groß wie Mühlräder.

Aus tiefschwarz umrandeten Augen sah sie wild um sich.

Dalvin deutete mit einer Kopfbewegung zu Nelly „eine Katzenfreundin" und mit einer weit ausholenden Handbewegung „Kollegen von mir."

Nelly verkniff sich die Frage nach dem offensichtlich dubiosen Arbeitsplatz.

Das Mädchen ergriff eine Scheibe Schinken, zerlegte sie in kleinere Stücke und ließ sie in die Tasche ihrer Lederjacke fallen. „Für Josefine" war die Erklärung. „Die hatte heute noch nichts zum Frühstück."

Die Grufti-Nachbildung wandte sich Tusnelda zu: „Ich heiße Valentina, und das ist Josefine", hob ein fast weißes Frettchen aus der Jackentasche und hielt es Nelly entgegen. Das putzige Tier schielte Nelly mit seinen Knopfaugen an und hielt mit zitternden Barthärchen die kleine Nase in die Luft. Nelly nahm eine Scheibe Schinken.

Sie bekam eine Lektion über Frettchen: „Halte Josefine nicht den Schinken mit den Fingern hin, sondern auf der flachen Hand, sonst beißt sie dich."

Josefine roch etwas streng, aber über eine solche Lappalie schwieg man besser. Valentina beugte sich vor, um besser hören zu können. Die männlichen Begleiter lamentierten über dieses und jenes, wobei das eigene Wort kaum zu verstehen war.

„Wie heißt du denn?"

Selbst unter Androhung von Prügel hätte sie sich nie mit „Tusnelda" vorgestellt. Heute kam der Name ohne Weiteres über ihre Lippen, und das zum zweiten Mal.

„Ein Café *Thusnelda* existiert in der Heilandskirche, sogar auf der Thusnelda-Allee", erklärte Valentina begeistert.

„Für weniger betuchte Leute gibt es dort preiswert Kaffee und Kuchen."

Die schräge Type wurde Nelly geradezu sympathisch.

Der Small Talk der drei Schreihälse bot scheinbar nichts Neues mehr, sodass sie sich vom Acker machten.

Mit geschickter Kopfbewegung beförderte der Gelbe den Zopf abermals nach achtern und verbeugte sich mustergültig vor Tusnelda:

„Gnädigste!" Die schwarze Sendestation wartete bereits am Straßenrand „Valentina, kommst du?"

Das Mädchen packte die haarige Josefine zurück in die Tasche, schlug Tusnelda kameradschaftlich vor die Schulter „man sieht sich", und stapfte in ihren schwarzen Lederstiefeln davon. Sie winkte Dalvin zu: *"Hasta luego, Dal."*

Im Kollektiv war es gelungen, den Frühstückstisch ziemlich strubbelig aussehen zu lassen. Die kläglichen Reste hatten offenbar nicht den Geschmack getroffen.

Jetzt oder nie, mit aufgefrischter Selbstachtung fragte Nelly nach seinem Job.

Sie war auf Krankenhaus, Kfz-Werkstatt, Tierpark, Kneipe gepolt, aber bei der Antwort „In einem großen Hotel *Unter den Linden* als Chef de Sous" fiel ihr die Kinnlade runter.

Aber diesen Ball konnte sie parieren.

Nelly korrigierte ihre Haltung, drückte den Rücken durch und äußerte: „Soßen, das ist ja das Wichtigste für ein leckeres Essen. Zaubern Sie den ganzen Tag die passenden Soßen zu den Gerichten? Das ist toll!"

„Das ist nicht ganz der Fall." War sein Lächeln verzeihend milde? „Ich bin stellvertretender Chef de Cuisine, also zweiter Küchenchef. Natürlich beherrsche ich auch die Soßenzubereitung."

Ein Schlag ins Wasser. Aber welche normale Hausfrau konnte

das wissen.

Rettung aus der Klemme nahte auf dem Fuße beziehungsweise auf zwei pummeligen Beinchen. Die hatten sich von einem Nachbartisch auf die Reise gemacht.

Der kleine Fratz, der geschätzte fünf Pfund Übergewicht mit sich trug, saugte heftig an seinem Schnuller, der an einer bunten Perlenkette hing, pflanzte sich vor dem großen schwarzen Mann auf und starrte ihn aus aufgerissenen Augen an. Nelly dachte, ein Latino würde kinderfreundlich reagieren.

Aber das war hier nicht der Fall: „Husch, husch, geh' zu deiner Mama, mach nen Abflug!" Bei seinem einsetzenden Gebrüll flog dem Winzling der Schnuller aus dem Mund wie eine Kanonenkugel. Er tapste los, so schnell die Beine es zuließen.

Gott sei's getrommelt und gepfiffen, Dalvin hatte ihr aus der Seele gesprochen.

Vom übernächsten Tisch aus erdolchte die Mutter des Brülläffchens sie mit Blicken: Außen Hausfrau, innen Schlampe.

„Ich bin eine Katzenrabenmutter, es wird Zeit, dass ich nach Hause komme."

„Darf ich Sie nach Hause fahren, dann geht's schneller?"

Er durfte, und ruckzuck waren sie vor der Haustür. Er stellte den Motor aus und drehte sich ihr zu. „Also …", sagte er, „bis dann? … vielleicht nächsten Montag. Wenn Sie wollen, können wir uns ja direkt bei *Satt und Selig* zum Frühstück treffen?"

Nelly fühlte eine Hitzewelle aufsteigen.

Das Blut pochte in ihren Ohren, und sie hörte kaum ihre eigenen Worte „Ja, gerne, dann kann ich mich wenigstens revanchieren."

***

„Hallo Schätzchen, Mama ist wieder da!"
Felize schaute beim Auspacken zu, es musste in Augenschein
genommen werden, was die Katzenküche zu bieten hatte.
„Für dich gibt es Putenschnitzel. Bis es fertig ist, können wir
ein bisschen spielen." Mit klitzekleinen Fellmäuschen spielte
Felize am liebsten.
Nelly hatte nicht viel Ahnung von Katzen, aber sie wusste, das
Apportieren Hunden vorbehalten war.

Aber Felize war etwas Besonderes, sie war eine Katzengöttin.
Sie raste wie eine Rakete der Maus hinterher und brachte ihre
Beute tatsächlich zurück. Ihre Spielgefährtin wurde aber nicht
verschont, sie musste ebenso die Maus holen.
Versteckspiele waren ebenfalls Felizes Leidenschaft. Nelly
verbarg sich hinter der Tür. Der Ruf von „pie-ip!" brachte
Bewegung in die Katze, und sie freute sich wie Bolle, wenn sie
ihre Mama aufstöberte. Felizes Lieblingsversteck war unterm
Sessel. „Ich kann dich sehen, dein Schwanz guckt raus!", und
schon flitzte das Fellbündel in den nächsten Schlupfwinkel.
Das beste Versteck war das dünne Gestell der Stehlampe. Sie
hockte sich dahinter und hielt den Kopf nach unten. Genau
wie ich, dachte Nelly. Halte ich den Kopf nach unten, sieht
mich keiner.

***

56

Kapitel 6

Heiko hatte keinen Schimmer, wie der da oben heute die Karten gemischt hatte. Wenn man reinsehen könnte, wüsste man mehr.

Viola saß mit ihrem Stiefvater in der Küche. Auf die Zwischenfrage, ob sie nicht mehr zur Schule gehe, kam die Auskunft „später."

„Kannst du mir etwas Geld geben, ich brauche neue Klamotten",

dabei sah sie ihn provozierend an.

„Warum sollte ich das tun?"

„Vielleicht, damit ich dich nicht so Scheiße finde? Du hast sowieso mein ganzes Leben versaut mit dieser Hütte hier in der Pampa!"

Heiko antwortete gelassen: „Ja, ich gebe zu, dass es hier schlimmer ist als in Guantanamo!"

Er hielt ihr einen Hunderter hin. „Reicht das?" Viola steckte den Schein ein. Jetzt holte sie ihren Trumpf aus dem Ärmel:

„An dem Samstag habe ich dich mit deinem Kollegen in Berlin gesehen.

Er trug einen Minirock. Die blonde Mähne könnte mal einen Friseurbesuch vertragen. Wenn es unter Kollegen üblich ist, eng umschlungen durchs Sony Center zu flanieren, möchte ich auch bei euch im Baumarkt arbeiten."

Heiko reagierte eigentümlich gelassen. Er hätte den Schwindel selbst aufgedeckt, also ein Versuch, ihn zu erpressen, landete nicht auf fruchtbarem Boden.

„Ich wollte dich nicht erpressen, sondern lediglich mal deinen Heiligenschein herunterreißen", zischelte Viola.

Scheiße, jetzt war er frühzeitig aufgeflogen. Die Sache war durch Viola zu einer tickenden Zeitbombe geworden. Früher oder später wäre es ohnehin zu einer Entscheidung gekommen, aber den Zeitpunkt hätte er lieber selbst bestimmt.

**

Das Duo pflegte sein Schmusestündchen und saß Pfötchen haltend auf dem Sofa. Nelly las in *Clickertraining für Katzen*, einem Neuerwerb, der ihr zufällig in die Hände gefallen war. Ja Felize, das wäre was für uns.

Die Angesprochene blickte sie unter halb geschlossenen Lidern an, ich springe für dich durch einen Reifen und jongliere mit drei Bällen, aber bitte nicht jetzt.

Sie wälzte sich halb auf den Rücken und legte ihre Schweißtatze wie immer auf Nelly Hand. Während Nelly die weichen Ballen leicht massierte, warf sie einen Blick auf die schlummernde Katze.

Wie konnte durch diese mikroskopischen Nasenlöcher Luft geholt werden? Das Köpfchen hing ein Stück über der Sofakante, aus dem geöffneten kleinen Maul lief Speichel.

Tusnelda nannte nie ein Tier ihr eigen, weder als Kind noch als Erwachsener. Nicht mal einen Fisch.

Der Anblick des schlafenden Wesens berührte Nelly in ihrem tiefsten Innern. Eine Welle erfasste sie wie eine Sturmflut, die die Krusten ihrer Seele fortspülte. Sie fühlte deutlich, wie die Verhärtungen Stück für Stück zerbarsten. An eine derartige Gemütsbewegung konnte sie sich nicht erinnern. Eine Art von Gefühl, die plötzlich alle Farben heller erscheinen lässt.

Tusnelda lief durch die überfüllten Straßen, vorbei an bunten

Läden und Cafés. Sie sah das quirlige Treiben mit den Augen einer Touristin, eines Menschen, der alles zum ersten Mal betrachtete.

Sie lächelte Fremde an, die sie vorher nicht mal bemerkt hatte.

Auf dem Rückweg winkte sie nicht nur der weißhaarigen Frau zu, die wieder am Fenster saß, sondern bewunderte die in den Vorgärten üppig blühenden Rosensträucher.

Einen Teil des Gedichtes von Rainer Maria Rilke konnte sie auswendig. Wie lange war es verschüttet gewesen. Jetzt kam es ihr wieder in den Sinn:

Sie können sich selber kaum halten; viele ließen
sich überfüllen und fließen
über den Innenraum
in die Tage, die immer
voller und voller sich schließen,
bis der ganze Sommer ein Zimmer
wird, ein Zimmer in einem Traum.

Sie warf ihr altes Leben, ihre Vergangenheit, ab wie die Schlange ihre Haut.

So verabschiedete sich Tusnelda von ihrem früheren Leben, in dem es ihr zuvor jedes Mal die Kehle zuschnürte, wenn sie sich dem Haus näherte, das kein Zuhause mehr war, sondern eine Stätte der Trauer, der Missachtung und Kälte. Ihr altes Leben war Vergangenheit, und sie hätte vor Freude heulen können.

***

Kapitel 7

Carmen starrte minutenlang in den fast leeren Kleiderschrank und sank aufs Bett. Sogar den digitalen Wecker hatte er mitgenommen, der Arsch. Müsste sie nicht Zeter und Mordio schreien? Ihre Empfindungen waren lahmgelegt, sie war vollkommen schmerzfrei. Oder war es ihr inzwischen egal, wo das Schwein war? Tusnelda würde sie beide jetzt sicher an die Luft setzen, war ihr erster Gedanke.

Viola kam ins Zimmer: „Was geht denn hier ab?" Carmen knallte die Schranktür so unbeherrscht zu, dass sie wieder aufsprang und gegen die Wand schlug. „Hast du das gewusst? Sicher, du wusstest darüber Bescheid!"

„Dass die Flasche abhaut, habe ich nicht gewusst, aber, dass er eine andere hat, wusste ich!"

Carmen sackte in sich zusammen. „Und mir nichts gesagt, super! Super, super Tochter! Danke auch!"

Sie machte sich auf ins Bad, um festzustellen, dass seine Toilettenartikel ebenfalls fehlten.

Irgendwo war noch eine Pulle Wodka von Heikos letztem Geburtstag.

Die hatte er vom Chef bekommen. Sie suchte den Kiefernschrank ab.

Er wird ja nicht den Schnaps auch noch mitgenommen haben, um mit der Neuen auf die Zukunft anzustoßen, spekulierte sie.

Das Glück ist ein Rindvieh und sucht seinesgleichen. Da war es ja, das tröstende Tröpfchen.

„Komm, trink mal einen mit mir" Carmen stellte zwei Gläser auf den Küchentisch und schenkte den Wodka ein. „Prost, auf die langweiligen, blöden Ehefrauen. Seit wann wusstest du davon?" Sie kippte den Schnaps runter wie Wasser.

„So etwa seit vierzehn Tagen, da habe ich die beiden zufällig gesehen."

Ihr Bauchgefühl sagte ihr, dass es besser ist, die Tatsache, dass sie die Lawine erst ins Rollen gebracht hatte, unter den Tisch zu kehren.

Carmen interessierte sich natürlich brennend dafür, welche raffgierige Schlampe Heiko dermaßen einlullte, dass er alles stehen und liegen ließ.

Viola, wachsam geworden, schilderte die Flamme als nichts Besonderes, ziemlich blond und ziemlich dick.

Die frustrierte Carmen goss Schnaps ein.

„Nicht lang schnacken, Kopf in' Nacken!"

Und schon war er vernichtet.

***

Es lief *Tatort*, als es klingelte. Tusnelda löste sanft die Pfötchen, die ihre Hand umschlungen hielten.

Sie staunte Bauklötze, als Viola vor der Türe stand wie ein Fliegenpilz, kreideweiß mit roten Flecken im Gesicht. Ein Giftpilz war sie ja, aber anzusehen war ihr das bislang nicht.

Die Wimperntusche hatte sich verabschiedet und die Haare standen wild vom Kopf ab.

Nelly verschlug es die Sprache. Das kippelige Geschöpf suchte Halt am Türrahmen: „'tschuldigung, teuerste Oma, kannste mal ...?"

Mit einer schwungvollen Armbewegung zeigte sie nach unten.

Nelly fand zu sich: „Hat die teuerste Enkelin was genommen? Wie es aussieht, hast du getankt, und das nicht zu knapp! Ich dachte Muslimas trinken keinen Alkohol oder wie jetzt?" „War ja nur ganz ... büschen" hickste Viola.

Selbst Nelly sah ein, dass eine Standpauke verpuffte wie ein Tropfen in der Sonne.

Wie an Fäden einer Marionette stakste die knülle Type wieder nach unten. Besoffene und Kinder sagen die Wahrheit, *teuerste Oma* ging ihr doch etwas unter die Haut.

Aber so oder so, es blieb nichts anderes übrig, als ihr zu folgen. Hoffentlich war nichts Ernsthaftes passiert. Ein mulmiges Gefühl beschlich sie.

Ihre Schwiegertochter hing am Küchentisch, den Kopf auf den Armen. Sie starrte Tusnelda mit glasigen Augen an wie das Kaninchen die Schlange. Die leere Wodkaflasche flog bei der Handbewegung auf die Erde. „Weg ... lallte sie, einfach abgehauen", und ihr Kopf sackte wieder auf den Tisch.

In der Küche stank es wie in einer Bahnhofskaschemme.

Carmen hatte sich bis auf den Slip ausgezogen, die Klamotten lagen verstreut in der Küche. Sie versuchte, sich aufzurichten: „Findest du auch, dass ich Scheiße aussehe?"

Aussehen nicht, dachte Nelly, aber ... !

Frage an Radio Eriwan:

Ist es einer Oma möglich, zwei hochgradig alkoholisierte Frauen ins Bett zu kriegen? Im Prinzip ja, aber nur mit Zerren, Schleifen, Schieben und Stoßen ohne Rücksicht auf Verluste.

Genau, so wird es funktionieren. Ohne das Geschwafel zu beachten, schleppte Tusnelda die beduselte Carmen ins Schlafzimmer. Betrunkene spüren ja keinen Schmerz, dachte Nelly, als Carmen dabei vor den Türrahmen stieß. Dann pfefferte sie die halb Ohnmächtige aufs Bett und wälzte sie wie einen nassen Sack auf die Seite.

Jetzt noch die andere Saufziege. Das ging etwas besser, die torkelte alleine vor sich hin. Sie knallte zwar in der Diele vor den Garderobenschrank, aber sonst waren keine Blessuren zu befürchten.

Vor dem Bett angekommen, krallte sich Viola hinten in Nellys Hemd, und schnürte ihr am Hals die Luft ab. „Warte, Omili …, wenn das Bett vorbeikommt, springe ich rein." Im Rauschzustand konnte man sie fast lieb haben. Nelly bugsierte das Pendant neben die Mutter in das Bett des Fahnenflüchtigen. Geschafft! Klappe zu, Affe tot!

In der Zwischenzeit waren die Morde im *Tatort* aufgeklärt. Tusnelda fiel aufs Sofa, sie spürte jeden Knochen von der Schwerstarbeit.

Felize hatte auf die Mama gewartet. Gedankenverloren zwirbelte Nelly ihr an den Ohren, dafür zeigte die Katze eine masochistische Begeisterung.

„Wir gehen gleich ins Bett, ich brauche meinen Schönheitsschlaf, und weißt du auch, warum? Weil ich Montagmorgen eine Verabredung habe."

Die Gedanken wirbelten herum wie die Wäsche im Trockner.

Entstand in ihrem Hirn derzeit noch ein klarer Gedanke, oder hatte sie nur noch nasse Watte darin?

Die Fakten gegen den Uhrzeigersinn zu drehen, das wäre lächerlich. Sie als spießige Hausfrau, die ihre besten Jahre schon hinter sich hatte, sollte sich keine Flausen in den Kopf setzen.

Also was beabsichtigte er? Nelly hatte zwecks Staatsbürgerschaft oft von Scheinehen gehört – und den einen oder anderen Spielfilm darüber gesehen.

Hatte er es auf ihren unermesslichen Reichtum abgesehen, bei dem ein paar Nullen fehlten? War Geld die einzige Waffe einer älteren Frau?

Das Fahnden nach einem zweifelhaften Argument ergab auch keinen Treffer. Bewahrheiteten sich die Vorurteile nicht, war sie sehr wahrscheinlich über die simple Aufklärung obendrein noch enttäuscht.

Hat keinen Zweck, sich weiter den Kopf zu zerbrechen, ich halte einfach die Augen auf und schalte meinen Verstand ein, dachte sie.

Das Kuschelbett rief nach ihr.

Noch ein halbes Stündchen mit Felize schmusen, bis die schnurrend auf die andere Betthälfte kroch. Das gute Futter zeigte Gott sei Dank schon auf den Rippen Wirkung.

***

Kapitel 8

Als Nelly das Haus verließ, tauchte sie in einen strahlenden Frühlingstag ein. Eine leichte Brise wehte durchs Haar.

Sie setzte sich in Bewegung. Mit einem Blick konnte sie die Frau von gegenüber wahrnehmen, die am Fenster saß. Sie winkte ihr zu, und ihr Gegenüber nickte freundlich.

Auch die nagelneuen Laufschuhe verdienten noch einen Blick. Sie hatte keine Kosten gescheut. Wenn schon, denn schon … Die Schuhe verfügten über Dämpfung und Stabilisierung, Gel-Polster und … und … alles, was ein Profi braucht. Die Farbe war ein Knüller: Knallrot mit gelber Sohle.

Die Gelegenheit einen guten Umsatz zu machen, nutzte der nette Verkäufer und stürzte sich ähnlich einem Kraken auf die Verkaufsinseln der Jogginganzüge. Die Fangarme griffen links und rechts zu, und in Nullkommanichts hingen vier Sonderangebote daran.

Rosafarben kam nicht infrage, erinnerte das doch zu sehr an die Plattenbauprinzessin aus Marzahn.

Dunkelblau mit roten Streifen passte gut zu den Schuhen. Dazu ein T-Shirt. Ein paar butterweiche Socken packte das Verkaufstalent fürs Wiederkommen dazu.

Das fehlte noch, dass sie sich für das Treffen auftakelte wie ein Zirkuspferd. Als schlichte Hausfrau hatte sie sich für die Hose plus T-Shirt entschieden. Die Schuhe allein fielen ins Auge. Für ihre Begriffe war sie reichlich aufgebrezelt.

Auf jeden Fall aber schicker, als ihre graue Schlupfhose aus undefinierbarem Material.

Durch das Outfit wurde zwar nicht die Schnappatmung verhindert, aber die kam damit sportlicher rüber. Als die grüne

Porreestange sie erblickte, wurde mit Zeigefinger und Daumen ein Ist-ganz-toll-Kreis geformt.

Ich kaufe etwas Katzenfutter, er soll bloß nicht glauben, ich käme nur seinetwegen. Sie drehte eine Runde durch die Altstadt, um die Zeit totzuschlagen. Die Boutique-Besitzer hatten die bunten Gewebe noch hinter Gittern eingeschlossen. Einige fleißige Hilfen säuberten den Gehsteig vor den Bistros. Auf den Glockenschlag neun Uhr fand Tusnelda sich vor dem noch leeren Restaurant ein.

Sie platzierte sich an einen der unbesetzten Tische. Verflucht, eine Uhrzeit war gar nicht vereinbart. Na, egal, erst mal einen Kaffee trinken. Nachdem sie den Sessel so zurechtgerückt hatte, dass sich Straße und Lokal im Blick befanden, hielt sie nach der freundlichen Bedienung Ausschau.

Die Soziologie-Studentin jobbte früher stundenweise hier, um fürs Studium etwas dazuzuverdienen. Der Job gefiel ihr aber so gut, dass sie blieb, und das Studium an den Nagel hängte. „Ich nehme erst eine Tasse Kaffee, ich warte noch auf einen Bekannten."

Nelly rührte in ihrem Kaffee und griff nach der kleinen Gebäckzugabe.

Sie beobachtete eine Amsel, die am Straßenrand in der Wasserlache, die vom Reinigen der Terrasse übrig geblieben war, ihre Morgentoilette vornahm. Mit dem Schnabel schrubbte sie ihre Achselhöhlen, um danach die Flügel glatt zu streichen. Sie schüttelte sich, sodass ein Sprühnebel sie umflog. Wie vom Himmel gefallen, stand nicht der Erwartete, sondern der Gelbe vor ihr. „Gnädigste, auch hier?" Gleich wirft er den Zopf über die Schulter, dachte Nelly. Just leider nicht. Er ließ sich ihr gegenüber in einen Sessel fallen.

Die herbeieilende Kellnerin nahm seine Bestellung auf,

während er Nelly von Kopf bis Fuß fixierte. „Na, das sieht ja mal flott aus."

Es brannte ihr auf der Seele, aber sie hätte sich eher die Zunge abgebissen, als nach Dalvin zu fragen.

Dann sah sie schon aus dreißig Meter Entfernung sein warmes Lächeln.

Tusnelda hatte ihr Horoskop vor Augen: *Etwas Großes kommt auf Sie zu, ergreifen Sie es!*

Die Gefühle waren zwiespältig. Sie hatte Kribbeln im Magen. Gleichzeitig kroch ein nebelhaftes Angstgefühl den Rücken entlang.

Was würde passieren, wenn sie jetzt einfach aufstand, um ganz und gar dem Thema Dalvin zu entfliehen? Ging nicht, sie war wie mit Kontaktkleber am Stuhl festgeklebt.

Er sah wieder hinreißend aus. Anstatt ihr Heil in der Flucht zu suchen, setzte sie ein liebliches Lächeln auf und blickte ihn wie Sid aus Ice Age mit Glupschaugen an. Sie hielt mit Mühe die Zunge hinter den Zähnen.

„*Buenos Dias!*" Natürlich, die Sendestation hatte noch gefehlt. Spätestens in diesem Moment spürte Tusnelda, was Dalvin im Schilde führte, nämlich gar nichts. Und davon ganz viel. Ein kiloschwerer Stein klabasterte vom Herzen.

Ihre Einsamkeit war offenbar für jedermann ersichtlich, so erfüllten diese netten Menschen die Willkommenskultur im umgekehrten Sinne.

Der Unterschied fand sich nur darin, dass Nelly keine Integrationsprobleme hatte.

„*Nos tuteamos?*", sprach der Schwarze sie an. *Perdón*, ich wollte sagen: „Duzen wir uns? Ich heiße Sidney."

„Mein Name ist Nelly."

Ihr Galan mischte sich ein „Tusnelda heißt sie, ist das nicht entzückend?"

„Wenn wir schon dabei sind", rief der Gelbe, „ich heiße Lian." Zum Vergnügen Nellys schleuderte er nun seinen Zopf formvollendet nach hinten und grinste wie ein Honigkuchenpferd: „Ich bestelle jetzt ein Gläschen Sekt!" Und schon schoss das dünne Ärmchen nach oben, um die Bedienung aufmerksam zu machen.

„Es ist zehn Uhr" warf Nelly ein.

„Ich weiß, wie spät es ist. Nach der Uhrzeit habe ich nicht gefragt. Ist euch schon mal aufgefallen, dass einem immer die Uhrzeit genannt wird, wenn am Morgen ein Tröpfchen Alkohol zur Diskussion steht?"

Wie von Geisterhand standen vier Gläser prickelnder Sekt auf dem Tisch.

Lian hatte offensichtlich in seinen chinesischen Wurzeln telephatische Fähigkeiten. Bei diesen Landsleuten gehörte ja Metaphysik zur Tagesordnung.

Trotz der Einwände hatte Lian recht. Der eiskalte prickelnde Schluck ging runter wie Öl und lockerte die verkrampften Magenmuskeln.

„Sollten wir uns zur Brüderschaft auch küssen?" Sidney schaute Nelly fragend an. Er zwirbelte verlegen seine Haarbüschel.

„Nein, sollten wir nicht!" entgegnete Dalvin mit einem Unterton, etwas borstiger als gewohnt.

Nelly hatte mal nicht zugehört und schwelgte im Gefühl der Seligkeit.

Sie könnte platzen vor Glück. Saß sie doch am Morgen mit Sekt und exotischen Männern im *Satt und Selig*, anstatt in mehr als düsterer Seelenlage zu Hause mit ihrem Schicksal zu hadern.

Felize, der süße Schatz, hat sich in ihr Herz geschnurrt und ihre zugemüllte Seele befreit von allem Unrat. Sie wischte eine Träne weg.

„Tusnelda, was ist los, bist du traurig?"

„Nein, im Gegenteil, glücklich", antwortete sie, derweil sie sich erhob, um im Lokal das Frühstück zu zahlen. Sie war überzeugt, dass die Herrschaften diese Aktion am Tisch nicht akzeptieren würden.

***

Dalvin hatte darauf bestanden, sie nach Hause zu kutschieren. Er drehte ihr den Kopf zu: „Du siehst hundertmal besser, aus, als an dem Kennenlern-Morgen." „Guck' nach vorne, sonst passiert noch was!", ging Nelly über das Kompliment hinweg. Sie war seit einigen Jahren durchsichtig wie ein gläserner Käfer, und Komplimente waren eher selten.

Er wechselte das Thema und erzählte, Sidney stamme aus dem Nachbarland Haiti.

Stell dir vor, den in der Dominikanischen Republik gebürtigen Haitianern sollen jetzt Pässe und Bürgerrechte abgenommen werden. Die Politik geht dort sehr viel rigoroser vor als in Deutschland. Sie wollen den Wohlstand und die Stabilität des Landes und das All-inklusive-Paradies für Touristen mit Menschen aus dem sehr armen Haiti nicht teilen. Tausende Haitianer versuchen, in die Dominikanische Republik zu gelangen. Es gibt viele Haitianer, die sich dort illegal aufhalten und Schwarzarbeit verrichten. Nun will die Regierung aufräumen. Dennoch leistete die Dominikanische Republik nach dem Erdbeben schnelle Hilfe und Unterstützung.

Die Öffnung der Grenze und der Krankenhäuser für haitianische Patienten sowie direkte Hilfsleistungen trugen dazu bei, die Situation der notleidenden Menschen zu lindern. Nach dem entsetzlichen Erdbeben ist die Flüchtlingswelle aber ins Unermessliche angestiegen."

Er drückte mit Daumen und Zeigefinger auf seine Augen, so, als wolle er die Empfindungen aus dem Weg räumen. Nelly berührte leicht seinen Arm und forderte ihn auf, weiterzusprechen.

„Nach Schließung der Grenze versuchen die Haitianer die Flucht übers Meer. Gerade jetzt im Mai sind nach dem Kentern eines Bootes mindestens sechs Haitianer vor der Küste der Dominikanischen Republik ertrunken. In meiner Heimat ist der Rassismus viel stärker ausgeprägt als hier. Sidney ist noch etwas schwärzer als ich, aber ich gehöre bezüglich der Hautfarbe auch schon in die untere Klasse. Aber, das musst du ja nicht alles auf einmal erfahren."

Sie verstand zwar immer noch nicht ganz, um was es ging, aber Nelly fand den Redefluss erstaunlich. Die Kommunikation mit ihrem Mann bestand aus den Fragen, was es zu essen gibt, und ob sie die Mahnungen bzw. Rechnungen abgeschickt habe. Sie saßen schon einige Zeit vor dem Haus im Auto. Nelly hätte ihm bis zum Sankt Nimmerleinstag zuhören können.

Er strich mit beiden Händen am Lenkrad entlang, als wolle er es von Staub befreien. Unverhofft nahm er ihre Hände in seine und drückte sie fast unmerklich. „Apropos Brüderschaftskuss, du glaubst doch wohl nicht, dass ich dich von den beiden windigen Vögeln abküssen lasse!"

Das ist letztlich meine Entscheidung, aber sie schwieg dazu. Ohne Nellys Hand loszulassen, legte er den anderen Arm über die Lehne und forderte seinen Kuss ein: „Ich werde jetzt der Tradition nachkommen, und meinen Kuss abholen."

Ihr Herz klopfte wie ein Dampfhammer, und sie glaubte, er müsse es hören. „Ja, ich bitte darum", sagte sie, beherzt entweder durch den Sekt oder ihre Hormone tanzten Ringelreihen. Dem sich nähernden einladenden Mund hielt sie ihre Lippen entgegen.

Sanft nahm er Nellys Kopf in die Hände und küsste sie zärtlich, wobei er mit seiner Zungenspitze nur kurz über ihre Lippen fuhr. Vor einer Tsunami-Flutwelle wurde man gewarnt, vor einer Gefühlswelle müsste eine solche Vorwarnung eingeführt werden.

„Somit ist das Du besiegelt", sagte sie am Rand der Verzweiflung und löste sich aus seiner Umarmung. Gleichzeitig öffnete sie die Autotür. In hohem Grade mutig, fragte Tusnelda: „Rufst du mich mal an?"

„Gern, wenn du mir deine Nummer gibst!"

Ihre Beine befanden sich schon auf der Straße, als sie ihre Telefonnummer auf einen Kassenbon kritzelte.

Im Sturmschritt flitzte Nelly auf die Haustür zu.

Reißaus nehmen war jetzt wohl das Richtige.

***

Kapitel 9

„Hallo Schätzchen, Mama ist wieder da!" Das Schätzchen lag auf dem Bett. Der vorwurfsvolle Blick sagte alles. „Hat die böse Mama dich so lange alleine gelassen", Nelly setzte sich daneben und zwirbelte zur Versöhnung beide Öhrchen.
Unterdessen berichtete sie von den Ereignissen des heutigen Morgens.
Sollte ich ihr auch von dem Kuss erzählen? Felize zeigte großes Interesse, während sie Nelly mit kugelrunden Augen musterte, legte sie ihr Köpfchen schräg. Das hört sich alles sehr gut an, blinzelte sie Beifall.

Nelly hatte Nachhilfestunden in Kätzisch genommen. Sie beherrschte fünf Sprachlaute und sechs Körpersprachen. Sie blinzelte also zurück, was in Katzensprache Lächeln bedeutete.

Bei dem schönen Wetter durfte der Schatz auf den Balkon. Der Balkon war weiß Gott keine Augenweide, Tusnelda hatte ihn mit einigen Blumentöpfen und einer Sitzgarnitur immerhin ansehnlicher gestaltet. An einem Spalier rankte sich eine *Schwarzäugige Susanne.*
Felize sprang auf den Tisch und schaute in den Himmel, wo ein Verbund weißer Hochzeitstäubchen kreiste.
Ein hübscher Anblick, das fand Felize auch. Jedes Mal, wenn die Formation über das Haus flog, entstand ein Ton wie im Heißluftballon, dessen Brenner hochgedreht wird. Dass sie den Vöglein keinen Millimeter traute, konnte man Felize ansehen. Sie wurden nicht aus den Augen gelassen, und die Zähne

klapperten wie Kastagnetten. „Ja, ich weiß schon, was du möchtest … !"

Das Zuhause der Hochzeitstäubchen befand sich beim Nachbarn, der sich dadurch etwas dazu verdiente.

Zehn Minuten später widmete sich die Fellbirne ihrer Körperpflege und ließ sich nach mehreren Drehungen zum Mittagsschläfchen nieder.

„Ich bin gleich wieder da, dann gibt's Klicktraining. Ich sehe nur mal nach der sitzen gelassenen Saufziege. Für die ist das Leben im Moment auch kein Zuckerschlecken." Nelly konnte zwar ihren Sohn vom Grundsatz her verstehen, aber nachvollziehen konnte sie nicht, dass er sich verdrückt hatte, wie ein Dieb in der Nacht.

***

Als Carmen die Tür öffnete, sah sich Nelly einem resedagrünen Gespenst gegenüber, bei dem jede Ähnlichkeit mit der stets gestylten jungen Frau, die Nelly ins Gedächtnis huschte, futschikato war. Mit einer geschnörkelten Drehung wird Nelly hereingebeten. „Bist du nüchtern?" Man könnte ebenso gut mit einem Holzklotz reden, weil die Frage ohnehin unbeantwortet bliebe. „Ich dachte, da ich dich vor einer Alkoholvergiftung bewahrt habe, schaue ich mal nach, wie es so geht."

Ihre Schwiegertochter in spe umgeht die Antwort und fragt: „Hast du jetzt einen Freund?" Einen Atemzug lang windet sich Tusnelda. „Tja, so in etwa, aber nicht so richtig … !"

„Jetzt lass' noch die Heilige Jungfrau raushängen. Ich habe dich gesehen. Ihr habt euch geküsst, und das sah nicht sonderlich keusch aus."

Es kostete sie sehr wahrscheinlich ein gehöriges Quantum Kraft, über die dunkle Hautfarbe kein Wort zu verlieren.

Tatsächlich hätte Nelly nie und nimmer für möglich gehalten, dass sie derart der Teufel reiten könnte: „Ein süßer Negerkuss, das war schon immer meine Leidenschaft."

Wie auf Kommando fielen die Kampfhähne in ein fast hysterisches Lachen und hielten sich die Bäuche.

Die Atmosphäre entspannte sich, damit waren nicht alle Probleme ausradiert, aber zumindest entschärft. Carmen wischte mit dem Handrücken die Tränen weg, die gewiss nicht nur Lachtränen waren.

Sie leckte über ihre ausgetrockneten Lippen und strich die Haare aus dem Gesicht.

„Komm, wir setzen uns an den Tisch oder willst du lieber ins Wohnzimmer?"

Sie saßen wie dickste Freunde auf dem Sofa nebeneinander. Tusnelda bot sich als Kummerkasten-Tante an. „Vielleicht möchtest du mir dein Herz ausschütten." Das ließ sich Carmen nicht zweimal sagen:

„Du warst nie damit einverstanden, was ich meine Lebensentscheidungen nenne. Du wolltest nicht begreifen, dass man keine freien Entscheidungen mehr treffen kann, wenn man mit siebzehn ein Kind bekommt. Als ich Martin, den Vater meines Kindes kennenlernte, habe ich die Schule abgebrochen, weil ich schwanger war. Vor Violas Geburt konnte ich fünf doppelte Wodka trinken, ohne zu schwanken. Ja, ich war unheimlich trinkfest, aber nicht trinkfest genug, um noch an Verhütung zu denken.

Väter sind eine seltene Spezies, sie sind vom Aussterben bedroht. Als die Tochter geboren war, machte sich Martin aus dem Staub.

Als junge Frau war es mit Sicherheit nicht mein Ziel, als ungelernte Verkäuferin zu arbeiten, aber das Leben musste weitergehen. Ich habe mich am eigenen Schopf aus dem Sumpf gezogen. Gewiss fehlte Viola der Vater, aber das Thema war tabu. Aus dem Rahmen fiel jedenfalls, dass Viola auf ältere Männer stand, die manches Mal sogar für mich zu alt wären.

Das Lebenspartner-Buffet ist ziemlich leer gefegt. Man wartet lange auf den Traummann und bekommt einen Kompromiss.

Und nun hat mich dein Sohn bei Nacht und Nebel verlassen, dieser Pflaumenaugust."

„Der Schwachmat" hieb Nelly in die Kerbe.

Carmen sah sie verwirrt an.

„Ist doch wahr!", bekräftigte ihre Schwiegermutter. Ja, so cool konnte sie sein. *Schwachmat* hatte sie von Lian aufgeschnappt.

Carmen nahm zwei Gläser aus dem Schrank und goss Rotwein ein.

Auf dem Wohnzimmertisch benutzte Nelly stets Untersetzer, Carmen verzichtete selbst bei dem Glastisch darauf.

Ich werfe meine hausbackenen Gläserdeckchen weg, nahm sich Nelly vor.

„Er hat eine Andere, Viola hat die beiden in Berlin gesehen. Sie ist blond und dick."

„Seit wann spricht mein Sohn denn blond?" Einmal in Fahrt gekommen, war Nelly nicht mehr zu stoppen.

Der Volksmund, der Schlauberger, sagt, Ratschläge sind auch Schläge.

Nelly ohne Übung in der Vergabe von Ratschlägen schlug trotzdem zu, auch wenn ihr ungefragter Rat Magenschmerzen bei Carmen auslöste.

Die Phrasen hätten ebenso gut vom Postboten sein können: „Du bist noch jung, du findest noch einen anderen".

„Was würdest du denn gerne machen?"

„Gut, dass sich jetzt gezeigt hat, wie er ist, und nicht, wenn es zu spät ist". Bla, bla, bla … !

Carmen hielt sich am bereits dritten Glas Wein fest.

„Erstens, ich habe von Männern die Schnauze voll."

„Zweitens wäre mein Traum, als Kosmetikerin zu arbeiten."

„Drittens, ich bin froh, dass ich jetzt alleine bin."

Und sie heulte wieder los.

In Gedanken zog Carmen Bilanz ihrer Ehe.

Es ist zu schön, um wahr zu sein, war so eine dunkle Ahnung, als sie mit Heiko zusammenkam.

Aber die Schmetterlinge im Bauch und die rosarote Brille ließen keine dunkle Ahnung zu. Und tatsächlich sprang die Realität sie bald an wie ein giftiges Tier. Es ist erstaunlich und bitter, dass das Gefühl der Liebe im Laufe der Zeit verblasst. Wie ein altes Foto in der Zigarrenkiste.

Der erotische Reiz war dahin. *Lieber zwei Minuten stillhalten, als sich zwei Stunden wehren,* war ihr Wahlspruch, wenn Heiko sie wie ein Maschinenkolben im Stakkato behieb. Rauf, runter … rauf, runter …! Carmen fixierte währenddessen die Spinnweben an der Decke. Es war eine Fliege eingewebt. So fühlte sie sich auch. Wo war die Besitzerin dieser Gebilde?

Dem Himmel sei Dank, sie musste nicht mal zwei Minuten aushalten.

Wenn er zustieß wie ein Besessener, konnte es nicht mehr lange dauern, bis er nach Luft schnappend auf ihr zusammenbrach.

Entweder merkte er tatsächlich nicht oder ignorierte, dass sie mittlerweile trocken war wie die Wüste Gobi.

Man sollte die Wundsalbe vorher benutzen und nicht danach.

Am besten wäre noch *anstatt.*

Der fürchterlichste aller Lustkiller war, wenn die Herren der Schöpfung den Kopf der Frau in Richtung der Kronjuwelen drückten.

Dieses Bravourstück hatte Heiko auch fertiggebracht.

Das aber nur ein Mal. Sie zahlte es ihm heim, indem sein Schwanz mit ihren Zähnen Bekanntschaft machte, und das nicht zu knapp.

Dass Carmen im Prinzip keine prüde Steinfigur war, müsste er eigentlich noch in Erinnerung haben. Aber nun war massig Sand im Getriebe seiner Ejakulationsmaschine Carmen, merkte er das nicht?

Wenn Liebesgefühle in Desinteresse oder sogar in Abneigung umschlagen, ist das sehr schmerzhaft. Carmen hatte schon lange den Glauben an die große Liebe aufgegeben.

Er hatte es also vorgezogen, sein Glück auswärts zu suchen. Ob er es findet, interessierte sie so wenig, als wenn in China ein Sack Reis umfällt.

Das Glück wird mit Freiheit gleichgesetzt. Sie war nun frei wie ein Vogel, eine Freiheit, die sie nicht gewollt hatte.

Die intimsten Begebenheiten ihrer Ehe würde sie aber keinem auf die Nase binden, am allerwenigsten Tusnelda.

Es dauerte fast fünf Jahre, bis Carmen verstand, dass es nicht an ihr lag. Tusnelda gehörte einfach zu den Menschen, die ihre Lebensenergie aus Bitterkeit zogen. Wer oder was hatte diese fundamentale Veränderung hervorgebracht?

Es gab noch eine andere Tusnelda, wie bei dieser russischen Schachtelpuppe Matroschka, war die zweite Ausführung hervorgeholt.

Nelly fiel in Carmens Gedankengänge ein:

„Wenn du Lust hast, könntest du mir behilflich sein. Ich brauche einen aktuellen Look, das heißt ein paar neue Klamotten.

Und vielleicht kannst du mir den einen oder anderen Schminktipp geben.

Mein Gesicht ist ein Eldorado zum Üben."

Carmens Gefühle fuhren Achterbahn, das war Klasse, ihre Noch-Schwiegermutter hielt zu ihr, der verlassenen Ehefrau.

In dem Fall war Blut doch nicht so dick.

Carmen sprang auf, stakste im Zimmer hin und her, wild gestikulierend mit den Armen.

„Da quetschen wir dich als Erstes in ein *Shape*, dann suchen wir nach einem schönen Kleid und natürlich nach coolen Jeans."

Wagemutig warf Nelly ein: „Bitte, was ist ein *Shape*, in was soll ich gequetscht werden? Ist jetzt auch egal, wir reden noch drüber, ich muss nach oben, mein Schätzchen wartet."

Carmen unterbrach ihre Wanderung, blieb mitten im Zimmer stehen und stemmte die Hände in die Hüfte.

„In deiner Wohnung sitzt das *Mokkatörtchen* und wartet auf dich?"

Spätestens in dieser Sekunde wusste Tusnelda, dass das kleine Biest von

Tochter geplaudert hatte, und Carmen nicht so unwissend war, wie sie Glauben machen wollte.

„Aber nein, mein Schätzchen heißt Felize, ist ein dreifarbiges Fellbündel, amtiert als Glückskatze und ist das Liebste, was ich habe."

Carmens Augen verengten sich zu Schlitzen, als wenn sie

durch die Augen hören würde.

Nelly erhob sich vom Sofa, und beim Hinausgehen tippte sie als Tüpfelchen auf dem i mit spitzem Zeigefinger auf Carmens Brustkorb: „Sie verstehen, junge Frau, in meiner Wohnung sitzt eine *Katze*, kein *Mokkatörtchen*!"

„Eine Katze, du hast eine Katze, das kann doch nicht wahr sein.

Du, die kaum für Menschen und noch weniger für Tiere zugänglich ist?"

Sie standen sich in der Diele gegenüber. Carmens grüne Gesichtsfarbe zeigte auf den Wangen einen rosa Schimmer.

Die Augen aufgerissen, war sie einer Manga-Figur nicht unähnlich.

„Ich denke, du willst mit mir nach Berlin, um ein neues Outfit zu besorgen. Bleibt das Tier denn so lange alleine?" War das eine Spitzfindigkeit, dachte Nelly, oder Anteilnahme?

„Natürlich geht das, wir können morgen loslegen, dadurch kommen wir auf andere Gedanken. Das ist für uns beide gut."

***

Kapitel 10

Tusnelda stand in der Küche und briet das heiß ersehnte Putenschnitzel. Die eine Hälfte wurde jetzt verabreicht, die andere morgen. Sie gab es ohne Würze und Fett in die Pfanne. Diese Zubereitungsart reizte Nelly Geschmacksknospen nicht, sie musste sich eine eigene Mahlzeit zubereiten. Schnitzel fertig, die Samtpfote saß bereits auf dem Sofa. Sie zerrte ungeduldig an Nellys Arm. „Meine Liebe, was hältst du von ein wenig Training und zur Belohnung gibt es dann Putenschnitzel."

Die Begeisterung schlug hohe Wellen. Felize zog ein Mäulchen wie eine Spitzmaus. Der schlaue Zausel kletterte auf Nellys Schoß und küsste ihren Arm ab. Gleich kommt das *Perfekte Dinner*, willst du heute nicht gucken?
„Nein, wir üben neue Kunststücke." Ooch nee, komm, wir gucken lieber das *Perfekte Dinner*. Tusnelda ließ sich nicht beirren und kauerte sich mit einem Plumps auf den Boden.
Felize hüpfte drei Mal durch den Reifen aus der Kuchenform. Hüpf … klick … Putenstückchen.
„Schlag ein!" Nelly hielt die offene Handfläche in Katzenkinnhöhe und Felize, lange hatten sie diese Nummer geübt, legte die Pfote auf ihre Hand.
Klick … Putenhäppchen.
Die große Rolle stand noch aus, als es klingelte. Tusnelda fuhr zusammen, und Felize raste davon. Wer mochte das zu dieser Stunde sein? Besuch war eher selten.
Vor der Tür stand ein Strauß Blumen und dahinter Viola.
„Hi, Tuss … äh, Nelly! Wollte mich nur kurz bedanken für deine Hilfe letztens." Nelly nahm die Blumen, die verdächtig

nach Vorgarten aussahen, an sich. „Möchtest du reinkommen?" Sie trat zur Seite und Viola schoss mit einer Geschwindigkeit durch die Diele, dass es auffallender kaum sein konnte, was sie im Schilde führte.

Noch ein Blick auf die Katzennäpfchen, und schon platzte sie heraus: „Kann ich die mal sehen?"

„Wen denn?"

Sie schlug die schwarz umrandeten Augen Hilfe suchend nach oben.

„Deine Katze natürlich."

Felize kam wie auf Befehl aus ihrem Versteck gekrochen und zog ihren Körper auf ein Meter Länge, um die auf dem Boden hockende Fremde zu inspizieren.

„Ist die süß!" Begeistert kroch Viola auf den Knien dem Stubentiger hinterher, der sie mit totaler Ignoranz bedachte.

Um Fotos von ihrem Schätzchen zu machen, brauchte Nelly ein Handy, da lag die Lösung auf ihrem Parkettboden. „Wir machen Fotos, hast du das Handy dabei?" Viola zückte das Allroundgerät und schoss Bilder aus der Bodenperspektive, dabei kroch sie der Katze hinterher.

Felize hatte den Trick raus, die Künstlerin in Atem zu halten. Sie setzte sich schnappschussbereit vor die Kamera, hob Viola diese an und drückte auf den Auslöser, drehte die Fellbirne ihr den Rücken zu und ging ein paar Schritte weiter.

Das Ergebnis ließ sich auf dem Display bestaunen. Nur der Rücken, nur der Schwanz, Schwanz und Hinterteil. Das wiederholte sich dreißig Mal.

Auf die Idee mit dem Klicker hätte Nelly auch früher kommen können. Damit klappte die Fotoaktion. Einmal mit dem Backform-Reifen, dann Pfötchen geben und zum Schluss sogar mit der großen Rolle.

Kapitel 11

Im Nobelkaufhaus KaDeWe blieb Nelly erst mal die Spucke weg. Sie rührte sich nicht von der Stelle und ließ das zauberhafte Ambiente, diese Innenarchitektur und die Wahnsinnsdeko auf sich wirken. Die unzähligen Markennamen wirbelten durch ihren Kopf. Die meisten waren ihr so fern, wie die Sterne der Erde.

Die Berliner Schickeria unterschied sich von den *Nur mal Schauen* Touristen wie der Spreu vom Weizen. Gestylt von Promifriseur und Kosmetikerin, stöckelten die Gattinnen der Geldhäuptlinge, gehüllt in ihre Designerklamotten, umher.

Androide Beraterinnen versuchten, die Zauberformeln der sündhaft teuren Faltenkiller schmackhaft zu machen. Schön wäre, wenn die verheißungsvollen Versprechungen auch mal Wirkung zeigen würden.

Carmen, die Pragmatikerin, zerrte Nelly hinter sich her. "Komm nun auch, wir müssen in die zweite Etage!"

Die Preise der Kleider trieben Nelly den Schweiß auf die Stirn. Normale Leute schafften sich dafür einen Kleinwagen an.

„Ich habe mein Riechsalz nicht dabei, ich falle gleich ohnmächtig um."

„Mensch, halte doch mal die Klappe", zischte Carmen parallel zum Garderobenständer.

Teil für Teil wurde unter die Lupe genommen.

„Soll ich dir nun helfen, deinem Kerl zu imponieren, oder nicht?"

Als sie keine Antwort erhielt, drehte sie sich um.

Schniefend fuchtelte Nelly in ihrer Tasche rum. Carmen hielt ihr ein Taschentuch hin. „Lass' mich raten, er hat nicht angerufen, stimmt's?"

Nelly stammelte, während sie sich schnäuzt: „Warum fragt er nach meiner Nummer, wenn er dann nicht anruft?"

„Gott steh' mir bei! Am Abend werden die Hühner gezählt! Heute ist erst Donnerstag! Der meldet sich schon noch. Du benimmst dich wie eine spät pubertierende verliebte Kuh! Und das in deinem Alter! Ich weiß auch mal einen guten Rat zu geben", stichelt Carmen. „Wir fliegen oben in den Gourmettempel ein und gönnen uns ein Gläschen Schampus, dann geht's dir gleich besser."

Aus dem Gläschen Schampus wurde ein Prosecco, aber der kam genauso gut.

Beschwingt ging es zurück zur Luxus-Kleiderkammer. Und da hing es: *das* rote Kleid. Die passenden Schuhe mussten auch her ... Der Anfall von Leichtsinn konzentrierte sich auf eine super Jeans. Zunächst fremdelte sie damit, aber als Carmen mit schiefem Blick auf den grauen Hosenanzug ganz nebenbei erwähnte, dass der seine besten Tage hinter sich habe, war Nelly überzeugt.

Zwei irre T-Shirts machten den Aufzug komplett.

Auf dem Weg zur Kasse witzelte Carmen:

„Bei meinem Bewerbungsgespräch sagte die Abteilungsleiterin, dass ich die neu eingetroffene Ware komplett aufbügeln müsse. Ich bügle noch nicht einmal meine eigenen Sachen, war meine Antwort, und ich wollte mich schon verabschieden."

Die Chefin klärte sie aber auf, dass es ums Aufhängen auf Bügel ging.

An der Kasse wurde Carmen von einer rothaarigen Gazelle begrüßt: „Verbringst du den Urlaub an deiner Arbeitsstelle?"

„Ach was, ich bin inkognito hier."

Sie zückte ihre Personalkarte. Es wurden massig Prozente abgezogen.

„Ist doch besser als Billigware. Diese schönen Teile heben dein Lebensgefühl. Eine innere Veränderung geht meistens mit einer äußeren einher."

Heute hatte Tusnelda am eigenen Leib erfahren, was es mit einem *Shape* auf sich hatte: Es war ein Ganzkörperkondom. Schaffte man es, sich in das Ding hineinzupressen, waren Speckrollen wie von Zauberhand verschwunden. Der Vergleich ihrer Figur mit einem an der Straße aufgestellten Stromkasten war nicht mal so daneben. Dünne Beine und ein viereckiger Oberbau. Dieses Folterinstrument modellierte ihn in eine ansehnliche Sinnenfreude. Es durfte aber auf keinen Fall, und wirklich auf gar keinen Fall, ihr jemand *an die Wäsche gehen*. Die hautfarbene Formunterwäsche, durch die das rote Kleid umwerfend daherkam, schützte vor sexuellen Extravaganzen.

***

Kapitel 12

Hallo Schätzchen, Mama ist wieder da!"
Felize lag auf dem Bett und reckte sich, wobei alle Zehen einzeln abgespreizt wurden. „Mama war einkaufen, möchtest du mal gucken?" Sie drapierte die Kostbarkeiten auf dem Bett. Felizes Augen huschten kurz über den Einkauf, um sich dann auf die stolze Besitzerin zu heften. Und ich, was hast du mir mitgebracht? Mit spitzen Fingern hält Nelly eine kleine Fellmaus am ledernen Schwänzchen und wedelt vor Felizes Nase hin und her. Nach gefühlten einhundert Runden mit beiden Felltieren durch die Wohnung lässt Tusnelda sich erschöpft aufs Sofa sinken.

Das rote Signal des Anrufbeantworters leuchtete. Sie musste sich erst fassen, um den Anruf abhören zu können. Reiß'dich zusammen, dich wird weder einer sehen noch hören. Sie nahm den Hörer auf wie ein rohes Ei und drückte den Knopf. Es war aber nicht seine Stimme auf der Ansage.
„Guten Tag, hier ist die Tierhilfe Vox Televisions ...?!?
Wir melden uns auf ihre Bewerbung zur Sendung Klicker-Training für Katzen. Rufen sie bitte zwecks Terminabsprache für ein Casting zurück."
Es folgte die Rufnummer.
Hier war dem Sender wohl ein Fehler ins System geschlichen.
Merkwürdig daran war nur, dass Felize tatsächlich das Klicker-Training beherrschte. Mit einem Mal hörte sie nicht nur die Nachtigall trapsen, sondern eine ganze Vogelschar.
Sie schellte Sturm und riss bei ihren beiden Einwohnerinnen fast die Klingel ab. Vorsichtig öffnete Viola einen Spaltbreit die Tür. „Haben die sich gemeldet? Der Sender hat im Internet zu

einem Casting einen Aufruf gestartet. Ich wollte dir eine Freude machen, weil du ja null Ahnung von Computern hast, habe ich das für dich in die Wege geleitet."

Der Teufelsbraten hatte die Fotos per Mail an den Sender geschickt.

***

Tusnelda sitzt in der U-Bahn. Am Sonntag klingelte endlich das Telefon. Ihre zum Zerreißen angespannten Nerven waren in eine ermattete Null-Bock-Stimmung zurückgefallen. Sie hörte zwar weder ihn noch sich selbst kaum, weil das Blut in den Ohren rauschte, versuchte aber in den Plauderton unbefangen einzufallen.

Morgen musste er ein Bankett vorbereiten und hätte erst am Nachmittag frei. „Hast du Lust, mich im Hotel abzuholen, so gegen vier Uhr? Dann können wir mal etwas zu zweit unternehmen."

„Ja, gerne", hörte sie sich wie in einem luftleeren Raum sagen.

Der Besuch im Adlon begann für die aufgeregte Tusnelda nicht erst in der Lobby, sondern schon zu Hause. Stundenlang wurden sämtliche infrage kommenden Sachen inspiziert. Sie entschied sich dann nach dem Motto: Weniger ist mehr. Und nach langem Hin und Her wurde auch die Idee eines Friseurbesuchs gecancelt.

***

Das Willkommenslächeln des Portiers vor dem *Adlon* erwiderte sie hoheitsvoll. Die Uniform versetzte in das Jahr Neunzehnhundertdickmilch.

Sie schaffte es trotz der hohen Hacken unfallfrei durch die Drehtüre in die Lobby. Ein Rundumblick genügte, und der Hausfrauengeist entwich wie die bezaubernde Jeannie in der Flasche und mutierte zur Königin von Saba, die den weisen

König Salomon besuchte.

Nur die königlichen Gewänder fehlten, aber genauso dekorativ waren die neue Jeans, das heiße T-Shirt und die butterweiche Lederjacke, die ihre persönliche Stilberaterin empfohlen hatte.

„Das ist ein *absolutes* Must-have."

„Ein was?"

„Eine Lederjacke ist ein *Muss*, die gehört einfach zu Ausstattung."

Berlinbesucher, die schauen wollten, ob es das Adlon wirklich gibt, wurden trotz ihrer ausgebeulten Hosen und rentnerbeigefarbenen Windjacken von den Hotelpagen freundlich eingelassen.

Sie ging nicht, sondern schritt hoch erhobenen Hauptes auf die Rezeption zu, so elegant, wie die ungewohnt hohen Absätze es zuließen.

„Senor Martinez-Diaz erwartet mich", kam flüssig über die Lippen. Schließlich hatte sie lange geübt.

„Ja, meine Liebe, ich weiß, ich sage ihm, dass du auf ihn wartest."

Tusnelda stutzte. Die Empfangsdame war in ihrer Eleganz eine Augenweide. Sie sah etwas genauer hin.

Schwarze Kurzhaarfrisur, perfekt gegelt mit Seitenscheitel und ein paar Ponyfransen. Das dunkelgraue Kostüm saß wie maßgeschneidert. Ein dezentes Make-up unterstrich die makellose Schönheit.

Ein Griff zum Telefon. „Deine Verabredung ist hier", sagte sie in den Hörer.

Der Groschen fiel bei Tusnelda zwar in Pfennigstücken, aber Hauptsache, er fiel.

„Valentina?" rutschte ihr eine Nuance über Zimmerlautstärke heraus.

„Na", bemerkte die personifizierte Grazie, „das hat aber lange gedauert."

Valentinas Kollege, beschäftigt mit Computereingaben, schaute prüfend herüber, als wolle er fragen, ob alles in Ordnung sei.

Vor Verlegenheit fragte Tusnelda nach Josefines Wohlbefinden. Das Frettchen lag Valentina ja sehr am Herzen.

„Gut geht es ihr", antwortete sie leise. Nach einem Kontrollblick zu dem Kollegen flüsterte sie: „Josefine ist immer hier, in meiner Garderobe."

Für Tusnelda wuchs sich die Situation an der hocheleganten Rezeptionstheke, die ein privates Gespräch nicht duldete, zum Davonlaufen aus.

„Man sieht sich!" brachte sie noch heraus. „Ich warte am Elefantenbrunnen auf Dalvin."

Tusnelda sah gedankenverloren auf das herunterrinnende Wasser.

„Meinen Sie, das ist der echte oder eine Rekonstruktion des berühmten Elefantenbrunnens?"

Neben sie hatte sich ein Mann, kaum größer als eine Parkuhr, im weißen Leinenanzug und Strohhut aufgepflanzt. Er nahm den Hut ab und wischte mit einem Tuch den Schweiß von der Glatze, die mit der zentnerschweren goldenen Armbanduhr und dem dicken Siegelring um die Wette glänzte.

Tusnelda hob gleichmütig die Schultern. „Keine Ahnung, ich glaube, das weiß niemand. Hauptsache, es plätschert."

***

„Hallo, Sahneschnittchen, dich kann man nicht eine Minute alleine lassen!"

Beide Hände auf ihren Schultern flüsterte er ihr hinterrücks ins Ohr.

Das Sahneschnittchen drehte sich ihm zu, und er küsste sie

leicht auf den Mund. *Mitten im Adlon, vor allen Leuten!?!*
Er legte den Arm um ihre Mitte und schob sie sanft, aber
bestimmt, in Richtung Bar.
„Hi", sagte der Barkeeper. „Möchtest du etwas Leckeres
trinken oder mir nur die Uhrzeit sagen?" Tusnelda klemmte
sich auf den Barhocker: „Ersteres bitte!"
Sie konnte gar nichts mehr aus der Fassung bringen.
Ihn hatte sie sofort erkannt: Sidney!

Dalvin, respektive Salomon, wandte sich ihr zu und stützte
einen Arm auf die Bar.
Sidney gab eine zirzensische Vorstellung. Er ließ den Shaker
durch die Luft wirbeln und mixte ein geheimnisvolles Getränk.
Es wurden noch Minze und tropische Früchte am Glasrand
drapiert, bevor er den Cocktail mit auf dem Rücken gehaltener
Hand formvollendet servierte.
Gott sei Dank hatte sie damals die Klappe gehalten und nicht
den Sozialkrüppel gegeben.

Von der Empore klang Richard Claydermans *Ballade pour
Adeline*.
Auf einem weißen Flügel klimperte ein Pianist, was das Zeug
hielt. Ein ungleiches Paar auf der Ledercouch neben der Bar
stürzte sich daraufhin in eine hemmungslose Knutschorgie.
Er war geschätzte neunzig Jahre, sie höchstens dreißig. Ein
Zimmer zu nehmen, wäre weniger peinlich gewesen.
Die beiden waren so ineinander verflochten, als würde ihre
Liebe oder Leidenschaft erst dadurch erblühen, dass alle Welt
daran teilnahm.
Der Aufzug war, wie alles andere auch, dem neunzehnten
Jahrhundert nachempfunden.
Nelly möchte zu gern mal eine Probefahrt mit dem legendären

Fahrstuhl unternehmen. Beim Hinausgehen kamen sie fast daran vorbei.

„Soll ich?", fragte sie ihren Begleiter. „Ja, mach' doch!"

Als die Türen zur Seite gleiten, steigt Nelly ein.

„Wohin darf ich sie bringen?", fragte der Fahrstuhlführer freundlich.

Den Schalk im Nacken, den Cocktail (oder waren es zwei) in der Birne, flüsterte sie liebreizend:

„In die vierte Etage, aber nur, wenn es kein Umweg für Sie ist!"

Lachen in Anwesenheit von Gästen war dem Hotelpersonal sehr wahrscheinlich untersagt, aber durch ein breites Grinsen bekamen die Ohren Besuch. In der vierten Etage bat sie ihn, den Aufzug wieder abwärts zu bewegen.

„Sehr gern."

Unten angekommen wünschte er noch einen schönen Tag, und die Türen schlossen sich.

Dalvin schaut sie fragend an: „Gehen wir ein Stück?"

„Ja, aber nicht so weit. Mein Mann versuchte auch, mit mir spazieren zu gehen. Aber es gelang ihm selten. Denn ich bin eigentlich nicht so dafür. sich ohne Ziel fortzubewegen – wo ist da der Sinn?"

Sie schlenderten über den Pariser Platz die Flaniermeile entlang.

Tusnelda, immer noch mächtig beeindruckt von ihrem Hotelbesuch, fragt: „Das muss wunderbar sein, dort zu arbeiten."

„Ja, das ist es. Es sind ja viele alleine in Deutschland, und das Personal ist wie eine große Familie. Integrationsprobleme oder Berührungsängste kennen wir hier nicht."

„Die Hotelgäste stammen ja auch aus allen Kulturen dieser Welt!", trug Nelly zur Unterhaltung bei.

Eins der neu designten Cafés steuerten sie an und setzten sich an einen kleinen freien Tisch. Er machte die Bedienung auf sich aufmerksam, indem er lediglich den Zeigefinger geringfügig aufrichtete.

Die Schiefertafel an der Wand wies auf geheimnisvolle Kreationen hin. Man konnte sich die Zeit vertreiben, zu erraten, um welche Extrakte es im Einzelnen ging. Kaffee war angeblich auch drin. Sie entschieden sich für Cappuccino.

Den verstreuten Zucker auf dem Tisch schabte Dalvin mit der Handfläche zu einem kleinen Berg und tippte mit dem Zeigefinger oben eine Delle hinein. Er hob die Augen kaum von dem Zuckerberg und wühlte darin herum. „Sollen wir noch essen gehen?"

Kam es ihr nur so vor, oder war er ohne sein Publikum schüchterner?

Nellys Magen spielte ohnehin schon verrückt. Jetzt noch essen, nie im Leben! „Würde ich gerne, aber ich bin schon länger weg als geplant.

Meine Kleine wartet auf mich!"

Der Kaffee sollte ihr Hirn klarer machen, aber er hatte die Synapsen falsch gepolt. „Komm doch noch ein Stündchen mit zu mir", hörte sie sich sagen.

„Prima, mache ich!" Die Antwort kam wie aus der Pistole geschossen, Nelly zuckte innerlich zusammen.

„Ich hole dann mal den Wagen." Als er seine Hände auf die ihren legte, waren alle Sinne in ihre Hände gewandert. Die ausgefahrene Antenne sendete: Es ist alles richtig.

Beim Aufstehen bekam Nelly Krämpfe in beiden Füßen.

Derjenige, der diese Schuhe entworfen hatte, sollte verdonnert werden, darin den Jakobsweg zu gehen.

Zähne zusammenbeißen, und bis zum Pariser Platz

durchhalten.

„Ich warte hier" brachte Nelly noch hervor, und ließ sich wie eine alte Oma stöhnend auf eine Bank fallen.

Häuser über Häuser. So gleichförmig, als seien sie mit der Heckenschere bearbeitet.

Wand an Wand, Stirn neben Stirn, keins wesentlich höher als das andere.

Mit ihren flachbrüstigen, sandsteinfarbenen Fassaden mühten sie sich redlich, an früher zu erinnern.

Von hier ging die Stadtrundfahrt in der Pferdekutsche wie zu Fontanes Zeiten. Manche ließen sich im Fahrradtaxi zum Hackeschen Markt kutschieren. Freundlich, aber doch ein wenig erstarrt und von ermüdendem Beige war auch das Brandenburger Tor angestrichen.

Das Tor! Alle wollten das Tor sehen. Das Tor, hört man immer wieder, ist so klein. In allen Filmen und auf Bildern und Werbespots und beim Silvesterfeuerwerk sieht es immer viel größer aus.

Die Stadtführer erläuterten ihren Gruppen den Pariser Platz, wenn sie in Fotografierweite des Tores standen. Manche trugen sogar große Zeichenmappen mit sich rum. Einige wollten nun endlich wissen, wo die Mauer war, die Frage stellten sie fast ungläubig.

***

Nicht für Geld und gute Worte lasse ich die Folterwerkzeuge wieder an meine Füße, schwor sich Nelly. Also sprintete sie unbeschuht bis zum Wagen. Solchen Luxuskarossen räumte sie im normalen Leben keinen besonderen Stellenwert ein, jetzt erschienen die komfortablen Sitze wie der Himmel. Dalvin grinste: „Schön, wenn der Schmerz nachlässt!"

Die Schuhe in der Hand huschte Tusnelda die Treppe rauf. Dalvin schlich hinter ihr.

Ein Gefühl der Geborgenheit und Sicherheit kam auf.

„Wieso sind wir als Leisetreter unterwegs?", fragte er.

„Sind wir nicht, du kannst so laut trampeln, wie du willst!"

Ganz klar, dass die beiden im Erdgeschoss längst im Bilde waren.

In der Diele zog er tatsächlich seine Schuhe aus.

Er folgte einem narzisstischen Verlangen und stellte sich vor den monumentalen Spiegel. Nelly platzierte sich daneben und lachte ihn im Spiegel an: „Ich sehe dich!"

„Ich sehe dich auch!", und er drückte ihr einen Kuss auf die Lippen.

Die geschmackvolle Einrichtung wurde mit einem Rundumblick erfasst.

Andächtig strich er über das Holz des Buffets. „Schön hast du es hier."

„Hallo Schätzchen, Mama ist wieder da!"

Gleichzeitig winkte sie ihn mit einer Handbewegung zum Sofa.

Felize kam angeklackert. Von wegen Samtpfoten schleichen lautlos.

Auf dem Holzboden ließ sich das Klacken ihrer Krallen von Weitem hören. Die Klackerpfote baute sich mitten im Zimmer auf und beäugte Dalvin mit unverhohlener Neugier.

Sie bewegte sich nicht von der Stelle, als der große Fremde sich auf den Boden warf, um in Augenhöhe zu ihr zu sprechen. Er schob seine Hand auf sie zu. „Komm, mi … mi … mi!"

„Schlag ein!", rief Nelly dazwischen. Die angehobene Pfote zuckte, als wolle sie eine Fliege jagen, dann berührte sie seine Handfläche eine Zehntelsekunde lang, und zuckte zurück, als ob sie ins Wasser getappt wäre.

Nelly holte in der Küche Putenschnitzel-Leckerchen.

„Ich bin im falschen Film", sagte sie.

Die beiden lagen auf dem Boden und der kleine hatte seine Pfote auf die Hand vom großen Herzensbrecher gelegt.
Der sanfte Riese, der Silberrücken, der seine Scheu vor Dian Fossey überwand, war ein gutes Beispiel für diese Szene.

Tusnelda sank aufs Sofa. Kneif mich, ich träume! Da lag ein großes, attraktives dunkelhäutiges Mannsbild in ihrer Wohnung auf der Erde und sprach kätzisch mit der ihm gegenüberliegenden Glückskatze.
Ist das das Glück, was sich alle Welt wünscht, und es nie erreicht?
Es überrollte sie ein Gefühls-Tsunami, der sie einfach mitriss.

Die beiden auf dem dunklen Parkett hatten nicht nur Nellys kleine Welt aus den Angeln gehoben, sondern auch ein paar Nachbarplaneten durcheinandergebracht.
Vermutlich hafteten einige Staubflocken an seiner Hose, als er obendrein noch auf Knien zu ihr robbte und Männchen machte wie ein Hund.
Sie wischte die Lachtränen aus dem Gesicht, dann fragte sie:
„Hast du Hunger Kleiner?"
Er nickte und hechelte sie an.
Im Kühlschrank rieben sich mal wieder die Mäuse die Augen rot.
Nelly angelte aus der Schrankschublade eine Packung Miracoli.
Ein Rest Salat fand sich im Gemüsefach des Kühlschranks.
Die Spaghetti kriegte sie gerade noch hin. Außerdem stand die Gebrauchsanweisung auf der Packung.
Das Dressing für den Fertigsalat bereitete sie stets selbst zu.
Balsamico, Olivenöl, Salz, Pfeffer, Senf und zwei Spritzer Süßstoff.
Heute kam Honig an das Dressing. Der Spitzenkoch musste

nicht unbedingt vor Entsetzen ohnmächtig in ihrer Küche liegen.

Dalvins alberne Mätzchen gingen in der Küche weiter, er fischte eine Spaghetti aus dem Topf, schob das eine Ende in Nellys Mund und in seinen das andere.

Wie bei *Susi und Strolch* knabberte er so lange an der Spaghetti, bis er ihren Mund berührte.

Stilechte Sets, Stoffservietten, silberne Gabeln, zwei weiße Kerzen und der Rioja Reserva in hauchdünnen Weingläsern erhoben die Nudeln mit der Fertigsoße in den Gourmet-Olymp.

Lachend zog er das riesige Papierlätzchen über den Kopf, das sie ihm entgegenhielt. Das hatte sie vor einiger Zeit mal diskret aus einem japanischen Suppenrestaurant mitgehen lassen.

Ihre Unterhaltung war eher Gesprächskultur ohne persönliche Anstöße. Sie teilten die Vorliebe für Literatur, Oper, Theater und natürlich gutes Essen, was seinerseits schon beruflich bedingt war. Intuitiv vermieden beide, in intime Sphären abzutauchen.

***

„Es ist Zeit, dass ich gehe, es ist schon Mitternacht", sagte er.

In der Diele hielt er sie eng an sich gepresst und küsste sie auf den Mund.

Nellys Herz machte einen Sprung.

Als er spürte, dass sie seinen Kuss erwiderte, drückte er sie vor die Wand und seine Küsse wurden leidenschaftlich und fordernd.

Zunächst spürte sie den Garderobenhaken, der sich ins Kreuz bohrte, gar nicht. Doch dann fungierte der Haken als Zerberus, der über ihre herannahende Entgleisung wachte. Zweifellos im rechten Moment.

Wie präsentiert man einem makellosen Mann den nicht mehr ganz so makellosen, alternden Körper?

Sie löste sich von dem Haken und aus der Umarmung.

„Es ist besser, wenn du jetzt gehst", klang es mit bebender Stimme und nicht sehr überzeugend, aber er trat einen Schritt zurück.

„Wenn du meinst."

Er nahm sie freundschaftlich in die Arme und hauchte einen Kuss auf ihre Wange. War er jetzt enttäuscht, hatte er gedacht, dass sie punkten wollte mit Fertigspaghetti, um ihn dann in ihr nicht frisch bezogenes Bett zu zerren?

„Adios, mein süßes Sahneschnittchen, bis nächsten Montag?"

**

Kapitel 13

Tusnelda saß in dem neu gekauften Korbsessel und Felize hatte es sich auf dem Balkontisch gemütlich gemacht. Sie beobachteten die Mauersegler, die heute so tief vorbeischossen, als würde es Regen geben. Heftigem Flügelschlag folgte entweder ein Schweben wie herunterfallende Blätter oder pfeilschnelles Tempo, ähnlich einer MiG im Miniformat.

Dem rasanten Verfolgen dieser Flugobjekte war ihr kleiner Kumpel müde geworden. Intensives Interesse galt nun einer wuscheligen Hummel, die in eine Begonienblüte kroch, bis lediglich das Hinterteil herausragte. Felizes Pfote zuckte. Der Weg ist das Ziel.

Der Sommer hatte zwar noch Hochkonjunktur, aber die große Kastanie von gegenüber trug bereits Hunderte grüne Tischtennisbälle.

***

Es läutete an der Tür und der Stubentiger raste ins Schlafzimmer unters Bett. Verdattert sah sich Tusnelda einer kleinen Meute gegenüber.

Eine riesige Leuchte wurde ins Wohnzimmer geschleppt.

Eine Kamera, die wirkte, als ob damit ein Loch in felsiges Gestein geschossen würde, schob sich mitsamt dem Besitzer durch den Flur. Gerätschaften wurden verkabelt.

Eine attraktive Rothaarige in Jeans und T-Shirt mit Sender-Logo holte eine Mappe hervor.

„Felize heißt die Wunderkatze! Wo ist sie?
Wir hatten ja für heute das Casting terminiert", fügt sie erklärend hinzu.

Tusnelda hatte das vergessen oder gar nicht erst gewusst.

Die Kakofonie kam zur Ruhe. Bei Felize siegte die Neugier über die Angst, und sie kam argwöhnisch aus ihrem Versteck gekrochen.

Das nette Fernsehteam brachte seine Erfahrung ein und hielt sich zurück, als die neugierige Katze den Kabelsalat und die dazu gehörenden Fremdkörper unter die Lupe nahm.

Nelly legte das nötige Equipment für die Vorführung bereit und nahm auf dem Boden Platz.

Sie hielt die Hand der Katze entgegen, und Felize legte ihre Pfote hinein, bis es ein Putenhäppchen gab. Jetzt folgten die Klick-Übungen. Bis zum Ende der Vorstellung, der großen Rolle, klappte alles prima. Die Film-Crew zog begeistert wieder ab.

„Wir melden uns bei Ihnen" lächelte die hübsche Rothaarige sie an.

Viola kam die Treppe hochgerast, dass sie fast gestolpert wäre. „Na, wie ist es gelaufen", fragte sie nach Luft schnappend.

„Gut, nur netter wäre es gelaufen, wenn du mir Bescheid gesagt hättest."

***

Kapitel 14

Petrus hatte über der Stadt die Sauerstoffzufuhr abgedreht. Die Schwüle zog ähnlich einem türkischen Dampfbad den Schweiß aus allen Poren. Selbst die Blätter hingen wie Fledermäuse kraftlos an den Bäumen.

Die Sirenen der Notarztwagen heulten unharmonisch und schräg, mal laut, mal leise aus verschiedenen Richtungen. Die Kreislaufkollabierten mussten so schnell wie möglich in die Klinik befördert werden.

Der Ton ging durch Mark und Bein. Die Sirenen verursachten bei dem einen oder anderen ein Gefühl der Beklemmung, weil sie für jeden ein Unglück hörbar machten. So manch einer nahm sich vor, in Zukunft gesünder zu leben.

***

Den unterschriebenen Ausbildungsvertrag hatte Viola in der Tasche. Nach den Sommerferien würde sie ihre Ausbildung bei einem Nobelfriseur in Berlin Mitte beginnen. Die Mutter hatte über tausend Ecken diese Ausbildungsmöglichkeit für sie freigeschaufelt.

Der Vertrag musste begossen werden. Sie schleppte sich ins Sony Center und gönnte sich bei Alex einen Prosecco.

17.30 Uhr: Die Sesselpupser ließen den Griffel fallen. Hugo-Boss-Anzüge dienten Kreti und Pleti zur Imagepflege. Mit gelockerten Krawatten und über die Stuhllehne drapierten Sakkos chillten sie dem Feierabend entgegen.

Das Gegenstück bildeten die vorbeiströmenden ausgebeulten Shorts, die den massigen Bäuchen kaum Halt boten, im Einklang mit Rhombensocken plus Sandalen.

Den Inklusiv-Stadtrundfahrt-Touristen wurde eine kurze Pause gegönnt, um die überdimensionalen Stahlkonstruktionen des

Centers zu bestaunen, während sie inbrünstig eine Eiswaffel rundherum abschleckten.

Bevor man weiterzog, gab es noch einen Blick auf die Angebote der Restaurants, die als zu teuer eingestuft wurden. Sie wurden ja schließlich bald zum im Reisepreis inbegriffenen Abendessen kutschiert.

***

Die Wolkendecke war aufgebrochen und die Abendsonne hinterließ durch die Stahlstreben ein abstraktes Muster auf den Bistrotischen.

Viola traute ihren Augen nicht. War das ihr abtrünniger Stiefvater, der an einem kleinen Tisch schräg gegenübersaß?

Sie schützte die geblendeten Augen mit der Hand und sah hinüber. Es war keine Fata Morgana, er steuerte bereits auf sie zu.

Das berühmte Loch in der Erde, in dem sie gerne verschwinden würde, wäre jetzt hilfreich.

Im Gehen zog er sich die Hose hoch und griff ordnend mit einer Hand in seinen Schritt. Die Gebärde, sich über den Schädel zu streichen, wenn er sich in der Klemme befand, hatte er sich nicht abgewöhnt.

Nur war der Schädel ziemlich blank.

Im Gegenlicht konnte man einen kaum sichtbaren Flaum wahrnehmen.

Zuletzt hatte er sicher als Baby so ausgesehen.

Viola fand, dass er sich in den vergangenen Monaten verändert hatte. Der „Schwimmreifen" war einem muskulösen Brustkorb gewichen.

Als er Anstalten machte, ihr einen Kuss auf die Wange zu geben, drehte sie sich zur Seite, er gab die Kussattacke auf.

„Das ist eine Überraschung!", tönte es, während er sich setzte.

„Gut siehst du aus, trägst du das Kopftuch, wie hieß es noch gleich, Djibab oder so ähnlich, nicht mehr?"

"*Hidschab*", antwortete Viola.

Allmählich kochte die Wut in ihr hoch: "Ist das alles, was du sagen kannst, nachdem du uns so mies im Stich gelassen hast?"

"Ich weiß, tut mir auch leid"

"Bist du noch mit *der* zusammen?"

Er winkte dem Kellner und bestellte noch zwei Getränke.

"Ja, aber wir wohnen nicht zusammen."

Er erzählte Viola, dass er ein kleines Apartment in der Nähe gemietet habe. Zum ersten Mal lebe er alleine.

Das Alleinsein wäre nicht immer erstrebenswert, aber im Augenblick würde er das sehr genießen. Er wolle über sich selbst und seine Ziele nachdenken. "Ich dachte, dass mir das besser gefällt, und dass ich die Zeit dafür nutzen werde, neue Gedanken zu fassen. Aber weißt du was? Ich hab' gar nicht so viele Gedanken, wie ich dachte."

Sie antwortete: "Du wolltest doch unbedingt alleine wohnen. Wenn ich alleine sein will, stelle ich mich an den Infostand im Baumarkt."

Sie wusste nicht so recht, was sie sagen sollte, Bemerkungen, die an sein Ego gingen, konnten nicht verkehrt sein.

Heiko war irgendwie der Obermaat von den Servicekräften, im Klaren über seinen Job war sie sich nicht.

Ihr verflossener Stiefvater plauderte weiter. Viola interessierte das alles zwar nicht besonders, aber sie hörte trotzdem zu.

Kam es ihm in den Sinn, ihr mit seiner verkorksten Psyche, angefangen von der Kindheit bis zu seiner Ehe, ausgerechnet jetzt einen Knopf an die Backe zu labern? Sie standen sich nie besonders nahe, Viola war ihm, seit sie in Spandau lebten, aus dem Weg gegangen.

Sie schaute in ein Stück Himmel, das die Betonbauten zur Besichtigung freigaben. Eine Wolke hatte ein Gesicht wie E.T. – der Außerirdische.

Heiko versuchte unverdrossen, sich ins rechte Licht zu rücken: Er sei damals direkt von Pension Mama in Carmens Armen gelandet.

Ins elterliche Haus zurückzukehren, war sicher ein Fehler, aber Carmen wollte es ja auch. Nach dem Tapetenwechsel wurden die Karten im Beziehungspoker neu gemischt, und zwar zu seinen Ungunsten. Er bekam immer die Arschkarte. Gefühle sind ein chemischer Defekt, der auf der Verliererseite zu finden ist.

***

Die rosarote Brille hatte Viola wahrlich nicht auf, aber eine neutrale. Sie würde ihm in keinem Fall beipflichten, aber die Eskapaden der Mutter waren nicht ohne. Sie war ähnlich einem kleinen Hund.

Streichelte man an der richtigen Stelle, kehrte sie das Herzchen heraus, um aus heiterem Himmel heftig zuzuschnappen, wenn ihr etwas nicht gefiel.

„Und, was suchst du bei der Minirock-Frau?", fragte Viola.

„Wärme!"

„Ist *die* deine große Liebe?"

„Nein, wahrlich nicht, aber sie hört mir zu. Und sie nimmt mich so, wie ich bin."

Viola grinste ihn an: „Als Tiger springen und als Bettvorleger landen."

Darüber lachten sie beide.

Er hielt ihr die offene Handfläche entgegen.

„Waffenstillstand?"

„Geht in Ordnung", sagte Viola, und parkte ihre verschwitzten Hände krampfhaft auf dem Schoß. Die in der Luft stehende

Hand nahm er wieder zurück und hielt sich am Glas fest.

„Das begießen wir mit einem wöönzigen Schluck", und er winkte der Bedienung.

„Und du, was macht der *Herrscher des Feuers?*"

„Mpff!"

„Was soll das bedeuten? Seid ihr nicht mehr so?" Er zeigte ein Kreuz mit Zeige- und Mittelfinger.

Viola berichtete, dass sie sich Gedanken mache über Odhans Zukunft. Er entgegne immer: „Mein Körper sagt mir, er sei zu schade zum Arbeiten."

Stolz wie Oskar zeigt sie Heiko den Ausbildungsvertrag.

„Glückwunsch", prostete er ihr zu.

***

Kapitel 15

Tusnelda stand auf einer Leiter und befestigte bunte Lampions im Baum.

Zu ihren Füßen im Garten fand eifriges Gewusel statt.

Biertische und -bänke wurden hin und her geschoben. Es sollte der spektakulärste Platz dafür gefunden werden.

Als Kinder hatten sie mit einem Stöckchen im Ameisenhaufen gestochert. So, wie die Ameisen unkontrolliert herumgeisterten, jagten die eifrigen Grillmanager umher.

„Wo soll das Fass Bier hin? Neben dem Grill ist es zu warm!"

Die Musikanlage gab einen markerschütternden Pfeifton von sich. Jeder schrie jeden an, und keiner hörte zu.

Es ist, wie es ist, sinnierte sie, jetzt lässt sich nichts mehr ändern.

Heute Morgen, als sie am Nachbarhaus vorbeilief, sprach die Nachbarin, die sich als Sieglinde vorstellte, Nelly auf den Grillabend an.

Sie war von kräftiger Statur. Ihre messinggelben chemisch überstrapazierten Haare sahen aus wie zu lange gelagertes Stroh. Ein von Lippenstift über die schmalen Ränder hinaus geformter Mund.

„Wenn es zu laut für Sie wird, können Sie gerne zu uns rüberkommen."

War eine neue Höflichkeit einmarschiert?

Nelly wuchs über sich hinaus und hörte sich sagen: „Wenn Sie noch Hilfe gebrauchen können, ich bin zur Stelle."

So landete sie mit Lampions über der Schulter im Baum. Zufrieden betrachtete sie, wieder auf der Erde angekommen, ihr Kunstwerk.

„Ich muss jetzt aber mal kurz nach Hause", verabschiedete sich Nelly.

„Kommst du später wieder?", rief Sieglinde ihr nach.

„Hallo, Schätzchen, Mama ist wieder da!"
Der kleine Zausel lag auf ihrem Bett, reckte und streckte sich auf doppelte Länge und gab dann Küsschen auf Nellys Arm.
Sie polterten eine Runde durch die Wohnung, danach fraß sich Felize einen Kugelbauch. „Heute Abend bin ich nebenan zur Grillparty, ich bleibe aber nicht lange", setzte sie ihr Schätzchen ins Bild.
Ihre persönliche Visagistin, Carmen, legte dank des neu erworbenen Schminkrepertoirs Hand an und präsentierte Nelly ein überraschendes Resultat.
„Na, geht doch, du kannst ja, wenn du willst!", sagte Nelly zum Spiegel hin.

***

Ein Stern, der deinen Namen trägt … Die Beschallung kam ihr bereits auf der Straße entgegen. Die Duftwolke vom Grill waberte durchs gesamte Gelände.
Grillfans lief dabei das Wasser im Mund zusammen, Nelly törnte diese Luftverpestung eher ab.
Ums Haus herum ging sie in den Garten. Drei Männer standen am Grill und markierten ihr Revier mit Bratwurst.

„Schön, dass du gekommen bist", begrüßte sie Sieglinde und nahm sie bei der Hand. „Hubert, mein Mann, und das ist Nelly, unsere Nachbarin", stellte sie vor. Hubert warf den Pappteller mit Bratwurst und Brot auf den Biertisch und gab ihr im Aufstehen die Hand.

Nachdem sie den übernächsten, überübernächsten Nachbarn und noch entfernteren Anrainern dargeboten war und keinen Namen behalten hatte, rauschte Sieglinde mit ihr auf den bunt illuminierten Baum zu.

Darunter saß der letzte der Mohikaner, die Nachbarin von gegenüber.

Nelly erkannte sie an den silberweißen Haaren. „Ihr kennt euch ja sicher", flötete Sieglinde und schwebte davon.

„Ja, vom Grüßen" war die Antwort von Silberhaar.

Nelly fiel die Kinnlade herunter. „Wieso sind Sie gar keine Frau?"

„Tut mir leid, ich bin als Mann geboren und möchte es auch bleiben!"

Nelly fuhr ein Schauer durch die Glieder: Er saß im Rollstuhl! Sie reichte ihm die Hand, darauf hoffend, dass er in der Lage war, diese zu nehmen.

„Ich bin ihre Nachbarin Nelly."

„Julius", antwortete er, beugte sich leicht nach vorn und nahm ihre Hand.

„Bleiben Sie doch bitte sitzen!" platzte es aus ihr heraus.

„Danke, bleibe ich!"

Das hat man davon, wenn der Mund schneller ist, als der Verstand. Sie spürte förmlich, wie ihr das Blut bis zum Haaransatz schoss.

„Nun, liebe Nelly, beruhigen Sie sich bitte, holen Sie doch ein Bierchen."

„Ich will jetzt kein Bier."

„Wer hat denn gesagt, dass es für Sie ist?"

Die Bierbeauftragte balancierte zwei Bier übers Gras. Sie quetschte sich zwischen die Biertischgarnituren zum Baum.

Die beiden Gläser drückte sie Julius in die Hand:

„Ich organisiere eine Sitzgelegenheit."

„Ich habe eine", sagte er.

Schnippisch sagte sie: „Möchte ich vielleicht auch sitzen?"

„Warum setzen Sie sich nicht zu den anderen an den Tisch?"

Nelly riss ihm das Bierglas aus der Hand, dass es fast überschwappte.

Da holt man das Letzte an Einfühlungsvermögen aus sich raus, will ihm Gesellschaft leisten, und dann ist der rotzfrech.

„Komm zu uns! Hier ist noch ein Plätzchen frei!", rief Hubert.

Nelly presste sich neben ein Ehepaar, die den Pappteller mit Fleisch so vollgeladen hatten, als ob ein Krieg bevorstand.

Nelly kannte die beiden, sie hatte sie nur nicht sofort auf dem Schirm.

Aber einige Minuten später war alles klar: das Knoblauchwurst-Paar aus dem Supermarkt!! Die beiden hatten schon gefühlte zwanzig Biere intus.

Nelly blieb unerkannt.

Der Walrossarsch meinte, ihr Bier sei ja schon Glühwein, und ehe sie sich wehren konnte, holte er frische Getränke.

Das Walross stellte schnaubend die Gläser auf den Tisch und animierte Nelly mit einem lautstarken „Prost", dem Sprühnebel aus seinem Mund konnte sie nur knapp ausweichen.

Nelly kam ihr spuckender Pastor, Dr. Hänselmann, in den Sinn. Während des Religionsunterrichts spazierte er zwischen den Tischen hin und her und besabberte die Schüler.

Dann kam der Tag, an dem der freche Johannes-Albert einen Schirm aufspannte, der allem Anschein nach von der Oma stammte. Die Teenies prusteten vor Vergnügen hinter vorgehaltener Hand. Der Gottesmann zitierte die Eltern zu sich, aber was daraus geworden war, Nelly hatte es nie erfahren.

Ich könnte auch etwas essen, dachte Nelly und bewegte sich zum Grill.

Den Hähnchenschenkel knabberte sie im Gehen. Schlendernd schlurfte sie durchs Gras, bis sie wieder vor ihm stand.

Sein Gesicht glich einer weggeworfenen Aktentasche, so musste ein Schamane der Navajos ausgesehen haben.

Das Leben hatte deutliche Spuren hinterlassen in einem Gesicht voll mimischer Energie. Die Falten wurden von seinem Sex-Appeal überstrahlt. Sie starrte ihn ununterbrochen an, konnte aber nichts dagegen tun.

Sollte man Anteilnahme zeigen?

„Darf ich mal fragen, warum Sie im Rollstuhl sitzen?"

„Ich kann nicht laufen."

„Und, was haben Sie?"

„Ich habe Durst!"

„Wenn das denn alles ist, hole ich noch ein Bier, möchten Sie auch etwas essen? Sonst kippen Sie noch vom Stuhl."

„Ja, wenn es keine Umstände macht."

Nelly packte auf den Pappteller instinktiv nur Grillgut, das von der Hand zu essen war.

Noch ein Bier, und schon war sie wieder auf dem Rückweg. Den Teller mit Fleisch und das Bier balancierend, sah sie, wie eine Rotblonde um Julius herumtänzelte.

Diese Figur, vor allem der Po, wurde nicht von Mutter Natur geschenkt, das war das Ergebnis harten Trainings, mindestens drei Mal die Woche auf dem Stepper. Die hatte keinen Ganzkörperformer nötig, um die Pölsterchen unter Kontrolle zu bringen. Als die Fremde sich in Rollstuhlhöhe auf die Knie niederließ und ihm über den Arm streichelte, verspürte Nelly einen Stich in der Brust.

Die pinkfarben lackierten Fingernägel glänzten im

Lampionschein und umklammerten die Rollstuhllehne. Für die gebogenen Krallen bestand Waffenscheinpflicht. Es war ein Mysterium, dass sie sich nicht selbst ins Fleisch schnitt. Wie sie diese Krallen um eines Mannes bestes Stück schloss, entbehrte jeder Vorstellungskraft.

Das Essen und das Bier balancierte sie vorsichtig, um nicht zu stolpern. Der Flirtkuh drückte sie das Bier in die Hand. „Halten Sie das mal fest, dann kann „Jul" essen."
Sie wählte die Koseform, dann würde die Schöne begreifen, wer hier das Sagen hatte. Das fehlte noch, das Bier herangeschleppt, das Essen besorgt, sich beleidigen lassen, und dann kommt eine Ziege daher, die nur um ihn umherschwirrt, wie ein Nachtfalter ums Licht. Die rotblonde Ziege räumte das Feld.
„Warum sitzen Sie nicht am Tisch bei den anderen?, dort versorgt man Sie doch besser."
Er blickte sie mit porzellanblauen Augen treuherzig an: „Ich werde von Ihnen doch bestens versorgt. Zwischen den Bänken ist kein Platz, außerdem rollt das Vehikel nicht so gut durchs Gras."

***

„Schön, kommst du auch noch mal wieder?" Der Sprüher prostete ihr zu. Das wievielte Glas war das eigentlich? Egal, Nelly nahm einen hastigen Schluck.
Mit jedem Bier wurde die Grillparty gelungener. Die Nachbarn, die sich näher kannten, plauderten aus dem Nähkästchen, die anderen lachten und blödelten.
Der Nachbar Hubert redete ohne Pause auf sein Gegenüber ein. Es ging um Altenheime und Pflegestufen. Nach jedem Satz fügte er im Wechsel „verstehste?" und „weißte, was ich meine?" hinzu.

Bei den Schlageroldies sangen die meisten kräftig mit. *Eine neue Liebe ist wie ein neues Leben* … wurde angestimmt, und der Knoblauchwurst-Mann legte den Arm um sie und schaute ihr laut mitsingend in die Augen. Flirtete er etwa mit ihr?

Ein vorsichtiger Blick auf seine Frau bestätigte ihre Wahrnehmung. Dolche schossen aus wasserblauen Augen und bohrten sich in Nellys Brust.

Die Frisur hält, war Nellys erster Gedanke, nicht das kleinste Härchen stand hervor. Ein graues Kunstwerk wie aus einem Guss. Welcher Friseur baute noch solche Kreationen?

Unter dem verschwitzten Arm des Nachbarn tauchte Nelly weg und suchte ihr Heil in der Flucht.

Sie baute sich vor der Indianerkopie auf:

„Ich möchte mich verabschieden, aber wenn Sie auch gehen möchten, kann ich Sie kutschieren. Ich muss nur noch meine Schuhe suchen."

„Nehme ich gerne an", sagte er, zog ein Band aus der Hosentasche und raffte die Haare zu einem Pferdeschwanz zusammen.

In seinen Augen las sie eine gewisse Besorgnis. Außerdem schaute er gedankenverloren vor sich hin, so ziemlich neben der Spur, war das ihre Schuld?

„Sorry, aber ich spreche nicht *rolländisch*, ist mir zu anstrengend, jedes Wort auf die Goldwaage zu legen."

Er nahm das wortlos zur Kenntnis.

Sie schwenkte die gefundenen Schuhe in der Hand.

„Wir können dann!"

„Festhalten, los geht's!" Über die holprige Wiese ging es kein Stück weiter. Meine Güte, mir wird schwarz vor Augen, war der Mann schwer!

„Mit der Karre sollten Sie mal durchs heilige Wasser von

Lourdes fahren, damit das Ding wieder ordentlich rollt."

Sollte man mit einem Behinderten achtsamer umgehen? Nelly bekam leichte Skrupel. Wieso eigentlich?

Der Umstand, dass er im Rollstuhl sitzt, heißt doch nicht, sich zu artikulieren wie der Pfarrer von der Kanzel, dachte sie.

„Die Bremsen zu lösen, wäre schon sehr hilfreich", sagte er dann endlich.

Als sich das Vehikel in Bewegung setzte, grinste er wie ein Honigkuchenpferd, das konnte sie deutlich spüren.

Sie winkten beide der lustigen Runde zu, und verschwanden auf dem Weg ums Haus herum bis zum Vorgarten.

Nelly wischte sich mit dem Handrücken die Schweißperlen von der Stirn. Endlich war es geschafft, die schwere Fracht über die Straße bis zu seinem Haus zu bugsieren.

Er murmelte so etwas wie einen Dank, als sie an der Haustür angekommen waren.

„Schlafen Sie gut." Nelly beugte sich zu ihm hinunter und küsste ihn auf die Wange.

„Kann ich mich mal melden?", fragte er, zog die Schlüssel aus der Tasche und öffnete die Tür.

„Klar können Sie sich mal melden. Nur nicht bei mir!"

Der Alkoholkonsum verlieh dem Spruch eine solche Genialität, dass Nelly sich mit stolz geschwellter Brust vor ihm aufbaute. Als er nicht antwortete, kamen allerdings leichte Zweifel auf, es sah so aus, als wenn das zu viel des Guten war. Sie machte, dass sie nach Hause kam.

***

Kapitel 16

„Hallo Schätzchen, Mama ist wieder da! So lange war die böse Mama weg, jetzt bin ich wieder da!" Nelly nahm Felize in den Arm, woraufhin die das Schnäuzchen verzog und den Kopf mitsamt den Ohren nach hinten hielt. Diese Alkoholwolke war einfach zu viel für die empfindliche Nase.

Nelly sah das rote Lämpchen am Anrufbeantworter leuchten, und drückte darauf, um zu hören, wer was von ihr wollte.
Es war der Sender, die Stimme teilte mit, dass Felize und eine Mitbewerberin das Casting bestanden hatten. Übermorgen sollte der Originalfilm gedreht werden.
Das Prozedere kannte Nelly ja schon. Kameramann, Kabelträger, Moderatorin, Beleuchtung, sogar eine Visagistin war heute dabei.
Nelly war schon in aller Frühe bei Carmen aufgetaucht, um sich aufhübschen zu lassen, und die Mühe hatte sich gelohnt. Die Visagistin puderte nur noch nach. Felize durfte in ihrer natürlichen Schönheit agieren. Sie stolzierte gemessenen Schrittes bereits herum, um alles zu inspizieren.
Als das Dressur-Werkzeug bereitlag, hieß es:
„Achtung, wir können!"
Die Raubtierbändigerin setzte sich auf den Boden. „Felize, Schätzchen, komm her!"
Der Katzenstar stelzte steifbeinig mit einer Schwanzhaltung, die an den Brezelhalter aus den Fünfzigerjahren erinnerte, majestätisch zum Sofa und pflanzte sich dort auf.
Sie hob ein Bein hoch in die Luft und leckte sich das Hinterteil.
„Felize!"

Nelly spürte eine magenfüllende Nervosität.

Die Felldiva kam in die Gerade, aber nur, um sich in eine andere Position zu legen. Die Pfoten unter den Körper gezogen hockte sie da wie der Stein der Weisen.

Nelly betätigte den Klicker.

Nichts.

Sie hielt der sturen Katze ein Leckerchen hin.

Nichts.

Der Kameramann legte die Kamera in Habachtstellung auf die Schulter. Die Moderatorin schlug die Augen nach oben, als ob sie von dort Hilfe erwartete.

Die Dreitausend-Watt-Lampe war auf Nelly gerichtet. Ihr rann der Schweiß den Rücken runter. Die Schweißperlen auf der Stirn wurden professionell abgetupft.

„Felizitas!?!" Der Ton machte die Musik. Bei solchem Spektakel hatte Felize meistens eine „Kleinigkeit" ausgefressen.

Nichts.

Als sie vom Sofa sprang, schöpfte Nelly wieder Hoffnung. Aber die Fellbirne stelzte auf die Kamera zu, drückte die Pfote gegen das Objektiv und leckte dasselbe dann ab.

„Wir brechen ab, hat keinen Zweck mehr!"

Felize legte die Vorderzähne frei und hielt das zugespitzte Mäulchen in die Luft, wie das Frettchen von Valentina.

Spätestens jetzt war klar, dass die TV-Leute recht hatten.

„Wir haben noch die Aufnahme vom Casting!"

„Aber, die ist doch ..., äh, bitte ..., da sehe ich aus wie ...", stotterte Nelly.

„Entschuldigung" wiederholte Nelly zig Mal. „Kein Problem, das passiert jeden Tag" verabschiedete sich die Moderatorin, die anderen Crew-Mitglieder nickten zustimmend und klabasterten lärmend die Treppe runter.

Durch die plötzliche Stille fiel Nelly in ein Loch der

Enttäuschung. Leise zog sie die Türe ins Schloss, als wenn sie dadurch alles ungeschehen machen könnte.

Das Fellknäuel hockte wieder auf dem Sofa und schaute Nelly mit großen dunklen Augen lieb an.

„Soll ich dir mal was sagen, du Pflaume? Von der Blamage ganz abgesehen, hast du die Chance vertan, mal etwas zu deinem Lebensunterhalt beizusteuern. Und berühmt wären wir auch noch geworden. Alles den Bach runter."

Sie ließ sich niedergeschmettert neben dem Übeltäter aufs Sofa fallen. „Und, wozu haben wir jeden Tag den ganzen Klamauk geübt? Alles umsonst."

Felize legte ihre Schweißpfote auf Nellys Arm und schaute sie mit zitternden Barthaaren an.

Sie blähte sich auf, dass alle Haare abstanden, wie bei einem Stachelschwein: „Gib jetzt mal Ruhe, ich lasse mich nicht vorführen wie im Zirkus!"

Schon hüpfte sie vom Sofa, nahm Maß vor dem Reifen, sprang hinein und auf der anderen Seite raus. Tänzelte auf der großen Rolle, wälzte sich von einer zur anderen Seite und das Ganze ohne Klicker.

Mit erhobener Pfote blieb die sture Katze vor Nelly sitzen.

Wollte sie etwa die Stinkekralle zeigen?

„Das ist nur für dich allein", kerzengerade saß sie Beifall heischend mitten im Wohnzimmer.

„Sorry, ich habe verstanden, alles klar! Du bist kein Zirkustier, sondern mein liebstes Schätzchen!"

Und das Schätzchen kam in den Genuss von Putenhäppchen.

***

Am darauffolgenden Montag trug Nelly mit der Fernsehepisode zur Unterhaltung bei. Valentina war begeistert: „Kann man mal sehen, dass Katzen nichts gegen ihren Willen tun, von wegen Kunststückchen!"

Dalvin gab die Überzeugung zum Besten, dass keine seiner drei Katzen sich überhaupt auf Klicker-Therapie einlassen würde.

Er sah wieder zum Anbeißen aus in Jeans und hellblauem Polo-Shirt.

Das figurnahe Hemd brachte die breiten Schultern und muskulösen Oberarme voll zur Geltung.

Zu gern würde sie sich an diesen göttlichen Körper kuscheln und ihn mit allen Sinnen spüren. Dachte sie aber an ihre aus der Form geratene Gestalt, dominierten die Hemmungen und überstimmten die Lust. Der Zauber der Liaison konnte nur erhalten bleiben, wenn sie die Anwandlung erotischer Wünsche im Zaum hielt.

Sidney orderte mit bereits bekannter Handbewegung Prickelbrause. Seine Frisur sah heute aus wie ein aufgerissenes Kuscheltier.

Als die Bedienung – wie hieß die nette Person eigentlich – vier Gläser mit perlendem Sekt brachte, streifte Nellys Gedanke kurz das Thema Alkoholsucht. Sie sah sich schon im Obdachlosenasyl oder besinnungslos auf der Straße liegend. Ein oder zwei Gläschen Rotwein wurden unter „ferner liefen" abgebucht, aber was sie in letzter Zeit an Alkohol verkasematuckelt hatte, versetzte sie ins Grübeln.

Valentina hatte eine Überraschung parat. „Das Beste kommt zum Schluss: Ich habe zwei Karten für *Schwanensee* mit dem Bolschoiballett!"

„Ich kann nicht mehr! Zuschauen, wie die Hüpfdohlen in hautengen Höschen über die Bühne tänzeln, und auch noch viel Geld dafür auszugeben, ohne mich!" Sidney schüttelte entgeistert den Wuschelkopf.

„Du bist ja auch gar nicht gefragt." Valentina wandte sich

Nelly zu: „Und, was sagst du, ist das was – oder ist das was?"

„Was soll ich dazu sagen, supertoll, wunderbar, beneidenswert", antwortete Tusnelda. „Ich wünsche dir viel Spaß!"

„Aber nein, ich gebe dir die Karten! Du musst nichts bezahlen, ich habe sie vom Hotel!"

Nelly nahm die Karten und wedelte damit zu Dalvin hinüber. Der hatte keine Hüpfdohlen-Probleme. „Nimmst du mich mit?"

„Ja, logisch", antwortete sie.

„Was kann ich dir dafür Gutes tun?", fragte Nelly die großzügige Spenderin.

Wie auf Kommando folgte ein Griff in die Jackentasche, und das Frettchen, froh, an der Luft zu sein, schnupperte mit doppelter Halslänge in der Landschaft herum.

„Könntest du Josefine für zwei Tage in Pflege nehmen, ich muss zu einem Seminar und kann die Kleine nicht mitnehmen."

„Das Zubehör für Josefine fahre ich natürlich zu dir nach Hause."

Nelly fühlte sich wie ein Fisch auf dem Trockenen. Aus der Nummer komme ich jetzt nicht mehr heraus, dachte sie.

„Mit meiner Katze gibt es Probleme, aber ich weiß eventuell eine liebe Betreuung für Josefine."

***

Kapitel 17

Nelly stand im Vorgarten. Zwischen den Steinplatten sowie links und rechts hatten sich Löwenzahn und nicht definierbares Grünzeug breitgemacht. Der Rasen war als solcher nicht mehr zu erkennen, Unkraut jeglicher Art sowie Disteln, Kamille, Spitzwegerich hatten sich ein Zuhause gesucht. Der Überrest eines großen von Krebsknoten verformten Oleanderbusches fristete sein trauriges Dasein.

Schön würde eine Wildblumenwiese daherkommen. Sollte man mal drüber nachdenken.

Sie drückte auf die vorsintflutliche Klingel, und jetzt fiel ihr auf, dass sie ihn seit dem Grillabend nicht mehr gesehen hatte. Vermied er den Fensterplatz, um ihr aus dem Weg zu gehen? Oder war Julius etwa krank?

Gerade als sie ein zweites Mal den Klingelknopf betätigen wollte, ging die Türe auf und der Rollstuhl stand ihr gegenüber.

„Ich dachte, ich melde mich mal." Tusnelda lächelte ihn an.

„Ich durfte mich ja nicht melden", sagte er.

Die porzellanblauen Augen verdunkelten sich und die zwischen die Zähne gezogene Unterlippe deutete an, dass er gleich losheulen würde.

„Herrschaftszeiten! Das war ein Spaß und nichts weiter. Sie sind doch auch nicht gerade auf den Mund gefallen! Aber, bitte schön, ich entschuldige mich, und zwar ganz hochoffiziell!"

Sie fabrizierte eine höfische Verneigung wie vor Queen Elizabeth.

Er antwortete nicht. Hatte es ihm die Sprache verschlagen?

„Ich habe mir Sorgen gemacht, weil Sie nicht mehr am Fenster zu sehen waren."

„Sie sorgen sich?", er sah vor sich hin, während er sprach.

„Sie haben mich doch nie beachtet, ich hätte doch leicht dahinscheiden können und Sie hätten es noch nicht einmal bemerkt."

Oder haben Sie nur den Kontakt zu einer Frau gemieden? Jetzt wissen Sie, dass ein Mann am Fenster sitzt, und auf einmal sorgen Sie sich?"

„Das ist doch lächerlich", wehrte sich Nelly.

Glaubte er etwa, dass sie in ihrem Alter, von einem Samenkoller befallen, für einen Mann Bier und Bratwurst heranschleppte, um ihn anschließend in ihre Kunstfaserbettwäsche mit Röschendruck zu werfen?

„Sie sind wohl heute mit dem verkehrten Bein aufgestanden!"

Gott sei Dank! Er grinste.

„Wenn Sie mich hereinbitten, habe ich etwas für Sie."

Er machte mit dem Rollstuhl eine elegante Kehrtwende.

„Ja bitte, kommen Sie herein und schließen sie die Tür."

Nelly hielt sich nicht lange mit der Vorrede auf und hob Josefine aus der Einkaufstasche.

Beunruhigende Erwartung kroch in ihr hoch, als die beiden sich musterten. Josefine sprang ohne Vorbehalte auf seinen Arm, der auf der Rollstuhllehne lag, und beäugte Julius mit ihren schwarzen Knopfaugen.

Mit dem Zeigefinger der anderen Hand deutete er auf das Tier: „Was ist das bitte?"

„Das ist Josefine, ein handzahmes Frettchen, wir suchen für zwei Tage eine Ersatzmutter!"

„Und die Mama soll ich abgeben? Ich kann mir ja selbst kaum helfen. Wenn das Tier wegläuft, was dann?"

„Josefine läuft nicht weg, wenn Sie nur die Küchentür verschlossen halten, sonst verkriecht sie sich hinterm Kühlschrank. Sie sitzen doch den ganzen Tag in dem Stuhl, da kann Josefine wunderbar mit Ihnen schmusen. So wie jetzt zum Beispiel."

Die niedliche Ulknudel hatte es sich auf dem Schoß von Julius bequem gemacht, und er kraulte etwas verhalten mit einem Finger an dem kleinen Hälschen.

Tusnelda packte die Sporttasche aus, die Josefines Zubehör enthielt.

„Es ist ja auch nur für zwei Tage, und ich schaue nach ihr, wenn Sie erlauben."

„Nach mir auch?", fragte er.

„Ja, klar, bin ich doch schon gewohnt, Sie zu versorgen."

„Apropos Versorgen, ich möchte für uns ein Glas Wein einschenken, nehmen Sie mir das Pflegekind mal ab!"

Er rollte geschickt zu einer Vitrine, aus der er Gläser und eine Flasche Rotwein zauberte.

Nelly schaute sich im Zimmer um, während er die Flasche entkorkte.

Nach dem Vorgarten zu urteilen, hatte sie mit allem gerechnet, nur nicht mit einer durchgestylten Designer-Einrichtung. Die beigefarbene Ledergarnitur passte optimal zum dunklen Parkettboden.

An der Wand waren weiße Regalmodule befestigt und ein Monstrum von Flachbildschirm. Klassische Lampen und moderne Bilder rundeten das Ganze ab. Weder Chichi, unnötiges Brimborium oder gar Häkeldeckchen waren vorhanden. Das Einzige, was dem Raum Leben einhauchte, waren die vielen Bücher, die an der Längswand untergebracht waren.

Der Platz am Fenster war frei. Klar, da saß er ja meistens.

Julius hatte sich wieder in Position gebracht und hob sein Glas: „Nachdem Sie meinen Namen bis zur Unkenntlichkeit verschandelt haben – man stelle sich vor, Julius Cäsar wäre

„Jul" genannt worden – und ich jetzt eine Ersatzmutter abgebe, schlage ich vor, dass wir uns duzen!"

Sie ließen die Gläser klingen.

„Ich heiße Nelly, aber das weißt du ja bereits. Küsschen?" Sie stand auf, bewegte sich zum Rollstuhl und küsste ihn auf die Wange. Es fühlte sich überraschend gut an. Es kroch schon fast ein schlechtes Gewissen in ihr hoch. War das ein Betrug an Dalvin? Nein, sagte sie sich. War es keinesfalls.

Sie genoss die Gesellschaft von Julius, war das ein Verbrechen?

„Ein bisschen mehr Kuss hätte schon sein können", mäkelte er.

Sie nahm einen Schluck Wein und schaute ihn über den Glasrand an:

„Vielleicht das nächste Mal. Ich muss jetzt auch nach Hause. Bleib' sitzen, ich finde alleine raus. Meine Telefonnummer habe ich auf den Tisch gelegt."

***

Kapitel 18

„Hallo, Schätzchen, Mama ist wieder da!"
Zur Begrüßung gab es ein kräftiges Miau und die Rolle auf den Rücken. Das machte sie sonst nie. Eine Welle der Liebe erfasste Tusnelda. „Komm, wir setzen uns aufs Sofa und gucken das *Perfekte Dinner*. Putenschnitzel habe ich auch noch."
Als sie beide auf dem Sofa saßen, dachte Nelly: Das ist alles, was ich brauche, keine Party, keinen Mann, und schon gar nicht zwei von der Sorte. Sie streichelte Felize, und die schlug ihre Pfoten um ihren Arm, als wolle sie niemals loslassen. Nelly konnte ihre Gefühle kaum in Worte fassen. Wonach strebte jeder: nach Glück! Sie hatte es in seiner unverfälschten reinen Vollkommenheit. Sie biss Felize sanft ins Öhrchen. Daraufhin drückte die Schnurre ihre Pfote auf Nellys Auge.

Telefonklingeln riss sie hoch.
 Felize sprang vom Sofa und flitzte vor Schreck bis unters Bett. Nelly musste sich erst orientieren. Ich bin vor dem Wallanderkrimi eingeschlafen, wie spät ist es denn? Nelly riss den Hörer von der Gabel, gleichzeitig schaute sie auf die Uhr: bereits nach elf.
Julius war am Apparat: „Josefine kann nicht schlafen, was jetzt?"
„Kann nur das Frettchen nicht schlafen? Ich glaube, da gibt es noch jemanden! Spiele mit Josefine, dann wird sie müde und geht in ihr Bettchen."
„Wenn sie nicht so streng riechen würde, dürfte sie zu mir ins Bett, aber so …?
Kommst du morgen zu uns? Ich könnte was kochen."

„*Nachtijall, ick hör dir trapsen*", lachte Nelly in den Hörer. Ich komme am frühen Abend, euch im Auge zu behalten, habe ich ja versprochen. Und nun aber: „Gute Nacht!"

Felize legte sich auf Nellys Brustkorb, das Köpfchen bis unter ihr Kinn geschoben.

***

Kapitel 19

Nelly entscheidet sich für die Jeans und ein sündhaft teures T-Shirt, die Saufziege Carmen hatte es als Dankeschön mitgebracht.

Einen Dank hatte Nelly am wenigsten erwartet, daher freute sie sich wie ein Schneekönig.

***

Der Herbst ließ sich im Vorfeld erahnen, vereinzelt fielen bereits Blätter von den Bäumen. Viele der Hortensien trugen welken Rost. Nächtlicher Regen verwandelte die Luft in eine Feuchte, die in die Knochen kroch.

Mit einer Flasche Rioja Reserva bewaffnet, klingelte Nelly bei ihrem charismatischen Nachbarn. So schnell, wie er öffnete, lag die Vermutung nahe, dass er hinter der Türe gewartet hatte.

„Prima, dass du da bist", begrüßte er sie. „Schließe schnell die Türe, sonst flitzt Josefine noch raus."

Erst in diesem Augenblick sah Nelly das Tier auf seinem Schoß. Es hob zur Begrüßung neugierig den kleinen Kopf, um sich sofort wieder einzurollen.

Er schob sich ins Wohnzimmer und hob das Pflegekind aufs Sofa. Nachdem Nelly das Frettchenklo gesäubert und Josefine frisches Futter gegeben hatte, bot sie Julius, der in der Küche verschwunden war, ihre Hilfe an.

„Nicht nötig, ich bin schon gleich fertig, bleib nur bei dem Tier", sagte er.

Provencalische Düfte zogen durch die Wohnung. Rosmarin, Thymian und Knoblauch kitzelten Nellys Nase. Die Düfte ließen bereits eine Kochsensation erahnen.

Sie saß mit zusammengedrückten Knien auf dem Sofa, weil sich das Frettchen auf ihrem Schoß wälzte. Gegenüber im dunklen Fernsehschirm spiegelte sich ihre Figur, die ziemlich dick aussah. Das liegt an der TV-Scheibe, kann nicht anders sein!

„Nimm dir doch bitte ein Glas Wein, er steht auf dem Tisch", schallte es aus der Küche. Nelly vollbrachte die Prozedur einhändig, in der anderen Hand hielt sie Josefine. Reiß' dich zusammen. Konzentration. Alles klappte, ohne eine Ferkelei zu veranstalten.

Nelly durfte in das heilige Refugium: die Küche. Die französische Landhausküche schien einer Wohnzeitschrift entsprungen. Der hell gebeizte Esstisch beherrschte den Raum, der größer war als das Wohnzimmer. Ein blauweiß gestreiftes Sofa stand an der Längsseite des Tisches. Vier darauf abgestimmte Stühle befanden sich ringsherum.

Ein Platz war für den Rollstuhl reserviert.

Die Küchenschränke waren ebenfalls im Landhausstil, allerdings mit allen technischen Raffinessen ausgestattet, die selbstredend Männer dringend benötigten, um ein Spiegelei unfallfrei hervorzubringen.

Nelly nahm das Sofa in Beschlag.

Er hatte alles minimalistisch und geschmackvoll gedeckt, wie es so seine Art war. Nelly sprang auf, um beim Servieren zu helfen, aber er lehnte es kategorisch ab. Sie könne beim Abräumen helfen, das fiele ihm schwerer.

Ihr kam in den Sinn, dass noch nie in ihrem Leben ein Mann für sie gekocht hatte. „Ich kann was kochen", stimmte so nicht. Julius zauberte ein Fünfsterne-Menü. Die Vorspeise, Rote-Bete-Birnen-Carpaccio mit frischen Garnelen, war schon ein Fingerzeig darauf, was sie noch erwartete.

Die Geschmacksnerven auf ein Erlebnis programmiert, lief Nelly das Wasser im Mund zusammen.

Noch bevor sie einen Bissen nehmen konnte, fuchtelte er an einer Fernbedienung herum. Bei den ersten Klängen, die aus dem „Nirgendwo" ertönten, kam die Frage, ob das ihr Musikgeschmack sei.

„Aber ja, *Casta Diva* aus *Norma*, die Lieblingsarie der Callas und meine ebenso, sagte Nelly. Beim Putzen muss ich meistens weinen, weil ich dabei die Callas auflege. Diese Stimme, die tiefe Trauer die ihr innewohnt, haut mich immer wieder um."

***

Die porzellanblauen Augen trafen sie mitten ins Herz. Ich werde mich doch nicht in diesen Mann verlieben? Das Gefühlschaos verwirrte sie. Ich bin in Dalvin verliebt, kann man zwei Männer lieben? Oder war alles ganz anders und sie liebte das Empfindungsleben, war sozusagen verliebt in die Liebe?

Julius holte sie in die Realität zurück: „Wo bist du mit deinen Gedanken?" Eine kleine Notlüge war erlaubt: „Ich genieße das wunderbare Essen, es ist einfach göttlich."

Die Hauptspeise bestand aus Lammfilet mit Speckböhnchen und Rosmarinkartoffeln. Allein der Duft versetzte sie in die Provence.

Zwei Köche zur Verfügung, einer ein begnadeter Hobbykoch, der andere ein professioneller Sternekoch. Konnte es genussmäßig besser gehen?

Für sie als Mikrowellen-Köchin war das die Absolution schlechthin.

Julius servierte das Dessert. Tiramisu, fünf Minuten im Mund, fünf Jahre auf den Hüften. Aber es schmeckte so köstlich, dass

Nelly sogar noch einmal nachnehmen musste.

Er lächelt sie an: „Du isst mit einer solchen Inbrunst, dass es Freude macht, für dich zu kochen."
„Wie lieb von dir", sagte Nelly.

Nelly erhob sich vom Sofa. „Bleib' bitte sitzen! Ich räume ab!"
„Danke, aber ich bleibe auch sitzen, wenn du mich nicht darum bittest!"
Tusnelda fauchte: „Du musst mich natürlich wieder daran erinnern, dass du in diesem Vehikel sitzt! Weißt du das Neueste mein lieber Julius? Ich hatte den Rollstuhl ganz vergessen, du natürlich nicht! Verstehe ich auch, aber du bist nicht allein auf der Welt, andere Menschen haben auch Gefühle!"
Kurz davor, die Fassung ganz zu verlieren, wanderte sie aufgelöst zwischen Tisch und Spülmaschine hin und her, ohne auch nur ein Teil des Geschirrs abzuräumen. Er hielt ihr einen Teller entgegen, den sie wortlos in die Maschine warf, dass es nur so schepperte.
„Denk' daran, das ist mein bestes Geschirr, es war ziemlich teuer. Warum regst du dich so auf?" Er versuchte ruhig zu bleiben.
Ihre Stimme schlug fast über: „Weil du im Gespräch mit deiner Behinderung kokettierst, so, dass man Rücksicht auf dich nimmt, um nicht zu sagen, Mitleid mit dir hat. Du akzeptierst nicht, dass dein dusseliges Gefährt auch mal ignoriert wird. Und das Allerschärfste ist deine Ignoranz bei einer Nachfrage, aus welchem Grund du darin hockst!"

Er hatte, während Nelly nach Luft schnappte, das Geschirr auf dem Tisch gestapelt und noch Wein nachgeschenkt.

Jetzt schlug Julius' Stimmlage ebenfalls über den erlaubten Pegel:

„Das stimmt alles überhaupt nicht. Auf soziale Emotionen kann ich verzichten. Ist es ganz abwegig für dich, dass mir etwas an dir liegt?

Ich fand dich, als du mit deinen abartigen Turnschuhen an mir vorbeizogst, schon toll. Nur du hast noch nicht einmal genau zu mir hingesehen! Aber, wir drehen uns im Kreis, komm her. Wir geben uns ein Versöhnungsküsschen und geben Ruhe."

Nelly stand mitten in der Küche, und Julius steuerte auf sie zu.

Als sie sich zu ihm beugte, flüsterte sie in sein Ohr: „So schöne abartige Laufschuhe kann ich dir auch besorgen."

Der Kuss war schon bedeutend mehr als nur ein Zeichen der Versöhnung. Nelly hatte einen Stuhl herangezogen, um auf gleicher Höhe zu sein. Sie griff in sein schönes silbernes Haar und drehte es zu einem Pferdeschwanz, während sie ihren Mund dicht vor seinen hielt. Er nahm ihr Gesicht in beide Hände, und sie küssten sich sanft und verhalten. Sie fielen in einen leidenschaftlichen Gleichklang. Nellys Ohren waren von seinen Händen bedeckt, so konnte sie nicht hören, was er flüsterte.

Sie löste sich aus der Umarmung. „Lass' uns für heute vernünftig sein."

Sie war nicht in der Lage, einen einschneidenden Schritt weiter zu gehen.

Er nahm ihre beiden Hände: „Der Rollstuhl bildet doch eine Barriere zwischen uns, gib' es zu, er ist ein Lustkiller!"

Seine starre Meinung traf den Punkt nur zum Teil. Sie empfand das Gefährt nicht als störend, sondern vielmehr hatte sie in ihrer Unerfahrenheit Sorge, alles falsch zu machen.

Sie wollte die Situation entkrampfen und flüsterte ihm ins Ohr: „Ich wiederhole: Der Rolli stört mich nicht. Wenn du willst, fahre ich mit dir bis ans Ende der Welt ... und dann schubse ich dich!" Als sie losprustete, musste er ebenfalls lachen.

***

Nellys Herz klopfte wie wild, wenn sie an die Knutscharie mit Julius dachte. Seine Küsse entfachten in ihr einen Schauer von den Zehen bis zum Scheitel. Es durchströmte sie eine Wärme, die ihr völlig fremd war.

Tragisch war seine Situation in jedem Fall. Es fiel ihr aber nicht so schwer, sich ihm zu öffnen, weil sie die Richtung beeinflussen konnte. Sie wusste zwar nicht, was er empfand. Ob er mehr wollte. Bei den Umarmungen ließ sich ein *Mehr* deutlich spüren, aber die Initiative zu ergreifen, dazu war Nelly zu unerfahren.

Wenn sie die Grenze überschreiten wollten, musste er ihr dabei helfen.

Julius schaute ihr tief in die Augen.

„Ich wollte dich etwas fragen. Also rein theoretisch ...", druckste er herum.

„So theoretisch wie die bemannte Raumfahrt zum Mars?", fragte sie.

„Ja, genau so!"

„Also, ja!", antwortete Nelly fix, ohne dass er fortfahren konnte.

In seinen Augen war zu lesen, was er fragen wollte.

„Vielen Dank für den wunderschönen Abend!" Sie gab ihm einen Kuss.

„Bleib sitzen, ich finde alleine hinaus!"

Dieses Mal zog sich wieder sein vielsagendes Lächeln übers ganze Gesicht.

Kapitel 20

„Hallo, Schätzchen, Mama ist wieder da!" Sie schmusten eine halbe Stunde, dann wurden ein paar Fellmäuschen geworfen. Als Nelly der Kleinen ihr Lieblingsfutter gegeben hatte, entkorkte sie noch eine Flasche Rioja, obwohl sie den Rotwein bei Julius schon im Blut spürte, hatte sie die jetzt nach der ganzen Aufregung nötig.

„Komm zu mir aufs Sofa", rief sie nach Felize. Die Fellbirne kam angelaufen, hüpfte aufs Sofa in ihre Schmuseecke und wälzte sich auf den Rücken, den Kopf nach hinten, soll heißen, bitte unterm Kinn kraulen. Mit zwei Fingern streichelte Nelly sie. Felize gab ein Schnurrkonzert, das alles übertönte.

***

Es läutete Sturm, Viola stand vor der Tür. Sie sah gesitteter aus als sonst.

Sie fiel direkt mit der Tür ins Haus:

„Du gehst doch bald zu diesem Hüpf-Theater, ich dachte, du könntest im Salon vorbeikommen und dir die Haare machen lassen."

Vor fast vier Wochen hatte sie ihren Dienst bei dem Haardesigner angetreten.

„Ja, das wäre nicht schlecht."

„Nächste Woche?", fragte Nelly.

„Ich sage dir noch, wann es geht." Und schwupp, weg war sie.

Jean-Claude, der Name war Programm für den Haardesigner, wuschelte durch ihre Haare, als ob er einen Salat anmachen wollte.

Waren es nur Leggins, die seine edelsten Teile betonten, oder gab es solche hautengen Jeans?

„So etwas, das geht ja gar nicht! Wo kommen denn noch solche Frisuren her?"

Der Schöne wedelte total fassungslos mit den Armen: „Tja, da weiß ich nicht, wie wir das hinkriegen sollen!"

Nelly hatte nicht das Gefühl einer total verschimmelten Haarpracht.

„Mit ein paar Highlights müsste das doch gehen?"

„Mit kleinen Highlights? Ich glaube es nicht!" Er strich sich demonstrativ über die Stirn. Seine wie Lack gegelten Haare zu raufen, war zu gefährlich.

„Also, Färben, Schneiden, Sonnenreflex-Strähnchen, das könnte gehen."

Der Superfriseur hüllte Nelly in einen schwarzgoldenen Umhang. „Ein Käffchen oder lieber ein Gläschen Sekt?" Nelly entschied sich für den Sekt. Leicht benebelt ertrug sie die Aktion besser.

Drei Stunden später oder waren es sogar vier? Nach einer abschließenden Prozedur mit einem Bügeleisen, was sich Glätteisen nannte, legte der Chef noch leichte Hand an, indem er eine ölige Emulsion aufs Haar wischte. Der Haarkünstler trat zwei Schritte zurück. Nelly war, als ob sie in einer Galerie ausgestellt würde, und der Meister prüfte, ob das Werk im rechten Licht hing.

„Und, was sagen Sie?"

Er hatte es tatsächlich geschafft, die einem Mopp ähnliche Haarpracht in ein Kunstwerk zu verwandeln.

Die ins Gesicht fallenden Fransen und die Strähnchen, wie von der Sonne gebleicht, waren toll und verjüngten um einige
Jahre.

Der Salon hatte Feierabend. Viola musste noch die Becken sauber putzen und die Haare zusammenfegen. Sie legte eine derartige Akribie an den Tag, wie es Nelly ihr nie im Leben zugetraut hätte.

Trotz aller Unkenrufe schien das störrische Kind die Herausforderung zu meistern.

Viola nahm begeistert den Vorschlag an, sich eine Currywurst zu gönnen, und sie machten sich auf zu der Bude am Wittenbergplatz.

Nelly nahm dazu noch eine Portion Pommes, Viola nur Brot.

Die Leute standen hier Schlange, vergessen war in solchen Momenten der Vorsatz vom gesunden Essen.

Seitwärts an der Bude stand ein Pärchen, sie hielten sich eng umschlungen, als wenn sie es gelüstete, ineinander zu kriechen.

Nach jedem Bissen Bratwurst küssten sie sich. Er schob ihr die Kartoffelstückchen in den Mund, bevor es wieder einen Kuss gab.

Während des Essens küssen? Na, wenn es denn sein muss! Hauptsache, die Umgebung bekam ihre unendliche Liebe mit. War scheinbar total angesagt, zu zeigen, dass man im Partnerwald Beute gemacht hatte.

Es fing an zu regnen, der kalte Wind pfiff um die Bude. Nelly sorgte sich nicht nur um die Gesundheit, sondern auch um ihre neue Frisur.

„Wir gehen solange drüben in das Lokal", meinte sie, dort trinken wir noch was."

„Ich glaube, ich kann nicht", stöhnte Viola. „Mir ist schlecht."

„Wie, schlecht, von der Currywurst?"

„Ich weiß nicht, mir ist total übel."

Viola war kreideweiß mit einem Hauch von resedagrünlichem Schimmer.

Am Wittenbergplatz fanden sie ein Taxi. Viola torkelte auf den Wagen zu und ließ sich in die Polster fallen. Als Nelly ebenfalls saß, drehte Viola sich auf die Seite und zog die Beine an den Körper.

Ihre Augen lagen tief in den Höhlen, und sie sah Nelly flehentlich an: „Muss ich sterben?"

„Ich weiß es nicht, aber sicher nicht. Unkraut vergeht nicht", versuchte Nelly sie aufzuheitern. „Tu mir nur einen Gefallen, und reihere nicht ins Taxi!" Kaum ausgesprochen rief Viola: „Anhalten, ich muss kotzen!"

Sie übergab sich aus dem offenen Wagen in den Rinnstein.

Ein sensationslüsternes älteres Ehepaar mit einem Regenschirm, der selbst auf dem Flohmarkt keine Verkaufschance mehr hatte, blieb vor dem Wagen stehen.

„Gehen sie bitte weiter, hier gibt es nichts!", schrie Nelly.

„Mama, guck mal!", ein kleines Mädchen, dem zwei Vorderzähne fehlten, zerrte an Mutters Hand.

„Die Frau muss genauso brechen, wie ich gestern!"

Nelly war versucht, nach deren Currywurstkonsum zu fragen, aber die junge Mutter zog ihren widerwilligen Sprössling weiter.

Nelly tupfte die bleiche Viola mit einem Papiertaschentuch ab.

„Geht's besser?, wir sind gleich zu Hause."

Der Taxifahrer stammte aus irgendeinem muslimischen Staat und beobachtete sie unter buschigen Augenbrauen im Rückspiegel, darauf hoffend, nicht wieder anhalten zu müssen.

Er bedankte sich überschwänglich für das fürstliche Trinkgeld und half Viola sogar aus dem Wagen.

Nachdem der Unglückswurm im Bett lag, ging Nelly nach oben.

***

„Hallo, Schätzchen, Mama ist wieder da!"

Erstaunlich, wie glücklich sie immer war, Felize wieder um sich zu haben. Auch in der kurzen Zeit, in der ich mal nicht zu

Hause bin, fehlt mir mein kleiner Schatz, dachte sie. Ob andere denken, das ist nicht normal? Mir egal, was für mich normal ist, bestimme ich.

„Komm, wir klickern noch ein bisschen!"

Felize war der geborene Zirkuskünstler, nur eben nicht für Fremde.

Vom Pfötchengeben bis zur großen Rolle bekam ihre Mama immer eine Sondervorstellung. Zur Belohnung gab es Putenhäppchen und ein besonders intensives Schmusestündchen.

Für die Mama gibt es jetzt ein Gläschen Wein, tat sie kund, als dieser bereits im Glas funkelte.

***

Nelly war leicht schwammig zumute. Carmen war noch nicht zu Hause. Soll ich mal nach der Kleinen sehen? Die ist sicher komatös, so fertig, wie sie war. Erstmal ausschlafen wäre wichtig.

Sie kannte das von sich selbst. Ging es ihr schlecht, hatte sie am liebsten ihre Ruhe. Sie lehnte Tee, Zwieback sowie Wärmflasche und gut gemeinte Ratschläge kategorisch ab.

Auch wenn sie bei Viola keinen Blumentopf damit gewinnen würde, suchte Nelly kurz entschlossen die Schlüssel für die untere Wohnung.

Fast lautlos öffnete sie die Wohnungstür.

In der Diele standen gefühlte einhundert Paar Schuhe. Der Garderobenständer war voller Klamotten und kurz davor, umzukippen.

Nelly schlich zum Zimmer von Viola. Alle Antennen waren ausgefahren.

Die Sinnesempfindung war identisch mit der, als die Tragödie mit ihrem Mann war.

Das Mädchen lag, drapiert wie Schneewittchen im gläsernen Sarg, auf dem Rücken, die schwarzen Haare rahmten ein wachsweißes Gesicht ein. Die Hände, ebenso wächsern, lagen gefaltet über dem Bauch.

Nelly beugte sich über die Schlafende. Kam es ihr nur so vor, oder war das Gesicht spitzer als normal?

Nelly durchzuckte ein Schauer. Sie bekam eine Gänsehaut am ganzen Körper. Eiskalte Angst kroch ihren Rücken hoch.

Wie viel Zeit war inzwischen vergangen? Viola musste doch zumindest etwas wacher sein.

Sie strich über Violas Wange. Eiskalt!

Prüfend legte Nelly ihr Ohr an den Mund. Ein schwacher Hauch von Atem war zu vernehmen. Wie eine Stoffpuppe richtete Nelly Viola auf und schüttelte sie heftig. Es gluckste etwas und weißer Speichel floss aus ihrem Mund. Ihr Verdacht war bestätigt. „Lieber Gott, lass es nicht wahr sein!", flehte sie. Hoffnung. Salzwasser!?!, hatte sie aus dem Fernsehen.

Mit einem Hechtsprung war sie in der Küche und suchte Salz. Zucker und Mehl fielen aus dem Schrank auf den Boden.

Sie zitterte so sehr, dass das Wasser im Glas überschwappte.

Das Zittern kam jeweils mit den Tränen.

Die Mischung in Violas Hals zu bekommen, war schwieriger, als gedacht. Sie hielt das Gebiss zusammengepresst wie eine Auster.

Mit letzter Kraft rannte Nelly wieder in die Küche und rührte eine dickere Pampe an. Inzwischen heulte sie wie ein Schlosshund.

„Mensch, du blödes Weib, wage es ja nicht, mir wegzusterben! Schlucke das jetzt oder es setzt was!" Sie bugsierte den Brei auf den Zeigefinger und schmierte ihn vor die Backenzähne.

Dass die verzweifelte Drohung geholfen hatte, glaubte sie nicht, aber, Gott im Himmel sei Dank, Viola schluckte die Salzpampe, und es klappte. Sie göbelte sich die Seele aus dem Leib.

Während Nelly nicht mehr aufhörte mit den Tränen zu kämpfen, schleppte sie die Lappenpuppe aus dem Bett und versuchte, sie auf die Beine zu stellen. Fünf Minuten später stand nicht nur der gerufene Rettungsdienst in der Wohnung, sondern auch Carmen, die leicht hin und her schwankte.

„Was ist denn hier los?"

Die Alkoholfahne hatte jetzt noch gefehlt.

„Hau ab, nichts ist los! Geh' aus dem Weg!" Nelly schob die konfuse Carmen ins Schlafzimmer. „Erzähl ich dir, wenn ich wiederkomme!"

***

Nelly saß zusammengesunken auf dem gelben Plastikstuhl. Heutzutage frischen die Krankenhäuser ihre Flure mit bunten Streifen auf war der einzige Gedanke, der Platz in ihrem zermarterten Hirn fand.

Die roten Streifen passten zu den roten Schalenstühlen, die grünen Streifen zu den farblich identischen Stühlen und so weiter. Kunstdrucke vervollständigten die Illusion Kranksein ist halb so schlimm. Hier werde ich gesund. Die hin und her eilenden Weißkittel katapultierten aber schnell in die Realität zurück.

Der Arzt, der vor Bedeutsamkeit gleich aus dem Kittel platzte, verbarg beide Hände in den Kitteltaschen, als er auf sie zueilte.

Das machten alle Ärzte, die etwas mitteilten. Hielten sie in den Taschen etwa Däumchen, dass der Kelch schnell an ihnen vorüberging?

Es gab hier wie überall unfreiwillig lächelnde Geringverdiener und freiwillig gestresste Bosse. Ihr Gegenüber zählte offensichtlich zu Letzteren. Eine Hand reichte er Nelly, um diese dann wieder in der Tasche verschwinden zu lassen. Das Namensschild gab Rätsel auf. Eventuell ein Inder oder Ägypter. „Da hatten wir noch mal Glück (wieso wir?), Sie haben Gott sei Dank zur rechten Zeit das Richtige getan. Wir haben den Magen ausgepumpt. Jetzt schläft ihre Enkelin."

„Es werden keine Folgeschäden auftreten. Dem Kind ist nichts geschehen."

„Danke Herr Doktor, aber mit fast siebzehn ist sie ja kein Kind mehr."

In seinen dunklen Augen schien ein Lächeln zu stehen:

„Ich meine das Kind, das ihre Enkelin unter dem Herzen trägt. Sie ist Ende der siebten Woche."

Nelly setzte mechanisch ein Bein vor das andere und folgte wie in einem Taumel dem Schild „Ausgang". Sie befand sich in einem Vakuum. Es drang nichts mehr zu ihr durch.

Das blöde Weib hatte versucht, sich das Leben zu nehmen, weil sie ein Kind erwartete? Oder hatte ihr türkischer Freund sie verlassen – wie hieß der noch gleich? Nellys Gehirn war hohl wie eine Nuss. Wusste überhaupt jemand von dieser Schwangerschaft?

Carmen wusste offenbar nichts, und davon ganz viel.

Warum hatte sie sich nicht wenigstens die Mutter eingeweiht?

Die Besorgnis besagter Mutter hielt sich in Grenzen, als Nelly die Geschehnisse schilderte. Der Alkohol trug dazu bei, dass Carmen nicht realisierte, was vorgefallen war.

„Warum tut sie mir so etwas an? Ich darf nicht daran denken, wie es ohne dich ausgegangen wäre. In einer Therapiestunde wird Viola berichten, was ich für eine schlechte Mutter war. Ich hätte mich mehr um meine Tochter kümmern sollen", jammerte sie.

„*Hätte* ist vorbei", Nelly war leicht ungehalten. „Kann es sein, dass du nur an dich denkst?"

Eigentlich wie immer dachte sie, da wird sich auch nichts ändern.

Die Schwangerschaft verschwieg sie. Da musste Viola sich selbst ein Herz fassen.

In Nellys Hirn wirbelten die Gedanken wie in einer Waschtrommel.

Warum hatte sie das getan? Selbst eine Schwangerschaft war heutzutage kein Weltuntergang mehr. Sie hatte sich niemandem anvertraut. Warum nicht?

Nelly wusste, dass in dieser Zeit durch die hormonelle Umstellung die Gefühle Achterbahn fuhren. Mal himmelhochjauchzend, mal zu Tode betrübt. Aber das war doch niemals ein Grund, sich das Leben zu nehmen. Wie verlassen und gequält war sie, um einen solchen Schritt zu gehen? Fragen über Fragen, die im Moment unbeantwortet blieben.

Carmen musste arbeiten, und so konnte sie ihre Tochter nicht abholen.

Das war Nelly ganz lieb. Unartikuliertes Geschrei war jetzt fehl am Platze.

Der diensthabende Arzt trug die Haare mit Pomade gescheitelt, heute hieß das klebrige Zeug ja Gel, was aber nichts an der Ausstrahlung eines Mafiabosses der 30iger Jahre änderte. Sein verkniffenes Gesicht, dem jede Freundlichkeit fehlte, ließ selbst eine Lachmöve verstummen. Sehr wahrscheinlich bügelte er sogar seine Unterhosen. Er faselte von Suizid und Psychiatrie sowie psychologischer Betreuung.

„Nur im Notfall", meinte Nelly, „wir machen das schon." Sie

nahm aber die Karte der psychiatrischen Klinik an sich, um den Arzt in Sicherheit zu wiegen und sich verabschieden zu können.

Viola hockte auf der Bettkante wie ein aus dem Nest gefallenes Vögelchen. In dem geblümten Flügelhemdchen sah sie zum Steinerweichen aus.

„Hier, ziehe das an", Nelly gab ihr die mitgebrachten Sachen.

Die sonst so rabiate Viola sprach kein Wort.

Als sie im Taxi saßen, legte Nelly ihren Arm um das gemarterte Geschöpf. Viola starrte nach vorne, ihr liefen lautlos die Tränen übers Gesicht wie ein Wasserfall. Der Taxifahrer sah im Rückspiegel zwei heulende Gestalten. Eine Alte und eine Junge. Er hatte sie vor der Klinik abgeholt, vielleicht war ein geliebter Mensch verstorben.

Nelly nahm den Unglücksraben mit zu sich nach Hause.

Felize begrüßte alle beide mit hoch erhobenem Schwanz und Schmeicheleinheiten an den Beinen. Viola streichelte wortlos die Katze.

Sie nahm sie auf den Arm, was Felize sonst strikt ablehnte, und setzte sich mit ihr aufs Sofa. Felize hatte ihre feinen Antennen ausgefahren und spürte, dass es dem Menschenkind nicht gut ging. Sie blieb auf dem Schoß sitzen und leckte Violas Hand.

Der Ofenalarm meldete die fertige Pizza.

Heute musste das ausnahmsweise reichen. Morgen würde es wieder gesunde Kost geben. Sie schnitt den Teigfladen in mundgerechte Stücke und servierte im Wohnzimmer.

Felize war begeistert und schnupperte mit langem Hals und zitternden Barthaaren in der Luft.

Tusnelda klaubte bereits Schinkenstücke aus dem heißen Teig.

„Du stellst dich an, als wärst du am Verhungern", tadelte sie das Fellbündel.

„Ich mag nichts essen", vermeldete Viola.

„Irrtum, magst du wohl, denke auch mal an dein Kind! Nimm wenigstens ein kleines Stück."

Einmal der Anfang gemacht, war die Pizza in Nullkommanichts vertilgt.

Nelly schüttete für sich ein ganzes Glas, für Viola ein halbes Glas Wein ein.

„Nachdem du dem Sensenmann von der Schüppe gesprungen bist, wird das jetzt gut tun, aber das ist das letzte Mal in Sachen Alkohol!"

Jedes Mal, wenn die purpurfarbenen Augen sie ansahen, hatte Nelly Mühe, die Tränen zurückzuhalten. „Danke!" Viola umarmte Nelly. „Vielen Tausend Dank!"

Felize blieb auf dem Schoß sitzen und schaute sie mit großen Augen an. Kannst du dich bitte wieder in eine bequeme Position setzen? Ich werde hier eingequetscht!

„Weiß es dein türkischer Freund?" Nelly ärgerte sich, dass ihr der Name nicht einfiel.

Viola schüttelte den Kopf.

Eines war Nelly klar: Die Eltern würden toben, aber da mussten auch sie durch. Ihr Sohn hätte ja seine Unterhose, das textile Verhütungsmittel, anlassen können.

„Entweder deine Mutter oder eventuell sogar ich müssen mit den Eltern reden."

„Meine Mutter darf das nicht erfahren", schluchzte sie wieder.

„Eine Schwangerschaft bringt eine Figuränderung mit sich, du wirst den Zustand nicht ewig geheim halten können."

„Ich darf das Kind nicht behalten, es geht einfach nicht!"

„Himmel, Arsch und Zwirn, jetzt ist Schluss mit diesem Unsinn! Ich rede mit den Eltern, und dann sehen wir weiter! Komm' mir jetzt bloß nicht mit der Emanzenscheiße wie *Mein Körper gehört mir!*

Dein Freund wird ja schließlich Vater, er hat ein Recht, es zu erfahren und wird dazu schon stehen müssen! Die Eltern können den Koran runterbeten, sooft sie wollen, sie leben schließlich in Deutschland. Wenn ihre Erziehungsmethoden so den Bach runtergehen, müssen sie die Entscheidung ihres Sohnes akzeptieren."

Tusnelda war noch in Erinnerung, dass sich Viola alle Mühe gab, dem Glauben der türkischen Familie gerecht zu werden.

„Odhan ist nicht der Vater!"

Jetzt war es heraus. Der Satz kam aus ihrem Mund wie eine Sprechblase in einem Comic-Heft.

Die Weltuntergangsstimmung infizierte in diesem Augenblick auch Nelly. In Sekundenschnelle war ihr Mund total trocken und die anschwellende Zunge raubte ihr den Atem.

„Könntest du mir trotz meiner Hirnrissigkeit denn mal sagen, wer dich geschwängert hat?"

Sie schüttelte wieder den Kopf. „Kann ich nicht sagen!"

Nelly schob einen Zettel über den Tisch. „Schreib' es auf, möglichst mit Adresse, damit ich demjenigen eine verpassen kann, die er so schnell nicht vergisst."

Sie spürte, dass die werdende Mutter langsam kapitulierte.

„Ich schreibe den Namen auf, aber nur, wenn du meiner Mutter nichts sagst."

Nelly ging die Geheimniskrämerei langsam auf die Nerven.

„Versprochen", Nelly leckte zwei Finger an und hob sie in die Luft.

Eines war Nelly von Anfang an klar, das Mädel konnte mit der

Situation nicht mehr alleine umgehen. Also musste Nelly helfen, ehe ein zweites Mal ein solches Unglück geschah.

Während Viola etwas auf den Zettel kritzelte, sprach sie Nellys Gedankengang aus: „Du hast mir das Leben gerettet. Bleibst du auch an meiner Seite?"

Nelly nickte und schob den Zettel zu sich herüber.

Es stand nur ein einziges Wort darauf: HEIKO!

„Kenne ich den? Wer ist das?"

Violas Gesichtszüge kündigten die nächste Heulattacke an.

„Na, dein Sohn", heulte sie los.

Jetzt nahm sie einen Schluck von dem Wein. Das Weinglas schlug klackernd vor die Zähne.

Nellys Wirbelsäule fing an zu glühen. Sie erstarrte und gleichzeitig breiteten sich über den ganzen Körper lodernde Flammen aus.

Die Hitze des Körpers wanderte zu ihrem Gesicht und überzog es wie ein roter Nebel. Sie blickte aus geweiteten fiebrig glänzenden Augen Viola an.

„Mein Sohn? Dein Stiefvater? Carmens Ehemann?"

Dem zitternden Häufchen Elend war anzusehen, dass es sich nicht um einen Scherz handelte.

„Hat er dich etwa …?", flüsterte Nelly. Die Stimmbänder waren wie mit Kreide bearbeitet. Nelly schämte sich, das auszusprechen, es handelte sich immerhin um ihren Sohn, ihr Kind, welches sie großgezogen hatte.

Er kam aus einem behüteten Elternhaus mit Vater und Mutter, die ihn liebten und die ihm eine ordentliche Erziehung mit auf den Lebensweg gegeben hatten.

Ihr Sohn, ein Kinderschänder? Er war doch selbst noch ein Kindskopf!

„Nein, nein, das war alles ganz anders", verteidigte ihn Viola.

Nelly war total ausgelaugt. Sie wollte nicht noch Einzelheiten erfragen. Sie fühlte sich wie ein Luftballon, der seinen Dienst getan hatte, aus dem jetzt die Luft entwichen war und er schlaff und aufgebraucht an der Erde lag.

„Adresse, gib mir die Adresse", war das Einzige, was sie noch hervorbrachte.

„Du tust ihm aber nichts, oder?"

„Nein, ich tue ihm nichts, er ist mein Sohn, schon vergessen?"

***

Kapitel 21

Er stand ihr im Türrahmen gegenüber. Im Moment war sie verwirrt über sein Aussehen. Mit der Glatze, braun gebrannt und ohne Bierbauch hätte sie ihn fast nicht erkannt.

„Mutter, was machst du denn hier?"

Sie holte mit aller Kraft aus und gab ihm als Antwort eine Ohrfeige, in der ihre Verzweiflung, ihre Enttäuschung, und alles lag, was sie belastete. Nelly rieb ihre brennende Hand und Heiko hielt seine Hand über die glutrote Wange.

„Wenn du jetzt fragst, warum ich dir eine geknallt habe, kannst du dir noch eine einfangen!"

„Ich frage ja nicht! Komm erst mal herein!"

Ihren Sohn schlagen? Das war ihr noch in den Sinn gekommen. Als Erwachsener bekam er, so traurig das auch war, zum ersten Mal eine verpasst.

Ihr Lebens-Mühlrad stand bisher still und rostete vor sich hin. Seitdem der Rost entfernt, und ein stürmischer Wind aufgekommen war, kehrte auch Bewegung in ihr Schicksalsrad. Ihr träges einphasiges Denken war verschwunden, auch wenn die Umstände oft nicht ganz einfach daherkamen.

Nelly setzte sich auf das schwarze Ledersofa. Das Appartement war klein, aber recht nett eingerichtet. Heiko nahm ihr gegenüber Platz. Er strich sich über die Glatze und legte dann beide Hände über die Knie, als ob er sonst auseinanderfallen würde.

Sie schwiegen beide. Er wartete offenbar, dass seine gewalttätige Mutter anfing.

„Gut siehst du aus", begann er dann doch.

„Du auch, irgendwie anders, attraktiver", entgegnete sie.

Es wurden Höflichkeiten ausgetauscht, anstatt zum Kern ihres Besuches zu kommen. Nelly spürte einen Knoten im Magen und schnappte nach Luft.

„Du weißt, warum ich hier bin?" brach sie das erdrückende Schweigen.

„Ich kann es mir denken." Das restliche Gesicht überzog die gleiche Röte wie die schon malträtierte Wange.

„Wie konntest du so eine Ferkelei begehen, ein Kind zu verführen?"

Nelly hielt es nicht mehr auf dem Sofa, außerdem schwitzte sie und klebte an dem Leder fest. Am Fenster stehend hatte sie das Licht im Rücken und ihre Mimik blieb im Dunkeln.

„Ferkelei, ich habe keine Ferkelei begangen. Viola wollte es genauso wie ich. Ich will damit nicht sagen, dass sie mich verführte, es ist einfach so passiert, aber ich allein bin auch nicht schuld."

Er erzählte nun von Anfang an.

Dass sie sich im Sony Center getroffen hatten und dort der Funke bereits übergesprungen war. In seinem Appartement angekommen, hatten sie sich geküsst. Beide waren von dem Alkohol benebelt, aber er hatte ihr ein Taxi bestellt. Mehr wäre da nicht gewesen.

„Sie hat meine Empfindungen durcheinandergewirbelt. Ich habe mich schon früher zu ihr hingezogen gefühlt, konnte das Gefühl aber nicht einordnen, weil es natürlich nicht bis zu meinem Bewusstsein vordrang.

Wir haben uns dann einige Male getroffen, und alles Weitere ist Geschichte."

„Ist das auch Geschichte, dass du Vater wirst?"

Nelly leckte sich über die trockenen Lippen und deutete jede seiner Bewegungen. Er schlug mit der Hand vor seine Stirn. Er hatte null Ahnung.

„Wie …? Vater …?"

„Wie, wie? Die Machart dürfte dir wohl nicht fremd sein!"

Eine gewisse Häme ließ sich nicht verbergen.

„Carmen – du erinnerst dich, deine Noch-Ehefrau? – weiß noch nichts von der Schweinerei. Deine kleine Lolita hat eventuell vor, das Kind nicht zu behalten!"

Wie vom Affen gebissen sprang Heiko auf: „Das kommt überhaupt nicht infrage, ich als Vater habe auch Rechte! Und du als Oma ebenso!"

Nelly wich einen Schritt zurück, bis sie an die Fensterbank stieß, weil Heiko vorstürmte, um sie in die Arme zu schließen.

„Danke, danke, dass du gekommen bist! Du darfst mich verdreschen, bis dir die Arme abfallen!" Sie wurde im Kreis herumgewirbelt.

„Ich freue mich wie verrückt. Jetzt habe ich eine eigene kleine Familie!"

Er gestikulierte wild in der Luft herum. „Ein Baby!"

So einem Ausbund an Naivität konnte man nicht böse sein.

Nelly hatte Carmens Worte im Ohr, dass Viola schon immer auf ältere Männer gestanden hatte. Das war nun Wirklichkeit geworden.

***

Oma? Nelly grinste innerlich. Sie wurde dann eine offizielle Großmutter. Und jetzt, Carmen, öffne dein alkoholisiertes Hirn: Du wirst ebenfalls Oma! Das Problem war nur, wer brachte es ihr bei? Nelly war ohnehin schon von Gewissensbissen geplagt. Die Heimlichtuerei war nicht ihre Sache. Gerade hatten sie Frieden geschlossen, und waren dabei, das zarte Pflänzchen Vertrauen zu pflegen. Und dann so etwas!

Carmen würde aus allen Wolken fallen, sogar Viola vielleicht auf die Straße setzen. Nelly zermartertes Hirn rief nach Hilfe. Nach jemandem, dem sie sich anvertrauen konnte. Da kam nur einer infrage.

**

Nachdem Felize mit Thunfisch-Häppchen in heller Soße und Streicheleinheiten versorgt war, griff Nelly zum Telefon.

„Ich möchte gern ein Stündchen zu dir rüberkommen!"

„Wenn du mir nichts tust, was ich nicht auch tun würde, komm vorbei!"

Das Laub im Vorgarten war vom Wind zu kleinen Häufchen aufgetürmt.

Eine einsame Mohnblume hielt dem Herbst stand, als wolle sie zeigen, dass mit starkem Willen Ungeheures möglich ist.

Nelly ging vorsichtig über die Steinplatten, um nicht auf den nassen Blättern auszurutschen.

Julius wartete schon in der geöffneten Tür. Nelly reichte die Flasche Rotwein rüber, und wie selbstverständlich schob sie ihn zurück ins Haus. „Kann ich selbst", murrte er.

„Weiß ich, halte aber besser den Wein fest!"

Seit Josefine abgeholt worden war, hatten sie sich nicht mehr gesehen.

Erst jetzt merkte sie, dass er ihr gefehlt hatte.

Befangenheit und Zweifel nagten an ihrem Gewissen, feige war sie ihm nach der leidenschaftlichen Küsserei aus dem Weg gegangen.

Er verlor kein Wort über den Drückeberger, und sie war unendlich dankbar, nicht noch eine Gardinenpredigt einzuheimsen.

Die Flasche Wein war entkorkt, und Nelly nahm einen Schluck. Eine Gänsehaut lief durch ihren Körper, und sie schüttelte sich. Ihr Magen war noch leer. „Ich weiß gar nicht, wo ich mit den Problemen anfangen soll. Ich brauche deinen Rat", begann sie. Die Füße nebeneinander fest aufs Parkett gestellt, als ob der Boden unter den Füßen weggezogen würde. Sie erzählte von Anfang an. Von Violas Brechanfall bei der Taxifahrt bis hin zum Besuch bei ihrem Sohn.

„Ich weiß nicht mehr weiter, ich habe keine Idee, wie es meiner Schwiegertochter beigebracht werden soll."

Julius nahm ihre Hand. „Jetzt höre mal zu: Du hast bei dieser Geschichte bereits genug getan. Die Quantität der Zumutbarkeit ist erreicht."

Nelly hielt es nicht mehr auf dem Sofa. Sie durchquerte das Wohnzimmer: drei Schritte vor, zwei links und drei zurück.

„Kennst du das Gefühl, wenn du dein Innerstes offenbarst und man hört dir gar nicht richtig zu? Bei dir weiß ich, dass du mir zuhörst und mich auch verstehst. Aus diesem Grund hoffe ich auf einen Geistesfunken von dir.

Bei Carmen habe ich den Eindruck, als ob alles hier rein, da raus geht. Nelly zeigte auf ihre Ohren. Die wird nicht wirklich wahrnehmen, was Sache ist, sondern gleich in die Luft gehen wie ein HB-Männchen.

Wir haben bis heute mit der Wahrheit hinterm Berg gehalten, das wird sie vor allen Dingen mir zum Vorwurf machen. Aber Viola hat drakonisch darauf bestanden."

„Hör' bitte mit dem Gerenne auf, mir wird schwindelig." Julius klopfte auf die Lehne des Rollstuhls.

„Da bildet sich eine süße Regenbogenfamilie. Carmen wird, solange sie noch mit Heiko verheiratet ist, Stiefmutter ihres Enkels. Sollten Viola und Heiko heiraten, wirst du Schwiegermutter deiner sozialen Enkelin.

Deine soziale Enkelin bringt dein biologisches Enkelkind zur Welt.

Herzlichen Glückwunsch an beide Großmütter! Herr, wirf Hirn vom Himmel! Ich bin mit meiner Weisheit am Ende! Es wird Zeit, dass dein Sohn, immerhin der Vater des Kindes, die Sache in die Hand nimmt. Zusammen mit Viola oder auch alleine muss er seiner Frau reinen Wein einschenken. Soll Carmen ruhig darüber Gift und Galle spucken, er muss die Suppe auslöffeln, die er sich eingebrockt hat. Schnurzpiepegal, wie alles verläuft, du kannst nur unterstützend im Hintergrund bleiben. Wenn Viola sich entscheidet, das Kind nicht behalten zu wollen, was traurig wäre, ist das ebenso ihre Sache. Als die beiden das Kind gemacht haben, hat dich auch keiner gefragt. Und Carmen hat keinen Grund, dir böse zu sein, ohne dich wäre ihre Tochter schließlich nicht mehr am Leben."

Nelly schwieg. Sie ließ die Arie aus Norma auf sich wirken, und allmählich entspannten sich ihre rotierenden Nerven, gleichzeitig standen ihre Augen aber unter Wasser.

Nellys Gefühlswelt war dermaßen durcheinander, dass sie den Inhalt der Oper genauso interpretierte wie die aktuellen Probleme:

Norma, die gallische Hohepriesterin, hatte von ihrer verbotenen Liebe, einem römischen Soldaten, zwei Kinder. Als der Geliebte sich in eine Jüngere verliebte, wollte die verzweifelte Norma die Kinder ermorden, aber letztendlich siegte die Mutterliebe.

Die Stimme von Julius brachte sie wieder zurück in die Wirklichkeit.

„Hallo, einer da?"

„Ja, entschuldige, ich habe mich in der Musik verloren."

„Warst du eigentlich mal verheiratet?" Sie setzte sich beherzt auf seinen Schoß.

Bereitete das Schmerzen, oder spürte er das nicht?

Der Rollstuhl wäre fast vornüber gestürzt. Nelly sprang erschrocken auf die Füße.

„Ja, so ist das mit der Rolli-Technik, Übung macht den Meister!"

Julius lachte sich schlapp, klappte die Fußstützen an die Seite und stellte die Beine mithilfe einer hebelähnlichen Armbewegung auf den Boden.

„Wenn du vor mir stehst, kriege ich Genickstarre. Komm, du kannst wieder auf meinem Schoß sitzen. Du musst dich aber mit beiden Armen, möglichst dicht an mich gepresst, festhalten."

„Dein Wunsch ist mir Befehl!"

Sie wusste genau, das war eine seiner heimtückischen Fallen, in die sie tappen sollte. Sein breites Lächeln war wie ein offenes Buch.

Nelly schloss ihn schraubstockartig in ihre Arme und schmiegte sich an seinen warmen, muskelbepackten Körper. Er roch so gut. In diesem Moment fand ihre Seele nach Hause.

„Ja, ich war mal verheiratet, meine Frau ist nach meinem Unfall abgehauen. Ich bin vor einigen Jahren mit dem Motorrad verunglückt."

Er strich sich über die Stirn, als ob er die Erinnerung wegstreichen wollte. Er schwieg eine Weile. Lediglich der vom Wind zerzauste fast trockene Efeu raschelte am Haus.

Nelly drängte ihn nicht. Es fiel ihm sichtlich schwer, darüber zu reden.

Als Julius nach dem Weinglas auf dem Tisch angelte und an die Lippen setzte, wagte sie nicht, ihn loszulassen, und nahm einen Schluck aus seinem Glas.

„Ob ihr Liebhaber sich auf Nimmerwiedersehen verabschiedet hatte oder sie inzwischen pleite war. Der Grund, warum sie zurückkommen wollte, war für mich uninteressant, denn ich wollte nicht mehr. Am allerwenigsten glaubte ich, dass sie Gewissensbisse plagten.

Es gab es keine Zukunft für uns. Genauso gut kann man Wasser ins Meer gießen.

„Aber genug davon! Meinst du, eine Großmutter darf noch küssen? Oder ist das ein gesellschaftlicher Eklat?"

„Weiß nicht, kannst es ja mal versuchen!", flüsterte sie mit den Lippen an seinem Mund. Sie knabberte an seiner Unterlippe und öffnete sich dann seinem Kuss. Forschend glitt seine Zunge in ihren Mund. Seine Leidenschaft entzündete ein Feuerwerk an Sinnesreizen, die fremd waren. Das Blut rauschte in ihren Ohren und ihr Unterleib pulsierte, sie brannte vor Lust. Sein heißer Atem streifte ihr Ohr, als er flüsterte:

„Schaffst du es, mich aufs Sofa zu befördern? Die Technik des Rollstuhls ist dort nicht im Weg."

„Klar, eine meinen Fähigkeiten angepasste Tätigkeit."

Nelly löste sich aus der Umklammerung, und er legte die Arme um ihren Hals, sodass sie ihn hochheben konnte, um ihn mit einer Drehung aufs Sofa zu verfrachten.

Als Julius in sie eindrang, war alles ganz leicht. Bedenken flogen wie auf Adlerschwingen in die Lüfte.

Es gab nur noch sie und ihn. Sie sahen sich in die Augen. Das Porzellanblau war einem dunklen Blau gewichen.

„Oh, Gott!", stöhnte er, als er zum Höhepunkt kam. Im Herbst ihres Lebens erfuhr sie, was alle Welt so verzückte. Zitternd, schweißgebadet, mit einem leisen Stöhnen kam auch Nelly zum Höhepunkt, den ersten ihres Daseins. „Bleib' noch einen Augenblick so liegen", bat er mit belegter Stimme.

Die Haltung, die sie innehatte, ließ auch nichts anderes zu.

Die Beine waren taub, und aus dem gekrümmten Winkel kam sie nicht heraus.

Nach einer gefühlten Ewigkeit gelang die Rolle seitwärts.

Sie hielten sich noch eine Weile schweigend im Arm. Nelly war dankbar, dass er nicht fragte, wie es für sie gewesen war. Oder noch grauenhafter: wie *er* war.

Danach ging es denselben Weg zurück ins Vehikel, wie zuvor aufs Sofa.

Während er im Bad war, öffnete Nelly eine Flasche Wein.

Als sie die Gläser klingen ließen, schauten sie sich tief in die Augen.

„Super siehst du aus, ganz toll mit der neuen Frisur."

Das neue Haardesign – wenn auch jetzt zerwühlt – war also doch bemerkt worden.

So ein Schlitzohr. Aber gerade das machte ihn so liebenswert.

Es kam kein Einspruch, als sie bemerkte, nach Hause zu müssen.

„Bleib' sitzen, ich finde alleine hinaus", akzeptierte er heute nicht, er rollte mit ihr zur Tür und öffnete diese.

Sie beugte sich zu ihm und gab ihm einen Abschiedskuss. Gleichzeitig nahm sie aus dem Augenwinkel wahr, dass der Nachbarin, die im Vorgarten die Blätter zusammenkehrte, die Kinnlade herunterfiel. Wie hieß sie noch … irgendwas mit Linde. Heidelinde? Nein, Sieglinde. Nelly könnte schwören, dass Sieglinde auch schon den dunkelhäutigen Begleiter erspäht hatte. Das Rätsel um Nellys Beziehungskisten würde sie sicher gerne lösen.

Nelly hatte keine Lust, die Neugier ihrer Nachbarin zu befriedigen. Sieglinde machte ein paar Schritte in ihre

Richtung und schmetterte laut „Hallo!" Aufgekratzt, wie Nelly war, rief sie: „Hallöchen, alles gut!" Und verschwand in der Haustür.

***

„Hallo, Schätzchen, Mama ist wieder da!" Wie lange war sie eigentlich fort gewesen? Nelly hatte den Sinn für Raum und Zeit verloren. Felize wartete ja immer auf ihre Mama.

Ein Blick auf die Uhr bestätigte, dass nicht mehr als drei Stunden verstrichen waren. Nur am Abend ließ sie Felize selten allein.

Als sie auf dem Sofa saßen, überlegte Nelly, ob sie der Kleinen ihre erotischen Exzesse erzählen sollte. Lieber nicht, das ist doch sehr intim.

Heißhunger überfiel sie sturmflutartig. Allein von Lust und Liebe leben, traf bei ihr nicht ganz zu. Felize bekam ein Putenschnitzel pur und ohne Fett, sie selbst Putenschnitzel mit Champignons und Bratkartoffel. Als Dessert eine Quarkspeise mit Erdbeeren. Felize und Nelly saßen sich am Küchentisch gegenüber, wie ein altes Ehepaar. Felize saß auf dem Stuhl gegenüber, die Pfoten brav an der Tischkante und wartete, bis Nelly ihr das nächste Häppchen reichte.

Sie fraß so gut wie nie von der Erde.

Mit vollen Bäuchen knuddelten sie auf dem Sofa, und Nelly sank in einen traumlosen Schlaf.

***

Kapitel 22

„Du musst das Ding noch höher ziehen!"

Carmen saß auf Nellys Bett und führte Regie.

„Mensch Meier, ich kriege das nicht höher", stöhnte Viola.

„Das muss hinten höher, da drücken sich die ganzen Speckrollen raus." Nelly rannen bereits Schweißperlen den Rücken entlang.

„Okay, halte still, ich versuch es noch mal." Viola zog die Formwäsche mit letzter Kraft nach oben.

Nelly dachte nach. Im wievielten Monat war Viola? Es zeichnete sich noch kein Bäuchlein ab, oder die werdende Mutter hatte es geschickt verborgen. Carmen schien immer noch nicht zu wissen, dass sie Oma wurde.

Für heute schob sie die Grübelei in die Abstellkammer, schließlich stand der erste Opernabend ihres Lebens bevor.

Wenn Viola mich weiter so aus den Angeln hebt, folgt als Ergebnis noch eine Fehlgeburt.

„Du ziehst mich aus den Schuhen. Es passt und hat Platz!", rief Nelly.

„So prima, jetzt das Kleid", befahl Carmen.

Das rote Kleid schmiegte sich, ohne zu bocken, an die stromlinienförmige Figur.

„Du brauchst halterlose Strümpfe" bestimmte Carmen damals im Kaufhaus. Wie recht sie damit hatte, stellte sich jetzt heraus. Eine Strumpfhose war gar nicht mehr unterzubringen.

Nelly rollte die Strümpfe mit der Spitzenbordüre über die Beine, schlüpfte in die roten Schuhe und drehte sich im Kreis.

„Und …, was sagt ihr?"

Nelly heimste von den Assistentinnen begeisterte Beifallsstürme ein.

Letzte Hand wurde noch an ihr Make-up gelegt, fertig!

Viola zählte bis jetzt die dritte Ermahnung, Felize nicht zu vergessen, sie nicht nur zu füttern, sondern ihr Gesellschaft zu leisten. Viola verneinte das Angebot, den minutiösen Ablauf aufzuschreiben. Sie fürchtete, dass die Litanei ohnehin noch einige Male runtergebetet würde.

***

Pünktlich klingelte Dalvin, um sie abzuholen. Als er die Treppe hinaufkam, klopfte Nellys Herz wie verrückt.

Er war zum Abheben schön.

Eine langstielige rote Rose hielt er fast vor ihre Nase.

„Für die Rose meines Herzens", sagte er mit einem Charme, der die Vögel von den Bäumen locken konnte.

Sie lag mit Lichtgeschwindigkeit in seinen Armen. Als er sie zärtlich küsste, kam ihr der Gedanke, die Ballettkarten verfallen zu lassen.

Es mochte Schnee auf dem Dach liegen, aber im Herd brannte noch immer ein Feuer. Dieses Feuer, das bisher auf Sparflamme flackerte und fast ganz verloschen wäre, loderte wieder auf, geschürt durch die Triebfeder der hinter ihr liegenden erotischen Geschehnisse.

Dalvin flüsterte in ihr Ohr: „Wir lassen die Karten nicht verfallen … oder, schöne Frau?"

Die Frage beantwortete sich von selbst.

Das eine Hindernis bestand in der Formwäsche, das andere sprang knurrend wie ein Hund mit ausgefahrenen Krallen an Dalvin hoch und hängte sich in die maßgeschneiderte Hose.

Felize beschützte ihre Mama vor dem bösen Mann.

„Hallo, bist du wahnsinnig?", rief der Angegriffene.

Hoch erhobenen Hauptes und steifbeinig vor Aufgeblasenheit

154

stolzierte sie einen Meter weiter und musterte ihr Publikum, als wolle sie sagen: Das wäre geklärt, wie wär's mit einem kleinen Applaus?

Nelly kicherte und bückte sich, um sie zu streicheln. Felize fing an zu schnurren und rieb sich an Nellys Beinen.

Sie starrte Dalvin mit ihren honigfarbenen Augen unverschämt an und schloss sie dann in ekstatischem Behagen.

Gefahr erkannt, Gefahr gebannt.

***

Das Opernhaus erstrahlte in festlicher Beleuchtung.

Nelly war noch nie in der Oper, so nahm sie mit strahlenden Augen die Atmosphäre in sich auf, wie das Kind vorm Weihnachtsbaum.

Dalvin half ihr aus dem Mantel. Etliche der männlichen Begleiter schleppten Pelze zur Garderobe, dass man kaum die Nase noch sah. Knöchelumspielte Nerze waren offenbar an der Tagesordnung, obwohl es nicht kalt, noch nicht einmal kühl war. Aber der Pelz gehörte ausgeführt. In diesem Haus waren die Pelzträgerinnen unter sich, und die Sprüher hatten das Nachsehen. Nelly verabscheute Pelze mitsamt der Trägerin. Aber an dem heutigen Abend musste der Gedanke an die gequälten Kreaturen den angenehmen Eindrücken weichen.

„Du siehst atemberaubend aus", flüsterte Dalvin, umfasste leicht ihre Hüfte und schob sie Richtung Stehtisch. Nelly schaute ihm hinterher, als er zwei Gläser Sekt holte. Sie war nicht die Einzige, die ihre Augen auf ihn heftete. Mit großer Genugtuung sah sie, dass die meisten der weiblichen Besucher Dalvin mit Blicken verfolgten.

Eine junge Rothaarige drehte sich trotz Begleitung nach der dunkelhäutigen Granate sogar um.

Die Damen hatten offensichtlich nicht nur die Schönheitssalons, sondern auch ihre Schmucktresore geplündert, um die Hühnerhälse mit voluminösem Geschmeide zu verhängen. Einige trugen stumpfe Haarnester, wahrscheinlich mit Haarteilen aufgestockt. Da fehlten nur die brütenden fedrigen Bewohner. Am Nachbartisch korrigierte ein Glatzkopf seine Haltung und zog den Bauch ein.

Die holde Gattin, in einem traumhaften dunkelgrünen Abenddirndl aus schwerer Seide, hob ihr Glas und verschlang über den Rand ihrer Sektflöte den vorbeischreitenden Schönling.

Ein nachtblaues Jackett zum hellblauen Hemd und als Krönchen eine farblich abgestimmte Fliege war das Nonplusultra zu seiner dunklen Samthaut.

Sie hatten ihre Plätze in Reihe vier eingenommen.

Bei den wöchentlichen Treffen hatte sie diese zwar stets abgelehnt, aber das nächste Mal würde Nelly darauf bestehen. Eine Essenseinladung für Valentina und natürlich auch für Frettchen Josefine war ja wohl das Wenigste als Gegenleistung.

Die Philharmoniker befanden sich im Orchestergraben. Nach der Verbeugung verstummte das Geraune im Saal. Ganz zart erklangen die ersten Töne der Ouvertüre, als ob Schmetterlinge sich in die Lüfte wiegen.

Schon war es um Nelly geschehen. Ein eiskalter Schauer raste durch ihren Körper. Sie biss die Zähne aufeinander, um den Kloß im Hals zurückzuhalten. Die Tränen kullerten übers Gesicht.

Sie fahndete im Dunkeln in der winzigen Abendtasche nach einem Taschentuch. Mit einer Hand drückte sie das Tuch vor die Augen, die andere Hand hatte inzwischen Dalvin ergriffen und knetete ihre Finger.

Der Vorhang öffnete sich, und der erste Akt zeigte eine illustre Gesellschaft. Durch die Figuren abgelenkt, erlangte sie wieder die Fassung. Dalvin hielt immer noch ihre Hand. Hin und wieder schaute er ihr in die Augen, und Nelly erwiderte sein Flirtspiel.

Der in Weiß und Silber gehüllte Prinz schwebte auf die Bühne.
„Meine Güte, und tanzen kann der auch noch", flüsterte Nelly.
Dalvin lachte leise: „Von Rudolf Nurejew wird ja behauptet, er hätte sich immer eine Hasenpfote in den Schritt seiner Strumpfhose gesteckt."

Der Vordermann drehte sich nach hinten um und warf einen missbilligenden Blick über die Schulter.
Die beiden Kichererbsen konzentrierten sich wieder auf die Vorführung.
Das Solo von Prinz und Odile, dem schwarzen Schwan, war atemberaubend.
Beide Partien, weißen und schwarzen Schwan, tanzte traditionell nur eine Primaballerina.
Sogar Tschaikowsky hatte bereits vor langer Zeit erahnt, dass es möglich ist, zwei Menschen zu lieben. Als der Prinz Odile sah, vergaß er Odette, obwohl er ewige Treue geschworen hatte.
Das Ergebnis dieser Verblendung war nicht allein der Tod von Odette, sondern auch der eigene im Schwanensee.
Als das Wasser den Prinzen umbrandete, hatte Nelly Mühe, die Tränen zurückzuhalten.

Im Zeitlupentempo schloss sich der Vorhang. Das Publikum

war wie elektrisiert. Dann brach tosender Beifall los.

Weiße Blüten regneten auf die Bühne, wie Morgentau sanken sie nieder. „Fallen dort Blüten?"

„Blüten? Nein, Menschenherzen", antwortete Dalvin.

„So dichtete ein Poet aus Rumänien und meinte den Applaus, den das Ballett des Bolschoitheaters entgegenzunehmen, gewohnt ist."

Der echauffierte Vordermann flüsterte seiner Dame etwas zu, und die beiden quetschten sich an den anderen Zuschauern vorbei dem Ausgang zu. Er will bei den Ersten sein, die ihren Nerz wieder in die Arme schließen.

Das sind mir die Richtigen, erst sich über andere aufregen, und dann nicht mal so viel Anstand aufbringen, um den Tänzern die verdiente Huldigung zukommen zu lassen.

Es hatte die Zuschauer von den Sitzen gerissen. Die Referenz an das Publikum bestand aus einer formvollendeten Choreografie. Die Ballerina bedankte sich mit einem tiefen Hofknicks und bog die Arme nach hinten wie angewachsene Flügel. Die Beugung des Halses war wunderbar. Eine Mischung zwischen Stolz und Bescheidenheit.

Mit einem Seitenblick sieht Nelly das Glitzern der Tränen in Dalvins Augen. Ihr Hände sind wund vom Applaudieren. Trotzdem bewegte sie sich keinen Millimeter von der Stelle.

Allmählich leerte sich das Parkett. Der Vorhang blieb geschlossen, und die Beleuchtung erhellte den Saal.

Dalvin küsst sie auf die Wange. „Komm, jetzt gehen wir auch."

„Der Wagen steht um die Ecke, damit umgehen wir die Warteschlange im Parkhaus. Willst du mitkommen oder soll ich dich am Eingang abholen?"

„Wenn du das Martyrium mit den Schuhen berücksichtigst, komme ich mit." Tusnelda stützte sich auf seinen Arm, und es ging im Schneckentempo in die spärlich beleuchtete Seitenstraße.

Aus welchem Grund die traurigen Funzeln lediglich Licht für ihr eigenes Umfeld spendeten, war Nelly ein Rätsel.

Aber was soll's. Sie nahm alles gar nicht richtig wahr, so berauscht und aufgewühlt war sie noch von der märchenhaften Vorstellung.

Von hinten schallte ein Wortwechsel über die Aufführung durch die ruhige Straße. Das Grüppchen hatte das bummelnde Paar schnell eingeholt und ließ es hinter sich zurück. Danach lag die Straße still und düster vor ihnen.

Aus der anderen Richtung spuckte die Dunkelheit ein paar skurrile Gestalten aus. Die silbernen Nietenbeschläge der schwarzen Montur blinkten in der schummrigen Beleuchtung.

Das Rasseln der Ketten, die an die Oberschenkel schlugen, rief bei Nelly eine eiskalte Gänsehaut hervor.

„Bleib ganz ruhig, die tun uns nichts", flüsterte Dalvin.

„Klar, die wollen nur spielen."

Nelly spürte, dass die Kerle auf Krawall gebürstet waren, und es sträubten sich ihr die Nackenhaare. Ihr Herz schlug wie ein Schmiedehammer, als die Individuen sich auf gleicher Höhe befanden.

Alle vier waren noch grün hinter den Ohren. Der mit dem ledernen langen Mantel und Schlapphut hatte ein bleiches Milchgesicht wie ein Baby, dem Wimpern und Augenbrauen fehlten.

Neben ihm schlenderten zwei Kumpane, ebenfalls ausstaffiert mit schwarzem Leder. Nieten und Ketten wogen bestimmt einige Kilos. Eine Tätowierung über die Gesichtshälfte verunstaltete einen der Kerle, sodass das Gesicht kaum zu erkennen war.

Ein Riese hatte ein Zackenmuster auf dem Schädel rasiert und einen zum Zopf geflochtenen Bart.

Der Vierte im Bunde scharwenzelte als Nachhut hinter den anderen her.

Er hatte offenbar türkische Wurzeln. Bereits aus dieser Entfernung nahm Nelly seine tiefschwarzen Augen wahr. Sie liebte Kamele wegen ihrer schönen Augen, die umrandet wurden von einem langen wuscheligen Wimpernkranz. Genau ein solcher Wimpernkranz zierte die Augen des Jungen.

Dalvin zog Nelly ein Stück auf die Straße. Er hatte wohl inzwischen auch die Befürchtung, dass die Sippe die Konfrontation suchte.

Sie waren fast vorbeigegangen, als die herausfordernden Blicke Nelly das Blut in den Adern gefrieren ließ. Der Riese warf seine Zigarettenkippe auf den Boden und trat sie mit seinem schweren Stiefel aus. Dann ließ er die Fingerknöchel in seiner riesigen Pranke knacken.

„Hi, guckt mal, die Niggerschlampe, was hält man denn davon? Anstatt hinter dem Herd zu stehen, treibt die sich mit so einem Bimbo rum! Das könnte ja meine Oma sein!"

Die eiskalten Stacheln der Menschenverachtung mussten das Resultat eines einschneidenden Erlebnisses sein. Das waren doch noch Jugendliche! Wo war dieser tödliche Hass gewachsen?

Leere, dunkle Fensterhöhlen in dem endlos langen Betonbau schauten auf das Grauen, als wollten sie sagen, was habt ihr hier auch zu suchen?

Mit dem Mut war es wie mit einem Regenschirm, wenn man

ihn brauchte, war er nicht da.

Dalvin ließ ihre Hand los und machte einen Schritt auf das Milchgesicht zu. „Warum geht ihr nicht einfach weiter und lasst uns auch unserer Wege gehen?" Seine Stimme war heiser und drohend.

Der Tätowierte schlug Dalvin vor die Brust.

„Was bildest du dir ein, Nigger? Verkrieche dich in den Busch, in den Dschungel, in deine Hütte!" Gleichzeitig ließ er ein Springmesser zwei Mal zirzensisch um die Hand kreisen und fing es dann wieder ein.

Dalvin nahm eine Schlagposition ein, aber behände fing der Riese den Arm mit einer Hand auf und hielt ihn fest.

„Auch noch frech werden?" Er spuckte Dalvin vor die Füße.

Das Milchgesicht schlug mit der Faust in Dalvins Magengrube, und er klappte zusammen wie das Springmesser.

Er lag am Boden, als die feigen Schweine mit ihren schweren Stiefeln auf ihn eintraten.

Die Angst war glühender Wut gewichen. Nelly schleuderte die Schuhe von den Füßen und benutzte sie als Waffe. Blindlings hackte sie mit den Stilettos auf die Verbrecher ein.

Der Bartzopf wischte sich Blut von der Augenbraue. Sein Auge schwoll bereits zu. Er holte aus, um Nelly einen Fausthieb zu verpassen.

Der Türke krallte sich in den Arm.

„Halt! Lass' doch die Frau in Ruhe, mach dich nicht unglücklich! Die hat doch schon längst das Verfallsdatum überschritten!"

Das Monster schleuderte den Jungen zur Seite wie eine lästige Fliege, „Ja, eben drum!" schnaubte die Kanalratte. Nelly bekam die volle Breitseite ab.

Ihre Knie gaben nach. Sie sah bunte Lichter, die in einem Feuerwerk von Farben vergingen. So ist das also, wenn man stirbt: Als letzter Gedanke flattert das ruinierte Kleid durchs Hirn. Dann hüllte sie barmherzige Dunkelheit wie ein Mantel ein.

***

Fürchterliche Schmerzen holten Nelly aus der Bewusstlosigkeit. In ihrem ganzen Körper schnitten Messer und stachen Nadeln.

Als sie die Augen aufschlagen wollte, gelang das nur links. Dieses Auge erblickte Kamelwimpern, die sich sorgenvoll über ihr Gesicht beugten.

„Bleiben sie ganz ruhig liegen, ich habe den Rettungsdienst gerufen", drang eine leise Stimme an ihr Ohr. Diese Wuschelwimpern konnten nur zu dem Türkenjungen gehören, drang es langsam in ihr Hirn. Er drückte ein Taschentuch auf ihr rechtes Auge.

Sie nahm nur noch die orangefarbenen Arme, die eine Spritze aufzogen und in ihren Arm pickten, in sich auf, dann gab sie sich wieder der Schwärze hin.

Gleißendes Licht kam ihrer Vorstellung vom Himmel nahe, aber diese Totenstille nicht. In ihrer Fantasie erklangen immer sphärische Harfenklänge.

„Wie heißen Sie?"

Nelly flüsterte ihren Namen.

„Kennen Sie Ihre Telefonnummer?"

Beim dritten Versuch sagte sie die Nummer etwas stockend auf. „Was ist heute für ein Tag?" „Ich war im Ballett", antwortete sie brav.

War sie vor dem Himmelstor und wurde einem Test unterzogen? Gehörte sie – wenn auch nur kurz – eventuell ins Fegefeuer?

Ein blondgelockter Engel im weißen Hemd beugte sich über sie. Sie blinzelte mit einem Auge direkt in das Gesicht des Himmelsboten. „Du hast gar keine Flügel!"

„Nein, nicht alle Engel haben Flügel. Und Engel sind unsichtbar."

„Bin ich tot?", flüsterte Nelly.

„Aber nein, das wird noch etwas dauern. Ich bin Ärztin, ich habe Sie versorgt. Sie sind in der Notfallambulanz im Evangelischen Waldkrankenhaus."

Nelly schloss die Augen. Über ihrem Kopf blendete sie eine riesige runde Neonleuchte. Der restliche Raum lag im Halbdunkel. Sie lag halb aufgerichtet in einem Behandlungsstuhl. Das rechte Auge ließ sich nicht öffnen. Sie ertastete einen großen, dicken Verband.

Nelly hatte das Gefühl für die Zeit verloren. Die Wanduhr zeigte wenige Minuten vor zwei Uhr.

„Sie sind gründlich untersucht worden, CT des Kopfes sowie Röntgenergebnisse zeigten keinen Befund. Nur eine kleine Gehirnerschütterung. Die Platzwunde vom Augenlid bis zur Augenbraue ist genäht. Damit müssen Sie zu Ihrem Hausarzt."

Nelly hatte Schwierigkeiten, die pragmatische Diagnostik zu verarbeiten.

Da war über mehrere Stunden an ihr herumgedoktert worden, und sie hatte von alledem nichts mitbekommen.

Ihr Gehirn schien in Ordnung zu sein. Sie erinnerte sich an Dalvin.

„Wie geht es meinem Freund?"

Die Ärztin atmete einmal tief durch: „Nicht so gut, aber morgen weiß man mehr."

„Kann ich zu ihm?" Die Angst schnürte ihr die Kehle zu.

„Heute nicht mehr, es ist Nacht, und Sie müssen nach Hause

sich ausruhen. Außerdem liegt er auf der Intensivstation. Morgen können Sie ihn besuchen."

„Wir haben unter ihrer Telefonnummer angerufen. Sie werden abgeholt.
Vorsichtshalber können Sie auch bis morgen hierbleiben."
„Auf keinen Fall kann ich hierbleiben!", jammerte Nelly.

Bei Abholen konnte es sich nach ihrem Gefühl nur um ein Missverständnis handeln.
Viola war nicht in der Lage, sie abzuholen – oder eventuell mit einem Taxi? Das Wichtigste war, dass Viola nun wenigstens wusste, wo sie abgeblieben war.
Es war noch keine halbe Stunde vergangen, Nelly saß bereits vor dem Behandlungsraum in einer Wartezone und versuchte den Nebel im Hirn beiseitezuschieben. Etwas schwindelig war ihr auch.
Sie trug über dicke Stricksocken Badelatschen an ihren Füßen. Wie es schien, waren die Mordwerkzeuge, die roten Schuhe, perdu.
Sie schaute an ihrem mit Blut besudelten Kleid herunter.
Ein junger Krankenpfleger reichte ihr einen Plastikbecher mit Wasser. Anstatt mit einem hübschen Mädchen im Bett zu liegen, musste der arme Kerl nachts die Omas versorgen, die sich auf der Straße prügelten. Kein beneidenswerter Job.
Das Zischen der Drucklufttüren holte sie in die Wirklichkeit zurück.
Aber als sie sah, wer durch die geöffnete Flügeltür kam, glaubte sie sich nicht in der Wirklichkeit, sondern in einer Traumwelt:
Julius rollte auf sie zu, wobei er rief:
„Ich war gerade in der Nähe und wollte dich mitnehmen!"

Sie stürzte auf ihn zu und sank auf seinen Schoß. Als sie sein Gesicht mit gefühlten eintausend Küssen bedeckt hatte, schob sie ihn zum Ausgang.

Krankentransport stand auf dem Wagen, der ihn per Hebebühne auf die Ladefläche bugsierte.

„Setze dich vorne hin."

„Ich denke nicht daran. Ich lasse dich nicht wie eine Kuh transportieren.

Ich bleibe hinten bei dir."

Na ja, dachte er, ich bin ja auch wie eine Kuh hierhin gekommen. Aber gegen die aufmüpfige Frau habe ich sowieso keine Chance.

Im Wagen berichtete Julius, dass Viola ihn aus dem Bett geschellt hatte, und ihn um Hilfe bat. Die Göre wusste wieder mal mehr über mein Intimleben, als ich je vermutet hätte, dachte Nelly.

Und da zog sich sein verschmitztes Lächeln wieder übers ganze Gesicht: „Gott sei Dank bin ich schwerstbehindert. Der Transport zum Krankenhaus geht dann schnell wie der Blitz."

„Du hast die Fahrer belogen, stimmt doch, oder?"

„Nur ein winziges bisschen."

***

Als Nelly die Wohnung betrat, eilte ihr Viola laut schluchzend entgegen und drückte sie so fest an sich, dass alle Knochen knackten.

Felize blinzelte sie an und rieb sich den Schlaf aus den Augen.

„Alle meine Schätze", sagte Nelly. Sie nahm auf dem Sofa auf der linken Seite die Fellbirne, auf der rechten Seite Viola in den Arm.

„Vielen Dank!"

„Das fehlte noch", widersprach Viola, „das ist nur ein klitzekleiner Teil dessen, was du für mich getan hast. Den

Mammuteinsatz hat ja dieser Julius geleistet. Hut ab!"

Aber Nelly wollte doch wissen, wie Viola auf die Idee gekommen war, Julius um Hilfe zu bitten.

„Ich bin zwar blöd, aber nicht blind. Euer Techtelmechtel war ja nicht zu übersehen. Ich war total neben der Spur, als ich „Krankenhaus" hörte.

Meine Mutter schlief ihren Rausch aus. Da ging gar nichts.

Eigentlich wollte ich nur einen Rat, was man tun soll. Ich dachte nicht, dass der sich sofort auf den Weg macht."

Sie betrachtete mit Hingabe den stattlichen Verband.

„Das Auge hat sich doch hoffentlich nicht verabschiedet?"

„Nein, ich hatte Glück, die Platzwunde ist genau auf dem Lid bis zur Augenbraue, das ist genäht worden."

„Gut, dann verabschiede ich mich jetzt, ich schaue morgen mal nach dir."

***

Komm, Schätzchen, wir gehen ins Bett!"

Als sie in ihrem langen Lieblingsnachthemd im Bett lag, überfiel sie ein eiskalter Schauer nach dem anderen. Sie kuschelte sich an die Mieze, die im Schlaf sabberte und kleine Pieptöne hören ließ. Nelly hätte zu gerne gewusst, wovon Felize träumte, wenn die Öhrchen und die Barthaare zuckten. Ab und an schlug sie mit einer Pfote durch die Luft. In ganz tiefem Schlaf schnarchte sie wie ein Bär.

Wenigstens weinen kann ich noch, dachte Nelly unglücklich, und ließ den Tränen zumindest aus einem Auge freien Lauf.

Aus einem kurzen, traumlosen Tiefschlaf schreckte sie mit verwirrten Sinnen hoch. Das Trauma der vergangenen Nacht forderte seinen Tribut.

Das Grauen zog an ihrem geistigen Auge vorbei. Aber so sehr sie sich auch anstrengte, Dalvins Schicksal war aus der Erinnerung verschwunden. Das Letzte, was ihr Gehirn freigab, galt den Stöckelschuhen und dem blutenden Auge des Riesen.

Der Felsbrocken im Magen drückte ihr die Kehle zu. Was würde sie auf der Intensivstation erwarten? Was war mit Dalvin?
An Schlaf war nicht mehr zu denken.

Die Nacht wich bereits dem neuen Tag. Nebelschwaden waberten am Boden, bis die blasse Sonne sie auflöste und sie zu rosaroten Schleierwolken auflebten.
Nelly stand auf dem Balkon und schlang die Arme um sich. Das unheilvolle Frösteln hatte nur wenig mit dem kalten Morgentau zu tun.
Sie zitterte wie Espenlaub, und es hörte nicht auf.

Ihr Gedankengänge wirbelten durchs Hirn wie Blätter im Sturm, um in Bedeutungslosigkeit zu versinken: Die *Schwarzäugige Susanne* sah aus wie ein Werk eines jungen, unbekannten Künstlers. Ein Gerippe von Schlingwurzeln und welken Blättern. Ich hätte sie gießen müssen.
Ob das rote Kleid noch durch eine Reinigung zu retten wäre?
Sie spürte, wie etwas an ihren Beinen herumstrich. Ein leises Fiepen erinnerte an ihre Pflichten. „Ich mache ja schon Frühstück."
Verschlafen saß Felize ihr gegenüber am Frühstückstisch und schielte auf die Scheibe Roastbeef.

***

Den Bus zum Krankenhaus zu nehmen, dazu fehlte Nelly die Kraft. Der Taxifahrer kutschierte sie bis vor den Haupteingang.
Nach einem Blick auf ihre riesige Mullbinde wünschte er alles Gute.

Etwas abseits unter einem Vordach war lautes Lachen zu hören. Die Raucher standen beieinander im Bademantel oder Freizeitanzug, die Haltestange für die Infusion mit sich führend. Eine Frau im pinkfarbenen Veloursanzug benutzte den Rollator als Sitz. Ihre Infusionsflasche hatte sie in dem Körbchen platziert. Sie drückte ihre Kippe in den überquellenden mit Erde gefüllten großen Behälter aus.

Alle waren bester Laune, sie zogen über Schwestern, Pfleger, Ärzte und vor allen Dingen über das Essen her, dass sich die Balken bogen.

Der Wind trug Wortfetzen zu ihr hinüber, wie: „Stellt euch vor, gestern Abend gab es nur zwei Scheiben Schinken …!"

Nelly ließ sich durch die automatische Drehtüre in die Halle katapultieren.

Die herkömmliche Krankenhausatmosphäre wurde durch die Verwendung von Aluminium, Holz und Glas vollkommen verschleiert.

Dem natürlichen Licht kam eine zentrale Rolle zu. Sollte wohl die Empfindung erwecken, sich an diesem Ort nicht auf das Kranksein zu konzentrieren, sondern auf das Gesundwerden.

Die offene durchgestylte Cafeteria war dem Gesamtbild angepasst.

Einen Luxushotel-Eindruck durchkreuzten nur die Gestelle mit Infusionsflaschen, die eingegipsten Extremitäten, und nicht zuletzt die Stofftaschen – meistens mit Aufdruck einer Supermarktkette – in denen Urinbeutel mitgeführt wurden.

Um ihre Sinne wieder zu ordnen, suchte sie eine Sitzgelegenheit in der Ruhezone auf.

Ihr Verband über dem Auge schloss sie ein in die Gesellschaft der Krankenhausinsassen. Ein Urinbeutelträger, der sich neben

sie auf die Besucherbank setzte, fragte nach ihrem Gebrechen.
Der Stoffbeutel über seiner Schulter zeigte einen Frosch über
Drogeriemarktwerbung.
Die gelbe Hautfarbe, die von den Bartstoppeln noch
unterstützt wurde, wies auf eine Nierenerkrankung hin. Auch
die Augäpfel waren gelblich. Die schwache Ausdünstung von
Urin schlug ihr auf den Magen.

Während sie aufstand, wünschte sie, ohne eine Antwort zu
geben, gute Besserung. Es hatte keinen Sinn, noch weiter Zeit
zu schinden, sie musste sich der Realität stellen.

***

Auf der Intensivstation drückte sie neben der weißen Stahltüre
auf die Klingel der Sprechanlage. Als was gebe ich mich aus?,
als seine Schwester geht von der Hautfarbe her gar nicht, als
Ehefrau traue ich mich nicht.
Die blecherne Stimme aus dem Lautsprecher unterbrach ihre
Grübelei.
„Ich möchte zu Dalvin Martinez-Diaz, ich bin seine …
Verlobte!"
Tusnelda stieß fast mit der Nase an den Lautsprecher.
In Deutschland lebten keine näheren Verwandten, dadurch
könnte es klappen. Der flügellose Engel aus der Ambulanz
hatte ja auch einem Besuch nichts entgegengesetzt.
„Warten Sie bitte, er ist noch nicht fertig. Sie werden
aufgerufen!"

Tusnelda klemmte sich auf einen Plastikstuhl. Auf einem
kleinen Tisch lagen total zerlesene Überreste von
Regenbogenillustrierten.
Sie schwankte, ob sie den kompliziert aussehenden
Getränkeautomaten bedienen sollte, ihr Hals war staubtrocken.

Die Entscheidung wurde ihr abgenommen: Mit einem Fauchen öffnete sich die schwere Türe.

Nelly hechtete durch die Tür und wäre fast auf einem Krankenbett gelandet, das von drei in Grün gewandeten Helfern im Laufschritt auf sie zugeschoben wurde.

Eine abgehetzte Stimme rief:

„Ich habe doch gesagt, Sie werden aufgerufen, aber jetzt kommen Sie schon!" Ein Fleischberg von Schwester mit heftig wabbelndem Doppelkinn eilte Nelly voran. Sie wog in nacktem Zustand sicher mehr als hundert Kilo. Majestätisch wurde der massige Körper pfeilschnell vorwärts gewuchtet mit dem Befehl: „Etwas geschwinder, wir sind hier auf einer Intensivstation, wir haben nicht den ganzen Tag für Besucher Zeit!"

In den grünen Baumwollkittel schlüpfte Nelly, aufgeregt, wie sie war, falsch rein. „Anders herum", diktierte ihr Stations-Coach. War Nelly Opfer einer Einbildung oder umspielte die Mundwinkel ein Lächeln? Sie reichte ihr ein Paar Plastiküberzieher für die Schuhe.

Den Blick aus graugrünen Augen auf Nellys Verband geheftet, sagte sie: „Sie sind sicher der andere Unglücksrabe von dem Übergriff gestern?

Das hat sich schon auf der Station herumgesprochen. Armes Hascherl!"

Sagte man über das Schulalter hinaus noch Hascherl?

Vor einer halb verglasten Schiebetür musste Tusnelda noch die Hände desinfizieren, dann schob der grüne Engel die Türe auf und sie hinein. „Da ist ihr Schatz, erschrecken Sie nicht, es sieht schlimmer aus, als es ist. Fünf Minuten können Sie bleiben." Ihr gewaltiges Hinterteil schaukelte im Takt wie ein Dampfer auf den Wellen, als sie davontrabte.

Links und rechts vom Bett wurden Infusionsflaschen von zwei Krankenschwestern ausgetauscht, dann verließen sie das Zimmer.

Wie auf Eiern gehen, der Spruch hatte an Bedeutung gewonnen. Beim Anblick der unzähligen Kabel und Schläuche wagte sie kaum, näherzutreten.

Sein wunderschöner nackter Oberkörper war mit Elektroden übersät, die wohl die wichtigsten Funktionen überwachten.

Er lag völlig reglos, nur mit dem Zischen des Beatmungsschlauches ging ein Heben und Senken des Brustkorbs einher.

Man konnte meinen, er atmete selbst, aber alle Dienste seines Körpers waren abhängig von den Instrumenten, die dafür sorgten, dass die Lebensflamme nicht verlöschte.

Nelly beugte sich vor, darauf bedacht, nicht auf die unzähligen Schläuche zu treten, die zu Infusionsflaschen führten.

Das Bedürfnis, ihn zu berühren, wurde übermächtig. Vorsichtig strich sie mit dem Zeigefinger über seinen Handrücken, in dem mehrere Kanülen steckten.

Sie schloss die Augen. Der Schock setzte ein und sie fühlte sich verwundbarer als jemals in ihrem Leben.

Die Ungeheuerlichkeit dessen, was passiert war, trieb ihr die Tränen in die Augen, und mit zitternder Hand wischte sie sie weg.

Meine Güte, mein *Mokkatörtchen*, sie schickte ein Stoßgebet zum Himmel.

Sein schönes Gesicht überzog ein Grauschleier wie alte Schokolade. An der linken Seite befand sich eine dunkel schillernde Schwellung.

Sie erstarrte in Bewegungslosigkeit und hatte das Empfinden, als ob Sand an ihren Beinen herabrieselte.

Fünf Minuten konnten so lang sein, wie ein ganzes Leben.

Nelly fürchtete sich. Würde er jemals wieder der Alte, so abgehoben schön, feinsinnig und zuvorkommend, wie er einmal war?

Sie biss die Zähne so fest zusammen, dass ihre Wunde anfing zu pochen.

Der Chefarzt drehte seine Runden. Das Gefolge flatterte hinter ihm her wie ein Schwarm aufgeregter Möwen.

Der Professor sah genau so aus, wie Professoren auszusehen haben. Grauer Kurzhaarschnitt und die blauen Augen milde über eine randlose Brille blickend. Er hatte seine Brille auf Halbmast. Fast auf der Nasenspitze. Schaute klug darüber. Das machen die Gebildeten heute. Gestatten, Dr. Sowieso. Chefarzt.

Groß, schlank und drahtig. Im Gegensatz zu ihrem Rentnerdauerlauf joggte er wohl unerschütterlich bereits vor dem Frühstück.

Ihr heiles Auge unter Wasser stehend, die andere Gesichtshälfte bandagiert, war offensichtlich derart mitleiderregend, dass sie ausführliche Auskunft über den medizinischen Befund bekam. Der Professor bat mit einer Handbewegung um die Krankenakte, die von der hübschen Assistentin hinterhergetragen wurde.

Er sagte, ohne nachzufragen, „ihr Mann", und Nelly korrigierte ihn nicht.

„Leider bestehen schwerwiegende innere Hämatome, vor allem an der Leber. Hinzukommt eine Gehirnerschütterung. Durch das künstliche Koma, also eine tiefe Narkose, vermindern wir Aufregung und Schmerzen, was den Patienten vor Verletzungen schützt, die er sich beispielsweise selbst durch unwillkürliche Bewegungen zufügen könnte", erklärte der Professor.

Dem weiteren lateinischen Fachjargon hätte man nur mit einem Übersetzer folgen können.

„Kopf hoch, meine Liebe", er tätschelte ihren Arm.

„Alles wird gut!"

Er wendete sich dem Patienten zu, und damit war sie entlassen.

Wie in Trance bewegte ich Nelly dem Ausgang zu und ließ sich in eines der wartenden Taxis fallen.

Das Schicksal hatte sie im Stich gelassen.

Sie fühlte sich, als sei sie soeben noch barfuß über eine saftige grüne Wiese gelaufen, um nun einzusinken, allein gelassen, bis zur Hüfte im Schlamm, aus dem sie nicht mehr herauskam.

Wohin in der unendlichen Not? Sie fuhr ins Adlon. Einige Male hatten sie sich im Hotel getroffen, sodass die Schwellenangst auf ein Minimum reduziert war. Die ungeheure luxuriöse Faszination war allerdings erhalten geblieben.

In seiner Dienstlivree stand der ältliche Empfangsportier am Eingang. Formgewandt wurde sie begrüßt, obwohl sie auch ihm inzwischen bekannt war. Er klimperte mit den Augenlidern in Richtung ihrer Füße, und seine behandschuhte Hand zeigte diskret auf die Schuhe.

Den Kittel hatte sie vorschriftsmäßig in die Wäschetonne geworfen, aber die grünen Plastiküberzieher umhüllten noch die Schuhe!

Sie spürte, wie sie rot wurde. Schnell streifte sie die Plastikdinger ab und stopfte sie in die Tasche.

„Ist was passiert?", flüsterte der nette Portier.

Im Telegrammstil gab Nelly ihm einen Rapport der Ereignisse, froh, wenigstens mit jemand darüber zu sprechen, woraufhin er gute Besserung wünschte.

Valentina stand hinter dem eleganten Empfangstresen und starrte entsetzt in Nellys entstelltes Gesicht, schwieg aber diskret und begrüßte sie freudig.

„Ich habe jetzt frei, wir können noch was trinken gehen. Ich muss mich nur noch umziehen."

Wer war in so kurzer Zeit in der Lage, einen totalen Imagewandel zu bewerkstelligen? Valentina! Sie erfand sich selbst neu, indem sie sich in Nullkommanichts in eine Lady der Dunkelheit umgestaltete. Sie hätte in einem Gruselfilm mitspielen können, so hatte sie sich wieder hergerichtet.

Im Café schräg gegenüber vom Adlon saßen sie in einer ruhigen Ecke, und Nelly überlegte fieberhaft, wie sie Valentina die Ungeheuerlichkeiten einschließlich Dalvins Koma schonend beibringen könnte.

„Ich weiß bereits, was geschehen ist", sagte diese in die Stille hinein.

Nelly war ziemlich geplättet.

„Woher weißt du es?"

„Spricht sich rum", antwortete Valentina, streichelte das Frettchen in ihrer Tasche und griff mit der anderen Hand nach der Getränkekarte. Nelly wurde den Eindruck nicht los, dass sie nicht weiter darauf eingehen wollte.

Nelly hatte mit allem gerechnet, aber nicht mit Valentinas Angebot, sie, wenn der Besuch im Krankenhaus anstand, zu Hause abzuholen und zurückzubringen. Das Ganze musste aber in den Nachmittagsstunden stattfinden.

„Das ist doch das Allerwenigste, was ich tun kann."

„Tut's weh?", fragte sie und deutete auf den Verband.

„Nur wenn ich lache!", erwiderte Nelly.

***

Den morgendlichen Dauerlauf konnte Nelly momentan abhaken.

Auf dem Weg zum Supermarkt ließ sie sich alle Zeit der Welt.

Sie warf Julius, der am Fenster saß, eine Kusshand zu.

Er wusste am besten, wie es um sie bestellt war, und hüllte sich einfühlsam in Stillschweigen.

Sie war fast an der Kirche vorbeigetrabt, als sie von Schnüren geführt wie eine Marionette, vor dem schweren Portal stand.

Die alleinherrschende Stille war körperhaft substanziell.

Nelly setzte sich in die erste Bankreihe. In ihrem Leben kam nur selten ein Kirchenbesuch vor.

Wenn sie einen Fuß in die Kirche setzte, dann nur, um die Faszination herausragender Kirchenkunst mit den bemerkenswerten Altarkreuzen und wunderschönen Glasfenstern und vor allem ausdrucksvollen Darstellungen von Heiligen und berühmte Wand- und Deckenmalereien in sich aufzunehmen.

Jesus am Kreuz war indirekt beleuchtet und die Schatten hauchten Lebensechtheit ein.

Gruselig ist es, wenn man ein Kruzifix in seinen vier Wänden aufhängt, und den ausgemergelten, gefolterten mit einer Windel versehenen nackten Körper jeden Tag vor Augen hat.

Nellys Meinung wurde sicher nicht von der Mehrheit der Gläubigen geteilt.

Heute fand sie hier Zuflucht und Trost. Sie kniete vor dem Marienaltar und betete inbrünstig für den verletzten Dalvin. Die Muttergottes mit dem Jesuskind strahlte eine Barmherzigkeit aus, die Nelly bis ins Herz traf. Allmählich stahl sich diese Gnade in ihre Seele.

Nachdem sie ein Licht für Dalvin angezündet und es eine Weile betrachtet hatte, schlug sie das Bittbuch auf.

Alle bitten um göttlichen Schutz. Gesundheit, Glück und Verständnis, Freiheit, Friede und Liebe, Genesung, Kraft und

Gerechtigkeit, all das sind Dinge, um die sich die meisten Wünsche drehen, die es aber nicht zu kaufen gibt. Der liebe Gott soll's richten.

Mit krakeliger Kinderschrift steht: *Lieber Gott, pass' gut auf den Opa auf und mach, dass er sich oben wohlfühlt.* Oder: *Bitte, lieber Gott, mach, dass ich nicht wieder eine Fünf in Mathe kriege.* Bitten über Bitten, Wünsche über Wünsche. Und bei all dem scheint's, dass der Weihnachtsmann, der zum Fest Handys, Computer und Edelparfums verteilt, nicht annähernd so viel zu tun hat wie der Himmelsvater.

Ohne lange zu überlegen, reiht sich Nelly in die schriftlichen Bitten ein: *Lieber Gott, mach, dass Dalvin wieder gesund wird.*

***

Kapitel 23

„Hallo, Schätzchen, guck mal, was Mama dir mitgebracht hat!"
Das halbe Brathähnchen wurde enthäutet, auf einen Teller
gelegt, und auf dem Küchentisch serviert. Die Kleine miaute
vor Vergnügen und setzte sich auf ihren Stammplatz, die
Pfoten gesittet an der Tischkante.
Am besten schmeckte ihr die Hähnchenbrust. Zweimal in der
Woche zog ein appetitlicher Duft durch die Gegend. Vor dem
Supermarkt stand ein Wagen mit Grillhähnchen, an dem der
innere Schweinehund sich wieder breitmachte und sie nicht an
dem Grillwagen vorbeiließ.

***

Dem brennenden Bedürfnis, auf dem Weg zum Einkaufen in
der Kirche eine Kerze anzuzünden und die dringliche Bitte an
die Muttergottes ins Buch zu schreiben, gab Nelly fast jeden
Tag nach.
Der Glaube versetzt Berge: Ihre Gebete wurden in den
himmlischen Sphären erhört. Heute, nach vier Wochen, sollte
Dalvin aus dem Tiefschlaf geholt werden.
Jeden Tag war sie bei ihm gewesen, hatte seine Füße mit
Babypuder eingerieben, die trockenen Lippen befeuchtet und
ihm Geschichten erzählt.

Sechs Baldriantabletten später machte sie sich auf den Weg zur
Intensivstation, in nervöser Erwartung, was heute dort
passierte.

Der blasse Stationsarzt saß in seiner verglasten Kammer und
hielt   den   Karton   Zitronencremeröllchen   von

Coppenrath&Wiese auf dem Schoß. Nelly brachte hin und wieder Gebäckkreationen für die Belegschaft mit. Er nickte zum Gruß mit dem Kopf, weil er dicke Backen von dem Kuchen hatte. Zitronenröllchen favorisierte er. Wollte er etwa die zwölf Röllchen alleine vertilgen?

„Er ist wach", die üppige Schwester schob die Türe beiseite, wobei ihr Wabbelkinn wieder gefährlich in Bewegung kam.
Im ersten Moment war keine Veränderung zu erkennen. Dann sah Nelly, dass der Luftröhrenschnitt für die Beatmung mit einem Knopf geschlossen war. „Er kann dadurch etwas sprechen", setzte der Pfleger, der ihn tagsüber betreute, sie ins Bild.
„Ganz wach ist er noch nicht, das dauert noch ein paar Tage."
Nelly griff nach seiner bewegungslos auf der Bettdecke liegenden Hand, aber durch ihr Zittern gelang das kaum. Ihre Knie schlotterten, und gleichzeitig rann ihr der Schweiß in Strömen herunter. Er tropfte von ihrem Körper auf den Boden. Placebos hätten denselben Dienst getan, wie die nicht wirkenden Baldriantabletten.

„Hallo, Dalvin, hören Sie mich?, öffnen Sie die Augen und schauen Sie, wer hier ist!"
Der Pfleger rüttelte leicht seinen Arm.
Dalvin schlug die Augen auf, und Nelly durchrieselte ein heißer Schauer.
Er blickte ihr direkt ins Gesicht, als wolle er ihr Innerstes erforschen.
Irritierte ihn etwa das immer noch verunstaltete in allen Farben schillernde Auge, obwohl die Fäden inzwischen gezogen waren und der Verband abgenommen?
„Wissen Sie, wer das ist?", fragt der Pfleger.

Dalvin versucht zu sprechen, stieß aber nur ein paar glucksende Laute aus. Er sabberte, und Nelly wischte den Speichel mit einem Papiertuch aus dem Mundwinkel.

„Wer ist das?", fragte der Pfleger geduldig.

Die kaum wahrnehmbare Stimme klang wie raschelnde Blätter: „Die Hexe!"

„Aber was sagen sie denn, es ist Nelly Ihre Liebste!"

Als Antwort folgt ein Pfeifton, wie von einer alten Dampflok.

„Das ist für heute genug, es ist zu anstrengend für ihn. Am besten, Sie gehen jetzt und lassen ihn noch schlafen."

Genug geschlafen hat er wohl doch, dachte Nelly enttäuscht.

„Glauben Sie mir, morgen sieht das schon besser aus. Diese Reaktionen sind nach einem langen Koma völlig normal."

Nelly kämpft gegen die aufsteigenden Tränen an.

Im Film lief das Szenario immer ganz anders ab: Die Protagonisten schlugen malerisch die Augen auf, erblickten den geliebten Partner, schlossen sich romantisch in die Arme, wobei gegenseitig Liebesschwüre ausgetauscht wurden. Es folgten leidenschaftliche Küsse.

Bekümmert hatte Nelly noch die genuschelte „Hexe" im Ohr. Zärtlichkeiten oder sogar Küsse waren rein medizinisch schon nicht möglich. Das war ja noch einzusehen, aber sich liebevoll in die Augen blicken … ging das ebenfalls nicht?

Da kann mal doch mal sehen, dass Filme in einer Fabrik der Illusionen gemacht werden, die Ernüchterung in der Realität ist umso schmerzlicher.

Reiß' dich mal zusammen. Schließlich wird er doch langsam wach und es geht ihm schon besser. Die Pflicht, sich zu freuen, konnte sie allerdings nicht herbeizwingen.

Die Belastung der letzten Zeit hatte so beträchtlich an ihrem Nervenkostüm gezerrt, dass sie sich in Träumereien verlor. Sie konnte nur schwer einsehen, dass das Wunschbild eines sentimentalen Erfolgserlebnisses eine Selbsttäuschung war.

Valentina wartete in der Cafeteria. Sie schaute gedankenverloren aus dem großen Fenster in den Garten auf die mit bunten Astern und Dahlien bepflanzten Rabatten.

Auf die Frage, wie es war, antwortete Nelly „Ich weiß nicht, ich habe mir das ganz anders vorgestellt."

Sie holte sich an der Selbstbedienungstheke einen Minicognac und leerte die kleine Flasche in einem Zug.

***

Zwei Wochen später war der Kummer vergessen. Dalvin erholte sich von Tag zu Tag, und jetzt schaute er Nelly glücklich in die Augen. Alle auf der Station freuten sich über den Genesungsverlauf, vor allem aber über die Leckereien, die sie immer mitbrachte.

Die Zitronencremeröllchen waren für den Stationsarzt reserviert.

Tusnelda ging nicht, sie schwebte zwei Millimeter über dem Erdboden. Er wurde wieder gesund! Der entkräftete, klapprige und ausgezehrte Körper sollte direkt anschließend in einer Reha-Klinik wieder auf Vordermann gebracht werden. Nun war es nicht mehr so schwer, den Kopf zu heben.

Mutter Natur hatte wieder ihr Farbenspiel eröffnet. Sie sah, wie die Sonne den Park zum Leuchten brachte. Wie Blätter in Glutrot, leuchtendem Orange und Gelb den tristen Alltag überstrahlten.

Sie schrieb ins Bittbuch: *danke lieber Gott, dass du meine Gebete erhört hast und Dalvin wieder gesund wird.*

Als Dalvin sie bat, mit Valentina aus seiner Wohnung Sachen

zu holen, sagte Nelly natürlich zu. Sie wäre per Rakete zum Mond gedüst, Hauptsache, er war glücklich.

Was bisher bedeutungslos gewesen, kam ihr in den Sinn. Wo wohnte und wie lebte Dalvin?

Valentina, die treue Seele, setzte Nelly vor der Haustüre ab.

„Bis morgen dann. Wir können Dalvins Sachen holen."

Nelly überkam der Wunsch, die ausgeflippte Type in die Arme zu nehmen. Sie drückte sie fest an sich und küsste sie auf die Wange.

„Hast du Wohnungsschlüssel von ihm?"

„Nein, wir müssen klingeln. Er wohnt nicht alleine, er teilt sich die Wohnung mit einem Freund, der auch die Katzen versorgt." Valentina zischelte die Antwort durch die Zähne.

Tusnelda spürte einen Biss im Magen. Ein undefinierbares Ungeheuer hatte sich bis in die Eingeweide ausgebreitet.

***

Leidiges Schlüsselthema. Immer dasselbe. Diese waren nach unten in die Tasche gerutscht. Nachdem sie das gesamte Hab und Gut durchwühlt hatte, kamen die Schlüssel zum Vorschein.

Sie öffnete die Haustür und stand vor einem eng umschlungenen Pärchen. Der Junge präsentierte seine Hinterfront.

Bei dem Mädchen handelte es sich um Viola, die erschrocken zurückwich. Bei genauem Hinschauen ließ sich bereits ein Ansatz von Bauch erkennen.

Hatte sie inzwischen den Mut aufgebracht, ihrer Mutter Einblick in die verhedderte Konstellation zu geben? Heiko, der entgleiste Sohn, glänzte durch Abwesenheit. Hoffentlich hatte er das Vogel-Strauß-Prinzip nicht in den Genen.

„Was kümmert mich der Schiffbruch der Welt, ich weiß von nichts, als meiner seligen Insel." (Hölderlin)

„Hi, Tu …, Pardon, Nelly! Kennst du eigentlich Odhan schon?", sie war offenbar verwirrt und peinlich berührt.

Woher sollte Odhan bekannt sein, er war bisher noch nicht vorstellig geworden. Mit dem Hinterteil stieß sie die Türe ins Schloss.

Er drehte sich zu ihr herum. Nelly lief ein glühend heißer Schauer durch den Körper.

Der Kamelwimper-Kerl! Sie erkannte ihn sofort. Sein Gesicht verfolgte sie bis in ihre Träume. Es erschienen die Fratzen der Täter, denen sie ausgeliefert war, wenn sie aus ihren Albträumen hochschreckte, die Angst in ihrer Kehle aufstieg und sie zu ersticken drohte.

Die Welt besteht aus zweihundert Leuten. Und ebenso der Spruch *Man sieht sich immer zwei Mal im Leben* war hiermit bestätigt. Nelly nahm die große Sonnenbrille ab, hinter der sie ihre Verunstaltung verbarg.

Sie bedachte ihn mit einem Blick, der ihn auf das Niveau von Insekten stufte. Wie hypnotisiert starrte er sie an und zog eine Grimasse.

Beide Hände abwehrend in die Luft gestreckt, als wäre eine Waffe auf ihn gerichtet.

In Nellys Hirn purzelten die Gedanken durcheinander. Nur einen Wimpernschlag war sie davon entfernt, ihre Rachegelüste in die Tat umzusetzen, stand doch leibhaftig der Adlatus des Lumpengesindels vor ihr. Was tun? Sie konnte keinen klaren Gedanken mehr fassen. Rote Nebelschwaden tanzten vor ihren Augen. Es sprudelte aus ihr heraus:

„Apropos Verfallsdatum: Die Jungen können schneller rennen,

aber die Alten kennen die Abkürzungen! Hau ab, ehe ich mich vergesse!" Sie ballte eine Faust und wedelte damit vor seiner Nase.

Viola fuhr dazwischen. Verteidigte ihn wie die Löwin ihr Junges. Sie fauchte: „Was ist in dich gefahren, er hat doch nichts getan!"

Nelly deutete auf Ihr Auge: „Das hat er getan, und Dalvin liegt auf der Intensivstation, reicht das?"

Viola wurde kalkweiß mit hektischen roten Flecken: „Das glaubst du doch selbst nicht. Der Schlaffi kann noch nicht einmal die Haut vom Pudding ziehen!"

Die Kamelwimper stand mit an der Seite baumelnden Armen da und beteuerte seine Unschuld. "Aber … ich habe Ihnen doch geholfen!"

Die grauen Zellen der wutschäumenden Chimäre hatten die Tätigkeit aufgegeben. Die Einsicht drang nicht ins Bewusstsein.

In ihrem Gehirn war nur ein einziges Standbild eingebrannt:

Das mit einem Grauschleier überzogene Gesicht des Komapatienten.

„Ich wiederhole zum letzten Mal: „Hau' endlich ab!"

Er hastete vorbei zur Türe hinaus.

Nelly rief hinterher: „Man sieht sich, Odhan, Herrscher des Feuers!"

Die leichenblasse Viola ließ sich auf die Treppenstufe fallen.

„Warum nur muss so etwas geschehen?, warum nur?", flüsterte sie.

„Das wirst du noch erfahren! Aber heute nicht mehr. Auf jeden Fall hast du dir ein schönes Früchtchen eingehandelt."

„Wir haben soeben Schluss gemacht. Ich habe ihm alles von Heiko und mir erzählt."

Kapitel 24

„Hier ist es!", rief Valentina. Sie manövrierte den Wagen in die Parklücke direkt vor der Haustür. Die Fassade des rosafarben gekälkten Gründerzeitbaus in Spandau Hakenfelde war kunstvoll mit weißem Stuck verziert und machte einen gehobenen Eindruck.

Sie betätigten die Klingel. Das Klingelschild bot für die Vornamen keinen Platz bei den langen spanischen Namen. *Martinez Diaz* und *Lopez Garcia.*

Endlich in der dritten Etage angekommen, schnauften sie wie eine Lokomotive. Nach abermals zweimaligem Klingeln schob sich eine schwarze verwuschelte Mähne durch die einen Spaltbreit geöffnete Türe.

„Wir möchten die Sachen für Dalvin abholen."

„Kommt rein, sorry, ich hatte Nachtschicht", nuschelte das lediglich mit einer kurzen Pyjamahose bekleidete atemberaubende Wesen.

Selbst in diesem verschlafenen Zustand war er eine Augenweide. Bronzefarbener athletischer Körper wie eine Skulptur von Rodin.

Sein Gesicht war schmal mit hervorstehenden Wangenknochen und einem wollüstigen Mund. Etwas jünger, aber genauso schön wie Dalvin, dachte Nelly, und verfolgte das Muskelspiel seines Hintern. Was hier geboten wurde, war nicht von schlechten Eltern.

„Total geil", bemerkte Valentina mit einem gefräßigen Lächeln, und leckte sich die Lippen.

Nelly befiel von Minute zu Minute ein nervöses Kribbeln, als ob eine Käferparade ihren Rücken hinunterlief. Ihre Augenlider flatterten.

Unerwartete Emotionen stiegen in ihr auf.

Ärger, Abwehr. Eifersucht?

Sie biss die Zähne zusammen. Das war doch verrückt.

Im Badezimmer staunte Tusnelda nicht schlecht. Auf der Glasablage waren Tiegel und Tuben drapiert, die von der Aufmachung her ein kleines Vermögen gekostet hatten.

Früher hätte sich ein richtiger Kerl eher bei einem Diebstahl oder Schmuggelware erwischen lassen als mit einer Dose Hautcreme. Heute jedoch sieht es in Männern anders aus: Sie ernähren sich von Grünzeug, quälen sich im Fitness-Studio und lassen sich die Brust enthaaren. Die einzige Creme, die sie bevorzugten, war Creme Caramel. Heute fallen sie reihenweise in den Topf mit Antifaltencreme, deren Etiketten einen Dolmetscher benötigten.

Seit einiger Zeit hatte es sich sogar rumgesprochen, dass Niveau keine Creme ist.

Sie stopften T-Shirts, Jogginganzug, Boxershorts, Socken, Badelatschen und Toiletteartikel in die Sporttasche, bis diese nur unter Gewaltanwendung zu schließen war.

Die Aktion wurde begleitet von drei Katzen. Einer weißen Perserkatze mit blauen Augen, die sich ihrer Schönheit voll bewusst, hoheitsvoll auf dem Bett platzierte. Es hieß, dass diese Züchtung taub sei. Ein kleiner Tiger hangelte sich an Valentinas Bein empor. Sie hatte offensichtlich die Witterung des Frettchens aufgenommen.

Die Dritte im Bunde war die hässlichste Katze, die Nelly je gesehen hatte. Ihr Fell in Weißrosa mit schwarzen Flecken und die platte Schnauze deuteten darauf hin, dass ein Schwein bei der Zeugung mitgemischt hatte.

„Sie ist zwar die hässlichste Katze der Welt, aber auch die liebste", sagte der Adonis, als ob er ihre Gedanken erraten hätte. Er entschwand. Sehr wahrscheinlich wieder ins Bett.

Die liebste Katze der Welt machte ihrem Namen alle Ehre und rieb ihre Schweinchenschnauze an Nellys Bein. Als sie Streicheleinheiten bekam, wälzte sie sich auf den Rücken und schnurrte wie ein Sägewerk.

Beim Hinausgehen riefen sie nur kurz „Tschüss" vor die geschlossene Zimmertür. Valentina schaute sehnsüchtig vor das weiße Holz. Sie würde sich gewiss gern zu dem Adonis legen.

„Vorsicht! Dir läuft gleich der Sabber runter!"

„Das musst du gerade sagen", erwiderte Valentina. „Deine Glupschaugen fielen dir ja bald aus dem Kopf!"

„Der Vorteil fortgeschrittenen Alters ist, dass jedes Anstarren in die neutrale Zone fällt. Ich kann also beäugen, wenn ich will und solange ich Lust dazu habe. Niemand wird dabei etwas Anzügliches denken."

Inzwischen hatten sie die drei Etagen hinter sich gelassen.

Auf dem Weg zum Auto bemerkte die grinsende Valentina: „Ich verstehe, nur aus dem einzigen Grund, weil du ein hochbetagtes Neutrum bist, hast du die heißeste Beute nördlich der Alpen gemacht, und einen der schönsten Männer an Land gezogen."

***

Das Prozedere von der Anmeldung bis ins Krankenzimmer beherrschte Nelly bereits im Schlaf.

Sie schleppte die Sporttasche bis zum Aufenthaltsraum des Personals.

Vorsichtig schob sie die Türe zum Zimmer auf. Falls Dalvin schlief, wollte sie ihn nicht stören.

Die Plastiküberzieher an den Schuhen quietschten auf dem Boden, aber Dalvin war wach. Er starrte an die Decke. Sein nackter Körper war diesmal verhüllt durch ein hinten offenes Hemd mit gelben Streublümchen.

Mit seinen frisch gewaschenen und geschnittenen Haaren ähnelte er Prinz Eisenherz. Sie schaute ihn glücklich an. Ihr *Mokkatörtchen* war wieder da. Gewohnheitsmäßig puderte sie seine Füße und fuhr mit dem Fettstift über die Lippen. Er lächelte sie an, und dann sah Nelly, wie eine Träne über seine Schläfe lief. Sie küsste ihn auf die Wange.

Noch im Aufzug hatte sie einen salzigen Nachgeschmack auf den Lippen.

Es war um diese Jahreszeit schon empfindlich kalt. Trotzdem bot sich vor der Klinik immer dasselbe Bild. Nur die Akteure wechselten. Seit einer Woche saß nicht eine Frau, sondern ein ältlicher Mann auf dem Rollator. Er war in der Lage, gleichzeitig zu rauchen und zu husten. Mit den Glimmstängeln wärmten sich die Bademantel- und Joggertypen auf. Rauchschwaden schwebten bis unter das Vordach. In der lautstarken Unterhaltung ging es ebenfalls um Ärzte, Pflegepersonal, Verköstigung.

***

Kapitel 25

Küche setzte sich auf ihren Stammplatz mit den „Hallo, Schätzchen, Mama ist wieder da!" Felize sauste in die Pfoten an der Tischkante und gab ein Quietschen von sich wie eine verrostete Fahrradkette. Nelly streichelte über die Pfötchen. „Willst du mir nicht erst mal Guten Tag sagen?" Der kleine Zausel schaute ihr mit großen Augen ins Gesicht. „Willst du mir nicht erst mal ein Leckerchen geben?" Auf dem Sofa ließ Felize dem Milchtritt, den sie sich noch nicht abgewöhnte hatte, freien Lauf. Sie schlug die spitzen Krallen in Nellys Oberschenkel, ehe sie sich ihrem Waschzwang mit Hingabe widmete.

Nelly zuckte zusammen, als das Telefon klingelte. Sie war eingeschlafen. Sie rieb sich den versteiften Nacken. Auf dem Display stand Julius' Nummer. Es gibt kaum im Leben etwas ähnlich Zuverlässiges wie das schlechte Gewissen. Immer auf dem Sprung lässt es einen nicht allein, schläft nie und flüstert ins Ohr, auch wenn man versucht, es zu verscheuchen. Die Schuldgefühle bringen einen dazu, unaufgefordert Wiedergutmachung zu leisten. „Hi, was machst du, was ist los?", Julius' Stimme klang etwas belegt. Nelly trat die Flucht nach vorn an: „Ich gucke bei der Katzenwäsche zu. Gerade leckt sie ihr Hinterbein genüsslich ab. Soll Viola dir davon ein Foto schicken? Felize hätte sicher nichts dagegen, so mimosenhaft ist sie nicht, wenn es um ihre Intimsphäre geht." Ihr Geschwätz stand auf tönernen Füßen, aber sie wollte nicht in den Spiegel schauen, den ihr schlechtes Gewissen vorhielt:

Ich muss …, ich hätte …, ich sollte …!

Und prompt fiel sie der Wiedergutmachung zum Opfer. Ohne Pause redete sie weiter bis fast zur Schnappatmung.

„Gut, dass du anrufst, ich wollte morgen bei dir vorbeikommen, weil ich etwas für dich habe. Heute kann ich leider nicht mehr!"

„Vergiss nicht, Luft zu holen, lachte Julius in den Hörer. Ich mache dir keinen Vorwurf. Ich freue mich auf dich!"

Er schlug vor, für sie zu kochen und ihren Gaumen zu verzaubern.

„Ich freue mich auch", erwiderte Nelly, und das kam von ganzem Herzen.

***

Ein tiefes Gefühl der Rührung machte sich breit, wenn Tusnelda den schlafenden kleinen Schatz beobachtete.

Sie lag lasziv hingegossen seitwärts auf dem Sofa. Der Seiber lief wie immer aus dem leicht geöffneten Mäulchen.

Die Lefzen mitsamt den Barthaaren zuckten. Und die Pfote schlug nach einem imaginären fliegenden Objekt. Sie unterbrach die Träume, kam auf die Pfoten und krabbelte auf Nellys Schoß. Kein Mensch dürfte je ein Ultimatum – entweder die Katze oder ich – stellen. Dieser Erpressungsversuch wäre eine lieblose Quälerei für Nelly. Hätte sie auf einen von beiden verzichten müssen, wäre der andere auch nichts mehr wert gewesen. Sie würde sich nie von Felize trennen.

Mit der Fernbedienung schaltete sie den Fernseher ein.

„*Das perfekte Dinner*, das guckst du doch so gerne", flüsterte sie in Felizes Öhrchen.

***

Ein rosa Bündel lag in einem kleinen Himmelbett. Den zarten Stoff schmückten Herzchen und Blümchen. Die Haut des

Babys glich einem Marzipanschweinchen, die pechschwarzen Haare standen büschelweise vom Kopf ab. Die kleinen Fäuste neben den rosigen Wangen.

Tusnelda beugte sich hinunter, um dem Winzling einen Kuss auf die Wange zu hauchen. Schlagartig brüllte das Baby mit hochrotem Kopf und aufgerissenem Mund in einer Lautstärke wie eine quietschende Kreissäge, die einen Tinnitus auslösen konnte. Der Mund wurde noch weiter aufgerissen, das Kleine bestand nur aus brüllendem Mund, sodass Nelly auf das zitternde Zäpfchen im Rachen starrte.

Nellys Körper zuckte, und sie schreckte hoch. Im ersten Moment fand sie sich nicht zurecht. Dann nahm sie ihre Umgebung und die schlafende Felize wahr. Gott sei Dank, ich bin wieder vor dem Fernseher eingeschlafen, es war nur ein Traum. Sie dehnte ihren steifen Nacken, schlüpfte in ihr Lieblingsnachthemd und kroch in ihr Bett.

Auf dem Weg zu den kulinarischen und anderen angenehmen Genüssen dachte Nelly, als sie unten an der Wohnungstüre vorbeikam, an das ungeborene Enkelkind. Ihr Wunsch war ein zuckersüßes Mädchen. Neuerdings sah sie nur noch Kinder. In schicken Kinderwagen, auf rollenden Brettern, die in die Fußgänger hineinfuhren, brüllende Babys im Supermarkt. Es war ihr wohl entgangen, dass es so viele Kinder gab.

Das kreischende Geschrei drang bereits bis in ihre Träume vor.

Die werdende Mutter hatte Carmen die Schwangerschaft gebeichtet. Es konnte auch kein Geheimnis mehr daraus gemacht werden. Ihre Brüste, die zuvor wie Äpfel waren, reiften zu Melonen heran. Aus dem Bäuchlein war ein strammer Bauch geworden, der sich selbst durch ein zeltartiges Oberteil nicht mehr verbergen ließ.

Carmen hatte die unabänderliche Tatsache zwar nicht gutgeheißen, fügte sich aber dem Schicksal. Sie war ja ebenfalls mit siebzehn Jahren Mutter geworden. Die Frage, was der Vater zu dem Nachwuchs sagte, blieb unbeantwortet. Über den Vater hüllte Viola sich in Schweigen.

***

Aber jetzt möchte ich das kommende Stündchen mit Julius genießen und alle Schwierigkeiten verschieben wir auf morgen. Die Mohnblume trotzte immer noch dem nahenden Winter. Ein Blütenblatt war abgefallen, aber die Blume ragte kerzengerade aus dem welken Umfeld heraus.

Die Haustüre war nur angelehnt. „Komm' herein", rief Julius, "ich bin hier gerade beschäftigt!"

In der Küche angekommen, umarmte sie ihn von hinten, weil er keine Anstalten machte, den Rollstuhl zu wenden. „Hör' mal, die Muscheln quieken", sagte er und schaute von seinem Beobachtungsposten zu ihr hoch. „Du magst doch Muscheln? Es ist gerade kalt genug dafür."

„Ja, freue ich mich drauf, wenn ich das rieche, merke ich, was ich für einen Hunger habe."

Er gab noch einen Schuss Weißwein in den Topf.

Und Nelly durfte den großen Kochtopf schütteln, damit sich das klein geschnittene Gemüse mit dem Sud und den Muscheln durchmischte. Geschickt hob Julius mit einer Suppenkelle die Muscheln in zwei Schüsseln und deckte sie mit Suppentellern ab.

Nelly stellte die Schüsseln auf den Tisch und legte noch das Vollkornbrot obenauf.

Die Muschelschalen benutzten sie wie eine Zange zum

Auslösen des Fleisches. „Köstlich", schwärmte Nelly und wischte sich den Sud vom Kinn.

Über den Tisch hinweg schauten sie sich in die Augen. Sie glaubte nicht an Liebe auf den ersten Blick. Aber zwischen ihnen beiden war definitiv etwas, und zwar von der ersten Minute an – Anziehungskraft, Faszination, Begierde. Sie würde gern erfahren, wohin das führte. Für eine feste Beziehung war sie allerdings noch nicht offen.

Julius öffnete eine Flasche Wein, und sie setzten sich ins Wohnzimmer.

„Ich habe was für dich", Nelly legte ihm ein Päckchen in den Schoß.

Er entfernte mit Bedacht das Geschenkpapier. Sie hätte das schon aufgerissen. Manche Leute hoben das Papier auf, bügelten es und verschenkten es weiter. Aber zu diesen Spezies gehörte er nicht, zeigen wollte er nur, dass er das Geschenk würdigte.

Über den abgehobenen Kartondeckel hinweg sah Julius sie fassungslos an: „Laufschuhe, ich bin sprachlos!"

„Na, das wurde auch mal Zeit, dass dir die Sprache wegbleibt." Nelly wechselte vom Sofa zu ihm hinüber auf ihren Stammplatz. Seine Körperwärme durchflutete sie, dass ihr das Atmen schwerfiel.

„Schuhe soll man eigentlich nicht verschenken, damit derjenige nicht wegläuft."

Er legte seine Stirn an ihre Wange: „Wenn das Schicksal es wollte, dass ich damit laufe, würde ich an der nächsten Ecke auf dich warten."

Nelly füllte erneut sein Glas mit funkelndem Wein und setzte dies an die Lippen, ihr eigenes Glas stand zu weit weg. „Der Spruch hat lediglich eine sinnbildliche Bedeutung, wenn du verstehst, was ich meine."

Julius nahm ihr das Glas aus der Hand, legte beide Hände an ihr Gesicht und küsste sie auf die Stirn, auf die Augen, auf die Wange.

Er behandelte sie mit einer Zartheit, als ob sie aus kostbarem Glas bestünde. Seine Erregung war hart wie ein Stück Holz. Nelly durchlief ein heißer Schauer. Glühende Hitze kroch den Nacken hoch. Ihre Anspannung löste sich und machte wohliger Lust Platz.

Die Lehnen ließen sich nach hinten klappen und die Fußstützen zur Seite. Ein Schauer überfiel sie, und sie rückte noch näher an seinen Körper heran. Sie nahm seine erregte Männlichkeit auf dem Rollstuhl sitzend in sich auf. Seine Augen loderten, als er sein Hemd abstreifte. Die Langsamkeit, mit der sie sich auf ihm bewegte, trieb in einen Sinnestaumel. Dann fanden sie den gleichen Rhythmus und tanzten auf den Wellen der Leidenschaft, bis diese über ihnen zusammenschlugen.

Nelly fiel an seine mit Schweiß bedeckte Brust und schnurrte vor Behagen.

Als sie sich zur Seite abdrehte, verlor sie fast das Gleichgewicht.

Ihre Beine zitterten so sehr, dass sie sich kaum auf den Füßen halten konnte. Vorsichtig trippelte sie ins Bad.

Nachdem noch ein Glas Wein dran glauben musste, klärte Nelly ihn über die Schuhe auf: „Die leuchten im Dunkeln, um diese Jahreszeit ist das praktisch, weil man dich dann sieht."

„Und die schrillen Farben sieht man im Hellen", lachte Julius. „Du bist ein Schatz, vielen Dank!"

„Ohne dich habe ich aber Angst im Dunkeln", feixte er. „Da musst du schon mit!"

Kapitel 26

Vereinzelt flogen Schneeflocken vom Himmel, der sich wie flüssiges Blei über der Stadt verteilte. Sie schwebten verirrt in der Luft herum. Auf dem Boden verschwanden sie sofort im Nichts. Es war noch nicht kalt genug.

Carmen fragte sich verzweifelt, was sie bei diesem Wetter anziehen sollte. Nach langem Hin und Her fiel die Wahl auf ein königsblaues Strickkleid, das ihr schwarzes Haar wunderbar hervorhob. Dazu schwarze Stiefel und eine passende mit Fell gefütterte Lederjacke.

Sie drapierte alles auf dem Bett, weil sie sich noch schminken wollte, und das heute besonders sorgfältig.

Während sie die Augenbrauen in Form zupfte, grübelte sie, was Heiko wohl mit diesem Treffen beabsichtigte. Am Telefon war nichts aus ihm rauszubekommen, außer, dass er mit ihr reden wollte. Ihre Hand zitterte, als sie die Wimpern tuschte. Da hilft jetzt nur eins. Sie schüttete ein Schnapsglas Wodka ein und trank es in einem Zug.

Hatte er etwa eine Aussöhnung im Sinn? Und damit die Rückkehr ins eheliche Bett? Ging eine Leuchte an, und er merkte, was er an ihr hatte?

Ist in seinem Spatzenhirn überhaupt noch Platz zum Nachdenken?

Der gigantische Spiegel mit goldenen Schnörkeln und zwei Engelputten zeigte eine rundum ansehnliche Frau. Die Figur, wie sie in den Fünfzigerjahren angestrebt war und die Männer ins Schwitzen brachte. Wespentaille und gebärfreudiges Becken.

Der Busen etwas kleiner als der von Marylin Monroe. Schlanke lange Beine. Schwarze lockige Haarpracht, die das schmale Gesicht umrahmte. Als Teenager mochte sie keine kringeligen langen Haare und bügelte diese immer glatt.

Carmen stieg aus der S-Bahn am Hackeschen Markt. Das *Bar ist* unter dem Bahnhof sollte der Treffpunkt sein. Sie war viel zu früh. Ich bin in dieser Gegend so selten, da schaue ich mich etwas um. In dem kostspielig sanierten Hof mit den wiederhergestellten Jugendstilkacheln war sie einige Male. Der zweite Hof, den Künstler bezogen hatten, übte eine stärkere Anziehungskraft auf sie aus.

Links und rechts teuer sanierte Altbauten, Designermode, Feinkostläden, Restaurants, Coffeeshops. Zwischen den monströs kitschigen Rosenhöfen und den Hackeschen Höfen. Dann die graue, bröcklige Fassade des Nachbarhofs.

Carmen ging durch den Torbogen in den Hof. Von der rechten Wand war großflächig Putz abgebröckelt. Sie sah aus wie eine Karte von Erdteilen und großer Kontinente.

Vor 25 Jahren sah die ganze Gegend so aus, aber was früher ein vertrautes Bild war, ist heutzutage exotisch. Heute scheint dieser Hof ein letzter widerborstiger Stachel in der hochgemotzten Gegend zu sein.

Das Café Cinema ist einer der ältesten Läden hier. Erstaunlich, wie lange tote Hühner am Leben bleiben.

***

Sie schlenderte zurück zum vereinbarten Treffpunkt. Das Lokal war Lichtjahre von intimer Atmosphäre entfernt. Hier kommt – wenn überhaupt – garantiert keine versöhnliche Stimmung auf. Bei näherer Betrachtung war Carmen auch nicht bereit, die Friedenspfeife zu rauchen.

Im vorderen Teil des riesigen Areals nahm sie Platz an der Bar. Von hier aus hatte sie einen guten Blick über die Räumlichkeiten.

Gerade stellte der Barmann den georderten Wodka Lemon vor sie hin, da kam Heiko auf die Bar zu. Das Märchen vom hässlichen Entlein hatte sich in eine maskuline Variante gewandelt: Das hässliche Erpelchen mauserte sich zum stolzen Schwan.

Der kahl geschorene Kopf machte ihn attraktiv. Ebenso die Figur. Die Wampe war einem muskulösen Oberkörper gewichen, das braun gebrannte Gesicht wurde von einer Designsonnenbrille verdeckt, die er bei der Begrüßung abnahm.

Ihre frostige Gesinnung taute halbwegs auf. Wenn er mich um Verzeihung bittet, könnte ich mich eventuell erweichen lassen, ging Carmen durch den Kopf.

Er gab ihr die Hand. Mit der Bemerkung „gut siehst du aus", wandte er sich dem Lokal zu und steuerte einen Tisch an. Ein Kuss auf die Wange wäre sicher drin gewesen, dachte sie.

Carmen trug in ihrem Gesicht eine fast herablassende Harmonie zur Schau, nahm ihr Getränk und stolzierte hinter ihm her.

Als er seinen Blick über sie gleiten ließ und in ihren Augen verharrte, überlief sie ein nervöser Schauer. Sie senkte ihre Lider auf ihren Wodka und nahm einen Schluck.

„Und, wie geht es dir, was machst du so?", begann er das Gespräch.

„Sehr gut geht es mir", betonte sie.

„Es tut mir leid, was ich dir angetan habe, aber es ging nicht anders.

 Für dich war unsere Ehe doch schon lange Geschichte."

Der flinke Kellner brachte noch zwei Drinks.

„Eine Neuigkeit habe ich aber." Carmen berichtete von Violas Schwangerschaft. Wenn er wieder zurückkam, ließe sich das ohnehin nicht verheimlichen. Dass ihr durchgebrannter Ehemann dazu nichts sagte oder fragte, zeigte das mangelnde Interesse an der Familie. Entweder war er tatsächlich nicht erstaunt oder er verbarg es geschickt.

Er strich sich mit der gewohnten Verlegenheitsbewegung über die nicht mehr vorhandenen Haare.

„Ich bin der Vater", flüsterte er fast zu sich selbst, ohne sie dabei anzuschauen. Nach alledem, was er sich geleistet hatte, empfand Carmen das dann doch als ziemlich anmaßend.

„Das, mein Lieber, bist du nicht. Du bist, oder deutlicher, *warst*, der Stiefvater!"

Nach einer gefühlten Ewigkeit druckste er endlich vor sich hin. „Äh, ich habe das anders gemeint. Ich bin der Vater von … er nahm einen Schluck von seinem Cocktail … Violas Kind und deinem Enkelkind. Viola wollte das Kind zuerst nicht, aber ich wollte es. Und bei diesem Treffen möchte ich dich um die Scheidung bitten."

Carmen spürte, wie ihr das Blut zuerst in den Kopf schoss und anschließend in die Füße. Das Lokal drehte sich. Der Griff nach dem Wodka Lemon ging ins Leere.

Das war ein böser Traum und gleich würde sie aufwachen. Als ihr Glas wieder an seinem Platz stand, war ihr noch nicht ganz klar, was er da gesagt hatte, aber im Hinterkopf hatte sich der Satz eingenistet. Sie wünschte, dass sich die Erde auftat, was natürlich nicht geschah.

„Du hast mein Kind geschwängert, du Schwein, du Verbrecher du Kinderschänder …!" Vor ihren Augen schwappte roter Nebel.

„Ich habe es immer gewusst, dass du Versager so unnütz bist, wie ein Furunkel am Hintern. Jetzt vergreifst du dich sogar an Kindern!"

Gott der Herr legte ihrer Stimme keine Zügel an.

„Du verdammter Hüfi." Sie schüttete ihm den Rest Wodka Lemon ins Gesicht. Er wurde weiß wie frisch gefallener Schnee.

„Was bedeutet das?", fragte Heiko, während er sich akribisch das Gesicht abwischte. „Hühnerficker, so nennt man die Kerle, die sich an jungen Mädchen vergreifen!"

Schlag auf Schlag ging es unter die Gürtellinie. Die öffentliche Lokation hinderte Carmen daran, mit Fäusten auf ihn loszugehen.

„Und so eine habe ich jahrelang gevögelt!" Er spuckte es so aus, als ob es um eine Geschlechtskrankheit ging. Die erhobene Stimme stieg über das Zumutbare hinaus. Das Lokal war recht gut besucht, und die Gäste unterhielten sich mehr oder weniger lautstark, so wurde durch die Geräuschkulisse das Gezeter geschluckt.

Carmen zischte: „Gevögelt hast du alleine, ich war nur dabei!" Eine eiserne Faust hielt ihren Magen umklammert und drehte diesen herum. „Ich muss kotzen!"

Ihre Knie zitterten, als sie abrupt aufstand und Richtung Bar hastete.

Der Barkeeper zeigte wortlos in die Richtung der sanitären Anlagen.

Sie umarmte die Kloschüssel, bis sie nur noch Gallenflüssigkeit hervorbrachte.

Unter der Schminke hatte ihre Haut die grünliche Farbe eines vernachlässigten Gartenteichs angenommen.

Sie puderte etwas nach, wischte die verschmierte Wimperntusche ab und zog die Lippen nach.

Wieder im Café angekommen, war nur noch festzustellen, dass am Tisch niemand mehr saß. Auf Anfrage teilte der Kellner ihr mit, dass ihr Begleiter bezahlte und dann das Lokal verließ. Carmen blieb an der Bar und bestellt sich einen Cognac. Bei dem zweiten Glas fragte der Barmann: „Kummer?"

„Kann man wohl sagen, er will die Scheidung", stöhnte sie. Tröstend meinte der nette Kerl hinter der Theke: „Das ist im Moment schwer zu ertragen, aber Sie sind noch jung und hübsch, da findet sich auch wieder ein anderer."

„Darum geht es gar nicht", und Carmen kämpfte mit den Tränen:

„Mein Mann hat mich zur Oma gemacht. Ich bekomme ein Enkelkind von meinem eigenen Ehemann!"

Der Barmann polierte die Gläser, als ob sein Leben davon abhing. Er sagte lediglich: „*Mannomann*, und dann ein zweites Mal *Mannomann*, was es alles gibt." Danach schwieg er.

Carmen warf sich in ein vor der Türe wartendes Taxi. Der Hieb mit dem Vorschlaghammer in die Magengrube ließ sich in den eigenen vier Wänden besser ertränken.

***

Kapitel 27

Tusnelda stand hinter der Türe versteckt. Auf „Pi-ip!" reagierte Felize aus jeder Entfernung, und schon hatte sie das Versteck aufgestöbert und hüpfte vor Vergnügen im Kreis.

Erstaunt riss sie die Augen auf, als sie in das grüne Gesicht ihrer Mama blickte, aber darüber hinaus interessierte sie die Feuchtigkeitsmaske nicht.

Es klingelte. Das wird sicher Carmen sein, die von dem Treffen mit Heiko berichten will, dachte Nelly, und öffnete die Tür.

Zwei Männer standen vor ihr. „Entschuldigen Sie die Störung. Ich bin Kommissar Walter Schievelbusch", er hielt einen Ausweis vor ihre Nase. „Das ist mein Kollege Burgmüller."

Herr Burgmüller nickte freundlich. „Wir sind von der Kripo und ermitteln für die Staatsanwaltschaft in Ihrer Sache bezüglich der schweren Körperverletzung. Vielleicht sollten wir das drinnen besprechen", bemerkte er, während er ein paar Schritte auf Nelly zuging.

Diese hatte den ersten Schrecken überwunden und trat zur Seite.

Herr Schievelbusch hätte auch Kurt Wallander, ihr Lieblingskriminalist, heißen können. Er glich dem Schweden aufs Haar. Sein offenbar ungebügeltes Hemd hing an einer Seite aus der Hose. Herr Kommissar Burg …? überragte seinen Kollegen um Haupteslänge.

Ein echter Spargeltarzan dachte Nelly, so dünn, wie er ist. Kommissar Schievelbusch nahm Platz im Sessel. Der Spargeltarzan lehnte sich an den Sekretär. An seinem karierten Hemd waren so viele Knöpfe geöffnet, dass schwarzes

Brusthaar hervorlugte. Im Gegensatz zu der kläglichen
Behaarung des Kopfes hätte es ein Brusthaartoupet sein
können.

Auf Fragen der Kommissare schilderte Nelly den Tathergang
so detailliert, wie es nur ging.

Es juckte an der Schläfe. War es die Nervosität? Nein, es war
die inzwischen eingetrocknete Gesichtsmaske. Nelly wurde es
glühend heiß, aber durch die grüne Farbe war der rote Kopf
kaschiert. Sie schämte sich in Grund und Boden. Was hatten
die beiden wohl gedacht?

Mit einer gemurmelten Entschuldigung verschwand sie im Bad.
Mittels warmem Wasser ging die Maske, bis auf einen kleinen
Rest am Haaransatz, herunter.

Dafür habe ich keine Nerven mehr, das bleibt jetzt so, lautete
der Entschluss.

„Würden Sie die Täter wiedererkennen?", fragte Kurt
Wallander, als sie den Kriminalisten wieder zur Verfügung
stand.

Nelly kratzte sich diskret den krümeligen Rest von der Stirn.
Unter Tausenden würde sie die Kerle wiedererkennen, die
Fratzen hatten sich in ihr Gehirn gebrannt.

Mit dem Zeigefinger fuhr sie entlang der Narbe über dem
Auge.

„Die Dreckskerle erkenne ich wieder."

Der Kommissar erhob sich. „Können Sie morgen ins
Präsidium kommen, um sich einige Fotos anzusehen?"

„Kommen die Verbrecher dann vor Gericht?", wollte Nelly
wissen. „Wenn wir sie haben, mit Sicherheit", antwortete der
Spargeltarzan.

Entschlossen fand Nelly sich am nächsten Morgen im

Polizeipräsidium ein. Auf keinen Fall wurde das auf die lange Bank geschoben. Am Auskunftsschalter erkundigte sie sich nach dem Weg zu den Kommissaren Schievelbusch und Burg … meier, … müller?

Die beiden Beamten saßen sich in einem Büro gegenüber. Herr Schievelbusch respektive Wallander führte Nelly in einen mit Computern vollgestopften Raum.

Sauerstoff fehlte hier komplett. Die Luft war zum Schneiden. Nelly brach augenblicklich der Schweiß aus.

Neben einen Grünschnabel mit kupferroten Haaren rollte er einen Stuhl und postierte sie ebenfalls vor den Computer. Die Finger des Jungen flogen so flink über die Tastatur, dass Nellys Kreislauf versagte. Am Bildschirm tauchten Fotos auf. Nach gefühlten hundert Bildern rief sie: „Der ist es!" Der Gesichtstätowierte war unverkennbar.

Das Milchgesicht tauchte einige Bilder danach auf.

Der Dritte im Bunde hatte auf dem Foto den Bart nicht geflochten, er hing wie eine aufgerissene Matratze herum. Das Zackenmuster auf dem Schädel fehlte, aber er war es!

„Es war schon dunkel, und in der Straße ganz besonders, erkennen Sie die Männer trotzdem?", fragte der Kriminalist, während er wieder nur eine Seite des Hemdes in die Hose stopfte.

„Sie kamen uns ja sehr nahe, und die Laterne spendete genug Licht."

„Es waren vier!" Prüfend sah ihr Herr Schievelbusch in die Augen. Sein Blick sprach Bände. Er wusste von der Verbindung zu Viola, daran hatte Nelly keinen Zweifel mehr. Nach Abwägen des Für und Wider entschied sie sich, mit der Sprache herauszurücken.

„Als der Junge mir zu Hilfe eilte, wusste er noch nichts über die Verbindung zu Viola, seiner Freundin. Wir haben uns erst später kennengelernt." Als der Beamte nicht darauf reagierte, war Nellys Bauchgefühl bestätigt.

Er blätterte in einer Aktenmappe und zog ein Foto hervor und schob es ihr zu. „Ist er das?"

„Ja, das ist er", erwiderte Nelly. Das Foto war zwar ziemlich undeutlich, aber die Wuschelwimpern ließen sich klar erkennen.

Er schaute wieder auf das Papier. Blätterte vor und zurück.

„Odhan Saygun, 21 Jahre, türkischer Abstammung mit deutschem Pass. Bisher nicht aktenkundig. Heißt aber nicht, dass seine Weste so rein ist, wie frisch gefallener Schnee. Er meldete sich bei der Polizei freiwillig und hat den Tathergang geschildert. Die Aussage deckt sich mit Ihrer Darstellung."

Zum Abschied bat er sie wie in einem Krimi, ihn zu unterrichten, wenn ihr noch etwas einfallen sollte. Damit war Nelly zunächst entlassen.

***

Kapitel 28

Nelly stand mit Felize auf dem Balkon und schaute gedankenverloren in die umherwirbelnden Schneeflocken. Würde es dieses Jahr weiße Weihnachten geben? Felize hüpfte hin und her und schnappte nach den weißen Wölkchen. Sind die alle für mich? Kann man die essen? Wenn sie eine erwischte, leckte sie ihre Pfote ab. Nachdem sie Jagd nach ihrem eigenen Schwanz machte, hatte der Stubentiger genug von der nassen Überraschung und verzog sich ins warme Wohnzimmer.

Ihre Gedanken galten, wie jeden Tag, Dalvin. Das Herz pumperte in ihrer Brust. Er bot immer noch einen bedauernswerten Anblick, aber vor drei Tagen transportierte ihn ein Krankenwagen in die Reha, dort half das fachlich geschulte Personal ihm sicher wieder auf die Beine.
Noch drei Wochen bis Weihnachten. Sollte ich ihn zu Weihnachten oder noch zuvor besuchen?, grübelte Nelly.

Die Entscheidung des Besuchstermins wurde ihr abgenommen durch einen Anruf von Valentina. „Wenn du Dalvin besuchen möchtest, kann ich mitkommen? In vierzehn Tagen habe ich zwei Tage frei. Sollten wir den Termin mal festhalten?"
Über die Begleitung freute sich Nelly, und sie sagte sofort zu.

Das rote Kleid war nicht mehr zu retten. Für den Besuch musste ein neues Outfit her. Eine rote Farbe kam nicht mehr infrage. Die barg das Unglück in sich. Die Wahl fiel auf ein schwarz-türkis gemustertes Kleid, das dank des Figurformers saß wie eine zweite Haut.

Die Klinik lag am See zwischen Reinickendorf und Heiligensee. Die traumhafte Gegend war leider zu dieser Jahreszeit nicht so einladend wie im Frühjahr oder Sommer. Die Bäume hatten auch das letzte Blatt verloren, und der See vermittelte den Eindruck von schmutzigem Putzwasser. Der Raureif, der heute in der Frühe barmherzig die graue und schmutzige Umwelt in eine weiße Märchenwelt verwandelte, war leider getaut.

Das Gebäude war allerdings beeindruckend. Der Komplex bestand aus einer historischen Einheit und einem, offenbar später hinzugefügten, modernen Anbau, die, verbunden durch einen gläsernen Durchgang, eine Einheit bildeten.

Sie betraten die Halle, die einem Viersterne-Hotel in nichts nachstand. Das Haus ließ in keiner Weise vermuten, dass es sich um eine Reha-Klinik handelte.

„Ich warte besser im Café, ich habe Josefine in der Tasche …, da bin ich nicht sicher …!"

„Ist in Ordnung, du kannst ja später noch Dalvin besuchen, ich achte dann auf Josefine."

Von der freundlichen Dame am Empfang wurde Nelly in die dritte Etage beordert, Zimmer 314.

Der beigefarbene Teppichboden dämpfte die Schritte. Dalvin würde sehr überrascht über ihr Auftauchen sein. Das ahnte er sicher nicht. Ob er sich freute?

Zaghaft klopfte sie an die Tür. Ihre Brust verkrampfte, und alles vernünftige Denken war mit einem Schlag ausradiert.

Nelly hielt die Luft an und horchte an der Tür. Kein Laut drang nach außen, nur ihr eigener Herzschlag dröhnte in den Ohren.

Sie nahm allen Mut zusammen und drehte den Türknauf. Auf Zehenspitzen betrat sie das Zimmer und schloss geräuschlos die Tür.

Die beiden fast nackten Männer auf dem Bett nahmen um sich herum nichts wahr. Sie waren eng umschlungen in einen leidenschaftlichen Kuss vertieft.

Der Schock versetzte sie in eine Starre. Er verursachte Lähmungserscheinungen, sie konnte sich nicht von der Stelle bewegen.

„Oh, mein Gott, ist das widerlich!"

Die krächzende Stimme ließ die beiden auseinanderfahren. Sie starrten Nelly an, als wäre sie ein Monster aus einer anderen Welt.

Dalvin fasste sich als Erster: „Wie kommst du denn hierher?"

„In meiner unendlichen Einfalt wollte ich dir eine Freude machen", flüsterte sie. Aber wie ich sehe, schafft das bereits ein Anderer!"

Der Schönling aus Dalvins Wohnung angelte nach einem T-Shirt, das sie für Dalvin eingepackt und geschleppt hatte.

Ihre Welt war aus den Fugen geraten. Der rosa Schleier wurde heruntergerissen. Flugzeuge flogen in ihrem Ohr herum.

„Jetzt weiß ich, warum du nie so richtig mit mir Sex haben wolltest. Die Liebe zum Ballett ist auch klar! Wegen der schwulen Hüpfdohlen bist du dort hingegangen. Du bist ein Haufen Scheiße, du kleine Schwuchtel!"

Ihr taten die Worte bereits leid, noch während sie diese formulierte und aus ihrem Mund schleuderte.

Tusnelda schämte sich nach diesem asozialen Ausbruch vor sich selbst, denn sie empfand dieses an den Tag gelegte infantile und tierische Betragen als unvereinbar mit den helleren Gedanken und Empfindungen zu Dalvin, die sie in der bisherigen Zeit bewegten.

Ohne ein weiteres Wort stürzte sie aus dem Zimmer. Die Tränen brauchten die nicht auch noch zu sehen.

Eine Woche bis Weihnachten. Die Zeit, in der man zur Ruhe kommen sollte. Für die Liebsten Geschenke aussucht. Sich den Bauch mit herrlichem Essen vollschlägt. So sollte es eigentlich sein.

Pragmatismus legte sich wie eine Schutzhaut über ihre Gedanken. Und was tue ich dann hier, fragte sie sich, als sie im Aufzug den Knopf für das Erdgeschoss drückte.

Das neue Kleid hätte ich mir auch sparen können.

Sie ließ sich bei Valentina im Café auf einen Stuhl fallen. „Wie siehst du denn aus?", wurde gefragt. „Als wenn du einen Geist gesehen hättest."

Bei dem herbeieilenden Kellner bestellt Valentina einen Kaffee und einen Cognac für Nelly.

Die Schutzhaut war verschwunden und Tränen rannen unaufhörlich über ihr Gesicht, als ob sie nie mehr aufhören wollte, zu weinen.

„Ist was mit Dalvin?", fragte ihre Begleiterin.

Nelly setzte mit zittriger Hand den Cognac an die Lippen. Ihre Zähne klapperten vor das Glas, aber sie trank einen großen Schluck.

„Ja, es ist was." Sie nickte zur Beantwortung der Frage.

„Ist er tot?"

„Nein, er lebt, und frag' nicht, wie!"

„Mensch, jetzt lass dir doch nicht alles aus der Nase ziehen. Was ist los?"

„Schwul ist er, das ist los." Sie schnäuzte sich vernehmlich und weinte immer weiter.

Valentina riss Mund und Augen auf. „Das ist alles? Das hast du nicht gewusst?, es lag doch auf der Hand, auch wenn er sich nicht geoutet hat.

Aber es ist ja leider heute immer noch so, dass ein Großteil der Bevölkerung glaubt, „schwul" sei krankhaft und pervers."

„Mit dieser Meinung bin ich auch aufgewachsen und erzogen", schluchzte Nelly. „Meine Eltern glaubten, dass es Pillen dagegen gibt."

Ihr Gegenüber fuhr unbeirrt mit ihrem Vortrag fort: „Homo-Ehe hin, Christopher-Street-Day her: Normal ist, wer hetero ist.

Die Deutschen wählen zwar schwule Bürgermeister, tragen schwule Mode und hätten mehrheitlich nichts gegen einen schwulen Kanzler. Aber mehr als ein Drittel der Deutschen sagt: Es ist ekelhaft, wenn Homosexuelle sich in der Öffentlichkeit küssen."

„Jetzt zu deinem Problem: Er ist nicht stockschwul, sondern bi, das heißt bisexuell. Er liebt auch Frauen, vor allen Dingen dich! Genaugenommen hat dieser Liebhaber von Dalvin genauso das Recht, eine Eifersuchtsszene hinzulegen, du hast ja auch mit seinem Partner geknutscht …, und das als Frau!"

Nelly kam in eine betonartige Verteidigungshaltung und warf ein, dass keiner den Austausch von Zärtlichkeiten gesehen, geschweige denn sie dabei überrascht hatte. Und wie es aussah, hatte sein Gespiele von ihr gewusst, aber sie wäre schließlich dumm gestorben.

„Nimmst du mal Josefine, ich gehe jetzt mal an den Ort der Tat. Er ist ja schließlich mein Freund. Ich habe ihn lange nicht gesehen."

Nelly wünschte sich, sie würde die Gabe haben, so mit den Konstellationen umzugehen. Aber die jungen Leute heutzutage waren ganz anders drauf, als sie selbst es jemals sein könnte. Die Götter waren heute gegen sie.

Nicht genug mit der Konfrontation in Dalvins Zimmer brachte Valentina auch noch das Corpus Delicti im Schlepptau mit.

Er lächelte sie freundlich an.

„Ich glaube, ich habe mich noch nicht vorgestellt. Ich bin Juan Lopes-Garcia. Wir haben uns kennengelernt, als Sie die Sachen von Dalvin geholt haben."

Als wenn sie das vergessen könnte! Er trug zur Markenjeans ein figurbetontes weißes Hemd und eine blaue Kaschmirjacke. Er ist schlicht zu schön, um wahr zu sein, dachte Nelly.

Juan setzte sich neben sie, deutete auf ihr Glas und fragte: „Noch einen?"

Ohne ihre Antwort abzuwarten, bestellte er zwei Cognac, einen für sie und einen für sich. Für Valentina gab es eine Apfelschorle.

Wie Opale leuchteten seine Augen Nelly an, als er ihr zuprostete.

Nelly konnte seinem Blick nicht standhalten und senkte die Augen auf ihr Glas. Das drehte sie zwischen ihren Fingern hin und her.

Die Situation war ihr so peinlich, dass sie am liebsten im Boden versinken und für den Moment unsichtbar sein würde. Sie hatte voll ins Klo gegriffen. Auf der anderen Seite war es von Dalvin nicht richtig, sie im Dunkeln tappen zu lassen. Und obendrein Fantasien zu schüren, die er hätte nicht erfüllen können.

Der schöne Juan legte seine Hand auf ihren Arm: „Ich kann Sie, allerdings mit Einschränkungen, verstehen. Sie wurden von Dalvin, dem Sie vertrauten, mit einer kalten Dusche belohnt. Er fühlt sich natürlich nach Ihrem Auftritt auch nicht wohl in seiner Haut. Deshalb kommt er nicht herunter."

Valentina schwieg mal, Gott sei Dank! Sie hielt sich an ihrer

Apfelschorle fest.

„Aber, fuhr Juan fort, der Gedanke, Schwule sind eine
Abnormität der Natur, ist noch in deinem Hirn. Er war zum
Du übergegangen. Das geht nicht in Sekundenschnelle weg.
Wie willst du eine andere Welt kennenlernen, wenn du dich
davor verschließt? Nur deine Wertvorstellungen allein dienen
für dich als Grundlage für eine glückliche Beziehung. Jetzt sind
die Vorstellungen aus dem Ruder gelaufen, und du schmeißt
alles hin." Sie war fast schon neidisch, wie unkompliziert
heutzutage mit dem Sexleben umgegangen wurde.
„Das ist nicht ganz so", erwiderte Nelly. „Der Punkt ist: Wie
verlässt man einen Menschen, den man noch immer liebt? Er
hat mir durch sein Schweigen fast das Herz gebrochen, aber
jetzt bete ich darum, dass er mir meinen frevelhaften Ausbruch
verzeiht."
Valentina klaubte ein Plätzchen aus ihrer Tasche, die wieder
mal derart gefüllt aussah, als ob ihre Besitzerin verreisen wollte.
Das Plätzchen verschwand in ihrer Jackentasche.
„Wieso wirfst du das Gebäck in deine Tasche?" Juan beugte
sich über den Tisch. Als die Frettchenmutter dasselbe auf die
Hand nahm, schlug der Beau mit dem Oberkörper nach
hinten, sodass der Stuhl fast umfiel.
„Iiihh, was ist das denn, tu' das weg!"
Nelly legte nun ihrerseits die Hand auf seinen Arm.
„Wie willst du eine andere Welt kennenlernen, wenn du dich
davor verschließt?" Sie hatte ebenfalls zum Du gefunden.
„Recht hast du", sagte er. Aber das geht ebenso wenig in
Sekundenschnelle, aber ich schaue mir dieses Etwas noch mal
näher an."

Er legte seine Hand auf die ihre, die noch auf seinem Arm lag.

„Friede?" Nelly wischte über ihre tränenroten Augen und nickte. „Okay, Friede!"

Ehe sie hier Wurzeln schlagen meinte Valentina, dass es am besten wäre, nach Hause zu fahren. „Oder möchtest du noch mal zu Zimmer 314?", fragte sie.

„Nein, wir fahren nach Hause."

Auf der Heimfahrt hielt Nelly die kleine Josefine auf dem Schoß. Während sie das weiche Fell streichelte, fragte sie so am Rande:

„Hat Dalvin noch was gesagt über mich?"

„Nein."

Dass er weinte, verschwieg Valentina.

***

Kapitel 29

Weihnachten und Neujahr waren streng genommen Feste, auf die Nelly gut verzichten könnte. Wobei sie dem Übergang in ein neues Jahr noch einige Bedeutung beimaß.

Ja, jetzt ist es soweit. Es kann endlich zum Vorschein kommen, was schon lange nicht mehr so richtig zu verbergen war: Weihnachten!

Die vorweihnachtliche Stimmung brodelte schon lange, und die meisten Supermärkte boten seit Wochen Pfefferkuchen, Dominosteine und andere Süßigkeiten an. Sie wurden bereits vor der Adventszeit als Vorgeschmack - als Vorbereitung an Sondertischen offeriert. Christstollen und Weihnachtsmänner konkurrieren mit T-Shirts und Sandalen aus dem Sommerschlussverkauf. Welch Widersinn! Vorbereitung auf die Vorbereitung - denn Advent selbst ist ja die Vorbereitungszeit auf Weihnachten.

Die meisten Kunden begrüßten, dass nun endlich der Stress und das Berieseln in allen Kaufhäusern und Märkten mit Weihnachtsliedern ein Ende hatten.

Wie für zahllose Menschen gehörten früher auch für Tusnelda die kleinen Heimlichkeiten, das Vorbereiten und das Basteln genauso zu Weihnachten, wie der Christbaum und die Weihnachtsgans.

Seit einigen Jahren und seit Heiko aus dem Haus war, hatte sie die Freude an Weihnachten verloren.

Schön wäre es, wenn sich diese Feiertage durch die Geburt des Enkels wieder so anfühlten, wie früher.

Durch die Ereignisse der letzten Woche gezeichnet, wollte sie den Heiligen Abend nur mit ihrer Felize verbringen.

Mit der Kirche hatte sie schon lange nichts mehr zu tun. Glaube und Religion waren ihr fremd und spielten bis auf die letzten Monate nie eine wirkliche Rolle in ihrem Leben. Aber in diesem Jahr übte sogar zur Weihnachtszeit zu ihrer eigenen Überraschung das Gotteshaus starke Anziehungskraft auf sie aus. Genaugenommen nur ein Bestimmtes. Die Kirche, in der sie jeden Tag zur Muttergottes gebetet hatte und ins Bittbuch schrieb.

Sie sehnte sich nach dem kurzen wirklichen Moment der Besinnlichkeit, des Ankommens in sich selbst, wenn das Orgelspiel den Kirchenraum erfüllte und der Glockenklang durch die Nacht hallte. In diesem Jahr wäre dieser Anfang erst richtige Weihnachten.

Warum aber nicht mit einem lieben Menschen zusammen die Christmesse besuchen? Zum Beispiel mit Julius?

Gesagt, getan. Julius war sofort dabei. Sie holte ihn am frühen Abend ab und kutschierte ihn zur Kirche. Es war trockenes Wetter, die Temperatur angestiegen und weit entfernt von Weiße Weihnacht. Viel zu warm für die Jahreszeit.

Er trug die illuminierten Turnschuhe und legte ein ekstatisches Entzücken über die LED-Beleuchtung an den Tag.

Die Kirche war überfüllt, sie fanden noch Platz an der Kirchenschiffseite, dort, wo auf dem kleinen Altar die Madonna mit dem Kind ihrer Bestimmung nachkam. Lächelte die Barmherzige Nelly zu? Zu deren Füßen lag immer noch das Bittbuch. Sachte schlug Tusnelda es auf und schrieb: *Lieber Gott, lass' Dalvin mir verzeihen!"* Direkt unter der krakeligen Bitte: *Lieber Gott, mach, dass ich ein neues Fahrrad bekomme!*

Tusnelda beugte sich zu Julius herunter und flüsterte in sein Ohr: „Nicht schlecht, du hast deinen Sitzplatz dabei, ich bleibe bei dir stehen."

Zum Ende der Messe schob sie Julius dem Ausgang zu. Wie die meisten Gotteshäuser war auch dieses barrierefrei ausgestattet.

„Das war schön", schwärmte er. Ja, das war es wirklich. Sogar die Krönungsmesse von Mozart wurde ansatzweise vorgetragen. Nelly war es so leicht ums Herz, wie lange nicht mehr.

„Noch ein winziges Weinchen?" Er schaute sie lächelnd an.

„Frohe Weihnachten!" ertönte es hinter ihnen. Hubert und Sieglinde, die Partynachbarn, holten auf. Sieglinde klammerte sich am Rollstuhl fest, um ihn zu stoppen.

„Was mach ihr Sylvester? Wenn ihr noch nichts geplant habt, könnt ihr gern zu unserer Party kommen. Ihr seid herzlich eingeladen!" Julius antwortete nicht, und Nelly hüllte sich ebenfalls in Schweigen.

Sieglinde hatte sie angesprochen, als ob sie ein Paar wären. Sicher waren ihr Nellys regelmäßige Besuche bei dem attraktiven Nachbarn nicht entgangen.

„Also dann, bis Sylvester, sagen wir, so gegen acht Uhr!" Ihr Schweigen fasste die Partymaus als Zusage auf.

Der Rotwein funkelte bei Kerzenschein im Glas. Einige Tannenzweige waren in einer großen Vase dekoriert. Nelly gähnte und streckte ihre Glieder voll Wohlbehagen.

An einem solchen Abend sollte Felize aber nicht alleine sein, und Nelly machte sich zeitig auf den Nachhauseweg.

***

Kapitel 30

Wie aufgescheuchte Krähen eilten Anwälte mit flatternden Roben und gestikulierenden Mandanten zu den Sitzungssälen in dem barocken Gericht. Polizisten brachten gefesselte Häftlinge zu den Untersuchungsrichtern. Richter in Galaroben rannten zu den erhabenen Sälen.

Anstatt den Aufzug zu nehmen, hatte Nelly die geschwungene Treppe vorgezogen und ließ sich, endlich angekommen, schnaufend auf die Bank gegenüber dem zuständigen Sitzungssaal fallen.

Sie saß unbeweglich wie eine Schaufensterpuppe kerzengerade auf der verschnörkelten harten Bank. Es war viel zu früh, aber besser, als zu spät, dachte sie. Tausend Nadeln stachen in ihren Rücken und er tat schon jetzt höllisch weh. Ihre Finger krampften sich um ihre Handtasche.

Und da kamen sie schlendernd und flüsternd den Gang entlang. Suchend schlichen sie an den Hinweisschildern der Saaltüren entlang.

„Hier ist es!" Sie setzten sich auf die andere Bank einige Meter weiter.

Nelly traute ihren Augen nicht:

Diese Kanalratten, der Abschaum der Menschheit glaubte, durch die zivile Aufmachung ließe sich verbergen, was sie in der Realität waren: verkommenes Gesindel.

Alle drei sahen in T-Shirt, Hemd und Sakko viel jünger aus, als in ihren Rockerklamotten. Der geflochtene Bart war einem glatt rasierten Kinn gewichen. Die Zacken waren von normalem Haarwuchs bedeckt.

Einzig das Gesichtstattoo war nicht zu verbergen.

Aus dem Augenwinkel taxierten die Ganoven sie abwechselnd. Sie warf einen wütend funkelnden Blick hinüber.

Odhan setzte sich auf einen einzelnen Stuhl, der zwischen den beiden Bänken stand. Er hatte sich ausstaffiert wie ein Internatsschüler: blauer Anzug, weißes Hemd und rotblau gestreifte Krawatte.
Er flüsterte „Hallo". Wem das galt, war nicht auszumachen.
Auf den Knien abgestützt, starrte er auf den Boden.

Das Schlusslicht bildeten Kommissar Schievelbusch und Dalvin.
Seit dem Affront in der Reha-Klinik begegneten sie sich zum ersten Mal.
Etwas dünner, aber wieder recht gut aussehend, kam er auf sie zu.
Nelly schwanden fast die Sinne. Würde er sie begrüßen oder sie mit Nichtachtung strafen? Er blieb vor ihr stehen, und sie stand auf.

„Gut siehst du aus", quetschte sie zwischen den Zähnen hervor.
„Danke, es geht auch schon viel besser." Und da geschah etwas vollkommen Unerwartetes: Er nahm sie in die Arme und hauchte einen Kuss auf ihre glühende Wange. „Jetzt wollen wir mal sehen, ob die Verbrecher ihre gerechte Strafe bekommen."
„Kurt Wallander" nahm geschwind neben Nelly Platz, so saß er zwischen Dalvin und ihr. Er tätschelte ihren Arm. „Bleiben Sie ganz ruhig, Ihnen geschieht ja nichts."
„Und wenn diese „Klosterschüler lügen, dass sich die Balken biegen?", warf sie ein. „Aber nein, das wird denen nicht helfen. Der Richter hat die Fallakte ja hoffentlich gelesen und einen

Tatzeugen haben wir in Odhan auch."

Ihr Fall wurde von einem Gerichtsdiener aufgerufen.
Nun durften sie den altehrwürdigen Gerichtssaal betreten.
Sie überflog mit einem Blick die hinteren Reihen. Dort saß der
Fanklub des Gerichts. Es handelte sich um eine Gruppe von
Rentnern, wirklich Unzurechnungsfähigen und Obdachlosen.
Sie trieben sich den ganzen Tag in den Sitzungssälen herum.
Gesetzeskundig, wie sie waren, wurden anschließend die
Urteile diskutiert.

Es öffnete sich eine getäfelte Tür. Der kleine dicke Saaldiener
machte einen professionellen Eindruck. Der Richtertisch
wurde inspiziert, ob alles an seinem Platz war.
„Meine Damen und Herren, bitte erheben Sie sich, Richter
Dahlmann betritt den Saal!" Der Richter trug eine Brille mit
schwarzem Gestell, in der sich das Licht spiegelte. Er war
schon älter, aber alterslos, distinguiert und recht attraktiv.
Es erfolgte eine Einweisung in die Pflichten und Rechte, dann
wurden die Zeugen wieder in die Warteschleife nach draußen
entlassen.
Tusnelda und Dalvin durften als Nebenkläger im Saal bleiben.
In der ersten Reihe linke Seite saßen die Angeklagten. Als
Nelly an den Schlägern vorbeikam, um ihren Platz
einzunehmen, fiel es schwer, ihre Abscheu zu verbergen.
***
Dr. Heinrich Dahlmann ließ sich in seinem schwarzen
Ledersessel nieder und richtete mit einem Handgriff seinen
noch erigierten Penis in eine schmerzfreie Lage. Er klemmte
im Schritt. Die immer aktuelle Frage, was eigentlich die
schwarze Robe bedeutete, wäre damit auch beantwortet: Man
kann nicht sehen, dass die alte vergammelte Lieblingsjeans, die

darunter verborgen ist, sich an verdächtiger Stelle gefährlich ausbeult.

Die dralle Brünette aus dem Sekretariat des Staatsanwalts war seine derzeitige Favoritin, ihm vor der Verhandlung die nötige Entspannung zu verschaffen. Sie war mit Leidenschaft bei der Sache und wusste genau, was einen guten Blowjob ausmachte! Für die heiße Braut war die Nummer im Richterzimmer der besondere Kick.

Heute war er unentspannt zur Verhandlung erschienen. Wie sollte man sich auf seine Entspannung konzentrieren, wenn ein Trottel alle paar Minuten an die Tür klopfte: „Euer Ehren, der Prozess kann beginnen!"

Die Frage, die er während seiner dreißigjährigen Richtertätigkeit gefühlte eine Million Mal gehört hatte, war: Haben Sie auch einen Hammer, mit dem Sie auf den Richtertisch krachen?

„Einen Hammer habe ich zu Hause, um Nägel einzuschlagen." Einen Zweiten habe ich in der Hose. Das behielt er aber für sich.

***

„Herr Staatsanwalt, Sie haben das Wort", sagte der Richter. Der Staatsanwalt, ein Mann in den mittleren Jahren mit aschblondem Haar und einer Hakennase, erhob sich.

„Sehr geehrtes Gericht, meine Damen und Herren, wir haben uns heute hier zusammengefunden, um die Angeklagten der gemeinschaftlichen schweren Körperverletzung zu überführen."

Nachdem er die Klageschrift verlesen hatte, forderte er den ersten Angeklagten, das Milchgesicht, auf, am Zeugentisch auf die Vorwürfe zu antworten. Dieser rollt die Augen gegen die

Decke, als wisse allein der Himmel, was dieses Gericht überhaupt von ihm wollte. Während er sich umdrehte und Beifall heischend zu den Kumpanen sah, deutete er auf Dalvin: „der hat angefangen! Wie komme ich dazu, ihm etwas anzutun? Ich habe mich gegen ihn gewehrt, das ist ja wohl normal!"

„Wenden Sie sich bitte dem Gericht zu und steigen Sie mal von Ihrem hohen Ross herunter!" Schon bei dem ersten Angeklagten legte sich ein Hauch der Eiseskälte, die der Richter ausstrahlte, über alle Anwesenden.
Der milchgesichtige Schnuckinulli trug die Geschichte so vor, wie sie natürlich mit den anderen abgesprochen war. Er hätte lediglich etwas geschubst.

„Das kann ja heiter werden", dachte der Staatsanwalt. Die Bande ist bereits vorverurteilt, da sind die noch gar nicht zu Wort gekommen.
Die drei Sicherheitsbeamten verschafften ihm etwas Vertrauen.
Der Zweite, ebenfalls milieugeprägt und kriminell, mehrfach aktenkundig, in Heimen aufgewachsen, wurde ebenfalls nach seinen Personalien befragt und gebeten, den Tathergang zu schildern.
„Die Al …, Frau hat mich mit ihrem Stöckelschuh zusammengeschlagen! Ich habe sie weggestoßen. Ich habe ihr sonst nichts getan." In Details glich die Darstellung der vorigen.
Richter Dahlmann hatte sein halbes Leben nach Recht und Gesetz zu urteilen über Schwerverbrecher, Vergewaltiger und Totschläger. Wenn jedem seine Tat ins Gesicht geschrieben wäre, wie leicht könnte da ein Urteil gefällt werden.
Einer der grausamsten Fälle war, als der Sohn seine Mutter

jahrelang schwer misshandelte und sie in den Keller sperrte. Er erschien im Maßanzug und Seidenkrawatte. Die Haare gescheitelt, wie mit dem Lineal gezogen. Seine Finger frisch manikürt.

Bei dem gegenwärtigen Fall war offensichtlich, um was für Individuen es sich handelte. Die kriminelle Energie ließ sich nicht durch tugendsame Aufmachung vertuschen. Es gehörte nicht viel Fantasie dazu, sich die Bande in ihrer Schlägermontur vorzustellen.

Der Richter erhob die Stimme: „Wollen Sie mir einen Bären aufbinden?

Wenn Lügen bestraft würde, säßen Sie bis ans Lebensende im Knast! Um einigermaßen glaubhaft zu lügen, ist ein Mindestmaß an Gehirn notwendig!"

Jetzt kam der Gesichtstätowierte an die Reihe. Laut Angabe der Personalien war er mit 23 Jahren der Älteste. Auch er hatte selbstverständlich nichts getan. Die üblen Beschimpfungen gab er allerdings teilweise zu.

„Was haben Sie sich eigentlich bei der ganzen Aktion gedacht", fragte der Staatsanwalt und kreuzte die Arme über der Brust.

„Ich bin Problemlöser", lautete die trotzige Antwort.

„Um welche Probleme handelt es sich da im Einzelnen?"

Der ehrenwerte Richter spürte seinen Blutdruck im Gehirn und in den Ohren rauschen.

„Die Stadt muss von Unrat befreit werden"

Ein Raunen ging durch den Gerichtssaal. „Ruhe im Saal!"

„Ist Ihnen allen eigentlich klar, dass Sie ein Verbrechen gegen die Menschlichkeit begehen? Nein, Sie wissen wahrscheinlich nicht, was Menschlichkeit bedeutet, sonst säßen Sie nicht hier! Nehmen Sie wieder Platz auf der Bank!"

Nun war Odhan an der Reihe. Er kauerte sich auf den Stuhl und legte die Hände gefaltet auf den kleinen Tisch.

Er schilderte den Ablauf, wie er den Tatsachen entsprach. Wies auch nachdrücklich darauf hin, dass er zu Hilfe geeilt war.

Von der Anklagebank tönte es: „Du kannst dich warm anziehen, jetzt bricht für dich die Eiszeit an!"

„Halten Sie den Mund, sonst lasse ich alle Drei abführen und in Gewahrsam nehmen!"

Dalvin schilderte akribisch genau den Tathergang vom Anfang bis zu seinem Aufenthalt in der Klinik. Die Zuschauer hielten den Atem an.

Im Saal war es mucksmäuschenstill.

Kommissar Schievelbusch wurde noch aufgerufen. Auf dem Weg zum Zeugentisch stopfte er vergeblich sein Hemd in die Hose. Es hing nach einer Minute wieder an der Seite heraus. Alle bis auf Odhan waren aktenkundig. Diebstahl, Körperverletzung, Drogen.

Und dann erschien tatsächlich Herr Dr. Herrmann, der blasse Stationsarzt der Intensivstation. Nellys Zitronenröllchen-Anhänger.

Als beide Zeugen wieder entlassen waren, funkelte Nelly zornig rüber zu dem Lumpenpack. Auf ihrer Stirn stand geschrieben: Jetzt könnt *ihr* euch warm anziehen!

Dem Richter, normalerweise bekannt als unparteiisch, fiel es schwer, die Contenance zu wahren. Hatte er doch für diese Vögel seine Sinnesfreuden unterbrechen müssen. Seine Auserwählte würde später alle Hände voll zu tun haben – und nicht nur die Hände.

Zunächst aber hieß es, sich zur Beratung zurückzuziehen.

Bei Verlassen des Verhandlungssaals schaute Dalvin fragend in ihre Augen. „Gehen wir noch einen trinken?" Klar ging sie mit, wohin er auch wollte, von ihr aus bis ans Ende der Welt.
Sie fanden eine kleine Kneipe am Ende der Straße. Hier wurden vermutlich schon viele „Gerichtsbesucher" zu Naturliebhabern und bewunderten die Bierblumen.

Nelly hatte dringend etwas Alkoholisches nötig. Ihre Nervosität bekam schon wieder überhand und kroch eiskalt vom Magen in die Kehle.
Dalvin bestellte bei der, vorsichtig ausgedrückt, korpulenten Kellnerin für jeden ein Bier und einen Korn.
Nellys Gedeck war in Nullkommanichts liquidiert.
Als die zweite Fuhre serviert wurde, fand sie als Erste die Sprache.

„Wenn man sich auch gewünscht hätte, das Pack auf ewig hinter Gitter zu wissen, war das Urteil gerecht.
Drei Jahre und zwei Monate für den Tätowierten.
Je zwei Jahre und acht Monate für die beiden anderen.
Eineinhalb Jahre zur Bewährung für Odhan."
„Der kleine Türke wollte eigentlich nur dazugehören", warf Dalvin ein.
„Solche Mätzchen werden ihm seine Eltern schon noch austreiben. Die saßen im Saal."

***

„Ich wollte mich noch bei dir entschuldigen."
Wieso er bei ihr, dachte Nelly. Das sollte doch umgekehrt sein …
Dalvin ergriff ihre Hände, die auf Kommando schweißnass wurden.
„Ich habe dich in die schreckliche Lage gebracht. Wenn ich im

Parkhaus den Wagen abgestellt hätte, wären wir unbehelligt nach Hause gekommen."

„Du hast dich über drei Monate nicht gemeldet." Tusnelda wagte einen Vorstoß in ein sensibles Thema. „Ich denke, du kannst mir den heftigen Auftritt nicht verzeihen." Sie nahm einen Schluck Bier. „Es hat mir sofort leidgetan, was ich dir an den Kopf geworfen habe. Aber ich war dermaßen enttäuscht, dass du mir Gefühle vorgespielt hast, die gar nicht vorhanden waren. Manchmal ist es besser, von der Wahrheit verletzt als mit einer Lüge getröstet zu werden"

Dalvin schluckte. „Jetzt mach aber mal halblang. Wenn du nicht gespürt hast, was ich für dich empfinde, dann weiß ich auch nicht mehr weiter.

Tatsache ist doch, dass eine tiefe Freundschaft wichtiger ist, als es eine vorübergehende Leidenschaft je sein kann. Sicher, es war falsch, meine Neigung in die homosexuelle Richtung zu verschweigen, aber du hättest mich nicht mehr sehen wollen, das weiß ich hundertprozentig.

Wer an ein starres, ewig „wahres" Weltbild glaubt, hat eigentlich nix begriffen und wird immer wieder in innere Zwänge geraten, weil er feststellt, dass die Welt sich dauernd weiterdreht, während er selbst krampfhaft an falschen Prinzipien festhält. Er wird von der Wirklichkeit überrollt. Aber, weißt du, was das Beste wäre, wir beenden diese endlose Diskussion. Wir suchen einen neuen Anfang und du findest heraus, ob du noch ein Fitzelchen Gefühl für mich hast."

Nelly hätte ihm das sofort beantworten können, aber sie beließ es dabei.

Am liebsten würde sie ihn umschlingen und küssen, bis beide nach Luft rangen.

Aber der Teufel ist ein Eichhörnchen. Das Bild vor Augen, wie er den schönen Juan leidenschaftlich küsste, zog ihr wieder den Boden unter den Füßen weg. Die Eifersucht schlug die Krallen in ihr Herz.

Denn das war ihr inzwischen klar wie dicke Tinte: Es war nicht so wichtig, ob Dalvin schwul oder hetero war. Es ging darum, dass eine panische Angst Nelly befiel, ihn zu verlieren. Besitzdenken, mangelndes Selbstwertgefühl. Vom Verstand her war ihr alles bewusst. Die Gefühle aber tanzten Polka. Es war eine neue Zeit für Tusnelda angebrochen, aber war nicht erkennbar so weit fortgeschritten. Sie klebte an alten Gesinnungen wie Kaugummi an der Sohle.

Leute mit solchen Charakterzügen verachte ich – mich natürlich nicht.

Bleibt, um geliebt zu werden, nichts anderes übrig, als bedingungslos zu lieben ohne jeglichen Anspruch?

***

Neue Gäste polterten laut diskutierend in die Kneipe und musterten das ungleiche Paar neugierig. Nelly erkannte auch einige aus der letzten Bank im Gerichtssaal wieder. Ein Grauhaariger mit ungepflegtem Bart kam an ihren Tisch.

Er schwankte leicht wie auf einem Schiff.

„Die Sch … Schweine haben ihre gerechte Stra … Strafe gekriegt", lallte er. Bei seiner Duftwolke suchte jeder tibetische Ziegenbock sein Heil in der Flucht. Nelly drehte sich der Magen um, und sie stand auf, um die ungastliche Stätte zu verlassen.

***

Kapitel 31

Du brauchst nicht so zu schreien, es passiert dir nichts."
Nelly griff durch die Gitterstäbe des Hochsicherheitstraktes, in
den sie Felize im Schweiße ihres Angesichts hineinbugsiert
hatte.
Sie versuchte, das heulende Elend mit zwei Fingern am
Köpfchen zu kraulen. Alle beruhigenden Sprüche waren
wirkungslos.
Dalvin wartete vor der Tür im Wagen. Er hatte angeboten, da
ihm diese Szenerie nicht fremd war, das Duo zum Tierarzt zu
fahren. Ein Taxifahrer lehnte die Nerven zerfetzende Fahrt ab.

Nachbarin Sieglinde und zwei Fußgänger eilten herbei, um den
Grund für das jämmerliche Schreien zu erforschen.
„Oh, sagte Sieglinde, deine Katze, hört sich an wie ein
brüllendes Baby."
„Und ich versuche jetzt auf der Straße, das Neugeborene
umzubringen, oder was?" Nelly hievte den Katzenkorb ins
Auto.

***

In der Praxis angekommen, hatte Nelly die liebste Katze unter
der Sonne.
Frau Dr. Tanja Bergmann war allerdings auch die liebevollste
Tierärztin, die man sich vorstellen konnte. „Komm
Schätzchen, wir nehmen jetzt Blut ab." Felize ließ tatsächlich,
während sie die Ärztin vertrauensvoll anblickte, ihr Hinterbein
in die Länge ziehen und, wie bei Menschen auch, abbinden.
Die Blutkanüle wurde eingesetzt, und die tapfere Felize zuckte
mit keiner Wimper. Währenddessen schilderte Nelly ihre
Sorgen.

„Seit einigen Wochen braucht sie zweimal Anlauf, um aufs
Sofa zu springen. Und sie hat neuerdings einen merkwürdigen,
schiefen Gang. Am Bauch wird sie immer kahler. Sie leckt sich
das Fell weg. Und wird schnell müde." Nelly rasselte die
Symptome herunter wie ein Maschinengewehr.

Die Ärztin tastete Felize sorgfältig ab. „Ganz klar, sie leidet an
Arthrose." Sie drehte an einem Lautsprecherkästchen. „Hören
Sie den schnellen, unregelmäßigen Herzschlag?" Sie nahm das
Stethoskop ab. „Das ist nicht normal. Kann sein, dass sie
durch den Herzfehler schnell müde wird. Wir warten aber die
Laborergebnisse ab. Für die Arthrose gebe ich Schmerzmittel
mit."

Nelly konnte es kaum glauben: „Sie ist doch noch so jung, da
bekommt sie schon Arthrose?"
„So jung, wie Sie denken, ist das Schätzchen nicht mehr. Sie ist
zwar klein, aber mindestens acht Jahre."
Nelly berichtete dem draußen wartenden Dalvin die
Ergebnisse. „Die Ärztin ist super, danke, dass du sie
empfohlen hast. Felize ist geradezu verliebt in die junge Frau."
„Ich lasse schon lange meine Katzen von ihr behandeln. Meine
Allerliebste, die Rosaweiße, hat auch Arthrose."
„Meinst du die, die aussieht wie ein Schw …, oh, mein Gott,
sorry!"
„Sag' es ruhig. Sie sieht tatsächlich aus wie ein Schwein, wobei
ich nichts Hässliches an einem Schwein finde. Mein kleiner
Liebling ist im landläufigen Sinne ziemlich unansehnlich. Sie
entspricht nicht dem gängigen Schönheitsideal."
Er strich zart über Nellys Wange und sah dabei in ihre Augen:
„Schönheit liegt im Auge des Betrachters." Ein Schauer
strömte durch ihren Körper und ein nervöses Flattern wehte

durch den Magen.

„Weißt du schon, dass Frau Dr. Bergmann so ein großes Herz
für Tiere hat?" Er warf beide beiden Hände nach hinten.
„Halte die Hände am Steuer", rief Nelly.
„In ihrer Freizeit behandelt sie unentgeltlich die Tiere der
Obdachlosen. Als ehrenamtliche Tierärztin hat sie als Erste
den Stein mit ins Rollen gebracht."
„Das ist eine wirklich tolle Sache. Der idealistische Versuch,
das Leid der Tiere in aller Welt einzudämmen, ist wie mit
einem Sieb Wasser zu schöpfen. Aber besser für den Einzelnen
etwas tun, als die Augen vor dem Elend zu verschließen."

Nelly kraulte durch die Gitterstäbe das Köpfchen der aufs
Neue schreienden Felize. „Schätzchen, bitte beruhige dich
doch mal. Ich verspreche, dich auch nicht mehr so lange alleine
zu lassen!"
Dalvin startete den Wagen und sprach zur Windschutzscheibe:
„Das ist aber schade, ich wollte dich gerade fragen, ob du mit
mir für zwei Wochen in meine Heimat kommen würdest. So
lapidar nebenbei erwähnt, wie etwa „Morgen soll es Regen
geben."
Auf Kommando purzelten Nellys Gedanken durcheinander.

Das Land war ihr so fern wie der Mond. Dominikanische
Republik?
Vor sich sah sie halb nackte dunkelhäutige Menschen. Bunten
Federschmuck, bemalte Gesichter. Stampfen zu wilden
Klängen, bis sie in Trance fielen.
Zeit ihres Lebens ging's entweder in die Lüneburger Heide
oder auf eine Nordseeinsel. In den letzten Jahren ging es über
Balkonien nicht hinaus.

Und jetzt in die Wildnis? Und obendrein mit Dalvin?
Nein, das kam gar nicht infrage. Sie konnte auf keinen Fall
Felize alleine lassen. Oder? Sie waren vor der Haustür
angekommen. „Hast du eigentlich gehört, was ich gefragt
habe?"
„Ja, sicher."

„Warum schweigst du denn, kannst du nicht oder willst du
nicht antworten?"
„Ersteres. So schnell kann ich mich nicht entscheiden. Ich
würde gerne, aber ich weiß nicht recht …! So fremd …, so
weit …! Und Felize …?"

„Gib mir Bescheid, wenn du es weißt. Ich würde mich freuen,
wenn du mitkommst. Wir könnten uns zwei unvergessliche
Wochen machen, die du nicht bereuen wirst."

***

Kapitel 32

Nelly schleppte den Katzenkorb mit der schreienden Felize ins Haus. Viola kam herausgewackelt mit einer Hand den Rücken stützend.

„Wer schreit denn so erbärmlich?" Sie warf einen Blick auf den Korb: "Hast du der Katze was angetan?"

„Du bist wohl nicht mehr ganz dicht, als wenn ich Felize nur ein Härchen krümmen würde! Komm mit nach oben! Sie muss dringend aus dem Korb raus."

Die Pseudo-Enkelin war in Elternzeit. Sie schleppte sich die Treppe hoch und plumpste aufs Sofa.

„Wie geht es dir, und wann kommt das Kind?"

„Wann das Kind kommt, weiß ich nicht genau. Etwa noch sechs Wochen."

„Weißt du schon, was es wird?"

„Es gibt ja nur zwei Möglichkeiten!", Gott sei Dank, ihren frechen Humor hatte der weibliche Obelix nicht verloren.

„Jede Frau, die mir erzählt, dass die Zeit der Schwangerschaft die schönste des Lebens ist, hat entweder eine psychische Störung oder lügt wie gedruckt. Es hieß, eine Schwangere nimmt nur am Bauch zu. Guck' mich mal an. Ich sehe aus wie ein wandelnder Buddha. Ich habe fünfzehn Kilo zugenommen. Und das rundum. Ich kann mich kaum noch bewegen."

„Wenn du rundum trägst, wird es ein Mädchen."

„Ist mir egal, Junge, Mädchen, Affe, Ziege. Alles wurscht! Hauptsache, die Quälerei hat bald ein Ende. Muss mich aus dem Bett herausrollen.

Die sogenannte gesunde Ernährung hängt mir auch zum Hals raus. Dominosteine, Weißkrautsalat und O-Saft sind zurzeit meine Favoriten.

Darf weder aktiv noch passiv rauchen, und selbst ein Hauch von Alkohol ist verboten. Nachts sitze ich im Bett, weil ich Sodbrennen habe.

Und das alles ist total normal? Auch, dass mir ein langes schwarzes Haar an der Brustwarze wächst? In den letzten Wochen könnte ich im Stehen schlafen. Heiko, der Korinthenkacker, meint sogar, ich soll die Mikrowelle nicht benutzen. Die Strahlung schadet dem Kind.

Wenn man meiner Mutter glauben darf, war das früher alles anders. Sie hat hin und wieder einen Cocktail getrunken und eine Zigarette geraucht."

Ohne Vorwarnung raffte sie ihr Oberteil bis zum Hals.

„Und das? Das sind keine Brüste mehr, das sind Kuheuter!"

„Das geht doch alles vorüber", tröstete die werdende Oma.

„Klaro, bin ich Heidi Klum?"

Die kleine Felize, froh wieder in der gewohnten Umgebung zu sein, erklomm den zugegebenermaßen gewaltigen Bauchberg und drapierte sich behutsam obendrauf.

Viola strich ihr übers Fell. „Na, kleines Schätzchen, passt du auf das Baby auf?" Felize heftete ihre bernsteinfarbenen Augen in Violas Gesicht und gab einen hörbaren Seufzer von sich.

Die Mechanik ihres Denkorgans setzte sich in Bewegung, und ehe Tusnelda den Gedanken in seiner Tragweite erfasst hatte, sprudelte es schon heraus: „Mein Freund Dalvin möchte mich für zwei Wochen mitnehmen in die Dominikanische Republik. Was hältst du davon?"

„Super! Und das auf deine alten Tage. Noch in die Karibik fliegen!"

Viola wedelte mit den Armen durch die Luft. „Palmen wiegen

sich im Wind, türkisfarbenes Meer, Sonne satt und einen Coco loco schlürfen. Hmm!" Sie leckte sich die Lippen. „Im anderen Arm das *Mokkatörtchen*. Sonst noch was?"

Aus dem süßen Nichtstun aufgescheucht, sprang Felize von dem gemütlichen Bauch herunter. „Entweder hat sie eine dunkle Ahnung von deinen Plänen oder das Baby verpasste ihre einen gehörigen Tritt", lachte Viola.

„Die Sache hat aber einen Haken", murmelte Nelly.

Viola faltete die Hände über ihren Bauch und grinste von einem Ohr zum anderen. „Wusstest du schon, dass ich Gedanken lesen kann? Natürlich versorge ich deinen Stubentiger. Ich freue mich, mal etwas für dich tun zu können. Das Beste ist, ich niste mich während der Zeit hier ein. Mit dem Kuscheltier Heiko in seinem Bett wird es mir zu eng. Die letzten Nächte habe ich unten bei Carmen in meinem alten Zimmer geschlafen.

Zwei Mal die Woche gehe ich, begleitet von Heiko, zur Schwangerschaftsgymnastik. Ansonsten biete ich vierundzwanzig Stunden Betreuung für deine verwöhnte Katze an."

***

Kapitel 33

Nelly war zwei Stunden in einen unruhigen Schlaf gefallen. Den Rest der Nacht wälzte sie sich von einer Seite auf die andere, und zurück. Die Gedanken kreisen unaufhörlich um die ungewisse Reise. Ein fremdes Land, so weit weg von Deutschland und den Menschen, die sie liebte. Und vor allen Dingen von ihrem Schätzchen Felize. Von Julius hatte sie sich verabschiedet. Er wünschte ihr gute Reise, sah aber aus der Wäsche wie ein begossener Pudel. Auch als sie Dalvin als schwul outete, veränderte sich seine Mimik kaum. Es gab aber kein Zurück mehr. Also, am besten aufstehen und die letzten Sachen noch in die Tasche packen. Tabletten gegen Übelkeit nicht vergessen. Reisepass und Bargeld zum zehnten Mal checken. Die Reisedokumente waren bei Dalvin sicherer aufgehoben.

Die mehrseitige Gebrauchsanleitung für Felize auf Vergessenes kontrollieren. Geld für eventuell zusätzliches Katzenfutter hinlegen.

Während sie auf ihren Reisebegleiter wartete, wurde noch mit Felize geschmust.

Ihr Reisefieber nahm ungeheure Dimensionen an. Weiter in der Wohnung zu warten, überstieg ihre nervlichen Grenzen. Sie schleppte den Koffer vor die Haustüre und stand viel zu früh auf der Straße.

***

Die riesige Maschine rollte noch über das Flugfeld in die richtige Startposition, und schon war Nelly in Schweiß gebadet. Vor Nervosität war es ihr nicht gelungen, die verteufelte Anschnalltechnik zu begreifen.

Dalvin ordnete die Gurte. Nelly hantierte an dem falschen

Gurtstück herum. Er ließ die Schnalle über Nellys Bauch einrasten und nahm sodann ihre flattrigen nassen Hände in die seinen.

Sie schloss die Augen und drückte sich stocksteif in den Sitz.

„Wir sind schon oben, schau mal aus dem Fenster."

Und sie sah einen Sonnenaufgang. Über eine Wolkendecke, weiß wie Schnee, flammten himbeerrote Wolken in einen dunkelblauen Himmel hinauf. Dabei tauchte eine glutrote Sonne die Schneelandschaft in rosafarbenes Licht wie Zuckerwatte. Eine Zeit lang ruhte der rote Feuerball auf den Wolken. Nellys Angst war einem starren Entzücken gewichen. Über den Wolken muss die Freiheit wohl grenzenlos sein. Sagt man. Was stimmen kann, solange die Beinfreiheit nicht gemeint ist. Die meisten Mitflieger waren noch damit beschäftigt, eine halbwegs bequeme Sitzhaltung zu finden. Spätestens jetzt bekam die Bezeichnung „fliegende Sardinenbüchse" ein Gesicht.

Zurückgelehnt dachte sie an ihr Schätzchen Felize. Sie fehlte Nelly jetzt schon. Vor ihrem geistigen Auge sah sie die Kleine traurig auf dem Bett liegen. Wann kam die Mama wieder? Julius schaute sicher auch traurig aus dem Fenster.

Sie hatte den von der hübschen Flugbegleiterin gereichten frühen Imbiss unfallfrei mit angelegten Armen hinter sich gebracht. Dalvin reichte ihr einen Plastikbecher Sekt. „Hier, das haucht deinem Kreislauf wieder Leben ein."

„Hallo, meine Liebe! Aufwachen, es gibt Essen!"

„Es gab doch gerade einen Imbiss", sagte sie und rieb sich den verrenkten Nackenmuskel.

Ein Blick auf den Monitor über ihrem Kopf zeigte, dass ungefähr die Hälfte der Strecke geschafft und sie fast vier

Stunden in einen komatösen Schlaf gefallen war.

Sie hangelte sich an den Sitzen an Dalvin vorbei, der sich, ebenso wie sein nachbarlicher Fleischberg, erhoben hatte, um Nelly den Weg zu den sanitären Einrichtungen freizugeben. Anschließend kippelte sie zu ihrem Platz zurück, vorbei an den beiden Wartenden, und ließ sich auf ihren Sitz plumpsen.

Auf dem Fernsehschirm lief ein Film. „Ist nichts zu hören", brummte Tusnelda. Ihr *Mokkatörtchen* stöpselte einen Kopfhörer in die Sitzlehne. „Jetzt geht's, aber nur in Englisch." Er drückte auf den Knöpfen herum, und man *höre* und *sehe*: Nelly gab sich dem Filmgenuss hin. So konnte auch die Zeit totgeschlagen werden.

***

Kapitel 34

„Meine Damen und Herren, wir befinden uns im Landeanflug auf Puerto Plata", tönte die blecherne Stimme aus dem Lautsprecher.

Bei Verlassen der Maschine umschmeichelte ein laues Lüftchen Nellys Gesicht und mildert die Kraft der Sonne.

Eine Menschenschlange am Einreiseschalter später steuerte Dalvin einen roten Geländewagen an, der seine besten Tage hinter sich hatte. Bei unserem TÜV müsste der Besitzer ihn an Ort und Stelle stehen lassen.

Der Fahrer, etwas größer als eine Parkuhr, dafür umso breiter, schwang vor der geöffneten Autotür seine Hüften zu einem ansteckenden Rhythmus, den er einem Radio-Rekorder entlockte. Seine imposante Speckrolle waberte gegen den Takt über den Gürtel. Auf dem betonierten Parkplatz von Bikinis, Sandstrand oder Zuckerhut keine Spur.

Dessen ungeachtet pulsierte brasilianische Samba in Nellys Adern und übertönte die Müdigkeit. Mit Rücksicht auf ihre steifen Knochen bewegte sie sich behutsam etwas hölzern zum Takt der Musik.

„Komm, wir tanzen." Sie ergriff Dalvins dargebotene Hand, und er führte, indem er mit seiner linken Hand Nelly Hüfte steuerte. „Das ist Merengue. Es ist mehr als ein Tanz. Merengue ist ein Lebensgefühl. Tauche einfach ein in die Musik."

„Ja, du hast recht", jubelte Tusnelda.

„Ich fühle Leben in mir!"

Nach empfundenen eintausend Drehungen und Tanzschritten schnappte Nelly nach Luft. Sie stand in der karibischen

Schwüle da wie ein verschwitzter Pudel.

Der Geländewagen selbst schien in Ordnung zu sein.

Automatikgetriebe. Alle Türverkleidungen noch dran, Sitze verstellbar und sogar bequem.

Das elektrische Fenster ließ sich allerdings nur auf der Fahrerseite öffnen. Da funktionierte die Elektrik. Genauso wie beim Autoradio.

„*Todo bien*!", ja ich bin auch froh darüber" antwortete Dalvin.

Dann können wir ja endlich!" Motor an, Merengue an.

Vor uns fährt ein Pick-up mit Landarbeitern auf der Ladefläche. Aus rotbraunen Pfützen spritzt es auf die Windschutzscheibe. Zwar bewegen sich die Wischer, aber die Düsen sprühen kein Wasser.

Der unvermeidliche Merengue-Sound kommt jetzt aus den Hütten links und rechts. Hunde, Hühner, Ziegen - was fliehen kann, flieht vor dem ächzenden Vehikel. Ein paar Mal schrammt das Auto mit dem Blech über Steine. Hier sind Schlaglöcher wie Mondkrater.

Nelly hatte Bedenken, dass alles bis ans Meer durchhält.

Mit Vollgas mitten durchs dörfliche Leben vorbei an ärmlichen und weniger ärmlichen Hütten. Die spartanisch möblierten Behausungen besaßen vorne und hinten je eine Tür, sodass man rein und wieder raus gucken konnte. Das Leben spielte sich in der Regel unter freiem Himmel ab. Gehupt wurde nur für Kinder und alte Leute. Hunde, Hühner und Mopedfahrer mussten aufpassen. Hoffentlich funktionierten die Bremsen.

Es ging über steinige Lehmpisten durch tiefen Dschungel. Wegweiser waren hier fremd. Bunte Holzhütten sind am Wegesrand aufgereiht wie die Perlen einer Kette.

Nelly kam sich in dem Dschungel fast verloren vor, und ein bedrückendes Angstgefühl kroch in ihr hoch. Da springt wie von Zauberhand der Palmenwald auf und gibt die Sicht auf den Strand frei.

Ozean so weit das Auge reicht.

Der Fahrer hielt ihnen eine Kiste mit nachgemachten Kubazigarren vor die Nase. „Kaufen?" Sie schütteln verneinend die Köpfe. Vor sich hinsingend lud er dann das Gepäck aus, und Dalvin bezahlt ihn.

Die Droschke war schon drei Minuten entfernt, da war noch der Merengue zu hören, das Letzte, was sie von ihrem exotischen Transportmittel vernahmen.

Weit und breit niemand zu sehen, nur Papageien riefen in den Wipfeln der unzähligen Kokospalmen und der Duft von frischem Hummer zog durch die Luft.

Wilde Lilien, Lupinen, riesige Christsterne und Kakteen blühten am Wegesrand bis in die Hotelanlage hinein. Tusnelda stockte der Atem bei so viel Schönheit.

Es fiel schwer, sich von diesem paradiesischen Anblick loszureißen.

„Hallo, da seid ihr ja!", schallte eine Frauenstimme aus dem Nirgendwo.

Dalvin lief auf die Stimme zu. „*Holá, Madre!*", und er hielt eine weiße Frau in den Armen, schleuderte sie im Kreis herum und küsste sie intensiv ab.

„Hilfe, du erdrückst mich ja!", rief die um einen Kopf kleinere Person.

Er traf hier seine Mutter. Hatte er das erzählt? Nelly wusste es nicht mehr. Dass diese so toll und alterslos aussah, hätte Nelly nicht gedacht. Der blonde Schopf wurde mit einem Tuch zum

Pferdeschwanz gebunden. Unverkennbar hatte der Sohn das fein geschnittene Gesicht von der Mutter geerbt. Bekleidet war sie mit einem weißen, leichten Baumwollanzug und Leinenschuhen.

Nelly blieb diskret ein paar Schritte zurück. Aber die Förmlichkeiten wurden über Bord geworfen, und Dalvins Mutter lief mit ausgebreiteten Armen auf sie zu. Dunkle, fast schwarze Augen strahlten sie an.

„Herzlich willkommen, meine Liebe, ich freue mich, dass du gekommen bist! Du bist Tusnelda, das weiß ich bereits. Ich bin Veronika!"

Veronika der Lenz ist da. Schon stahl sich wieder dieser Ohrwurm ins Hirn. Nelly bekam kaum noch Luft, so fest wurde sie von dem herzerfrischenden Wesen an die Brust gedrückt.

„Ihr habt sicher Hunger, ich zeige euch die Unterkunft, dann könnt ihr zum Essen kommen."

Nelly konnte sich kaum sattsehen an den übergroßen tropischen Gewächsen, zwischen denen mit Palmzweigen gedeckte Bungalows standen.

Sie betraten ein bildschön ausgestattetes Domizil. Die Böden bestanden aus einem herrlichen Mosaik. Ihr fiel das große Bett ins Auge. Würden sie etwa unter dem Moskitonetz … beide …? Wenns nicht anders ist, an ihr sollte es nicht liegen, dachte Nelly.

Da öffnete Veronika eine weitere Tür. Dahinter befand sich ein zweiter Schlafraum mit einem ebensolchen Bett. Ein Anflug von Enttäuschung kroch Nelly durchs Herz. Aber vielleicht war das zweite Bett für seine Mutter gebucht?

„Macht euch etwas frisch und kommt dann rüber zum Essen.

Du kennst dich ja aus", richtete sie das Wort an Dalvin.

Nelly war inzwischen nicht mehr in der Lage, einen klaren Gedanken zu fassen. „Warst du schon mal hier?"

„Klaro, ich bin hier aufgewachsen! Unserer Familie gehört das Anwesen, das heißt, jetzt nur noch meiner Mutter!"

Sie schluckte trocken, ihr blieb die Spucke weg.

Die Restaurantterrasse lag in der ersten Etage und war urgemütlich im spanischen Stil gestaltet. Ab Mauerbrüstung stützten geschnitzte Holzbalken das Palmendach.

Die kleinen Tische waren fast alle besetzt. Einige Gäste schauten von ihrem Teller auf und nickten den Neuankömmlingen freundlich zu.

Dalvin schob Nelly zu der steinernen Brüstung hin, wo noch ein Tisch frei war.

Zwischen den Tischen sauste ein Mädchen umher wie ein Irrwisch. Sie schleppte die karibischen Köstlichkeiten herbei.

„Nochmals herzlich willkommen!" Veronika balancierte auf einem Tablett drei Coco loco. Schon nach dem ersten Schluck spürte Nelly, wie der Drink in die Blutbahn rieselte.

Mit den hochgesteckten Haaren und einem blauen figurbetonten Kleid sah Dalvins Mutter wunderschön aus.

Der Coco loco war liquidiert und sie erhob sich: „Jetzt muss ich aber, ihr kommt ja noch um vor Hunger!" Veronika hatte darauf bestanden, die beiden selbst zu bedienen.

Sie brachte eine Vorspeise:

„Karibischer Avocado-Geflügel-Salat.

Als Hauptspeise servierte sie:

„Pescado con Coco", Fisch mit Kokossoße.

Der Fisch streichelte ihren Gaumen, weiß und fest.

Klassisch das Dessert: Crema Catalana mit Zuckerkruste.

Bei den Gaumenfreuden dachte sie an Julius. Das würde ihm gefallen.

Ob er sie vermisste? Unsinn, sie waren ja auch nicht in Berlin jeden Tag zusammen.

Nellys Gedanken schweiften ab. Im Alter waren ihr Momente zuteil, von denen sie nie geträumt hätte. Nach vielen Jahren Ehegefängnis, gefolgt von fast fünf Jahren Klausur, stürmten Erlebnisse auf sie ein, die kaum zu verarbeiten waren. Nur schwer ließen sich in diesem Augenblick die Tränen des Glücks zurückhalten.

Dalvin schenkte Rotwein ein. „Was denkst du, du bist so schweigsam?"

Sie flunkerte: „Ich denke gerade an mein kleines Schätzchen."

Er schlug sich vor die Brust. „Hier ist dein Schätzchen!"

Durch die offene Bauweise konnte Nelly die Sterne bestaunen, die wie eine Million Diamanten auf nachtschwarzem Samt zu sehen waren.

Zwischen den Palmen, die im Gegenlicht eine schwarze Silhouette bildeten, schien ein rötlicher, riesiger Mond, der die karibische Nacht beleuchtete.

„Du musst das Moskitonetz rundum geschlossen halten", legte ihr Dalvin nahe, als sie in ihrem Himmelbett lag. „Das dient nicht zur Zierde, wie in Deutschland." Und er zupfte an dem Tüll, um alle Lücken abzudichten.

„Bekomme ich keinen Gutenachtkuss?", fragte Nelly durch den geschlossenen Vorhang. „Aber ja doch." Er wühlte eine Lücke in den Tüll, beugte sich über sie, und es gab einen Kuss auf den Mund.

Die Eindrücke des Tages beschäftigten Nelly noch eine Weile. Gerne wäre sie nach dem Abendessen noch ans Meer gegangen, aber die Moskitos machten da einen Strich durch die Rechnung.

Die Gedanken kreisten wieder um Felize. Hatte die Kleine Sehnsucht nach ihrer Mama? Eher war es umgekehrt.

Gegen die anschwellende Geräuschkulisse der Tropen hätten ihre heimatlichen Ruhestörer keine Chance. Das Zirpen der Zikaden und das extrem laute Klappern der Frösche, das sich anhörte wie zwei aufeinander knallende Holzklötze, erfüllte die warme Nacht. Irgendwann siegte aber die Erschöpfung, und sie sank in einen traumlosen Schlaf.
Erfrischt wachte Nelly am Morgen auf. Vor dem Frühstück springe ich schnell unter die Dusche, oder soll ich mal ans Meer gehen?

Von einem gellenden Schrei aus dem Bett gescheucht, nur mit kurzen Shorts bekleidet, eilte Dalvin herbei. Er bot einen göttlichen Anblick, was aber in ihrer Panik zweitrangig war. Nelly deutete mit zitternder Hand in die Dusche. „Da, ein Untier, was ist das?", jaulte sie.
Mit einem Griff in die Duschwanne hatte Dalvin das „Untier" in der Hand.
„Das ist ein Gecko, ist der nicht süß!" Er hielt das Echsentier vor ihre Nase. „Neeiiin!, ist er nicht, tu' das Viech weg!"

***

„Bis du fertig bist, gehe ich mal zum Meer", rief Nelly durch die geschlossene Badezimmertür.
Es waren nur wenige Meter. Das Meer schillerte in Blau, Türkis und Grün. Auf dem Wasser tanzten die frühen Sonnenstrahlen.
Kein einziger Fußtritt hat den weißen Pulversand verschoben.

Der schmale Strand wurde von Palmen gesäumt. Zahllose fielen dem Meer zu Füßen, als ob sie es müde waren, kerzengerade in der Sonne zu stehen.

Frei von Zwängen, frei von Sorgen und Problemen, dem Himmel ganz nah – so schlenderte Nelly den Strand entlang. Den feinen Sand durch die Zehen rieseln und tollkühn die Knöchel von den sanften Wellen umspielen lassen.

Das Meer übte gleichermaßen Faszination und Angst auf Nelly aus. Wie aus heiterem Himmel krochen Misstrauen und ein beklemmendes Gefühl in ihr hoch. Kleine Wellen, die leise gegen den Strand schlugen und mit schimmernden Schaumkronen spielend ans Ufer glitten, wollten sie vielleicht in die Fluten locken, wo bedrohliche Kreaturen warteten.

Mit einer Hand strich Nelly über ihre Stirn, um die überspannten Trugbilder zu verscheuchen.

Schluss damit! Jetzt geht's zum Frühstück!

***

Kapitel 35

Nelly machte sich über die bereits in der Frühe servierten köstlichen tropischen Früchte her. Große Servierplatten voll mit Mangoscheiben, Papayas, Melonen Bananen, Ananas und ihr unbekannte Gewächse. Sie schaufelte zusätzlich das landestypische Kochbananenpüree mit Rührei auf den Teller. Veronika setzte sich zur Begrüßung an den Tisch. „Gut geschlafen meine Liebe?", fragte sie, ohne eine Antwort abzuwarten.

„Was habt ihr heute vor?"

„Wir fahren nach Las Terrenas"

Auf dem Sandweg vor der Ferienanlage drehten rote zweisitzige Mofas ihre Runden.

„Das sind Moto-Conchas", klärte Dalvin sie auf. „Die bringen uns in den Ort". Er drückte den Fahrern einige Münzen in die Hand, und log ging's.

Nelly bekämpfte ihre Feigheit und schwang sich auf den Sitz. Der schwarz gelockte Junge hatte einen dünnen langen Hals mit einem Adamsapfel, der rauf und runter hüpfte. Er deutete auf seine Taille: Festhalten!

Nelly legte die Hände an sein Knochengerüst. Sie spürte jede Rippe.

Vollends verkrampft starrte sie auf die mit Regenwasser gefüllten Krater von Schlaglöchern, an denen der Junge geschickt vorbei wedelte.

Die beiden anderen rasten hinterher. Noch an einem kleinen Haus vorbei, vor dem unter einer Bananenstaude ein übrig gebliebener geschmückter Weihnachtsbaum stand, waren sie in dem Ort angekommen.

So viele Menschen hatte Nelly schon lange nicht mehr
gesehen.

Es kam ihr vor, als ob die ganze Welt voll mit schwarzhäutigen
Menschen wäre. Einige weiße Touristen gingen unter in der
brodelnden Menge.

Das Moped hielt, und Nelly kletterte steif herunter. Wo war
Dalvin? Von den beiden war nichts zu sehen. Wie sollte sie ihn
hier wiederfinden? Hilflos stand Nelly am Straßenrand. Die
Panik wartete nicht, die Attacke fiel sofort über sie her. Der
Schweiß brach ihr aus allen Poren.

Als sie suchend die Straße entlangblickte, war nicht klar, ob sie
Dalvin in der schwarzen Menge jemals wiederfinden würde.

Gegenüber hockten auf einem Balken, der einem Western
entsprungen sein konnte, mindestens zehn wild gestikulierende
Männer. Sie übertönten sich gegenseitig mir lautem Geschrei.

Es gab eine unbefestigte „Hauptstraße", von der einige sandige
Gassen abzweigten. Die Straße war vollgestopft mit
Radfahrern, herumlaufenden Fußgängern und Moto-Conchas,
die laut knatternd blaue Rauchwolken ausstießen. Nelly sah
staunend einem zentnerschweren Bananenberg hinterher, unter
dem ein Fahrrad auszumachen war. Der Fahrer verschwand
unter der Bananenlast.

Sie war fast am Ende der Straße angekommen, als sie in einer
Seitenstraße ein Coca-Cola-Schild an einer Holzfassade
entdeckte.

Vor einem lukenähnlichen Fenster befand sich ein Hocker.
Nelly musste sich mal setzen und etwas trinken. Ein paar Peso
hatte sie in der Tasche.

Eine bleiche junge Frau tauchte in der Fensterluke auf. Ihre
bordsteinblonden Haare hielt sie mit einer Spange zurück.

„*Un Coca-Cola por favor*", brabbelte Nelly.
„Ja, gerne", war die Antwort.

„Soviel Glück kann es eigentlich nicht geben, sind Sie
Deutsche?"
„Klar, ich komme aus Sachsen, aus Cossebaude".
Der sächsische Akzent war jetzt deutlich hörbar. „Nach der
Wende hat es uns hierher verschlagen."
Tusnelda fiel vom Glauben ab.
Leute, die zuvor nicht über die Landesgrenze durften,
wanderten aus in die Wildnis bis ans Ende der Welt.

„Kann ich noch etwas für dich tun", fragte die blasse Wirtin.
Nelly schilderte den Ablauf der Fahrt und den verlustigen
Reisegefährten. Sie hatte keine Hoffnung, ihn wiederzufinden,
aber ihr Leid zu klagen, tat gut.
„Wie heißt er denn, und wie sieht er aus?"
„Dalvin Martinez-Diaz, und er ist so schwarz, wie alle, die hier
rumlaufen. Seiner Mutter gehört La Bonita, wo wir auch
wohnen."
Die junge Frau aus Sachsen reichte Nelly die Hand: „Ich heiße
übrigens Heike", und während sie nach dem Namen ihres
Gastes fragte, winkte sie einem Mopedfahrer und redete wie
ein Wasserfall in Spanisch auf diesen ein.
„So, Tusnelda heißt du, das ist hübsch. Willst du mal das
Restaurant sehen?" Heike führte Nelly um die Bretterwand
herum in ein großes wunderschön eingerichtetes Restaurant,
das zur Hälfte mit den üblichen Palmenblättern gedeckt und
halb im Freien lag.
„Wenn du magst, könnt ihr ja mal zum Essen kommen!"
Heikes Blick deutete zur Straße. Auf einem Moto-Concho saß
der fehlende Teil vom „Ihr" und winkte fröhlich. Nelly stürzte

überglücklich auf den Vermissten zu und küsste nicht nur ihn, sondern auch den Fahrer sowie die Wirtin Heike. Wie sie das bewerkstelligt hatte, würde sicher ein Rätsel bleiben. Von Voodoozauber hatte Nelly schon gehört, aber eine Sächsin …? Nach drei Getränken und dem Versprechen zur Retterin in der Not zurückzukommen, starteten sie ins Getümmel.

Dicht aneinander gedrängte Verkaufsstände boten Lampenschirme aus Tierhaut, bestickte Tücher, ausrangierte Schuhe, bemalte Tongefäße und unzählige, natürlich „echte", Ölbilder an.

Merengue-Musik, die aus allen Ecken plärrte, vermischte sich mit dem Knattern der Mofas. Das würzige Aroma von in Teig gebackenen Hähnchenteilen und frittiertem Gemüse verschmolz mit dem durchdringenden Geruch von Abgasen. Sie erblickte winzige Läden, in denen Süßigkeiten verkauft wurden, oder Friseure, deren Kunden am Straßenrand warteten.

Vor der Tür eines kleinen Restaurants wurde auf einem Holzpflock ein geschlachtetes Huhn präsentiert.

In Deutschland wäre das alles eine Lebensaufgabe fürs Ordnungsamt.

Ein Holzverschlag, grün gestrichen, mit Plakaten beklebt, lockte mit „Cerveza gecült". Eine Frau mit einer Haarpracht, wie eine aufgerissene Matratze hob mit einem Zahnlückenlachen die Hand.

Voller Euphorie schritt Nelly auf den Verschlag zu. „Dos Cervezas por favor!" Zwei große Flaschen *Sant Miguel* wurden auf das schmale, angenagelte Brett gestellt. Das Bier war eiskalt, das Kondenswasser perlte an dem Glas ab. Die großen Flaschen flutschten fast aus der Hand. Sie hockten sich auf zwei zwergenhafte Stühlchen vor die Bude, die Füße auf der

Straße. Dalvins Knie befanden sich in Nähe der Ohren. In
Nullkommanichts waren die Flaschen geleert.

Dalvin fragte, ob in ihrem Zustand eine Fahrt auf dem Moto-
Concha noch möglich wäre.

„Zustand, was für'n Zustand? Alles im Griff auf dem
sinkenden Schiff!"

Sie schwenkte das rechte Bein kühn im Bogen übers Moped
und ließ sich wie eine Rockerbraut gekonnt in den Sitz fallen.
Die Rückfahrt war jetzt ein Kinderspiel.

***

Kapitel 36

Die Sonne stand noch hoch am Himmel und leuchtete durch die Palmen, also wurde beschlossen, dem Meer einen Besuch abzustatten. Zu dieser Tageszeit wechselte die Hitze in eine angenehme Wärme.

Mit dem neuen Badeanzug und alkoholisiertem Mut ausgestattet, traute sich Nelly bis an die Knie ins erfrischende Wasser.

Dalvin rannte mit einem Jubelschrei durch die Wellen und stürzte sich kopfüber ins Meer.

Als der schwarze Schopf auftauchte, schüttelte er sich wie ein nasser Hund und rief ihr zu: „Komm, hier ist es traumhaft, man kann bis zum Meeresboden sehen!"

Nelly war auf der Hut, und setzte einen Schritt vor den anderen, bis die Wellen vor ihre Brust rollten und sie fast bei Dalvin angekommen war.

Plötzlich erstarrte sie zur Salzsäule. Ein anonymes Etwas klebte an ihrer Wade. Ihr blieb der Schrei im Hals stecken. Mit einer heftigen Bewegung schleuderte sie das Tier von sich und lief, so schnell es das Wasser zuließ, in Richtung Ufer.

Da, es war ihr gefolgt! Umklammerte das andere Bein. Abschütteln schlug fehl. Sie hatte es bis ans Ufer geschafft, warf sich in den Sand und glich einem panierten Schnitzel.

Die Wellen spülten eine langlebige Plastiktüte an den Strand. *Carniceria Santa Domingo* und eine Adresse wiesen auf eine ansässige Metzgerei hin. Dalvin war besorgt hinterher gestapft und hob die dümpelnde Plastiktüte mit spitzen Fingern hoch. „Davor bist du geflohen?"

Mit zusammengebissenen Zähnen unterdrückte er den aufsteigenden Lachanfall, klaubte ein Stück Seetang von seinem Bein und schnippte es ins Wasser.

Als er sie in die Arme nahm, löste sich die Nellys Todesangst auf in ein schallendes Lachen.

Er klopfte sich den Sand ab und versprach zum Trost eine Gaumenfreude.

Die Überraschung befand sich um die nächste Biegung mit einer Machete bewaffnet und unzähligen grünen Kokosnüssen auf einem wackeligen kleinen Tisch. Der Junge war so dünn wie ein Zweiglein. Er hielt die mit der ultrascharfen Waffe geköpfte Frucht entgegen und animierte zum Trinken.

Nelly setzte die Kokosnuss an die Lippen und trank die köstliche kühle Milch. „So etwas Leckeres habe ich noch nie getrunken." Sie wischte sich den heruntergelaufenen Saft ab. In diesem Land gab es an jeder Ecke eine andere Zauberei. Der Strand war hier menschenleer. Was machte der Junge mit dem Berg Kokosnüsse? Es war wohl egal, ob er die verkaufte oder nicht. Er hatte keinen Chef, der Verkaufszahlen vorgab.

Auf dem Rückweg wollte Nelly kurz den Sand in der Stranddusche abspülen. Aber der Esel, den Veronika beherbergte, ließ sich nur schwer davon überzeugen, dass die kleine Nasszelle für die Gäste bestimmt war. Der graubraune Geselle stand unerschütterlich mit den Vorderhufen in der Duschtasse.

***

Die laue Luft streichelte Nellys Gesicht. Dalvin erzählte seiner Mutter von dem „Meeresungeheuer".

Es versprach, ein lustiger Abend zu werden. Zwischen den Tischen schlenderte ein Gitarrenspieler umher. Die Berieselung war recht einseitig: *Guantanamera, guajira Guantanamera.* Den letzten Touristen, die dieses Lied noch nicht kannten, wurde es nun nähergebracht. Er beachtete als Latino nicht die in Europa einzuhaltende Distanz und beugte sich unschicklich zu Nellys Ohr hinunter, sodass sie kaum an ihren Teller gelangte. Unlust und Aggression krochen in ihr hoch. Die Ladys an den Nebentischen reagierten ähnlich und lächelten etwas säuerlich. Eine ältere Dame himmelte den Schmachtfetzen allerdings geradezu an.

Nach einer Ewigkeit gab er Ruhe, zog den überdimensionalen Sombrero vom Kopf und sammelte darin seinen Obolus ein. Voll würde der Hut sicher nicht.

Der zweite Coco loco musste dran glauben. Veronika verabschiedete sich in die Küche. Der Alkohol lockerte die Zunge.

„Du bist gar nicht so schwarz, wie ich immer dachte", sagte Nelly.

„Die Dominikaner sind auch etwas hellhäutiger als die Haitianer. Etwas Lokalkolorit gefällig?"

„Ja gerne, ich bitte darum."

„Trujillo, der wahnsinnige Schlächter und Diktator, selbst von dunkler Hautfarbe, schminkte sich täglich mit weißem Talkum-Puder auf Gesicht und Händen, um die Spuren der verhassten schwarzen Rasse zu verwischen, die er von seiner Mutter geerbt hatte. Ein glühender Bewunderer Adolf Hitlers, der Minderheiten abschlachten, Oppositionelle foltern, politische Gegner töten und den Haien zum Fraß vorwerfen ließ.""Das ist normalerweise nicht zu glauben", warf Tusnelda ein.„Es war noch viel grausamer, als ich es hier schildere. Derartige Gräueltaten können nicht erfunden werden."

Über sein Gesicht fiel ein Schatten. „Ich sollte aufhören, darüber zu berichten. Wir wollen uns doch vergnügen."

„Bitte nicht aufhören, erzähle weiter."

Er stand auf, um noch einen Drink an der Bar zu holen.

Nelly hielt die Nase über das Glas mit brauner Flüssigkeit.

Hmm, riecht gut, was ist das?"

„Mamajuana. Das heilige Wasser der Dominikaner. Mamajuana heilt, was immer dich quält." Nelly freute sich, dass er jetzt wieder lachte.

Nach ihrem ersten Schluck wallte bereits eine Hitzewelle von den Zehen bis zum Scheitel.

„Etwas Wissenswertes erzähle ich aber noch:

Man spricht von einem Petersilien-Test, den Trujillo an der Grenze zum französischsprachigen Haiti veranstaltete:

Die schwarzhäutigen Flüchtlinge aus Haiti wurden von der helleren dominikanischen Bevölkerung herausgefiltert. Der Diktator hatte einen perfiden „Sprachtest" angeordnet. Das gerollte „R" im spanischen Wort für Petersilie, „perejil", konnte von der französischsprachigen, dunkelhäutigen Bevölkerung nur als „L" gesprochen werden. Wer also das Wort nicht spanisch artikulierte, wurde umgehend mit der Machete ermordet.

Ausgerechnet dieser Menschenfeind wollte plötzlich Tausende Juden retten und ihnen auf seiner Sonneninsel eine sichere Zuflucht bieten.

Es waren allerdings rassistische Motive, die Trujillo zum scheinbaren Gutmenschen und Judenretter machten.

Er, der seine eigene Hauttönung hasste, wollte mit den Juden die Hautfarbe der Bevölkerung seines Landes "aufweißen". Als Ergebnis sollten besonders "reinrassige Spanier" hervorgebracht werden. Einhundert- bis zweihunderttausend weiße Juden wollte er in seinem kleinen Land aufnehmen.

Aber der Plan scheiterte an den über das Petersilien-Massaker verärgerten Amerikanern, und ganze 850 Juden haben es in die

Dominikanische Republik dann tatsächlich geschafft. Sie alle kamen nach Sosua, heute die Hochburg der All-inklusiv-Touristen.

Erst 1961 ist es Attentätern gelungen, das Ungeheuer auf offener Straße zu ermorden.

Damit war zwar Lateinamerikas grausamster Tyrann erledigt – das Regime aber wurde fortgeführt. Der Trujillo-Clan riss binnen weniger Stunden das Gesetz des Handelns wieder an sich.

Erst in den Neunzigerjahren trat ein Wandel ein."

Sie hätte am liebsten Dalvin zugehört bis zum frühen Morgen, aber der Alkohol und die Müdigkeit machten sich breit, also schwankten sie Arm in Arm zum Bungalow.

***

Der Moskitotüll schwebte als weißer Nebel vor Nellys Augen. Eine dunkle Gestalt schob sich durch den Nebel auf sie zu. Zwischen Traum und Wirklichkeit war zu spüren, wie die Erscheinung die Arme um sie schlang. Sie schmiegte sich an das Blendwerk wie eine kleine Katze. Der Schlaf breitete seine weiche Decke über sie, und der Traum gaukelte ihr vor, wonach ihre Seele brannte.

Der Haltegurt schnürte den Atem ab. Es wurde noch enger, als der Jumbojet donnernd abhebt in die Lüfte. Nelly schrak zusammen. Ich habe nur geträumt und liege im Bett. Vorsichtig öffnete sie ein Auge und versuchte, sich zurechtzufinden. Ihr blinzelndes Auge erfasste einen bleischweren schwarzen Baumstamm auf ihrer Brust, zu dessen Ende ein gleichfarbenes Mannsbild gehörte.

Es war kein donnernder Flieger, sondern ein schnarchender

Kerl, der obendrein ihre Luft abklemmte. Wilde Tiere hat er mit seinem Schnarchen schon vertrieben. Davon waren keine zu sehen.

Während der Haltegurt beziehungsweise der schwere Arm an der Seite deponiert wurde, erfolgte ein Kontrollgriff zu ihrer Wäsche. Gott sei Dank, alles war an seinem Platz. Sie trug sogar noch das T-Shirt.

Auf den Ellenbogen aufgestützt, betrachtete sie den Schnarchbär.
Behutsam streichelte sie mit zwei Fingern seine stoppelige Wange.
Schwupps! Der Arm ist wieder über ihr. Ohne die Augen zu öffnen, grunzte er vor sich hin und zieht Nelly unter sein Kinn an die einladende Brust wie ein Kind sein liebstes Kuscheltier.

Wie alberne Teenager kicherten sie vor sich hin, als sie sich endlich am Frühstückstisch eingefunden hatten. Veronika fragte in weiser Voraussicht gar nicht erst, was die gute Laune verursachte.
„*Querida Madre*", können wir heute den Wagen ausleihen? Ich möchte Tusnelda Samana, die Perle der Karibik, einmal näher zeigen."

„Möchtest du nicht mitkommen?" Nelly dachte, dass Mutter und Sohn kaum etwas voneinander hatten, wenn er die knappe Zeit nur mit ihr verbrachte.
„Nein, danke. Erstens kenne ich jede Palme und zweitens habe ich in der Küche zu tun. Fahrt ihr alleine", schmunzelte sie vor sich hin.

***

Sie hielten in einem winzigen Ort.

Keine Menschenseele auf den Sandwegen. Hier war die Welt zu Ende. An dem kleinen Hafen half Dalvin ihr in ein wackeliges Boot, um einen verwunschenen Fluss hineinzufahren. Der Fischer steuerte die motorisierte Nussschale auf dem glitzernden Fluss, und es ging es immer tiefer hinein in die grüne Wildnis. „Guck' mal!" Dalvin deutete auf die Bäume, in denen komische, weiß aufgeplusterte Vögel hockten, mit gerüschten Halskrausen. Auf einem Felsen entdeckte Nelly einen Pelikan, ein Leguan hatte es sich auf einem schattigen Plätzchen bequem gemacht.

„*Quedo*!", der Fischer legte seinen Finger auf die Lippen. Er schaltete den Motor aus, und jetzt war ein unglaubliches Konzert zu hören: Schnalzen, Sirren, Fiepen, Glucksen.

Der Alte, geschätzte einhundertdrei Jahre auf dem Buckel, reichte Nelly ein dünnes, langärmeliges Baumwollhemd herüber.

Mit einem Finger kreiselte er durch die Luft: ...sss ... Moskitos!". Ein Duftgemisch aus Zigarrenrauch und Alkohol schlug Nelly entgegen, als sie das Hemd überstreifte.

Zwei Kugeln lagen auf dem Wasser wie Tischtennisbälle.

„Willst du das Krokodil mal streicheln", flüsterte Dalvin. „Es ist ganz lieb."

Sie schüttelte demonstrativ den Kopf.

Das große Reptil durchpflügte lautlos den Fluss und näherte sich dem kleinen Boot.

Nelly wurde mehr als unbehaglich: ... „Es wird doch nicht ... ?"

„Aber nein, es will gestreichelt werden, sonst weint es. Schon mal was von Krokodilstränen gehört?" Dalvin grinste wie ein Breitmaulfrosch.

„Streichle du es, ihr kennt euch besser", antwortete Nelly.

Der Nussschalenkapitän gab wieder Gas und steuerte eine
Insel an.
Ein naturbelassener Strand mit Palmen in einer großartigen
Bucht. Einige Einheimische, kaum Touristen.
Ihr Bootsführer setzte sich zu zwei Fischern an den Strand, die
ihre Netze flickten. Merengue-Musik, was auch sonst, schallte
aus zwei Lautsprechern, am Palmendach eines einfachen
Strandlokals angenagelt.
„Hier essen wir zu Mittag", meinte Dalvin. Hummer,
Garnelen oder die kleinen Fische auf dem Grill? Sie probierten
von allem etwas.
Einen blauen mit Geckos bedruckten Pareo um ihre schmalen
Hüften gewickelt, bewegte sich die junge Bedienung lasziv zum
Takt der Musik.
Glattes schwarzes Haar umrahmte ein Madonnengesicht und
fiel bis weit über den Rücken. Denkbar wäre, dass der Vater
der glutäugigen Schönen sie hier auf dem einsamen Eiland vor
den zahllosen Verehrern verborgen hielt.
Von klappernden Armreifen begleitet, wurde zum Abschluss
heiliges Wasser serviert.

Sie saßen wieder im Auto und Dalvin bog in einen kaum
sichtbaren Weg ein, der in undurchdringlichem Dschungel
mündete. Ein glitschiger Pfad aus Schlammschwellen und
tiefen Pfützen, von Regen und Mulihufen geformt, zog sich
eine Anhöhe empor. Sogar der Geländewagen quälte sich
durch die schlammige Piste. Als die Räder durchdrehten, war
es Nelly ziemlich flau im Magen, aber sie wollte nicht wieder

die empfindliche Mimose zur Schau tragen.

Ins Erdgeschoss des tropischen Dickichts drang kein Sonnenstrahl. Verholzte Lianen kletterten suchend nach Licht die Bäume entlang. Dalvin lenkte durch das Gewirr von Pflanzen und Lianen über eine Grasnarbe, und der Himmel ließ wieder die Sonne ein.

Langsam ruckelte der Wagen über Steine durch einen glitzernden flachen Bach. Die Wassertropfen spritzten auf die Autoscheibe. Wie aus einer anderen Zeit ragten Riesenfarne in den schmalen Bach hinein, Kolibris flattern zwischen wildem Zuckerrohr umher.

Lautes Kreischen ganzer Schwärme leuchtend grüner Papageien und das Pfeifen kleiner, grüner Vögel mit roten Schnäbeln machten das Tropenparadies perfekt.

***

Dalvin stellte das Auto neben eine Reihe Zuckerrohr ab. „Hier steigen wir aus." Nelly stand sogleich bis über die Knöchel im Wasser. „Geh' nur ein Stückchen geradeaus, immer dem Bach nach."

Treibhausschwüle legte sich wie ein Film auf die Haut, verwandelte die leichte Baumwollkleidung in feuchte Fetzen. Staunend stand Nelly am Rand einer kristallklaren Lagune, die einem Wasserfall entsprang und zum Baden lockte.Die feuchten Sachen pellte sie vom Körper und kletterte die bemoosten Steinbrocken hinunter ins Wasser, das sie wie kühle Seide umfloss. Vorsichtig mit den Füßen tastend, balancierte sie über die in der Lagune liegenden Steine, bis zu der Stelle, an der das Sonnenlicht wie Diamanten funkelte. Als Wasser bis zur Hüfte, dann bis zur Taille und letztlich bis zur Brust ging, ließ die Schwerkraft nach, sodass alles zu schweben begann, besonders ihre Brüste. Sie ragten vor, was schon seit geraumer Zeit nicht mehr zu beobachten war.

Auf dem Wasser liegend, blinzelte sie in die Sonne und hing ihren Gedanken nach.

Schade, dass die meisten Besucher der Dominikanischen Republik dieses atemberaubende Land nur am Hotelstrand und an der Bar kennenlernten. In den All-inclusive-Anlagen riefen jetzt, am späten Nachmittag, die Animateure per Lautsprecher zum Merengue-Tanzkurs auf, um mehr oder weniger gelenkigen Europäern den geschmeidigen Hüftschwung beizubringen.

Am Rand der Lagune entkleidete sich Dalvin und legte seine Sachen
sorgfältig auf einen Stein. Jeder seiner Muskeln schimmerte in der Sonne. Sein Körper, wie gemeißelt, glich einer Statue.

Vor ihrem geistigen Auge tauchte Juan auf, und er vergnügte sich mit Dalvin in der Lagune wie römische Lustknaben.
Jetzt nicht daran denken. Juan war nicht hier, sondern sie.
Auf einem der Steine hockte ein kleiner Drache und ließ Nelly nicht aus den Augen.
„Gibt es Fische hier? Ich glaube, etwas hat mich berührt."
„Du weißt aber schon, falls es hier Fische geben sollte, gehörst du mit Sicherheit nicht zu deren Beuteschema."

Er planschte auf sie zu und rief: „Hier kommt das Ungeheuer von Loch Ness! Das verschlingt kleine Meerjungfrauen!"
„Nessie hat den Schwanz aber hinten!", rief sie zurück und spritzte Wasser in sein Gesicht.

Jetzt stand er vor ihr. Das Lachen und die goldenen Sprenkel in den Augen machten einer hungrigen Sehnsucht Platz.

Den Mund nah an ihrem Ohr, hauchte er: „Dass der Schwanz vorne angeordnet ist, hat einen triftigen Grund. Willst du wissen, welchen?" Sein Atem war heißer als die Luft.

Nelly spürte seine Hände an ihrem Körper entlang wandern. Sie streckte sich automatisch und zog den Bauch ein. Der Kuss war ruhig, fast feierlich. Im Rausch unbekannter grenzenloser Gefühle umschlang Nelly den göttlichen Leib und schmiegte sich an ihn.

Gleichzeitig nahm sie seine Erregung wahr und in sich auf. Für einen Sekundenbruchteil blitzte Julius' Gesicht auf, aber es zerfloss sofort wieder in ein Nichts.

***

Schweigend saßen sie im Jeep. Der rumpelte durch das Rinnsal des Bachlaufes. Nelly schaute aus dem Fenster. Nun waren die Träume Tatsache geworden, und sie spürte, wie ihr die Schamesröte ins Gesicht stieg. Der Spielraum der Gefühle war zusammengeschrumpft. Intensiv beobachtete sie einen grünlichen Käfer, der vergeblich versuchte, an der Autoscheibe emporzuklettern und stets herunterfiel. Wie ich, dachte Nelly. Sie musste sich der Erkenntnis stellen, sich der sexuellen Triebfeder hingegeben zu haben. Natürlich, in dieser hormongeschwängerten Tropenatmosphäre war ja gar nichts anderes möglich. Was mochte er von ihr denken?

Dalvin schaute ihr tief in die Augen und grinste. Ein persönlicher Augenblick, intimer als Sex.

Sie schwiegen eine lange Zeit. Das Geschehene atmete noch zwischen ihnen.

Es flog sie eine leichte Traurigkeit an. Der Moment in der Lagune, er würde sich niemals wiederholen. Was hatte sie sich überhaupt gedacht. Ein Liebesmärchen bis ans Ende aller

Tage? Da existierte auch noch Juan, die makellose Schöpfung, sein Lebensgefährte.

Der Gedanke an Juans Schönheit hielt ihr die Entgleisung vor Augen. Ihre eigene Mangelhaftigkeit wurde hervorgehoben.

Ja, vor Jahren war sie noch jung und knackig. Da gab es aber auch noch Telefone mit Wählscheibe und Autos mit Knüppelschaltung.

Unser Planet ist voller Geheimnisse und Abenteuer. Man selbst ist lediglich ein Staubkorn in der Weite des Universums. Was wäre das Leben, träumte man nur von einem Wolkenkuckucksheim?

Es gibt viele Nuancen des Glücks.

Nimm es so, wie es dir vor die Füße fällt.

Fünf pastellfarbene Holzhütten und zwei winzige Kirchen später hatten sich die trüben Gedanken in Luft aufgelöst.

***

Kapitel 37

Noch zwei Tage in diesem Paradies, dann geht's wieder nach
Hause. Nelly hatte einen Tag über den anderen bei Viola
angerufen und sich nach Felizes Wohlbefinden erkundigt.
Dieses Prozedere lief stets gleich ab: „Alles bestens, ja, das
Putenschnitzel habe ich ohne Fett in der Pfanne gegart und in
kleinen Stückchen der Gnädigsten auf dem Sofa gereicht. Ja,
jeden Morgen darf sie auf den Balkon. Ja, abends sitzen wir auf
dem Sofa und gucken *Das perfekte Dinner*. Ja, ich krabbel sie
unterm Kinn, dabei drehe ich ihr einen Knoten in die Ohren."
Es kam noch eine Bemerkung hinzu: „Ach ja, und danke der
Nachfrage: Mir geht es auch soweit gut, bald kommt dein
Enkelkind zur Welt!"

***

Dalvin fuhr mit ihr ein letztes Mal durch die nicht enden
wollende Wildnis. Über die wollüstige Ausschweifung wurde
geschwiegen.
Sie täuschten eine Normalität vor, die nicht mehr vorhanden
war.

Samana war tatsächlich die Perle der Karibik und Nelly
unendlich dankbar, diesen Traum leben zu dürfen.
Einen Wermutstropfen gab es leider. Die Sehnsucht nach der
kleinen Felize krallte die Widerhaken ins Herz.

Wie Farbtupfen verteilten sich die bunt gestrichenen
Holzhäuser. Vor den Häuschen spielten splitternackte Kinder
und winkten zwei kleinen Jungs auf einem Esel zu, die einen
überdimensionalen Truthahn mit sich schleppten. Es gibt Orte
auf dieser Welt, die auf unserer inneren Landkarte gar nicht

existent sind. Aber hier ist die Seele, die Seele der Menschheit, sann Nelly vor sich hin.

Auf Stacheldrahtzäunen trocknete die Wäsche und am Straßenrand bildeten Kakaobohnen lange Teppiche.

Nelly beobachtete ein kleines Mädchen. Es saß auf einer Baumwurzel, streichelte ein rosarotes Schwein. Für dieses kleine Kind war die Welt vollkommen.

***

Den letzten Tag faulenzten sie am Meer. Der Abend galt seiner Mutter, die zum Abschied gegrillten Hummer am Strand zubereitete. Hin und wieder glaubte Nelly, das Glitzern einer Träne in ihren Augenwinkeln zu sehen.

Nelly war dermaßen überfordert von den berauschenden Eindrücken, dass ihr nur Gedankenfetzen im Kopf herumschwirrten.

Das glitzernde türkisfarbene Meer, unzählige Palmen, der Dschungel mit seiner bescheidenen Bevölkerung. Wie Wolkenformationen die wunderbare Zeit mit Dalvin.

In aller Herrgottsfrühe luden sie ihr Gepäck in den Geländewagen. Veronika hatte darauf bestanden, sie zum Flughafen zu bringen. Die Fahrt ging gemäßigter vonstatten, als die Hinfahrt. Trotzdem tanzte der Mamajuana in Nellys Magen Ringelreihen.

In Puerto Plata angekommen, gestaltete sich das Abschiednehmen unter Küssen und Tränen. Die beiden Frauen hielten sich fest in den Armen. In dem Bewusstsein, dass ein Wiedersehen eher unrealistisch war, unterdrückten sie klischeebehaftete Floskeln.

„Tausend Dank für alles", presste Nelly zwischen zusammengebissenen Zähnen hervor. „Und pass' auf dich auf."

„Ja, du auch auf dich. Und auf meinen Sohn." Veronika wischte sich über die Augen.

Tusnelda wurde den Eindruck nicht los, dass die Mutter keine Ahnung von dem Lebensgefährten ihres Sohnes hatte. Nelly verkniff sich jedes Mal, wenn sie der Gastmutter in der Küche ein wenig zur Hand ging, die Frage. Wie es auch sei, es war nicht Nellys Aufgabe, über die sexuellen Neigungen des Sohnes aufzuklären.

Alle Formalitäten waren erledigt, und sie saßen wieder in der Sardinenbüchse. Dalvin hielt ihre schweißnasse Hand fest in seiner.

Bald bin ich wieder bei meinem Schätzchen Felize. Mit diesem Gedanken sank Nelly hinüber in einen Dämmerschlaf.

Das Gefühl beobachtet zu werden, ließ sie die Augen öffnen. Es blickten unter wilden Locken zwei schwarze Kulleraugen neugierig herüber. Die Nase gedrückt auf die Nackenstütze des Vordersitzes beobachtete sie ein dunkelhäutiger Dreikäsehoch.

Nelly grinste und zwinkerte der Kleinen zu. Ein in den Locken drapierter silberner Schmetterling und Herzchen-Ohrringe machten aber noch keine Prinzessin aus dem Satansbraten. Ein Plüschbär wurde mit Schwung über den Sitz geschleudert und landete auf Nellys Schoß.

„Press me" stand auf seinem Bauch, aber das Drücken blieb erfolglos, er gab keinen Ton von sich. Nelly reichte der Kleinen das Plüschtier zurück.

Noch einen schrägen Blick auf Dalvin, der mit verdrehtem Körper vor sich hin schnarchte, und die Kleine verschwand auf ihrem Sitz.

Der Regen über Berlin peitschte gegen die Flugzeugscheiben.

Die Maschine zog Kreise, als ob sie die Wassermassen mit den Tragflächen vertreiben wollte.

Der Pilot platzierte das Ungetüm von Flugzeug schlussendlich geschickt auf dem Beton, was heftigen Beifall der Passagiere auslöste.

Der lange Flug und die sechs Stunden Zeitverschiebung hatten ihre Spuren hinterlassen. Mit steifen Gliedern stieg Nelly aus dem Flieger und kam sich vor wie ein Roboter.

Der Ansturm auf das noch stillstehende Gepäckband war beängstigend.

Noch beängstigender war die postwendende Inbetriebnahme der Handys. Während die Ankunft in das Gerät gebrüllt wurde, verfolgten die Reisenden hoch konzentriert das Gepäckband, auf dem jeden Moment der eigene Koffer vorbeifahren könnte.

„Setze dich, bis ich die Koffer habe", Dalvin deutete auf einen der Drahtsessel. Kaum hatte sie sich in den Sessel fallen lassen, trabte der kleine Lockenkopf an. Als Erstes landete der Bär auf der Sitzgelegenheit, dann pflanzte sich seine Besitzerin neben Nelly.

Die Mutter war damit beschäftigt, das Gepäck auf eine Karre zu wuchten.

Jetzt rief sie nach ihrem Kind in einer gestenreichen, unverständlichen Sprache, und die Kleine watschelte davon.

***

Dalvin, den Nelly aus den Augen verloren hatte, stellte den ersten Koffer an ihre Seite. Er deutete auf den einsamen Plüschbär: „Wem gehört der denn?"

„Ach herrje, den hat ein kleines Mädchen vergessen. Sie kommt sicher zurück, um ihn zu holen. Lass' ihn einfach dort sitzen."

Dalvin gesellte sich zurück zu der wartenden Menge, die sich kaum gelichtet hatte, und Nelly fielen die Augen zu.

Eine Bewegung und ein quietschendes Heulen holte sie aus dem leichten Schlummer. Vor dem Bär saß ein süßer Beagle und hatte das Plüschtier als Spielzeug auserkoren. Der Hund war einfach zum Knuddeln.
Das witzige Geschirr mit der Aufschrift „Police-Academie" zauberte Nelly ein Lächeln ins Gesicht. Sie wusste, dass Beagles kaum in der Lage waren, eine Treppe zu erklimmen. Klaro, der Wunsch, Vater des Gedankens! Treuherzig schaute er Nelly und dann abermals das Objekt seiner Begierde an.
„Den darfst du nicht haben", verteidigte sie das Plüschtier und nahm es auf den Schoß. Gerade als sie dem schnuckeligen Hund den Bären dann doch vor die Schnauze hielt und der Polizeiagent das plüschige Etwas inbrünstig ableckte, stöckelte ein langbeiniges Wesen auf die Sitzreihe zu. Das Model warf die blonde Mähne mit einer eingeübten Kopfbewegung nach hinten und fragte, wem der Bär gehöre.

„Und wem gehört der Hund, Ihnen?" konterte Nelly. „Ich dachte im Flughafengebäude seien Hunde nicht gestattet … ?"

„Wissen Sie, wer ich bin?", fragte die Superfrau.
Kühn parierte Nelly den Ball:
„Bei uns im Dorf weiß jeder selbst, wer er ist, da braucht man keinen zu fragen!"
In berufsmäßig höflichem Ton und mit dem Gesichtsausdruck eines Raubtiers kurz vorm Zuschlagen sagte sie:
„Wenn Sie bitte mit mir kommen wollen!"
Jetzt nahm Nelly das Namensschild an der Weste wahr. „Frau E. Winter."
„Komm her Emma!, das hast du gut gemacht", und Emma

bekam ein Leckerchen.

So wie die Sache aussah, war Emma nicht nur der süßeste Knuddel, sondern eine linke Type. Nelly hatte zwar keinen Schimmer, um was es ging, aber das würde sich sicher gleich klären. Dachte Frau Winter vielleicht, der Bär wäre gestohlen? Diese Lächerlichkeit verwarf Nelly sofort. Es konnte sich nur um ein Missverständnis handeln.

Die Stirn in tiefe Waschbrettfalten gelegt, schnitt Dalvin ein Gesicht, als ob er einen Schluck Essig im Mund hätte. Mitsamt der Gepäckkarre trottete er dem Trio hinterher. Frau E. Winter stolzierte zu einer Tür „Zollkontrolle" und beförderte die gesamte Brigade in das Büro.

Krampfhaft hielt Tusnelda den Bär umklammert. Frau E. Winter deutete nun auf denselben und einer der uniformierten Beamten nahm das Tier an sich. Er drückte auf „Press me!" Der Fellgeselle gab auch bei dem Beamten keinen Ton von sich. Jetzt rückte der Zollfahnder mit einem Teppichmesser dem Petzi zu Leibe und schnitt diesem wie mit einem Skalpell bei einer Operation kreuzweise den Bauch auf. Nelly lief eine Gänsehaut den Rücken herunter bis unter die Fußsohlen, während gleichzeitig der Schweiß aus allen Poren drang. „Na, was haben wir denn da? Kein Wunder, dass unser plüschiger Freund nicht spricht. Seine „Stimme" ist ersetzt durch Drogenpads." Er wedelte mit dem Tütchen vor ihrer Nase. „Oder ist das etwa Zucker?"

Nelly hielt sich an dem Gepäckwagen fest, sie war einer Ohnmacht nahe.

Lieber Gott, hab Erbarmen und lass die Dunkelheit einer Bewusstlosigkeit mich in ihren schützenden Mantel hüllen! Aber dort oben waren wichtigere Aufgaben zu erfüllen.

Sie hatte das Gefühl, in einen Kampf verwickelt zu sein, ohne dass ihr jemand die Regeln erklärt hatte.
Nach Luft schnappend wie ein Fisch auf dem Trockenen, sog sie die angehaltene Luft wieder in ihre Lungen. Langsam beruhigte sich ihr Herz und die Panikattacke ließ nach.

„Der Bär gehört mir nicht, ich schwöre bei allem, was mir heilig ist! Er gehört einem kleinen Mädchen, die mit der Mutter im Flugzeug saß."
„Und das kleine Mädchen ist wo?"
Nelly zog die Schultern hoch und schüttelte den Kopf: „Weg, sie ist weg!" schluchzte sie.

„Haben Sie vielleicht das mysteriöse Mädchen mit dem Bär gesehen?" Der Beamte wandte sich Dalvin zu.
„Nein, meine Freundin hat mir aber davon berichtet."
Auch wenn er nicht müde werden würde, etwas Licht in das Dunkel zu bringen, hatte er schon von Haus aus schlechte Karten. Herkunft sowie Hautfarbe hinterließen von vornherein einen verdächtigen Eindruck.

Zwei weitere Uniformierte mit dem unübersehbaren Schriftzug „Polizei", betraten den Raum. Sie gingen, ohne einen Blick auf die Verdächtige zu werfen, an ihr vorbei, als handele es sich um ein grasendes Schaf. Nelly unterstrich diesen Eindruck, indem sie ihre Mimik anpasste und auf den Boden starrte. Auf keinen Fall wollte sie es auf eine Provokation ankommen lassen.
Frau E. Winter hielt ein Referat. Nelly versuchte sich auf das Gespräch zu konzentrieren, aber bis auf den herablassenden Tonfall drang nichts zu ihr durch.
Die 90-60-90-Schöne, ihrer Wirkung auf die jungen Männer

durchaus bewusst, verabschiedete sich.

„Tschüssi, Elvira. Danke Emma, das hast du gut gemacht!"
Die fleißige Emma warf Nelly im Vorübergehen einen
entschuldigenden Blick aus treuen Augen zu. „Ich habe nur
meine Arbeit gemacht."

Die Zollfahnder, wahrscheinlich noch den letzten
Fortbildungskurs im Aufstöbern von Schmuggelgut in
Erinnerung, durchwühlten die Koffer mit geübtem Griff.
Während der strebsame Beamte fachmännisch in ihrer
schmutzigen Wäsche forschte, rief Nelly: „Vorsicht, da ist …!",
aber zu spät.
„Autsch!" Die Hand zuckte zurück. Die Stacheln eines
Ablegers von einem Feigenkaktus hatten sich in seine Finger
gehakt.
Spätestens jetzt war Tusnelda klar, dass sie sich in diesem Büro
keine Freunde mehr machte.
Fassungslosigkeit und Zorn standen in Dalvins Gesicht
geschrieben. Mit halb offenem Mund schaute er ihnen
schweigend nach, als die beiden Polizisten Tusnelda am Arm
packten und hinausführten. „Lassen Sie mich bitte los, ich
kann alleine gehen!"

***

Tusnelda wurde in eine kleine, düstere Zelle geführt. Der
Aufenthalt in einer Einzelzelle im Polizeigewahrsam war für
einen Menschen, der es nicht gewohnt war, eingesperrt und
allein zu sein, niederschmetternd. Die plötzliche Isolation und
das Gefühl der Ohnmacht, als sich die Zellentür mit einem
metallischen Klicken schloss, ließen Nelly an der Menschheit
zweifeln. Mit niedergeschlagenen Augen und vor der Brust
verschränkten Armen hockte sie sich auf die Pritsche und
ergab sich ihrem Schicksal. Weder auf der Fahrt hierhin noch

bei den Formalitäten hatte sie geweint oder geschrien. Nun rannen ihr die Tränen in Sturzbächen über das Gesicht. Zusammengesunken saß sie auf der Schaumstoffmatratze, bis die Kräfte sie endlich verließen und sie auf die Seite fiel in einen traumlosen Schlaf.

Durch das Geräusch der Eisentür schreckte sie hoch. Die Sonne schien durch das kleine Fenster und ließ den Staub in der Luft tanzen.

„Na endlich, wachen Sie auf!"

In der Tür stand ein Mittvierziger. Er trug mehr Bauch vor sich her, als Haare auf dem Kopf. Die hellgrüne Krawatte begleitete ein kanariengelbes Jackett über einer dunkelblauen Cordhose.

Nelly setzte sich stocksteif auf. „Warum werde ich hier festgehalten, ich habe nichts getan! Und wer sind Sie!" Ihre Stimme überschlug sich.

„Immer sachte mit den jungen Pferden! Ich bin Ihr Anwalt!"

„Ich brauche keinen Anwalt, ich bin unschuldig!"

„Klar, sind alle, die im Gefängnis sitzen!" Machen Sie sich aber mal keine Sorgen, kleine Frau, ich hole Sie hier raus!"

Die dunklen Augen lächelten sie durch eine rote Hornbrille an. Diese schob er mit dem Zeigefinger in die richtige Position.

„Ich bin Dr. Harry McTofu, er reichte ihr eine Karte, der Anwalt Ihres Vertrauens. Dalvin, unser gemeinsamer Freund, hat alle Hebel in Bewegung gesetzt, um Ihnen eine Nacht in dieser gastfreundlichen Herberge zu ersparen."

„Wie soll das gehen?", flüsterte zweifelnd Nelly.

Sie schluckte etwas Speichel in den trockenen Hals. Dieser Buntspecht glich eher einer Zirkusattraktion als einem Anwalt. Er räumte die Besorgnis, die ihm vermutlich nicht fremd war, aus:

„Die Sozietät vertritt das Hotel *Adlon,* ich mache Strafrecht."
Er tigerte in der Zelle hin und her. Nelly folgte ihm mit den
Augen, wobei sie den Kopf von rechts nach links bewegte wie
bei einem Tennismatch.
„Unser Freund hat mich bereits über die Vorkommnisse ins
Bild gesetzt.
Auf dem Flughafen war ich schon. Der Fall wurde noch nicht
der Staatsanwaltschaft vorgelegt. Das geschieht frühestens
morgen. Daher muss die Chose kurzfristig über die Bühne
gehen. Nur Geduld. Ich komme gleich wieder." Die stattliche
Erscheinung klopfte auf die Designertasche unter dem Arm.
„Ich habe alles dabei, was wir brauchen."

Nelly kam die Zeit zwar vor wie eine Ewigkeit, aber es waren
noch keine zwei Stunden vergangen, da stand der
Kanarienvogel wieder in der Tür.
„Kommen Sie, nichts wie raus hier!"
Ihr Hab und Gut hatte sie in Empfang genommen und einen
Wisch unterschrieben, als ihr das Wunder bewusst wurde. Es
musste da oben doch jemand sein, der sie immer aus der
Klemme befreite. Der Vertreter auf Erden wurde so heftig
umarmt und geküsst, dass die rote Brille in Schieflage geriet.
Ebenso wurde Dalvin in den Arm genommen, der vor der
Türe wartete.
„Hallo, ich kriege keine Luft!", japste er.
„Da hast du dir ja wieder was geleistet. Man nimmt weder
einen fremden Mann noch einen fremden Bären in seine
Obhut. Da hatten wir mal echt Glück. Harry, er deutete auf
den Bunten, hat sich Zutritt verschafft zu den
Videoaufnahmen. Das kleine Mädchen mit dem Plüschtier ist
deutlich zu erkennen. Die Polizei fahndet dort weiter.
Tusnelda und Drogen. Das ist ja lachhaft!"

„Außerdem …", meinte Dr. Harry McTofu: „Niemand, der schuldig ist, würde seelenruhig in einer Gefängniszelle einschlafen, oder er müsste kalt sein wie eine Hundeschnauze."
Die Anspannung ließ nach, und Nelly zitterte am ganzen Körper, die Knie waren weich wie Pudding.

Im Auto griff der bunte Harry ins Handschuhfach und hielt ihr einen elegant umhüllten Flachmann entgegen. „Nehmen Sie einen Schluck oder zwei. Das wird Ihnen guttun."

Nelly fragte erst gar nicht, was es für ein Gebräu war. Der Schnaps war rauchig und stark und brannte wie Feuer in der Kehle. Sie spürte, wie der Whisky ihre Speiseröhre hinab rann wie warmes Öl.

Eine wohlige Wärme machte sich in ihrem Bauch breit.

Sie massierte sich die Schläfen mit den Fingerspitzen und schloss die Augen.

Sie konnte ihr Glück kaum fassen, noch mal mit einem blauen Auge davongekommen zu sein.

„Dein Gepäck steht oben vor der Tür. Ich lasse dich jetzt allein. Wir telefonieren!" Sie wollte sich noch verabschieden, aber der Wagen rollte schon an. Die beiden waren sicher froh, sie los zu sein.

***

Kapitel 38

„Hallo Schätzchen, Mama ist wieder da!"

Nelly schleppte den Koffer in die Diele. Es ließ sich weder eine Menschen- noch eine Tierseele zur Begrüßung sehen.

Sie stürmte ins Schlafzimmer, die Wiedersehensfreude konnte sie kaum im Zaum halten.

Das Schätzchen hockte mit untergeschlagenen Pfoten und erhobenem Haupt wie eine Diva auf dem Bett, ohne auch nur eine Kralle zu rühren.

Die aufgerissenen Augen funkelten wie Bernstein in der Sonne. Nelly kam es vor, als stünde Felize ins Gesicht geschrieben: „Wie kommst du an die Schlüssel zu meiner Wohnung? Was willst du hier?"

Seit dem Tag, an dem das Findelkind bei ihr eingezogen war, fühlte sich die Katzenmutter ohnehin nur geduldet in ihrer eigenen Wohnung, aber jetzt hatte die launische Katze gefälligst Wiedersehensfreude zu zeigen.

„Hast du gedacht, ich komme nicht mehr wieder?" Klar, es war für das Schätzchen eine lange Zeit. Es dauerte einige Minuten, dann legte Felize eine Freude an den Tag, dass Nelly das Herz fast aus der Brust sprang.

Sie schmusten, kuschelten und rangelten miteinander, Felize stieß kleine piepsende Töne aus, und der Seiber rann ihr am Kinn entlang.

Ein Schlüssel drehte sich im Schloss, und Tusnelda erschrak zu Tode.

Ach richtig, das wird Viola sein. Aber Carmen stand in der Tür.

„Gott sei Dank, da bist zu ja endlich! Wir haben uns ganz

schön gesorgt.

Deinen Begleiter habe ich im Hausflur getroffen, als er das Gepäck vor die Türe stellte, aber er hat nicht gesagt, wo du abgeblieben bist, er war sehr in Eile. Es sah aber eher so aus, als wolle er nichts sagen."

„Ich war im Knast", antwortete Nelly lapidar. Carmen riss die Augen auf:

„Wie im Knast?"

„Hinter schwedischen Gardinen. Gesiebte Luft atmen, wenn du weißt, was ich meine. Aber, so schön es auch war, leider nur einen Tag! Erzähle ich dir ein anderes Mal."

„Wo ist denn Viola, meine Urlaubsvertretung?"

„Im Krankenhaus. Sie hat gestern ein Mädchen bekommen. Unser gemeinsames Enkelchen ist auf der Welt."

Nelly wurde glühend heiß. „Und …?"

„Was und?" Carmen schwieg.

„Lässt du dir jedes Wort aus der Nase ziehen oder kannst du etwas flüssiger berichten?"

„Wie man in den Wald hinein ruft, so schallt es heraus", murmelte Carmen in ihren nicht vorhandenen Bart.

Sie gab ein Schluchzen von sich, bei dem Lachen und Weinen nicht zu unterscheiden waren.

„Mein kleines Mädchen …", sie wischte mit dem Handrücken über die Augen, „mein Mädchen, jetzt ist sie tatsächlich selbst Mutter! Und so süß ist das Baby, so schön, so winzig. Und ich bin Großmutter geworden!"

Carmen schluchzte wieder, bis sie sich verschluckte und hustete.

Eine nicht zu verachtende Alkoholfahne wehte Nelly entgegen. Sie klopfte Carmen auf den Rücken.

„Ehe du die Drama-Queen hier weiter gibst und zusammenhangloses Zeug redest, sage bitte, sind Mutter und Kind gesund?"

„Ja, alles in Ordnung, bis auf eines, den Namen." Sie zögerte, ehe sie mit der Sprache herausrückte: „Das kleine Wesen soll Tusnelda heißen!"

Unterschwellige Wärme durchflutete Nellys Körper. Sie spürte ihr Herz und die aufsteigenden Tränen in ihrer Kehle.

Dem verabscheuten Namen wurde durch Viola ein Zauber auferlegt, der Nelly rührte. Ihre kleine Tochter würde Viola bestimmt nicht *Tussi* rufen.

Derweil Tusnelda ihre Sachen zurück in die Schränke packte, waren ihre Gedanken bei Dalvin. Sie rief sich die wunderbare Zeit, die sie zusammen verbracht hatten, ins Gedächtnis. Als sie die Lagune vor Augen hatte, kroch wieder ein heißer Schauer über ihren Rücken und das Herz schlug vor die Rippen. Sie hatte weder eine große Liebe noch verzehrende Leidenschaft in ihrem Leben erfahren. Wurden solche Gefühle im Alter überhaupt noch von der Umwelt gebilligt?

In der Dusche ließ sie das Wasser, so heiß sie es gerade noch aushielt, auf sich niederprasseln.

Was war das zwischen Dalvin und ihr? Liebe war es wohl kaum, auf jeden Fall nicht jenes tiefe Gefühl, das sie für Julius empfand. Darüber war Nelly sich seit einiger Zeit im Klaren. Diese Zuneigung, aus stürmischer Verliebtheit und Leidenschaft entstanden, war einer innigen Liebe gewichen, auch wenn das eventuell nicht auf Gegenseitigkeit beruhte. Es hatte nie ein ausdrückliches Bekenntnis oder eine Entscheidung gegeben.

Sie trocknete sich mit einem flauschigen Badetuch ab.

Während sie die durch viele Sonnenstunden trockene Haut eincremte, dachte sie darüber nach, dass sie Dalvin eigentlich kaum kannte. Es gab eine Grenze, die er sie nicht überschreiten ließ. Immer war da eine gewisse Barriere in seinem Inneren, zu der er ihr keinen Zutritt gewährte. Die Vermutung lag nahe, dass seine innere Unzugänglichkeit mit Juan, seiner Partnerschaft, zusammenhing. Diese war ja ebenso vor Nelly verheimlicht worden.

Er hatte immer ein offenes Ohr für sie und stand ihr zur Seite, wo er nur konnte. Und nun waren sie sich auch sexuell näher gekommen. Das war gut so. Schön war es. Mehr leider nicht. Nelly wollte diese Gedanken gar nicht haben. Die ganze Beziehung infrage zu stellen, das lag ihr vollkommen fern. Der dunstige Nebel, der Berlin in einen grauen Schleier hüllte, drückte sehr wahrscheinlich auf ihre Psyche. Das fehlende Sonnenlicht und die vertrackten Ereignisse führten zu solch düsteren Betrachtungen. Vor ihrem geistigen Auge entstand wieder das Bild von blauem Himmel, türkisfarbenem Meer, Palmen und weißem Sand.

Auf keinen Fall wollte Nelly ihr *Mokkatörtchen* verlieren. Denn eines war ihr klar, er würde eher die Segel streichen, als sich auf eine Auseinandersetzung einzulassen. Mit ihm gab es keine Diskussion über seine Gefühlswelt. Er schwieg einfach, wenn es um seine Empfindungen ging. Diese Konfliktunfähigkeit gaukelte ein Trugbild von Harmonie vor. Und Nelly würde eigentlich gar nichts ändern wollen. Es ist gut so, wie es ist, sinnierte sie. Außerdem war sie nicht dazu berufen, einen entschlossenen Schwulen an seiner Sexualität zweifeln zu lassen.
Die plötzliche Stille dröhnte in ihren Ohren. Keine

Beschallung mit Merengue-Musik, Papageiengekrächze, Zikaden, und an den Heidenlärm der Einwohner hatte sie sich auch gewöhnt. Außer Felizes seliges Schnurren war nichts zu hören. Und Dalvin fehlte auch.
Auf einmal war alles nur noch halb.

Sie befand sich zwischen zwei Stühlen, … äh, Männern.
Aber eine Entscheidung treffen. Wer schrieb das vor, die Moralapostel der Gesellschaft? Sie würde sich nicht der Tyrannei einer Entscheidungsfindung opfern, noch weniger sich einem Ultimatum beugen. Verworfen wurde zunächst eine dieser beliebten und nichts bringenden Listen, in denen man festhielt, was für den einen oder den anderen Mann spricht. Wie auch immer, sie genoss ihre neue Freiheit und das Zusammensein mit jedem der beiden Männer. Sie war ihres Glückes Schmied. Ihr Ehepartner Wolfgang hielt sie die Jahre über für *die beste Ehefrau von allen*, leider aber auch für selbstverständlich.

***

Der Frühling ließ es sich nicht nehmen, wie Jahr für Jahr, sein blaues Band durch die Lüfte flattern zu lassen. *Die Vögel singen tralala…* Erstaunlicherweise ging ihr das Zirpen der gefiederten Freunde nicht mehr auf die Nerven. Sie lauschte den unterschiedlichen Stimmen, aber nur das Ratschen der Elstern war zu unterscheiden. Ihre Sinne und vor allem ihr Herz hatten sich offensichtlich geweitet.
Sie schwang die Beine aus dem Bett. Der Gedanke an Julius zauberte ein Lächeln auf ihr Gesicht. Nach einer Tasse Kaffee wollte sie ihn überraschen.
Punkt zehn Uhr stand Nelly vor Julius's Haus, als ein kleiner

roter Wagen mit der Aufschrift *Schwester Adelheid – Betreuung mit Herz* einparkte. Eine Frau mittleren Alters, an deren Meerbusen so mancher gern mal auf Tauchstation gegangen wäre, stieg aus, schulterte einen tarnfarbenen Rucksack und kam energischen Schrittes auf das Haus zu.

„Ist euch Zeugen Jehovas noch nicht einmal mehr der Sonntag heilig?", schnaubte sie unfreundlich, bevor Nelly zu Wort kam. „Verschwinden Sie!"

„Ich bin nicht von den Zeugen Jehovas", verteidigte sich Tusnelda, „ich bin eine Freundin von Julius. Ich wollte ihn überraschen!"

„Oh, Verzeihung, dann sind sie sicher Tusnelda, von der Julius mir erzählt hat."

Sie schaute Nelly zerknirscht an, während sie über pechschwarz gefärbte, streichholzkurze Haare strich.

Mit einem Blick auf das kleine Auto fragte Nelly grienend: „Und Sie sind Schwester Adelheid?"

„Nein, ich bin Rosi Michels, wir sind alle Schwester Adelheid." Während sie redete, nestelte sie Schlüssel aus ihrem Rucksack. Sie entschuldigte sich nochmals für die mürrische Laune.

„Schon vergessen!", sagte Nelly großzügig.

Frau Michels erklärte Nelly, dass Julius ja immerhin beträchtliche Schwierigkeiten hatte, dauernd zur Haustüre zu rollen.

„Aber heute wird die sonntägliche Badezeremonie vollzogen, darauf freut er sich immer."

Rosi Michels hätte ebenso gut sagen können: „Der Geschlechtsakt wird vollzogen."

Nelly spürte einen Widerhaken ins Herz gekrallt, als sie sich vorstellte, wie diese Person *ihren* Julius befummelte.

„Das war von mir ziemlich egoistisch, ihn am frühen Morgen

zu überfallen", flüsterte sie dennoch reumütig.

„Ich möchte bei Ihrer Badeparty auch nicht stören. Ich habe noch einen Termin im Krankenhaus und komme später wieder. Ich bin nämlich Oma geworden!" Sprach's – und stapfte davon.

***

Kapitel 39

Die frischgebackene Oma klingelte bei der Schwiegertochter, der zweiten frischgebackenen Oma, um mit ihr das kleine Mädchen in der Klinik zu begutachten.

Carmen öffnete die Wohnungstür, und schon drang Nelly der abgestandene Dunst von Alkohol und Zigaretten in die Nase. Das käsige Gesicht und die blutunterlaufenen Augen sprachen Bände. Sie glich einer wandelnden Leiche.

„Gibst du mir die Adresse, ich möchte mein Enkelchen mal sehen."

„Ich komme mit dir!", krächzte Carmen und riss ihre glasigen Augen auf.

„Das glaubst aber nur du! Hast du dich mal im Spiegel angesehen? Schau dich mal an. Du bist ein Spottbild deiner selbst und kommst im Krankenhaus nicht durch die Gesichtskontrolle. Du solltest deinen Alkoholkonsum mal einschränken, wenn nicht die Finger ganz davon lassen. Du kannst dein Elend nicht im Schnaps ertränken. Ich gehe alleine ins Krankenhaus! Bei deiner Alkoholfahne werden ja Mutter und Kind betrunken!"

***

In Nelly kamen Erinnerungen hoch, als sie die ihr bestens vertraute Klinik betrat. Aber heute war ein anderer Tag, und sie verscheuchte die unglücklichen Gedanken.

Am Empfang saß dieses Mal ein Mann. Einen solchen König der Hässlichen hatte sie noch nie gesehen. Er verzog seinen schmallippigen Mund zu einem obskuren Lächeln, das die fast bis zu den abstehenden Ohren reichte.

„Fahren Sie in die vierte Etage, halten sich rechts, den Gang entlang bis Zimmer 418."

Zaghaft klopfte sie an die Türe und lugte durch den Türspalt.
„Komm Großmutter, sag deiner Enkelin Guten Tag."
Nelly trat näher ans Bett heran. Sie traute sich kaum,
aufzutreten. Die junge Mutter war noch ziemlich blass um die
Nase und ihre Haare verklebt. Nelly betrachtete das rosa
Bündel in Violas Armen. „Das ist Tusnelda", sagte diese mit
leiser Stimme.
Sprachlos und mit angehaltenem Atem sah Nelly in das
zerknautschte Gesichtchen. Tusnelda war ein Winzling mit
kläglichem rotblonden Flaum auf dem Kopf, dafür aber mit
einer kräftigen Stimme. Sie fuchtelte mit den Armen und
strampelte, als sei sie wütend. Nelly streichelte behutsam die
kleine Hand mit den vollkommenen rosa Nägeln, und das
Baby schien sie tatsächlich anzulächeln. Nelly verliebte sich auf
der Stelle.

Eine üppige Schwester holte den neuen Erdenbürger ab. „Hat
sie gut getrunken?" Mit geübtem Griff verfrachtete sie das
Kleine in ihre Armbeuge.
„Ja, antwortete Viola, aber sie hat mich wieder in die
Brustwarze gebissen, das tut weh."
„Ich bringe Ihnen gleich eine Salbe. Aber jetzt brauchen Sie
Ruhe", sagte sie in einem Ton, der keinen Widerspruch
duldete. Die resolute Durchsetzungskraft der Schwestern
kannte Nelly bestens, sie setzte dem nichts entgegen,
streichelte dem einen Enkel über die Wange, dem anderen
Enkel über das flaumige Köpfchen. „Ich komme bald wieder."

Heute, am Sonntag, strömten die Besucher durch die
Empfangshalle. Trotzdem pikte Nelly ihren Sohn sofort aus
der Menge heraus. Bewaffnet mit einem Rosenstrauß, lief er
zielstrebig zu den Aufzügen.

Er hatte sich zum Positiven verändert. Die wandelnde Altkleidersammlung war zu einem flotten erwachsenen männlichen Wesen herangereift.

Nelly machte durch ein „Hallo" auf sich aufmerksam. Alle am Aufzug Wartenden drehten die Köpfe.

Der junge Vater eilte auf sie zu und schaute in ihr Gesicht, als wolle er ein Kreuzworträtsel lösen.

„Und …?", fragte er ohne Begrüßung.

„Was, und …?"

„Wie findest du meine Tochter?" Sein brennender Blick durchbohrte sie.

„Sprichst du von eurer Niedlichkeit, Prinzessin Tusnelda? Zuerst mal guten Tag liebe Mutter, wie geht es dir?"

„Ja, sorry, guten Tag, meine liebe Mutter, wie geht es dir?" Er umarmte sie demonstrativ und schlug ihr den Strauß Rosen ins Kreuz.

„Und …? Was sagst du? Ist sie nicht süß? Ich war bei der Geburt dabei!"

Wie Athos von den drei Musketieren schlug er heldenhaft vor seine Brust und platzte fast vor Stolz. Bei näherer Betrachtung war das glaubhaft. Übernächtigt, unrasiert und ziemlich neben der Spur.

„Das war der schönste Moment meines Lebens!" Noch vor dreißig Jahren waren Männer gezwungen, mit ihren Kumpels in der Kneipe kettenrauchend auszuharren, und alle drei Minuten in der Klinik anzurufen, bis sie die glückliche Nachricht erfuhren. Oder die Nervenbündel gingen in der Klinik auf und ab – 20 Schritte hin, 20 Schritte zurück, bis sie dann das Baby kurz durch eine Glasscheibe bestaunen durften. Heute war es Pflicht, im Kreißsaal der Partnerin zur Seite zu stehen, falls der werdende Vater nicht gerade ohnmächtig im Weg herumlag.

Laut Fachartikeln über das Thema hatten nicht wenige Männer unter dem emotionalen Kreißsaal-Kollaps ewig lange zu leiden.

Tusnelda ermahnte sich, die beiden ihre eigenen Erfahrungen machen zu lassen, und sich nicht einzumischen. Wie es aussah, war Heiko wunschlos glücklich. Grenzwertig war die Situation am Anfang schon, aber scheinbar ging alles besser als gedacht. Viola hatte ihn auf den richtigen, wenn auch horizontalen, Weg gebracht.

Der kleine Wonneproppen würde schon dafür sorgen, dass der junge Vater weder zu Atem kam, noch einen klaren Gedanken fassen konnte.
Heiko stieg in den Aufzug zur Etage der Glückseligkeit und Tusnelda eilte dem Ausgang zu.

***

Kapitel 40

„Hallo, Schätzchen! Mama ist wieder da!"

Felize sprang vom Bett herunter, obwohl sie sich an der Bettseite noch mit den Vorderpfoten abstützte, ging das Geräusch der klirrenden Knochen Nelly durch Mark und Bein. Nelly gab ihrem Liebling Futter und rief bei Julius an.

„Du hast mir gefehlt", legte sie ohne weitere Umschweife los.

„Wer ist da bitte? Ich fehle keinem, sonst bliebe derjenige nicht so lange weg."

„Zwei Wochen, waren es", verteidigte sich Nelly.

„Zwei Wochen sind immerhin vierzehn Tage zu viel, aber du warst ja in netter Gesellschaft und damit in den besten Händen, da denkt man ja nicht daran, mal anzurufen."

„Ich habe einmal an dich gedacht, und das hat nicht mehr aufgehört. Übrigens war ich war heute Morgen vor deiner Tür, da durfte ich *deine* „besten Hände" auch mal kennenlernen."

„Ach ja, meine Betreuung Rosi, sie ist ein Schatz!"

Was darauf schließen ließ, dass sie ihm den Hintern abwischte, ohne schreiend aus dem Haus zu laufen.

Jetzt wechselte Julius das Thema und fragte, ob sie denn morgen kommen wolle. Oder noch heute?

„Ich komme morgen, heute bin ich ziemlich fertig und gehe früh schlafen."

Der Oleanderbaum trieb wieder neu aus, allerdings machten die Blütenstände und Blätter einen ziemlich kraftlosen Eindruck.

Mit klopfendem Herzen stand sie vor Julius' Tür. Sie bemerkte, wie sehr er ihr gefehlt hatte. Schließlich ist Sehnsucht ein anerkanntes Leiden.

Er öffnete die Tür, und sie schauten sich sekundenlang schweigend an, nur in seinen Augen flammte die Freude auf. Nelly fühlte sich, als bekäme sie keine Luft. Als würde, wenn sie sich auch nur ansatzweise rührte, eine Lawine von Gefühlen losbrechen, die sie unbedingt unter Kontrolle halten wollte.

Sie neigte den Kopf zur Seite, als ob sie nicht glauben konnte, dass er vor ihr saß. Die Starre ihres Körpers fiel von ihr ab. Sie flog in seine Arme, warf in beinahe mitsamt Rollstuhl um, und bedeckte sein Gesicht mit Küssen.

Atemlos keuchte er: „Willst du nicht erst hereinkommen, oder darf ich dich auf einmal in aller Öffentlichkeit küssen?"

Sie hätte Wolfgang, ihren Mann, in der Öffentlichkeit genauso wenig geküsst oder seine Hand gehalten, wie sie sich am Marktbrunnen die Zähne putzen würde. Das war unter ihrer Würde.

Nelly schob ihn in ins Haus. Während sie mit dem Fuß die Tür zuknallte, dass Julius zusammenzuckte, konnte sie im Augenblick keinen klaren Gedanken mehr fassen und blieb unschlüssig im Flur stehen.

Sie wunderte sich immer wieder, wie geübt er mit dem Rollstuhl umging, als er denselben mit Schwung herumdrehte, um ihr ins Gesicht zu sehen. Sie ging in die Hocke und legte die Hände auf seine Knie.

„Was genau willst du?" Er sah sie mit blitzenden Augen herausfordernd an. Seinen Blick erwidernd, murmelte sie: „Dich!"

Sie folgte ihm, als er auf das Schlafzimmer zusteuerte, und sah zu, wie er sich vom Rollstuhl aufs Bett schwang. Ein mühevolles Unternehmen, die Beine wie zwei Paddel aufs Bett zu ziehen.

Intuitiv hielt sich Nelly mit Hilfestellung zurück.

Sie setzte sich neben ihn, umklammerte seinen Körper ganz fest und vergrub ihren Kopf an seinem Hals. Dann brauchten sie keine Worte mehr. Sie hievte seine Beine ganz auf das Bett. Er zog sie an sich, bis sie auf ihm lag. Sein Mund suchte ihre Lippen, er knöpfte ihre Bluse auf, bis seine Hände ihre Brüste umschlossen.

Sie kämpfte mit seinem T-Shirt, zog es über seinen Kopf, dann öffnete sie den Reißverschluss seiner Hose und streichelte ihn. Schließlich zog sie seine Socken aus, zerrte die Jeans und die Shorts über seine Beine.

Sie entledigte sich ihrer Jeans und legte sich wieder auf ihn.

„Darauf habe ich mich schon den ganzen Tag gefreut", flüsterte er.

Julius besaß die Gabe, sie zu leiten und ihre Angst zu nehmen. Er steuerte ihre Hüften mit sicherem Griff in die gewünschte Stellung.

Sein Glied war wie ein Stück Eisen. Als er in sie eindrang, spürte Nelly, dass sie füreinander geschaffen waren.

Ein Strudel erfasste ihren Körper von unten nach oben, und die Worte *die Wellen der Lust schlugen über ihr zusammen,* die Groschenromanen zukamen, entwickelten ein Eigenleben.

Nelly brach nach Luft ringend auf seiner Brust zusammen und spürte ihre Herzen pochen. Sie lagen noch eine Weile schweigend mit schwerem Atem nebeneinander, bis sie sich aufraffte, und das Knäuel der Bettlaken entwirrte.

„Du hast gerade mit einer Oma Sex gehabt!"

„*Liebe gemacht!*" klang es neben ihr. „Ich sagte: „*Liebe gemacht.*" Das ist ein gewaltiger Unterschied, wenn du weißt, was ich meine!"

Sie schwebte auf den Wolken, die sich unter ihren Füßen

befanden, ins Bad. Diskret beobachtete sie, wie Julius sich die Unterhose über die Beine zog und sich aus dem Bett bewegte. Er rutschte zur Bettkante und brachte die Beine nebeneinander sortiert auf den Boden.

„Komm her, mein Freund!", rief er, als er sich mit Kraftanstrengung in den Rollstuhl schwang.

Eine wohlige Müdigkeit befiel Nelly, aber sie hätte nicht schlafen können, dazu war sie viel zu aufgewühlt.

Julius schien ähnlich zu empfinden. Normalerweise fielen Männer danach in einen Tiefschlaf. Er nicht, Gott sei Dank!

Tusnelda hatte einen Bärenhunger und hörte erfreut aus der Küche:

„Hast du Hunger? Ich habe etwas Leichtes vorbereitet!"

Der Tisch war schon gedeckt. Julius holte zwei Filetsteaks aus der Alufolie, gab einen gemischten Salat und Baguette dazu. Das Fleisch war butterzart.

„Ist das das Fleisch von den Tieren, die in den Genuss einer sanften Massage kommen, und die dem Klang klassischer Musik lauschen?"

„Ja, ist es allerdings. Chapeau! So viel Fachwissen hätte ich jemand, der eine Quattro Stagione Tiefkühlpizza für eine kulinarische Offenbarung hält, gar nicht zugetraut."

„Aber Spaß beiseite, erzähl mal von deinem Ausflug in tropische Gefilde."

Tusnelda berichtete in den schillerndsten Farben von den wunderbaren Eindrücken, die sie gewonnen hatte. Von dem türkisfarbenen Meer, dem blauen Himmel, den Palmen, den Stränden, der Bootsfahrt, vorbei an Krokodilen, von Merengue und dem „Heiligen Wasser."

Nicht zu vergessen die Moto-Conchos.

Auch die fröhlichen Einwohner ließ sie nicht aus.

„Was ich aber noch erlebt habe, haut dich glatt vom Stuhl!"

„Bitte nicht", warf er ein. „Wer soll mich denn aufheben?"

„Ich bin verhaftet worden, und in den Knast gewandert, und das hier in Deutschland!"

„Wie bitte? Warum, was hast du wieder angestellt?"

Nelly erzählte ihm die Geschichte von Anfang bis Ende.

„Ich lach' mich tot, du und illegale Stimmungsaufheller! Wer glaubt den so was?" „Die Polizei. Wenn Dalvin mir nicht geholfen hätte, säße ich noch in der Zelle."

„Dalvin? Ist das der große, zugegebenermaßen gut aussehende Schwarze, mit dem du um die Häuser ziehst? Hast du Sex mit ihm?"

Julius hatte einen Nerv getroffen. Eine Saite kam zum Klingen erst ganz leise und zart und dann gewaltig wie das Brausen eines Sturmes.

„Dalvin ist mein Freund! Ich war ja auch in der Dominikanischen Republik durch ihn, das ist seine Heimat!"

Er schob den Teller von sich. „Meine Frage hast du nicht beantwortet!"

Nelly spürte einen Kloß im Hals. Sie wollte Julius nicht verletzen,

aber Verrat an Dalvin und der Beziehung zwischen ihnen – egal, welcher Art diese auch war – zu begehen, wäre ein Frevel. Also nahm Nelly ihren ganzen Mut zusammen und antwortete: „Nicht wirklich, nicht so wie mit dir. Einmal, aber nur ein bisschen." Julius' Gesicht überflog ein Schatten.

„Wie, ein bisschen? Kann man ein bisschen Sex haben?"

„Er ist doch eigentlich schwul", presste Nelly zwischen den Zähnen hervor.

„Aber, fuhr sie fort, ich liebe ihn, so, wie man einen guten Freund und einen Mann vom anderen Ufer lieben kann." Eine unheilvolle düstere Stille breitete sich aus. Eine wirklich stille Stille. Der weitere Verlauf des Abends versprach, in eisiger Atmosphäre stattzufinden.

Bedeuteten die glücklichen Stunden nichts mehr? Ausradiert? Für immer? Eine Mauer baute sich auf, und Nelly überlegte angestrengt, wie sie diese einreißen konnte.

Wenn sie so weitermachte, war über kurz oder lang abzusehen, dass sie keine zwei Männer an ihrer Seite hatte, sondern null. „Da haben wir den Salat!", war alles, was ihr einfiel.

„Das Vegetariervokabular kannst du dir sparen. Komm lieber mal zu mir!" Mit einer geschmeidigen Bewegung nahm sie seinen Schoß in Besitz und umarmte ihn heftig. Er erwiderte ihre Umarmung und legte den Kopf an ihre Schulter.

„Ich frage mich oft, was will eine Frau wie du mit einem Krüppel, wie mir?" Sie schüttelte den Kopf. „Was redest du für einen Schwachsinn! Gefühle kann man nicht herbeireden, aber ebenso wenig wegreden.

Was ich will, habe ich dir doch vorhin gesagt und gezeigt. Der Satz „*wir haben Liebe gemacht*" kam von dir. Schon vergessen?"

Ein Grinsen flog über ihr Gesicht: „Du kannst ja Blütenblätter zupfen. Sie liebt mich, … sie liebt mich nicht, das Blümelein wird schon – im Gegensatz zu mir – die Wahrheit sagen. Die Erde wimmelt von Geistes- und Gefühlskrüppeln. Gott sei Dank gehörst du nicht dazu. Du hast was Besseres auf Lager! Mehr sage ich zu deinen bescheuerten Zweifeln nicht. Sägespäne lassen sich nicht noch weiter zersägen!"

Sie wendete sich wieder ihrem von dem Züchter gehätschelten Fleisch zu. Das war kalt geworden.

„Herr Ober, meine Liebe ist kalt!"

Kapitel 41

„Hallo, Schätzchen, Mama ist wieder da!"
Felize kam nicht angelaufen. Auf dem Bett lag sie auch nicht.
Nelly bückte sich und schaute unters Bett. Da lag sie!
Weit geöffnete Augen blickten Nelly an.
„Komm raus, Schätzchen!" Nelly gelangte mit ihrem Arm bis
an die Vorderpfoten und kitzelte sie an den Zehen. Das
Schätzchen robbte auf dem Bauch hervor.
Sie richtete sich auf und begab sich mit schaukelndem Gang
ins Wohnzimmer. Nelly beobachtete voller Schrecken, dass
Felize stark humpelte. Sie sprang auch nicht wie gewohnt aufs
Sofa, sondern streckte sich in Seitenlage auf dem Parkettboden
lang aus, ohne ihre Mama aus den Augen zu lassen. Hatte sich
die Arthrose so stark verschlimmert? Wirkten die Medikamente
nicht?
Der Blick von Felize war wie ein Hilfeschrei, den Nelly kaum
noch ertragen konnte.

***

Heute hatte ein Taxifahrer schreiende Katze und schwitzende
Katzenmutter im Wagen geduldet und zur Tierärztin gefahren.
„Na, da wollen wir mal gucken, was los ist!" Felize war bei der
Ärztin wieder der Welt liebste Katze.
Frau Dr. Bergmann tastete den kleinen Körper
zentimeterweise ab, während Nelly vor sich hinschwitzte.
„Setzen Sie sich dort auf den Stuhl, und versuchen Sie, mal
ruhig zu atmen", sagte Frau Dr. Bergmann.
 "Sie machen uns hier am Behandlungstisch nervös mit Ihrem
Gezappel."

Felize wurde zum Röntgen gebracht. Nelly lagen die Nerven

blank. Sie spürte ihr Herz rasen. Mit zusammengebissenen Zähnen unterdrückte sie die aufsteigenden Tränen. Heulen wollte sie auf keinen Fall. Die Zeiger der Uhr im Wartezimmer klebten fest.

Als Nelly wieder in den Behandlungsraum gerufen wurde, waren ihre Beine so schwer wie Blei. Sie wischte sich den Schweiß von der Stirn.

Ihr Innenleben bestand nur aus Magen, der bis zur Kehle reichte.

„Also …!", begann die Ärztin.

„Folgendes …!"

Wieso stotterte sie so unartikuliert herum?

Nelly schmerzte der Kiefer von den noch immer zusammengebissenen Zähnen. Sprechen war nicht drin. Sie heftete ihre Augen auf den Mund der Ärztin.

„Tja, also", hieß es abermals.

„Es sind mehrere Knoten auf dem Röntgenbild auszumachen."

Ein leiser Schmerz zog sich wie ein Faden durch Nellys Rippen hindurch bis in den Unterleib.

„Sie bekommt stärkeres Metacam, das hilft erst einmal. Operieren hat keinen Zweck bei den Herzwerten. Wenn die Kleine wissen lässt, dass es nicht mehr geht, können Sie mich anrufen. Ich kann zu Ihnen nach Hause kommen."

***

Die Erde drehte sich immer weiter und der Kreislauf der Natur stand nicht still. Die Sonne war schon hoch am seit Tagen wolkenlosen Himmel. Drei Monate waren vergangen. Viola rief oft an. Der jungen Familie ging es gut, die liebliche Prinzessin legte an Gewicht und Haaren zu.

Nur Felizes Zustand war unverändert.

Sie lag die meiste Zeit unter dem Bett, aber sie schlief nicht, sie starrte ein imaginäres Ziel an.

Nelly verließ nur noch das Haus, um das Nötigste einzukaufen. Einige Male besuchte sie Julius, aber nicht lange, dafür war nicht genug Ruhe in ihr.

Damit Felize sich mit den schmerzenden Knochen nicht so zu bücken brauchte, wurde eine erhöhte Fressnapfmöglichkeit angeschafft. Dadurch konnte sie, das Wenige, was zu sich nahm, im Stehen erreichen.

Aus kleinen Kisten war eine „Treppe" für die Katze gebaut, um den Aufstieg ins Bett zu erleichtern. Das gleiche Prozedere fand vor dem Sofa statt. Beide Stiegen wurden nicht genutzt.

Nachmittags stand die Kleine vor dem Sofa, und Nelly hob sie zu sich hoch. Felize streckte sich lang aus auf Nellys Schoß und ließ sich den inzwischen nackten Bauch streicheln.

Der da oben half ihr mehr als einmal aus der Klemme. Und die kleine Felize hatte doch Er ihr geschickt. Jetzt forderte Er als Opfer das Liebste, was sie hatte, zurück? Das war nicht gerecht.

Es hieß doch: Ein Mensch sieht, was vor Augen ist; der HERR aber sieht das Herz an. Warum wurde es ihr dann gebrochen?

Wer kann das sein?, dachte Nelly, als die Türklingel anschlug. Mit Felize auf dem Arm öffnete sie.

„Hallöchen!", flötete Carmen. Ich wollte mal schauen, was die Oma so macht!" Sie hielt eine Flasche Rotwein wie ein Baby im Arm. „Nichts ist los, gar nichts. Komm rein."

Felize strampelte gegen Nellys Brust, und sie setzte die Katze auf den Boden.

Carmen schien relativ nüchtern zu sein, aber das war immer schwieriger auszumachen. *Du merkst erst, dass jemand säuft, wenn er mal nüchtern ist.* Nelly öffnete trotzdem die Flasche Rotwein und schenkte zwei Gläser ein. Sie erzählte von dem Desaster am Flughafen und ihrem Knastaufenthalt. „Du und Drogen, das ist wirklich absurd." Carmen bog sich vor Lachen.

Ich könnte die Gunst der Stunde nutzen und Carmen auf ihr Problem ansprechen, dachte Tusnelda. Es war eigentlich jedermanns eigene Entscheidung, in welchen Süchten er versumpfte. Einem anderen den erhobenen Zeigefinger vor die Nase zu halten, war eine Indiskretion, die sich niemand erlauben sollte.

Aber, dachte sie, eine bessere Gelegenheit würde sich wohl nicht ergeben und rüttelte an dem sensiblen Thema: „Apropos Drogen, hast du ein Problem mit Alkohol?"

„Nicht *mit* Alkohol, sondern eher *ohne*." Auf die scherzhaft vorgebrachte Wahrheit ging Nelly nicht ein, sondern legte die Stirn in sorgenvolle Falten. „Ich weiß, es geht mich nichts an, aber wenn ich Dir helfen kann …?"

„Ja, kannst du. Schenke mir noch ein Glas Wein ein", sagte Carmen immer noch lachend.

„Schön, wenn du überhaupt noch lachen kannst."

Das Lachen wich einem ernsten Ausdruck.

„Ich mache eine Therapie. Ich habe schon einen Platz. Statt ganz auf Alkohol zu verzichten, lerne ich den Konsum einzuschränken und Situationen in den Griff zu kriegen, die bisher im Vollrausch endeten. Ich bin nicht alkoholkrank, sondern ein kräftiger Trinker. Die Vorstellung, dass ich nie, und wirklich nie mehr Alkohol zu mir nehmen darf, lässt eine Behandlung schon im Ansatz scheitern."

„Was sagen deine Vorgesetzten dazu?"

„Wenn ich meine Arbeit behalten will, muss ich diesen Weg gehen, sonst wars das." Nelly legte den Arm um ihre Ex-Schwiegertochter. „Du schaffst das schon Kleines, mit meiner Unterstützung kannst du jedenfalls rechnen."

Kapitel 42

Tusnelda kam von ihrem Frühstückstreffen mit Dalvin, Valentina, Lian, Sidney und natürlich Josefine, dem Lieblingsfrettchen.

Diese kleinen Zusammenkünfte brauchte sie, auch um Kraft zu tanken für das heimische Jammertal.

Vergangenes Wochenende war sie sogar zu Juans Geburtstag eingeladen.

Wieso ihr diese Ehre zuteilwurde, war schleierhaft.

Die Feier sollte im *Stilbruch* auf der Insel Eiswerder stattfinden.

Die Geburtstagsgesellschaft bestand nur aus vier Personen. Dalvin, Valentina, Nelly und Juan. Mit Josefine fünf.

Als sie an dem reservierten Tisch in dem winzigen Restaurant Platz genommen hatten, balancierte der Chef fünf Gläser Begrüßungschampagner auf einem Tablett.

Das Geburtstagskind war hier augenscheinlich bekannt.

Die Gläser wurden auf Juan gehoben und der Champagner stieg Nelly sofort zu Kopf. Das Essen war von Anfang bis Ende einfach sensationell: Teriyakispieß vom Rinderfilet, Glasnudelsalat.

Für jeden gab es als Hauptgang fünf gebratene Riesengarnelen mit Tomate, Knoblauch, Fettucine.

„Sollen wir vor dem Dessert eine Kahnpartie machen?" Juans Vorschlag wurde mit Jubel begrüßt. Die Havel und die kleinen Ruderboote waren nur ein paar Schritte entfernt.

Nelly kletterte mit Dalvins Hilfe in den schaukelnden Kahn.

Das enge Kleid, welches sie sich extra für diesen Tag zugelegt hatte, war zwar todschick, aber für eine Bootsfahrt ungeeignet.

Sie warf einen Blick auf das Nachbarboot. Endlich hatte Valentina ihren glühend verehrten Schwarm für sich alleine. Der heiße Minirock löste auf dem Bötchen vermutlich einen Schwelbrand aus.

Als Nelly auf dem gegenüberliegenden Holzbänkchen saß, zerrte sie das Kleid in eine Position, die wenigstens den Schlüpfer bedeckte. Fast bekam sie einen Krampf in den zusammengepressten Beinen.

Dalvin ruderte der untergehenden Sonne entgegen. Der Feuerball tauchte das Wasser in eine glühende Lava.

Seit einigen Stunden habe ich nicht mehr an zu Hause, an mein armes Schätzchen gedacht. Nelly plagte fast ein schlechtes Gewissen.

„Dalvin sah ihr in die Augen: „Was denkst du?"

„Ich dachte daran, welch ein wunderschöner Tag."

„Und dann guckst du so ernst?"

Dalvin wusste um Felizes Krankheit. Aber nun muss Nelly ihre Seelenpein loswerden und über das Chaos der Gefühle, in dem sie sich befand, berichten.

Er zog die Ruder mithilfe seiner Hände in das Boot. Nelly hatte Julius vor Augen, der auf die gleiche Weise seine Beine ins Bett gehievt hatte.

Dalvin schlug die Augen nieder und starrte auf den Boden des Bootes, als ob er dort eine Antwort finden würde.

„Eine schwerere Entscheidung gibt es kaum, aber in solch einem Fall solltest du nicht an dich denken, sondern daran, was für die Kleine das Beste wäre."

„Kann ich nicht! Ihr das Leben zu nehmen, ist doch wohl nicht das Beste! Ich bin doch keine Mörderin!"

„Aber nein, so darfst du nicht denken. Du bist nur zu feige. Du leistest Sterbehilfe. Du hilfst ihr, in Würde Abschied zu nehmen. Dafür fahren sterbenskranke Menschen in die Schweiz. Du musst diesen Zeitpunkt nutzen, Felize zu begleiten."

Tusnelda wischte sich über die Augen. „Wäre es nicht besser, zu warten, bis sie von selbst einschläft?"

Dalvin beugte sich vor, bis er ihre Hände in seinen hielt. Der kleine Kahn kam gefährlich ins Schaukeln.

„Soll sie sich noch bis dahin quälen? Und du findest sie dann in einer Ecke, in die sie sich zum Sterben zurückgezogen hat? Ganz alleine?

Du solltest ihr helfen auf dem letzten Weg! Außerdem fällt mir das alles auch schwer, die kleine Glückskatze hat uns immerhin zusammengebracht", sagte er traurig. „Wenn du willst, kann ich dich mit Felize zur Ärztin fahren und auch in die Praxis begleiten."

„Die Ärztin hatte angeboten, zu mir nach Hause zu kommen, aber davon bin ich abgekommen, da Felize bei Fremden unters Bett flüchtet, möchte ich ihr diesen Stress ersparen, sodass ich dein Angebot, uns zu fahren, gerne annehme. Ich gehe aber alleine rein."

***

Die Sonne versank jetzt als lodernder Feuerball im Wasser. Man wartete förmlich auf ein Zischen. Dalvin ruderte, was das Zeug hielt, dem Ufer zu, wo die ersten Lichter angingen. Ganz Gentleman, half er ihr aus dem Boot. „Wir reden aber bitte jetzt nicht mehr darüber, ich möchte nicht, dass der schöne Tag mit einem traurigen Abschluss endet", bat Nelly ihn.

Das Dessert wurde serviert. Nelly saß mit zugeschnürtem Hals vor dem Marzipan-Mohn-Eis. Wenn Valentina nicht gerade auf Juan mit Händen und Füßen einredete, ließ sie Gebäckkrümel in die Tasche fallen.

Die Stimmung war prickelnd und heiter.

Dalvin sah zu Valentina: „Sag mal, würdest du manchmal gern ein Mann sein?"

„Nein, und du?"

***

Nellys Gedanken fanden zurück ins Heute durch Felizes gebrechliches Auftauchen. Sie kippelte wie immer auf die Seite, streckte alle viere von sich und heftete die aufgerissenen Augen Hilfe suchend auf ihre Mama.

„Siehst du nicht, dass es mir schlecht geht, du musst mir helfen!"

Nelly durchlief ein heißer Schauer. Morgen, sagte sie jeden Tag. Morgen muss ich einen Termin machen.

Die zaudernde Katzenmutter ließ einen weiteren Monat verstreichen, bis sie zu der Erkenntnis kam, dass dieses Dahinvegetieren für ihr Schätzchen unerträglich war.

Heute sollte das Schicksal seinen Lauf nehmen.

Felize hatte sich ohne Murren in den Transportkäfig setzen lassen.

Nelly hielt sie auf dem Schoß, während der Fahrt in Dalvins Auto wurde kein Wort gewechselt. Sie starrten beide durch die Windschutzscheibe, als ob dort ein spannender Film ablief. Überraschenderweise gab auch die Kleine keinen Ton von sich. Nelly wäre das ohrenbetäubende Geschrei jetzt lieber gewesen.

Der Termin war auf 15 Uhr gelegt, und sie konnte direkt durchgehen ins Behandlungszimmer.

Anstatt einer Begrüßung entrann nur ein Krächzen ihrer Kehle.

Die Ärztin schwieg ebenfalls, als sie die Kleine auf den Tisch setzte und eine Spritze aufzog.

„Die ist zur Beruhigung", war alles, was sie von sich gab. Nelly zitterte wie Espenlaub.

„Hier, setzen Sie sich", sagte die Ärztin und schob einen Hocker an den Tisch. Ihr kleiner Schatz legte sich auf die Seite mit dem Köpfchen auf Nellys ausgebreiteten Arm.

Auch hier ließ sie ihre Mama keine Sekunde aus den Augen. Aber ein winziges Trostpflaster war, dass sie weder weinte noch knurrte. Im Gegensatz zu Nelly zitterte sie noch nicht einmal, sondern war vollkommen entspannt. Lag in dem Blick so etwas wie Dankbarkeit?

Frau Dr. Bergmann zog eine zweite Spritze auf und sagte: „Sprechen Sie mit ihr."

Es schnürte ihr die Kehle zu, aber sie summte leise, lautlos weinend, Felizes Lieblingslied. *LaLeLu, nur der Mann im Mond schaut zu, wenn die kleinen Babys schlafen …*, weiter konnte sie nicht. Auch wenn sie noch so tief einzuatmen versuchte, war ihr als bekäme sie nie ausreichend Luft.

Als die zweite Spritze gesetzt wurde, schrie Nelly lautlos: „Nein, Halt! Ich will sie wieder mit nach Hause nehmen!"

Die Ärztin fasste Nelly um die Schulter: „Ich lasse Sie jetzt einen Moment allein."

Nelly beugte sich zu der Kleinen und küsste sie aufs Köpfchen, auf die Pfötchen und auf den Hals.

Und dann geschah es: Das würde Nelly bis ans Lebensende in Erinnerung halten: Mit letzter Kraft drehte Felize den Kopf und gab ihrer Mama einen Abschiedskuss.

Sie leckte mit ihrer kleinen rauen Zunge über den nackten Arm. Ihr Köpfchen sank wieder zur Seite, und sie sprach zu Nelly: „Sei nicht so traurig, dass ich gehen muss. Ich komme wieder. Ich schicke dir jemand." Nelly hatte das deutlich gehört.

Man hört nur mit dem Herzen gut.

Sie saß bewegungslos und war nicht in der Lage, den Blick von Felize abzuwenden, die noch auf dem inzwischen eingeschlafenen Arm lag.

„Sie hat es geschafft und ist jetzt im Katzenhimmel".

Tanja Bergmann stand ebenfalls das Wasser in den Augen. Erst als sie sie in den Arm nahm, ließ Nelly den Tränen freien Lauf.

Ich werde nie wieder aufhören zu weinen.

Der Versuch, zu sprechen war aussichtslos, und so verließ sie grußlos die Praxis.

Zusammengefallen wie eine Marionette mit durchgeschnittenen Fäden

schlurfte sie auf Dalvin zu, der am Auto stand.

Er öffnete die Beifahrertür und bugsierte Nelly wortlos auf den Sitz.

Als ob er ihre Gedanken erriet, reichte er ihr eine kleine Flasche

Mamajuana, das „heilige Wasser" und startete schweigend den Motor.

***

Zu Hause angekommen begleitete Dalvin mit der größten Selbstverständlichkeit die vor sich hinstarrende Nelly nach oben.

Als sie auf dem Sofa geparkt war, nahm er sich einen Müllsack und packte das Katzenklo hinein.

Es folgten Fressnäpfe, kleine Mäuschen, Bällchen und alles, was auch nur ansatzweise an Felize erinnerte.

Nelly kauerte bewegungslos auf dem Sofa. Das heilige Wasser hatte seine Wirkung auf den nüchternen Magen nicht verfehlt und den Kloß im Hals runtergespült, sodass sie ein gepresstes „Danke" hervorbrachte.

Dalvin breitete eine Decke über sie aus. „Versuch mal, ein wenig zu schlafen." Er war kaum aus der Tür, da gaben die überreizten Nerven nach, und sie fiel in einen unruhigen Schlaf. Durch piepsendes Miauen schreckte sie hoch. Es war schon dunkel. Allmählich wurden ihre Gedanken klarer, und der Dämon der Erinnerung nahm Gestalt an.

Mit einer Flasche Rotwein bewaffnet, eingeschlagen in die Wolldecke,
setzte Nelly sich auf den Balkon.
Der Septemberabend war noch wunderbar warm, aber eine innere Kälte überzog sie mit einer Gänsehaut, die die Härchen auf ihren Armen aufstellte und sie frösteln ließ.
Felizes Augenausdruck war gegenwärtig. Sie spürte die kleine raue Zunge auf ihrem Arm. Nelly konnte an nichts anderes denken, als an dieses Küsschen. Das würde immer in ihrem Herzen sein.
Der Drache des Schmerzes breitete seine Flügel aus und schlug seine Klauen in ihre Eingeweide.
Zurück blieben der Anblick festgefrorener Sterne und eine Wolke, die wie ein Brautschleier den Mond verhüllte.
Ein Teil von Nelly war auch gestorben.

***

Kapitel 43

Nellys Oberstübchen spielte ihr einen Streich. Sie erwachte
durch das Geräusch klackernder Krallen auf dem Parkett. Die
Fantasie gaukelte ihr etwas vor. Gestern klägliches Miauen,
heute Tapsen. Geschah das als Ausdruck ihrer Trauer?

Schon über Mittag! So lange hatte sie noch nie im Bett gelegen.
Wann war sie ins Bett gegangen? Da klaffte eine
Erinnerungslücke. Sie schaute zur Seite, aber dort lag niemand
und sah aus bernsteinfarbenen Augen ihrem Schlaf zu.
Nelly zuckte zusammen, als das Telefon klingelte.
An seiner Stimme erkannte sie ihn sofort.
„Hast du Lust mit mir einen Spaziergang zu machen?, die
Sonne lacht."
„Du meinst einen Spazierroll?"
„Was ist das bitte?"
„Ich gehe, dein Rollstuhl rollt, so wirst du rollen, während ich
gehe."
„Soll ich dich aber schieben, dann ist das ein Spazierschub."
„Egal, Hauptsache, ich kann dich sehen, und zwar heute!"
Sie schlenderten durch den Park, das heißt, Nelly schlenderte,
während sie den Rollstuhl schob. Die Blicke, die sie trafen,
schwankten zwischen echtem Mitleid und erstauntem
Unglauben. Eine Schande, dass ein so gut aussehender Mann
im Rollstuhl sitzen muss.
Das Schicksal machte da aber keinen Unterschied.
Während Julius inbrünstig sein Schokoladeneis schleckte,
tropfte ihres bereits die Eiswaffel herunter in den Ärmel.
Nelly steuerte eine Parkbank an. Den Rollstuhl mit einer Hand
zu schieben, war schwierig.

Das Sonnenlicht des Herbstnachmittags tanzte durch das Laub der Bäume. Das Leben schien für einen Moment perfekt zu sein.

„Mit deiner Mieze tut mir leid" Julius streichelte ihren Arm. Sie schluckte den Kloß im Hals herunter. Ein brennender Pfeil des Schmerzes durchbohrte sie. „Am besten, wir sprechen fürs Erste nicht darüber."

Knall auf Fall eröffnete er: „Meine Ex-Frau hat sich nach all den Jahren gemeldet. Sie ist in Berlin, will mich treffen und mit mir reden."
Wie vom Blitz getroffen krächzte Nelly: „Das ist ja witzig, über was denn?"
„Sicher nicht übers Wetter. Es klang so, als ob es wichtig sei. Sie meinte, sie war damals nicht in der Lage, mir helfen zu können, und dadurch hätte sich alles verändert. Es hörte sich so an, als ob sie eine noch offene Rechnung begleichen wolle."
„Sie will zurück zu dir, sie will dich wiederhaben. Verdammt!", keuchte Nelly, und versuchte ihren Atem unter Kontrolle zu halten. „Nach so vielen Jahren!" Mit geschlossenen Augen kämpfte sie um ihre Beherrschung.
Sie deutete auf die bunten Turnschuhe.
„Da, das sind die Übeltäter, hab' ich doch gleich befürchtet, dass du mir wegläufst in den geschenkten Schuhen."
„Du meinst sicher rollst, … wegrollst. Ich laufe nicht. Der alte Mann in den wahnsinnigen Turnschuhen rollt weg!"
Nelly griff sich das Vehikel: „Jetzt machen wir einen Spazierschub nach Hause."

***

Ein aromatischer Kaffeeduft kitzelte in ihrer Nase. Sie blinzelte irritiert, als sie das fremde Zimmer wahrnahm.

Das Sonnenlicht schien durch die dünnen Vorhänge.

Sich wie eine Katze reckend, blieb sie eingemummelt liegen.

Julius werkelte in der Küche. Böse war sie nicht, verwöhnt zu werden.

Die Erinnerung stellte sich ein. Das war das erste Mal, dass sie einen Tag und eine ganze Nacht gemeinsam verbracht hatten.

Es fühlte sich verdammt gut an.

Gestern Abend lag auf den Lippen: „Ich muss nach Hause zu meinem Kätzchen!" Natürlich war gewöhnungsbedürftig, dass es keine zu betreuende Katze mehr gab. Die Anwandlung in ihrer Fantasie wurde verschwiegen, und sie war einfach bei ihm geblieben.

Aneinandergekuschelt kraulte sie seinen Brustkorb, während er behutsam über ihren Rücken strich. Als er tröstend über ihr Haar streichelte, musste sie schlucken.

Tusnelda stützte sich auf den Arm, um ihm in die Augen zu sehen:

„Erzähle mir von deiner Ex-Frau. Was hat sie gesagt. Ich weiß doch, dass da noch mehr war, warum diese Geheimniskrämerei?"

„Ich weiß nicht, ob du das hören willst", flüsterte er und schloss die Augen.

„Also hast du etwas erfahren, was du mir nicht sagen willst. Warum vertraust du mir nicht. Ich denke, du magst mich?"

Statt einer Antwort folgte ein leiser Schnarchton.

***

„Kommst du frühstücken!", ertönte es aus der Küche.

Nelly öffnete das Fenster, frische Luft strömte ins Zimmer und blähte die Vorhänge auf wie Segel.

In einem Viersternehotel hätte das Frühstücksangebot nicht

besser aussehen können. Sie nahm Platz auf dem gestreiften Landhaussofa.

Der Kaffee war heiß und stark mit einem Hauch Zimt darin. Genau das Richtige angesichts der jüngsten Ereignisse.

Nelly biss gerade kräftig in ein Lachsbrötchen, als das Telefon läutete.

Sie hörte mit einem Ohr, wie Julius murmelte: „Ja, wie du willst, … ist jetzt auch egal, ja … in Ordnung … bis dann!"

Mit einem tiefen Seufzer und in Falten gelegter Stirn rollte er zurück an den Tisch. Die Hände waren zu Fäusten geballt, dass die Knöchel hervortraten.

Mit finsterem Blick griff er nach der Kaffeetasse, öffnete den Mund und

schloss ihn wieder. Als er sie schweigend anstarrte, nahm Nelly endlich allen Mut zusammen: „Was ist los?"

Er formte den Satz Wort für Wort wie zusammengefügte Puzzleteile:

„Sie kommt in einer halben Stunde hierher."

Tusnelda federte vom Sofa hoch: „Hat *die* auch einen Namen, damit du sie angemessen begrüßen kannst? Auf jeden Fall verabschiede ich mich jetzt!", stammelte sie mit tränenerstickter Stimme. Am liebsten würde sie mit einem Schlag den Frühstückstisch demolieren. Zerstörungswut kam hoch. Ihr Leben war ebenso nur noch ein elendes Trümmerfeld. Julius schaute beschwörend in ihre Augen und bat sie inständig, ihn nicht alleine zurückzulassen. Mit einem unguten Gefühl im Bauch setzte sie sich wieder hin.

Als es läutete, ging Nelly zur Tür und öffnete. Sie schnappte nach Luft. Vor ihr stand eine etwa vierzigjährige attraktive Frau. Ein bodenlanges buntes Kleid umspielte ihre makellose schlanke Figur. Das dunkle Haar fiel bis weit über den Rücken.

„Guten Morgen, ich bin die Frau von Julius, sorry … Ex!"
Zwischen den schwarzen Augenbrauen bildete sich eine dünne
Falte.
„Ich wollte nicht stören, ich bin nur gekommen, weil …!"
„Sie stören überhaupt nicht", log Nelly und bat die Besucherin
herein.
„Äh, … hem, … hallo", stammelte Julius.
Dann kramte er seine Sonntagsmanieren hervor: „Nelly, das ist
Nora, meine Exfrau." Er nahm Nellys Hand: „Und das ist
Nelly, meine Freundin. Setzt euch doch bitte!"
Nelly nahm ihren Platz auf dem Sofa wieder ein, Nora setzte
sich ihr gegenüber und starrte sie mit großem Interesse an.
Nelly war danach, als ob sich eine Motte unter dem Mikroskop
befindet.

Wie ein geölter Blitz wuselte Julius in der Küche hin und her.
Seine Müdigkeit und Anstrengungen vom Vortag schienen
vergessen.
Mit olympischer Drehung drapierte er sich an den Tisch.
Seinem Gesicht waren weder Zustimmung noch Ablehnung zu
entnehmen. Allerdings strahlten die himmelblauen Augen
verdächtig, als er Nora anblickte.
Er schenkte Kaffee ein, an dem sich Nelly dankbar festhielt.
Das angebissene Lachsbrötchen lag noch auf dem Teller. Nicht
das kleinste Häppchen bekam sie durch den Hals.

Nach ein paar Minuten durchbrach seine Ex das Schweigen:
„Hast du dir Gedanken über mein Angebot gemacht und dich
entschieden?"
Hilflos spähte er in die Kaffeetasse, die aber keine
wahrsagerischen Qualitäten aufwies. „Ich weiß nicht, was ich
tun soll."

„Eine halbe Entscheidung gibt es nicht, genauso wenig wie eine halbe Chance. Nutze die einmalige Chance, dich von dem Rollstuhl befreien zu können."

Wie durch Watte drang die Stimme in Nellys Bewusstsein. In ihrer Gedankenkommode purzelte alles durcheinander.

Mit einigen Sekunden Verspätung hatte sie die Situation erfasst und war mit einem Mal hellwach.

Sie sah Julius in die Augen: „Was ist das für ein Angebot?"

„Nora will mich mitnehmen nach Kalifornien."

„Ich weiß, dass es nur vernünftig wäre", fiel Nora ins Wort: „Ich will Julius auf keinen Fall in eine Situation bringen, in der er nur verlieren kann.

Aber wer neuzeitliche Chancen nutzen will, muss jungfräuliche Wege beschreiten."

Nellys Atmung stockte, ehe sie sich rasant beschleunigte: „Und … wie soll das gehen?"

„Mein Lebensgefährte, sie warf hier Haar über die Schulter, ist Chefarzt des Behandlungszentrums für Rückenmarkverletzte in Kalifornien.

Für eine neue klinische Studie der Stammzellenforschung mit begleitenden robotischen Gehtrainingsmaschinen gäbe es noch einen Probandenplatz. Ich habe ihm von Julius erzählt, und er war einverstanden, bei meinem Berlinbesuch Julius darüber zu berichten."

Sie kreiselte mit dem Zeigefinger über Julius' Handrücken.

Nelly drehte sich der Magen um.

„Er reserviert den Platz bis übermorgen. Jetzt gilt es: ganz oder gar nicht! Sobald du dich entschieden hast – aber wirklich nur

dann – lasse es mich wissen. Willst du weiter im Verborgenen
leben, oder Farbe bekennen?

Die meiste Zeit wärest du in der Klinik, für die restliche Zeit
steht dir unser Haus offen. In drei Wochen fliege ich zurück,
dann würde ich dich gern mitnehmen."

Julius verzog das Gesicht zu einem schiefen Lächeln und
schaute flehentlich Nelly an. Sie suchte nach Worten und
zuckte unmerklich mit der Schulter.

Nora nickte ihm aufmunternd zu, während sie ihren kalten
Kaffee schlürfte.

Julius, in die Enge getrieben, rollte zum Kühlschrank und
nahm Saft heraus. „Ich weiß dein Angebot und deine Mühe zu
schätzen, aber wenn du mir noch bis morgen mit der
Entscheidung Zeit lässt, wäre ich sehr dankbar."

„Alles klar, ich rufe dich morgen an. Jetzt muss ich aufbrechen,
ich habe noch einiges zu erledigen."

Die Göttin der Heilkunst kippte den letzten Schluck kalten
Kaffee hinunter, schlug Julius auf die Schulter und begab sich
zur Tür.

„Wenn alles gut abgelaufen ist, kannst du mich zu einem
Dankeschön-Menü einladen."

An der Tür wünschte sie Nelly „Alles Gute".

Mit zusammengepressten Lippen nickte Nelly einige Male,
holte dann tief Luft, um sich zu einer Antwort durchzuringen:
„Danke, Ihnen auch. Schön, dass wir uns kennengelernt
haben!"

Das himmlische Wesen warf mit einstudiertem Schwung die
langen Beine in einen am Bordstein parkenden grasgrünen
Porsche.

Sie legte einen Gang ein, ließ den Motor aufheulen. Die
rechten Reifen schleiften am Bordstein, während sie mit

röhrendem Lärm davonrauschte und eine Staubwolke hinter sich herzog.

Das heulende Geräusch in den Ohren kam Nelly der niederträchtige, fiese Gedanke, dass es einen stärkeren Baum brauchte, um …!

Die jungen Bäume an der Straße waren zu schwächlich.

Jetzt aber zurück! Du versündigst dich. Du versündigst dich nicht an ihr, sondern an dir selbst. Du bist es, die mit dem Leben spielt. Wenn du diesen Gedanken weiterspinnst, verweigert dir der Himmel den Beistand!

Seine Sex-Frau will ihm doch nur helfen! Oder … ? Die geschärften Sinne gaukelten ihr Unheil vor.

Sie konnte nichts Weiteres tun, als seine Entscheidung, wie sie auch ausfiel, abzuwarten. Ob der Test gelang, stand in den Sternen.

Entscheidungen sind immer lächerlich, entweder sie betrügen die eine oder die andere Seite.

Julius starrte noch immer gedankenverloren vor sich hin.

„Ich soll mich melden. Wie soll ich mich entscheiden?"

„Du musst keine Angst haben, ich halte zu dir! Wir warten ab, was passiert! Du darfst das Ziel nicht aus den Augen lassen. Du kannst keine vernünftige Entscheidung treffen, wenn du den eigenen Prognosen misstraust."

Julius setzte sich in voller Größe auf und schlug mit der Faust auf die Beine. „Ich will, dass diese Fleischwürste wieder meine Beine werden!" Er schlug weiter wie wild mit den Fäusten auf die Beine.

„Sie bewegen sich keinen Millimeter. Wenn ich die verflixten Dinger nur mal wieder spüren würde."

Sein Fluchen ging in ein heftiges verzweifeltes Schluchzen

über, und eine Träne nach der anderen rann über sein Gesicht. Nelly ging in die Hocke, um mit ihm auf gleicher Höhe zu sein. Sie nahm seine Hand und legte sie an ihre Wange.

„Es wird alles gut". Die tröstenden Worte passten zwar nicht, aber das Erschreckende war, das Nelly die Realität ihrer Hilflosigkeit bewusst wurde.

Sie diskutierten bis in die Nacht über das Für und Wider, bis Nelly die Augen zufielen. „Ich muss nach Hause. Ich habe das Gefühl, wir drehen uns seit einer geschlagenen Stunde im Kreis. Nimm erst mal Abstand von allem, lege dich ins Bett, was ich jetzt auch mache."

Sie küsste ihn und streichelte zärtlich über seine Wange.
„Bis morgen mein tapferer Indianerhäuptling."

***

Kapitel 44

Müde und aufgedreht zugleich kam sie zu Hause an. Ohne weitere Umstände ließ sie sich ins Bett fallen. Nach einem letzten Blick auf die verwaiste Liegestatt von Felize sank sie in einen traumlosen Schlaf.

War das ein Klingelton, der aus dem Flur schallte? Schließlich erkannte sie, dass es ihr Telefon war, das ohne Unterlass lärmte. Sie fiel fast aus dem Bett, stolperte schlaftrunken in die Diele und riss den Hörer von der Gabel.

„Hallo!", stammelte sie in die Horchmuschel.

„Das glaubt mir keiner, und du wirst niemals erraten, was passiert ist!", zwitscherte Valentina.

„Du hast mit dem schönen Juan geschlafen!" platzte Nelly heraus, und rieb über die schmerzende Stelle, wo sie gegen die Kommode gerannt war.

„Blöde Kuh, anstandshalber hättest du ein wenig raten können. Jetzt ist die Überraschung dahin!"

Valentina seufzte. „Es war einzigartig, total perfekt. Es ist so ungerecht!

Zufällig haben wir uns getroffen und waren etwas trinken. Es herrschte eine elektrisierende erotische Spannung zwischen uns. So landeten wir am Abend im Bett."

„Du wirst dich doch hoffentlich nicht verlieben?"

„Hab' ich schon!", tönte es mit übertriebenem orgastischen Jauchzen durch den Hörer.

Valentina schwebte auf Wolke sieben.

„Lust und Liebe liegen eng beieinander, aber du weißt schon, dass Juans Liebe männlichen Spezies gehört, und ganz besonders Dalvin!"

„Klaro, weiß ich das, aber es ist trotzdem traumhaft mit ihm!

Ich genieße die geschenkte Zeit einfach so lange, wie es mit Anstand geht. Du machst es doch mit Dalvin nicht anders. Ihr seit doch auch intim."

„Wir haben ein innigliches Verhältnis, das in keiner Weise auf Sexualität basiert!", verteidigte sich Nelly. Sie fragte sich, wann ihr ein Mann zum letzten Mal gesagt hatte, dass sie schön war.

„Du glaubst doch nicht allen Ernstes, dass sich ein Mann wie Dalvin für meinen absackenden Hintern und die nicht mehr festen Brüste interessiert? Die Antwort ist, dass ich gerade da war."

Valentina würde die Realität noch früh genug einholen und einen Nagel ins Herz treiben, ihn drehen und bohren, dann war Tusnelda für ihre Freundin da.

Aber, dachte sie, solange die Erkenntnis nicht von innen kommt, ist sie wertlos.

***

Zurzeit hatte sie allerdings Sorgen anderer Art.

Der Verlust ihrer geliebten Felize lastete wie ein Mühlstein auf ihr.

Im Supermarkt das Regal mit Katzenleckerchen zu umgehen, klappte nicht immer. Als ob die alles umhüllende Trostlosigkeit nicht ausreichen würde, schnürten aufkommende Tränen den Hals zu. Manchmal rann nur eine einzelne Träne über ihr Gesicht.

Sie war allein, allein mit leerem Herzen. Die früher vor Lebenslust sprühenden Augen waren matt und trübe. Sie hatte nicht aufgehört zu existieren, aber aufgehört zu leben. Sie sieht die Bilder auch jetzt noch quälend plastisch vor sich.

Den unabänderlichen Abschied. Die großen Augen der Kleinen, bis ein Engel durch den Raum schwebte, und sie im Katzenhimmel angekommen war.

Allein der Gedanke an Julius, egal, welche Entscheidung er treffen würde, ließ sie etwas leichter durchatmen. Nora, seine verführerische Exfrau, zwinkerte ihr aus einer dunklen Ecke ihrer Fantasie zu. Wenn er mit nach Kalifornien geht, verliere ich dann seine Liebe?, sinnierte Nelly. Aber man kann nicht verlieren, was einem nie gehört hat. Und andererseits, wenn er mich liebt, kommt er zu mir zurück.

Dieses Gefühl verscheuchte die grauen Schatten, und das Kopfkino schaltete sich aus.

Als Julius ihr am Telefon mitteilte, dass er die Chance in Kalifornien nutzen wollte, nickte Tusnelda zustimmend in den Hörer.

„Hallo, Erde an Nelly! Bis du noch da?"

„Ja, klar, finde ich toll", log sie.

„Ich liebe dich, ob du deine Fleischwürste wieder spüren wirst oder nicht!", sprudelte es aus hier heraus. Erschrocken schlug sie die Hand vor den Mund. Aber zu spät.

***

Kapitel 45

In Gedanken versunken stand Nelly auf dem Balkon. Der graue verhangene Himmel ließ den nahenden Winter erahnen. Die klamme Feuchtigkeit kroch in Nellys Knochen. Schon sechs Wochen waren vergangen, dass Julius von seiner Ex in einem Landrover abgeholt worden war. Rosi Michels, seine Badeparty-Partnerin, begleitete ihn ebenfalls zum Flughafen. Mit geübtem Griff hievte sie Julius auf den Beifahrersitz brachte seine Beine in die richtige Position, klappte den Rollstuhl zusammen und verstaute ihn im Heck des Wagens. Tusnelda stand, jeglicher Bewegung unfähig, am Rand des Bordsteins und schlang die Arme um sich, als wenn ihr Herz drohte herauszufallen. Sie war flüssiger als flüssig: überflüssig.

Nora schwebte auf sie zu. Das Baumwollkleid wehte leicht im Wind. Sie hauchte links und rechts Luftküsschen auf die Wange.
Julius streckte den Arm nach Tusnelda aus.
Wie ferngesteuert stakste sie auf den offenen Wagen zu, um sich zu verabschieden. Er umfing sie mit beiden Armen und zog sie auf seinen Schoß. Sie vergrub ihr Gesicht in seinem Haar und sog den Duft seines Schampoos ein. Sie liebte den Geruch nach Zitronengras. Am liebsten würde sie den Duft im Gedächtnis konservieren.

„Ich liebe dich Tusnelda!" Sein heißer Atem streifte ihr Ohr. Nur nicht, wo er ihr seine Liebe gestand, anfangen zu heulen. Das wäre das Allerletzte.
„Du musst nicht weinen", flüsterte er und wischte eine einzelne Träne mit dem Handrücken von ihrer Wange.

„Alles wird gut!"

„Mein Gott!", schluchzte Nelly. „Und meiner erst!" lachte Julius zwischen zwei Küssen.

***

Ihre Nachbarin Sieglinde fegte seit mindestens zehn Minuten über dieselbe Stelle ihrer Garagenauffahrt, während sie das illustre Grüppchen nicht aus den Augen ließ.

Ohne ersichtlichen Grund fing Nora an, ihr zuzuwinken. Sieglinde ließ den Besen auf die edlen Schieferfliesen fallen und düste mit heftigem Flügelschlag, als ob sie Fliegen verjagen würde, über die Straße.

„Na, wenn das keine Überraschung ist! Nora! Dass ich Sie noch mal wiedersehe. Nach all den Jahren! Toll sehen Sie aus!"

Wem dieses Aussehen letztendlich zu verdanken war, offenbarte sehr wahrscheinlich die Rechnung eines Schönheitschirurgen. Abzüglich eines nicht unerheblichen Freundschaftsrabatts.

Tusnelda schob sich vom Schoß des Protagonisten dieser Schmierenkomödie und stellte sich neben Rosi Michels. Sieglinde lächelte Julius an. Rosi lächelte und strich ihm über den Arm. Nora lächelte ihren Exmann an. Tusnelda lächelte ihn an. Julius lächelte zu allen vier Frauen. Sie benahmen sich alle wie die Idioten.

***

Nelly fröstelte. In Kalifornien ließ sich Julius jetzt von der Sonne – und wer weiß noch, von wem – verwöhnen. Sie ging hinein. Die Stille dröhnte in ihren Ohren. Nichts war beklemmender als ein leeres Haus.

Carmen war kaum noch zu Hause.

In der Reha war sie einem „ supersüßen" Mann begegnet. Ihre Augen hatten wieder Glanz bekommen.

Er hatte die oberste Sprosse der Karriereleiter erklommen. Durch eine Umschulung war er von einem Berufslosen zum Gabelstaplerfahrer emporgestiegen. Carmen hatte ihr versichert, von Bruder Alkohol größtenteils die Finger zu lassen.

Wobei „größtenteils" ein dehnbarer Begriff war. Vielleicht gab sie sich mit ihrem neuen Kerl zusammen die Kante.

**

Dabei wollte Nelly mit Carmen über die Zukunft sprechen. Ein fixer Gedanke beflügelte ihre Trostlosigkeit ein wenig. Wenn Julius nach Deutschland zurückkehrte, sollte ihn eine Überraschung erwarten.

Sie würde die untere große Wohnung barrierefrei ausbauen lassen, sodass Julius imstande war, auch ihr Zuhause zu besuchen und an ihrem Leben teilzuhaben. Carmen könnte entweder nach oben in die kleinere Wohnung ziehen oder ganz bei ihrem Gabelstaplerfahrer unterkriechen.

**

Als sie zurückblickte bis zu dem Tag, an dem sie dem Indianerhäuptling das erste Mal in die türkisfarbenen Augen geblickt hatte, durchlief sie ein heißer Schauer, zugleich aber erschrak sie über den Abstand.

Dieser Teil des Pfads lag so weit hinter ihr, dass sie sich kaum den ganzen Weg vorstellen konnte, den sie seitdem gegangen war.

Wie trügerisch ist doch Eros, der Sand der Liebe in die Augen streute. Doch wenn der Sandsturm sich gelegt hat, bleibt dahinter die wahre Liebe, und es ist zu spät, an Flucht zu denken. Aber jetzt ist zu dem Verlangen noch die Fürsorge hinzugekommen. Nur, wenn der andere glücklich war, konnte man selbst glücklich sein.

Das Alter, dachte sie, es tappt auf leisen Sohlen ganz dicht hinter mir.

Somit stand ihr Entschluss fest, in die noch verbleibende Zeit zu investieren.

Der Gedanke, der sie wie aus einer Art Fessel befreite, zauberte nach langer Zeit ein Lächeln ins Gesicht.

***

Kapitel 46

Die ersten Schneeflocken schwebten wie Feenflügel durch die Luft und lösten sich auf, wenn sie den Boden berührten.
Tusnelda beobachtete das Naturwunder. Angeblich gab es keines der Millionen Gebilde zwei Mal. Wer hat das eigentlich überprüft?, grübelte sie.

Sie schrak zusammen, als die Klingel die Stille durchbrach. Sie betätigte den Türdrücker, aber niemand kam die Treppe herauf. Sie spähte durch den Spion an der Eingangstür, auch dort war niemand zu sehen.
Behutsam öffnete sie einen Spaltbreit die Tür, und eine Flasche Sekt befand sich vor ihrer Nase.

„Hallöchen, Popöchen, liebste Mutter! Der Sekt ist kalt, du musst nur noch Gläser holen!", polterte Heiko, als er an Nelly vorbei in die Küche stürmte. Wortlos reichte sie ihm zwei Sektgläser. Nachdem der Korken mit einem Knall haarscharf ihren Kopf verfehlte, sah sie, dass Heiko beim Einschenken zitterte.
„Was ist los? Was verschafft mir die Ehre deines Besuchs, und obendrein mit Sekt im Gepäck?"

„Du hast einen erheblichen Teil zu meinem Glück beigetragen." Er stieß an ihr Glas und nahm einen Schluck. „Ich bin geschieden, und ich bitte dich um die Hand deiner Stiefenkelin!"
Er bekam einen solchen Lachanfall, dass Nelly befürchtete, ein Erstickungstod würde das neue Glück ziemlich trübe enden lassen.

Die Flasche Schampus war fast geleert, als Nelly mit der Sprache rausrückte und ihren Sohn in die Umbaupläne einweihte.

„Natürlich helfe ich dir, es ist mir eine Freude, etwas für dich tun zu können. Bis zur Hochzeit sind wir fertig mit den Arbeiten."

„Ihr wollt im Winter heiraten, nicht im Frühjahr oder Sommer?"

„Nein, so schnell wie möglich."

Nelly hoffte, wenn Heiko den Renovierungsfortschritt kontrollierte, Viola und Eure Niedlichkeit, Prinzessin Tusnelda, öfter zu sehen.

Das aktuelle Enkelkind war stur wie ein Maulesel.

„Genau wie du", war Violas Reaktion, wenn Nelly sich beschwerte.

Wollte Nelly den Babybrei füttern, presste die Kleine die zahnlosen Felgen zu wie eine Auster. Die geduldige Oma schob einen Finger zwischen die zusammengedrückten Lippen und postwendend ein Löffelchen Brei. Na also, klappt doch, frohlockte Nelly, wobei sie nicht bemerkte, dass der kleine Teufel den Brei geschickt aus dem Mundwinkel wieder herauslaufen ließ. Erst als Nelly die Pampe warm und feucht auf ihrem Oberschenkel spürte, gab sie die Fütterungsversuche auf. Eine Stunde später brüllte die Kleine mit hochrotem Kopf vor Hunger.

***

Ihr Sohn verabschiedete sich mit einem kräftigen Knutscher und einem Kuss. „Ich rufe dich an, um die Umbaupläne zu besprechen."

Nelly sank aufs Sofa und schaltete den Fernseher ein.

Automatisch wanderte ihre Hand auf Felizes Lieblingsplatz.
Den Kloß im Hals versuchte sie, zu ignorieren.

***

Nelly war als Erste im *Satt & Selig*. Dalvin kam kurz nach ihr
an. Er zog ein Gesicht zum Eierabschrecken.

„Du bist etwas blass um die Nase", versuchte sie ihn
aufzuheitern, „ist was nicht in Ordnung?"

„Gar nichts ist in Ordnung! Juan und ich streiten uns nur
noch. Es geht um seine Affäre mit Valentina, aber darüber bist
du sicher bis ins Detail informiert. Er kommt sich vor, wie ein
Knoten in einem Faden. An einem Ende ziehe ich, am anderen
Valentina. Ich habe schon darüber nachgedacht, den Faden
loszulassen."

Er schaute sie grimmig an und presste die Lippen aufeinander,
als die Bedienung an den Tisch trat, um die Bestellung
aufzunehmen.

„Streit macht erst bewusst, was man aneinander hat", bemerkte
Nelly.

„Bist du etwa eifersüchtig? Was ist das denn zwischen uns?
Das akzeptiert Juan doch auch."

„Das kannst du nicht vergleichen. Bei uns steht nicht die
sexuelle Beziehung im Vordergrund!" Nelly sog die Luft ein.
Bei all ihrer liebevollen Freundschaft war das Wort Liebe nie
gefallen.

Es war ihr voll bewusst, dass sie keinen Sinnenrausch
hervorrufen konnte, aber die Bestätigung aus seinem Mund zu
hören, versetzte ihr einen Stich. Ihr Herz sackte auf die Erde.
War es ebenso das Resultat des Alters, dass die Strecke ihrer
Erinnerung an die Dominikanische Republik mehr und mehr
in die Ferne rückte?

„Ich weiß auch nicht, was man da tun soll", sagte Nelly, während sie einen Faden aus der Tischdecke zog und diesen um ihren Finger wickelte. Der eiserne Ring um ihre Brust lockerte sich, als Lian, Valentina und Sidney auftauchten. Valentina wedelte zum Gruß mit der Hand, ohne Dalvin anzuschauen. Sie goss sich Milch in den Kaffee und verfolgte scheinbar interessiert die Veränderung seiner Farbe. Lächerlich, wie sie ihre albernen kleinen Dramen aufbaute.

Es bildete zwar nicht gerade die Perle der Weisheit, als Nelly mit ihren zukünftigen Umbaumaßnahmen daherkam, aber die gedrückte Stimmung wurde etwas aufgelockert. Lian warf seinen Zopf auf den Rücken. Ein Zeichen dessen, was jetzt folgte: „Auf deine Pläne müssen wir anstoßen."
Und schwuppdiwupp stand in irritierender Schnelligkeit Sekt auf dem Tisch.
Er hob sein Glas: „Natürlich helfen wir dir. Ich bereite kleine Häppchen zu."
„Ich helfe Lian dabei", lächelte Dalvin.
„Ich mixe uns Drinks", meinte Sidney.
„Ich serviere die ganzen Köstlichkeiten, meinte Valentina und fütterte das Frettchen mit Schinken.
„Aber …!" Nelly hob beide Hände in die Luft. "Das ist doch keine Party!"
„Ooch, nee, wirklich?" klang es wie aus einem Munde, ehe die Sippschaft in schallendes Gelächter ausbrach.

***

In den letzten Wochen wimmelte es täglich von früh bis spät von Arbeitern. Motorsägen knarrten, Hämmer klopften, Maurer riefen sich Anweisungen zu und vertilgten literweise Wasser und Kaffee. Wenn Heiko auftauchte, schleppte er meistens zig Kartons Pizza heran.

Seinem Vorschlag, die Türen ganz zu entfernen, folgte Nelly dankbar. Erstens war das praktischer, zweitens gab es den Räumen mehr Weite.

Das dunkle Parkett wurde neu versiegelt. Das sollte auf jeden Fall erhalten bleiben.

* * *

In Nellys Traum klingelte das Telefon. Das Klingeln bahnte sich einen Weg in die Phase zwischen Traum und Wirklichkeit. Der digitale Wecker zeigte vier Uhr. Da ist was passiert! Sie stolperte mehr als sie lief, und riss den Hörer von der Station. Ich sollte den Hörer mit ins Schlafzimmer nehmen, dann könnte ich mir die Rennerei ersparen.

„Hallo, Schätzchen. Ich habe schon einige Male angerufen, aber ohne Erfolg!" Als sie Julius' Stimme hörte, klopfte ihr Herz bis zum Hals und es rauschte in den Ohren, dass sie kaum etwas verstehen konnte.

Einige Sekunden sprach keiner. Es waren nur Signaltöne und undeutliche Gesprächsfetzen einer nicht zu definierbaren Sprache in der Transantlantikleitung zu vernehmen.

„Wie geht es dir?", schrie sie schließlich atemlos in den Hörer.

„Soweit ganz gut, ich habe einige Fortschritte gemacht. Aber bis jetzt ist es nicht so erfolgreich, wie ich mir es gewünscht hatte. Die Fleischwürste lassen grüßen. Manchmal spüre ich sie!"

„Das ist doch fabelhaft!" Trotz des guten Vorzeichens beschlich sie ein unbestimmtes Angstgefühl.

Wie es auch abgelaufen war, hätte es etwas geändert, wenn sie vorher davon gewusst hätte. Wie lange kann eine Frau widerstehen, wenn sie einen bestimmten Mann begehrte? Nur der Gedanke daran ließ das Verlangen wieder aufsteigen. Die Erinnerung an die Berührung seiner Hände brachte etwas in

319

ihr zum Schmelzen.

„Mir gefällt es hier ganz gut" klang es über den Ozean und durch einen Kontinent.

„Ich weiß!"

Ich will aber, dass du mich auch vermisst, schrie ihr Herz. Warum sagst du nicht, dass ich dir fehle, dass du am liebsten bei mir wärst und bald nach Hause kommst?

„Und wie geht es dir? Was machst du gerade?"

„Mir geht es gut. Ich schlafe gleich weiter. Es ist vier Uhr früh."

„Ach du liebe Güte, sorry. Ich habe Probleme mit der Zeitverschiebung."

„Nein, ich bitte dich, ich freue mich doch, mal von dir zu hören!"

Seine Stimme erweckte eine schmerzliche Sehnsucht, und sie wünschte sich, er wäre bei ihr.

Die Gefühlsbarriere zu durchbrechen, gelang ihr nicht. Sie beließ es bei dem oberflächlichen Geplauder.

Vor ihrem geistigen Auge sah sie die wunderschöne Nora, die jedes Wort dieses Gesprächs belauschte.

Die Verbindung wurde unterbrochen – wodurch auch immer – Nelly war darüber nicht unglücklich. Die Überraschung zu verraten, das wäre nicht in den Sinn gekommen. Da würde sie sich noch eher die Zunge abbeißen.

***

Kapitel 47

Ein stahlgraues Wolkendach hing über Berlin. Ein Grad
weniger und es gibt Schnee, dachte Nelly. Um diese Jahreszeit
glitt der trübe, graue Nachmittag übergangslos in die
Dunkelheit.

***

Sie beobachtete den Reigen der Schneeflocken unter der
Laterne, mal wehend, mal tanzend, mal wirbelnd, mal stürzend.
Am nächsten Morgen bot sich ein überraschendes
Naturschauspiel. Die Sonne verzauberte die Schneelandschaft
in ein glitzerndes Winterwunderland. Ein weißes Tuch
bedeckte barmherzig die Landschaft. Von Zeit zu Zeit wurden
kleine Lawinen von den Dächern geweht. Von den Bäumen
rieselte es wie Silberstaub.

***

Nelly lauschte. Woher stammte das klickende Geräusch?
Vielleicht von den Eiszapfen, die in der Sonne tauten? Sie
hörte ein leises Kratzen.
Jetzt war auch ein Schaben deutlich hörbar. Sie ging zum
Fenster.

Dort hockte eine weiße Taube und sah ins Zimmer. Ab und zu
plusterte sie sich auf und strich dabei mit den Flügeln über die
Scheibe.
Es war zu sehen, dass das Täubchen nicht komplett weiß war,
sondern an den Flügeln eine dreifarbige Zeichnung, schwarz,
braun und grau, aufwies.
Mit schief gehaltenem Köpfchen schauten Nelly
bernsteinfarbene Augen an. Durch die dunklen Pupillen wurde
Nelly an etwas erinnert, was sie lieber nicht wahrhaben sollte.

Die kleine Taube tänzelte unruhig von einem Fuß auf den anderen und rupfte sich kurz mit dem Schnabel ins Gefieder. Sie trippelte aufgeregt hin und her wie ein ausgesperrter Hausgenosse, der seine Schlüssel vergessen hat.

Nelly fand keine Erklärung für die Taube. Woher kam sie so plötzlich?

Es befand sich kein Ring an ihrem dünnen Beinchen. Der Nachbar besaß auch nur reinweiße Hochzeitstauben.

Darauf bedacht, das Tier nicht zu erschrecken, öffnete Nelly das Fenster.

Egal, dass nasser Schnee auf ihre Füße platschte. „Willst du hereinkommen, ins Warme?"

Behutsam hielt sie einen Finger hin. Die Taube kam ein wenig näher und pikte Nelly in den Finger, doch das tat gar nicht weh.

Sie flog zutraulich auf ihren Arm. Als Nelly sie mit einem Finger liebkoste, schmiegte sich der Vogel in ihre Hand.

Im Zeitlupentempo ließ sich Nelly mit der Taube aufs Sofa nieder.

Diese schlug mit den Flügeln und hockte sich aufgeplustert mit eingezogenen Beinchen neben Nelly auf Felizes Stammplatz und ließ ein zufriedenes Girren hören.

Bist du gerne alleine? Fragten ihre Augen.

„Nun ja, ich bin alleine, lange schon. Im Grunde suche ich nach etwas, das ich verloren habe, schon vor langer Zeit", murmelte Nelly verträumt.

„Als sie noch da war, war alles besser … da gab es Licht und Wärme. Auch für mich", fügte sie hinzu. „Aber dann ging sie fort, und damit änderte sich alles …", traurig blickte Nelly zu

Boden und schüttelte den Kopf.

Kann man mal sehen, wie weit es mit mir gekommen ist. Ich spreche mit einer Taube!

Nelly schaute dem Vogel in die ihr so vertrauten Augen. Da war sie wieder, die irrige Fantasie, die etwas vorgaukelte, was nicht sein konnte.

Sei nicht traurig, ich schicke dir jemanden!

Mit einem Brennen im Brustkorb, das bis in die Kehle wallte, wähnte Nelly: Ich habe den Verstand verloren. Die Frage, die sie nicht mehr unterdrücken konnte, brach flüsternd über die trockenen Lippen hervor:

„Bist du es, mein Schätzchen Felize? Willst du bei mir bleiben?"

Das Täubchen hüpfte auf ihren Oberschenkel und trat im Milchtritt von einem Bein aufs andere, und krallte sich im Fleisch fest. Nelly saß zur Salzsäule erstarrt, und ihr leeres Hirn ließ nur einen Gedanken zu:

Was fressen Katzentauben?

***

Kapitel 48

Der Umzugskarton quälte sich wie ein überdimensionales Insekt die Treppe abwärts. Lian war nicht sichtbar, nur die spindeldürren Ärmchen verrieten ihn.

„Gehst du mal schneller!", rief Sidney, der mit Dalvin den Sekretär nach unten schleppte.

„Geht nicht!", keuchte die Kiste. „Die ist zu schwer!"

„Meine Güte, lass' mal den Alkohol aus dem Leib, dann hast du auch mehr Kraft!", wetterte Dalvin.

Es war nicht zu übersehen, dass Valentina sich heute außerordentlich aufgedonnert hatte. Ihr Einfallsreichtum, den Pfeil der Eifersucht noch weiter anzuspitzen und Dalvin ins Herz zu stoßen, hinterließ einen bitteren Geschmack.

***

Carmen hatte die abscheulichen Kiefernholzmöbel und den Fernseher abholen lassen. Ihr neuer Betthase bewohnte ein großes Haus, welches ihm die verstorbenen Eltern hinterlassen hatten.

Den Großteil ihrer Möbel ließ Tusnelda in der alten Wohnung zurück. Falls Carmen ihres „Supertypen" überdrüssig werden sollte, stand für sie die Türe offen.

Die Blümchentapete war einem weißen Anstrich gewichen. Das alte Büfett und der Sekretär ihrer Mutter hatten die Renovierungsarbeiten überlebt. Die restliche Einrichtung war neu und nach angesagtem Design in Grau und Weiß gehalten. Einen Herzenswunsch hatte sie sich erfüllt, und zwar ein knallrotes Sofa. Dazu zwei weiße Ledersessel. Alle Teppiche flogen raus. Der vorsintflutliche Fernseher war durch einen riesigen Flachbildschirm ersetzt.

„In der Küche sitzt eine Taube. Ich habe das Fenster geöffnet, aber sie fliegt nicht raus! Wir können zu zweit versuchen, sie hinauszuscheuchen!"

„Aber nein, die Taube bleibt drin!", kreischte Nelly erschrocken.

Angsterfüllt schrie sie Valentina an: „Du hast ihr doch nicht etwa wehgetan?"

Valentina schaute ziemlich perplex aus der Wäsche.

„Ist dein neuestes Hobby die Taubenzucht? Was willst du denn damit?"

„Eine Taube, nur eine", flüsterte Nelly. „Der eine hat eine weiße Taube in der Küche, der andere ein weißes Frettchen in der Tasche. Wo ist da der Unterschied?"

Valentina zog die sorgfältig modellierten Augenbrauen in Stirnhöhe und schnappte sich wortlos den silbernen Champagnerkübel.

Nelly raste in die Küche – und da hockte sie auf dem Küchenschrank, schlug mit den Flügeln und schaute erwartungsvoll zu ihr herunter.

„Komm Schätzchen, komm zur Mama!", und Nelly hielt die Hand nach oben, auf der sich die kleine Taube zutraulich niederließ und Nellys Ohr anknabberte.

Dalvin und Valentina standen in der Tür und trauten ihren Augen nicht.

„Muss man sich Sorgen machen?", fragte sie ihn verblüfft.

„Ich weiß nicht, irgendeinen Sinn wird das schon haben."

Nellys loyaler Freund sah natürlich Sinn und Zweck in der Idealisierung einer Taube.

Er zog sie in den Flur. Und während sie die Treppe hinuntergingen, fragte er: „Hast du jemals von Reinkarnation oder einem deja-vue gehört?"

„Du glaubst doch nicht etwa …? Sag die Wahrheit!"

„Was andere Menschen, und das gilt auch für mich, sagen, ist nur dann die Wahrheit, wenn sie mit deiner übereinstimmt." Dalvin beugte sich zu ihr hinüber und berührte sie mit dem Zeigefinger in Höhe des Herzens.

„Nur eine Wahrheit zählt, und zwar die … die dort in dir … klingt.

Ob ich das glaube, ist ziemlich uninteressant. Nelly scheint es aber zu glauben, und das ist wichtig. Vor allem für ihr Seelenheil. Vielleicht findet sie durch die imaginäre Katze zu ihrer alten Form zurück."

***

Valentina schlug verwirrt die Augen nieder. Die Gedanken wirbelten durch ihren Kopf. Diese Verbundenheit der beiden würde sie nie und nimmer mit Juan erreichen. Nach jemand verrückt zu sein, hieß noch lange nicht, dass es Liebe oder sogar Seelenverwandtschaft war.

Seelenpartner kann man nicht suchen, sie finden sich. In Nellys Fall auf sehr ungewöhnliche Weise. Und das von Anfang an. Verbundenheit geht weit über Verliebtheit oder sexuelle Anziehungskraft hinaus. Was Nelly oft bedauerte, weil sie nicht erkannte, dass diese verflochtenen Bande ein Gottesgeschenk waren.

Ich habe die Freundschaft zu Dalvin leichtfertig aufs Spiel gesetzt, vielmehr ihn, als vormals besten Freund, bis ins tiefste Innere verletzt. Nelly hatte recht, dass ich der immer näher kommenden Tragödie kaum noch ausweichen kann. Dann lassen sich nur noch die Scherben aufsammeln. Ich muss versuchen, die Wogen zu glätten. Welch ein Schwachsinn. Wogen lassen sich nicht glätten.

Es liegt an mir, diesem Zirkus, diesem Kampf, ein Ende zu

setzen. Bei Fortführung dieses Affentheaters würden sie alle als Verlierer die Arena verlassen.

Jetzt oder nie, die Gelegenheit ist günstig, sonst verliere ich den Mut, dachte Valentina. Die beiden drapierten gerade das schicke rote Sofa an der vorgesehenen Stelle, als sie ihn über die Lehne hinweg anschaute:

„Dalvin, es war nie meine Absicht, dir Kummer zu bereiten. Ich glaube, meine Gehirnströme flossen in letzter Zeit in die falsche Richtung." Es zerriss ihr fast das Herz, als sie versprach: „Ich mache mit Juan Schluss. Wenn es zwischen uns so werden würde wie früher, auch wenn es einige Zeit braucht, wäre ich dankbar."

Sie schob vor Verzweiflung das Sofa ein ganzes Stück in seine Richtung.

Dalvin stieß das Möbel zurück und nickte nur.

***

Kapitel 49

Gerade lag noch Schnee, und jetzt sind schon die Pfingstrosen verblüht. Die Endlichkeit lugte um die Ecke.

Jetzt aber nicht Trübsal blasen, rief Nelly sich zur Ordnung.

Heute ist der große Tag: Julius kommt nach Hause.

***

Rosi Michels, die Nelly für widerstandsfähiger gehalten hatte, schien genauso nervös zu sein, wie sie selbst. Alle paar Minuten strich sie sich über ihre schwarzen Stoppelhaare. Die ständigen Durchsagen der blechernen Stimme des Lautsprechers trugen nicht gerade zur Beruhigung bei. Jedes Mal stellten beide Frauen die Ohren auf, aber eine Durchsage über die Maschine aus den Staaten blieb aus.

Rosi krampfte ihre Hände um die Griffe des Rollstuhls, dass die Fingerknöchel weiß hervortraten. Tusnelda hielt sich an einem Gepäckwagen fest. Die Minuten wurden zu Stunden. Die Blechkiste müsste doch schon lange den Boden berührt haben.

Die jüngeren Mannsbilder hielten eine oder mehrere in Folie verpackten Rosen wie eine Trophäe in der Hand. Die älteren Partner oder Väter verzichteten auf diese Begrüßungszeremonie.

„Hätten wir Blumen mitbringen sollen?", frage Nelly unsicher.

„Ach was, Hauptsache, wir sind da! Blumen zu überreichen, ist genauso albern, wie nach der Landung in der Maschine Beifall zu klatschen." Der pragmatische Geist hatte Frau Winter wieder eingeholt. Gott sei Dank war sie mit zum Flughafen gekommen.

„Da, sehen Sie nur!": Die Anzeigetafel bestätigte die Landung

der Maschine. Und nun folgte auch die dazugehörige
Durchsage.

Sie wischte die schweißnassen Hände an ihrem Rock ab.

Und dieses heimliche Flattern tief in ihrem Innern war auch
wieder da.

***

Nellys Augen brannten, so starrte sie auf die Automatiktür, die
einen Ankömmling nach dem anderen ausspuckte. Viele trugen
einen Cowboyhut aus Stroh mit Federn um die Hutkrempe. Es
wurde schon von Weitem laut gerufen und gewinkt.

Julius war nicht dabei. War er nicht gekommen? Hatte es sich
womöglich überlegt und war dort geblieben in dem sonnigen
Land bei der schönen Frau? Sie konnte kaum die Tränen
zurückhalten.

Nellys Hals wurde staubtrocken und die Angst schnürte ihr die
Kehle zu.

Sie fühlte sich merkwürdig. Sie war verwirrt, als hätte sie im
Nebel völlig die Orientierung verloren.

Zitternd nestelte sie den Zettel mit den Daten aus der Tasche.
In ihrem Kopf ging es drunter und drüber, seitdem sie die
Nachricht seiner Rückkehr erhalten hatte. Vielleicht war das
Datum oder die Ankunftszeit falsch von ihr notiert. „Nein",
bestätigte Rosi Winter, „alles stimmt."

***

„Hallo, Sahneschnittchen!", ertönte eine Stimme hinter ihr.
Fast wäre sie über den Rollstuhl gefallen, den ein Helfer hinter
Nelly deponiert hatte.

Auf einmal war alles ganz einfach. Braun wie ein Indianer, mit
einem Cowboyhut auf dem Kopf leuchteten seine Augen wie
geschliffene Opale. Sie sahen einander an. Die Zeit schien
stehen geblieben zu sein.

„Putzig", lachte Nelly verlegen und deutete auf den Hut. Sie machte Anstalten, sich auf seinen Schoß zu schwingen.

„Warte einen Augenblick", sagte Julius.

Erst jetzt bemerkte sie die zwei Gehstöcke, die er auf dem Schoß hielt.

Und dann geschah das, was Nelly bis in ihre Träume verfolgt hatte.

***

Er stemmte die Arme auf die Lehnen des Rollstuhls, um aufzustehen, sackte aber wieder zurück. Rosi Winter sprang herbei und leistete mit berufsmäßigen Griff Unterstützung.

„Loslassen, ich stehe!", rief er.

Auf die Gehilfen gestützt, setzte er im Zeitlupentempo mit zittrigen Beinen einen Fuß vor den anderen und schaute Nelly dabei unentwegt an.

Sie spürte, wie ihre Knie unter dem brennenden Blick und seinen Gehversuchen weich wie Butter wurden. Sie wusste nicht, ob sie lachen oder weinen sollte. Also tat sie beides.

Er stand auf wackeligen Beinen dicht vor ihr und grinste: „Ich kann die Stöcke leider nicht loslassen, aber du kannst mich umarmen." Von Panik erfasst stand sie steif wie ein Stock da. Ihre Augen füllten sich erneut mit Tränen. Sie öffnete und schloss die Lippen, als ob sie etwas sagen wollte, aber sie brachte nur unartikulierte Laute heraus, und lächelte nur stumm. Sie legte ihre Hände auf seine Schultern und betrachtete ihn voller Stolz. Zum ersten Mal nahm sie wahr, dass er sie um ein gutes Stück überragte.

Sie schluchzte einige Male auf. Und dann drängten mit einem Mal all die Anspannung, all die Angst und Unsicherheit, die sich über die Zeit angesammelt hatten, mit Macht heraus. Sie schlang die Arme um ihn und presste ihn so stark an sich, dass sie seinen starken Herzschlag spüren konnte.

Den Wahnsinnshut schob sie in den Nacken, und sie küssten

sich wie zwei Verdurstende.

„Ich will ja das junge Glück nicht stören, aber ehe wir hier noch Wurzeln schlagen, sollten wir uns langsam auf den Weg machen. Außerdem reicht das für den Moment!", befahl Rosi und schob seinen Rollstuhl in die Kniekehlen, sodass er rücklings in das Vehikel plumpste.

„Wie du siehst, bin ich für einen Marathon noch nicht fit. Aber wenn du auf meinem Schoß sitzt, empfinde ich dich, weil ich seit Neuestem die Fleischwürste spüre!" Er schlug sich heftig auf die Beine.

„Ich möchte gern den Rolli schieben", bat Nelly. Auf dem Weg zu dem Transportbus *Schwester Adelheid – Betreuung mit Herz* fragte Nelly die treue Rosi, die den Gepäckwagen schob, ob sie über die Fortschritte bereits informiert war.

„Ja, klaro, ich muss mich doch auf die künftige Therapie neu einstellen"

***

Kapitel 50

Rosi Winter steuerte den großen Wagen durch den dichten Verkehr. Mit gekonnter Routine hatte sie Julius auf den Beifahrersitz bugsiert. Es gab nach der langen Trennung viel zu erzählen, aber es fehlten ihnen die Worte.

Tusnelda blieb leider auch nichts anderes übrig, als die enthusiastische Ungeduld unter Kontrolle zu halten. Ihre Aufregung wuchs, je näher sie ihrem Zuhause kamen. Sie war gespannt wie ein Flitzebogen. Wie würde Julius auf die Überraschung reagieren? Spätestens, wenn er die Wohnung sah, musste er erkennen, dass er mitsamt dem Vehikel in ihr Leben gehörte.

Zunächst aber hielt Rosi Michels vor Julius' Haus, beförderte den Rolli von der Ladefläche und schob ihn nach vorne vor die Autotür. Julius brachte mit einem Schwung die Beine in Position, griff nach den Stöcken, stand auf und setzte sich ohne fremde Hilfe in den Rollstuhl.

Nelly Geduld wurde weiter auf eine harte Probe gestellt. Die Betreuerin verbrachte ihn natürlich zuerst in seine Wohnung.

„Jetzt wird als Erstes etwas geschlafen", sagte sie wie zu einem kleinen Kind.

Nelly hatte Mühe, ihre Enttäuschung zu verbergen. Klar, sie durfte jetzt nicht nur an sich denken. Die weite Reise kostete jeden Kraft. Vor allen Dingen ihn.

„Kommst du später wieder?", fragte Julius, während er sich ins Bett helfen ließ.

Da Rosi Michels sowieso nicht so schnell von seiner Seite weichen würde, unterwarf Nelly sich der brachialen Autorität von Frau Winter und strich die Segel.

„Ich koche für uns. Ich hole dich am Abend ab."

Mit einem Seitenblick auf seine Betreuerin schaute er Nelly angsterfüllt an: „Ich glaube, bei dir die Treppe hinaufzukraxeln, das schaffe ich nicht!"

Sie biss sich auf die Lippe. Nur noch in der letzten Sekunde durchhalten, und nichts ausplaudern!
„Werden wir sehen, noch ist nicht aller Tage Abend." Nelly warf eine Kusshand in seine Richtung. „Bis später!"

***

Die Taube kam in der Diele angewackelt wie ein beschwipster Seemann. Sie machte einen Satz in die Luft und stieß ein fröhliches Tatatataaa aus, als sie sah, dass Nelly nach Hause kam. Vier Monate war der neue Hausgenosse schon bei ihr.
Nelly öffnete die Balkontür.
Die Kleine hüpfte auf das Balkongeländer.
Ein leichter Wind wehte. Die Flaumfedern auf ihrer Brust kräuselten sich ein wenig. Sie legte den Kopf schief, als wenn sie fragen wollte: „Darf ich?" Nelly unterdrückte die Furcht, auch sie noch zu verlieren, aber sie sagte. „Ja, flieg los!"
Die Taube hatte verstanden, machte einen Hopser, breitete die Flügel aus.
Dann stieg sie hoch, ließ sich gleiten, legte die Flügel an und schoss zischend an ihr vorbei, als wolle sie zeigen, was eine Taube alles kann.
Nellys Fantasie flog mit.
Sie schaute hinterher, bis ihr Nacken schmerzte, und außer ein paar Federwölkchen keine weitere Feder zu sehen war. Dann ging Nelly ins Zimmer und setzte sich aufs Sofa. Wenn der Vogel seinen Frühlingsgefühlen folgte und auf Nimmerwiedersehen verschwand, war das genauso, wie er in

Nellys Leben getrippelt war, eine Fügung des Schicksals. Trotzdem wollte das Stück Kirschstreusel, das sie sich heute gegönnt hatte, nicht so richtig schmecken.

Aber auf einmal schoss ihre gefiederte Freundin mit angelegten Flügeln durch die Balkontür und flatterte gut gelaunt durch Zimmer, ließ sich neben dem Teller nieder und genoss, mit sich und der Welt zufrieden, ein paar Streusel am Tellerrand.

Sie seufzte schwach, hüpfte dann zu Nelly aufs Sofa, setzte sich auf ihren Arm und tänzelte mit den Krallen, um sich dann in ihren Schoß zu kuscheln.

***

Kapitel 51

Nelly schob den Rolli mit der geliebten Fracht über die Straße zu ihrem Haus.

„Hattest du die Rampe schon immer?"

„Nein, die ist für dich angeschafft worden, wie alles andere auch, was du gleich siehst!", erklärte sie, ohne Luft zu holen. Ihre Wangen glühten vor Aufregung.

Begeistert schaute er sich mit leuchtenden Augen um, als Nelly ihn durch die Wohnung schob.

In der Küche angekommen, sagte sie: „Hier ist erstmal Endstation." Sie platzierte ihn vor den großen alten Esstisch, der einen interessanten Kontrast zu den Küchenmöbeln im Edelstahldesign bildete.

Julius schaute sich interessiert um und nippte an seinem Glas Rotwein.

Sie setzte sich zu ihm, hob ihr Glas und sagte: „Jetzt lass uns anstoßen auf deine Rückkehr!"

„Und auf das neue Zuhause!", lächelte er sie an.

„Äußerst lecker", sagte er, nachdem er einen Löffel von der Soße probiert hatte. Erleichtert stellte Nelly die Herdplatte kleiner und schmeckte ihre Kreation aus Lammfleisch, Tomaten, Knoblauch und Kräutern ab.

„Köstlich. Ich wusste ja gar nicht, dass du so gut kochen kannst", lobte er, als er aufgegessen und die restliche Soße noch mit Brot vom Teller wischte.

„Ich hatte bisher kaum Gelegenheit, für dich zu kochen."

„Das stimmt, aber ich stelle fest, dass du – neben deinen anderen Qualitäten – mich auch sehr gut bekochen kannst", fügte er mit einem Augenzwinkern hinzu.

„Ach, und welche Qualitäten sollen das sein?" Sie legte kess den Kopf schief und spitzte ihre Lippen.

„Im Moment sind mir die unendlichen Begabungen entfallen, aber ich kann mich sofort mit der Nachforschung befassen! Apropos, dein Schlafzimmer hast du mir noch gar nicht gezeigt."

Der Nachtisch würde wohl warten müssen.

***

Im Schlafzimmer angekommen, hievte er sich mithilfe der Stöcke aus dem Rollstuhl und stolzierte um sie herum wie ein verliebter Kater. Nelly beförderte ihn mit einem leichten Schubs auf den Bettrand.

Er hob die Hände, wie jemand, der sich ergibt. Dann legte er seine Hände auf ihre Hüfte und zog sie zu sich heran. Sie lachten und weinten und küssten sich, bis sie rücklings aufs Bett fielen. Nelly flüsterte eine Flut von Zärtlichkeiten an seiner Wange.

Sie stemmte die Hände auf seinen breiten Brustkorb und hob ihren Schoß über sein Prachtstück. Sie nahm in ganz in sich auf. Dann begann ihr Becken sich langsam zu bewegen, wurde schneller. Er keuchte, drehte sich mit einem Schwung herum, sodass er auf ihr lag.

Ganz langsam, zärtlich, ruhig spürt sie ihn wieder. Das erste Mal Blümchensex, Missionarsstellung. Oh Gott, ist das schön. So anders. Er streichelte ihr Gesicht. Küsste ihre Augen.

Gibt ihr das Gefühl, schön zu sein, nicht geil, nicht sexy. Schön wie kostbares Porzellan.

Noras Initiative, Julius nach Kalifornien zu holen, war dieser herrliche Moment zu verdanken.

Sie blieben eine Weile eng umschlungen liegen. Haut an Haut, im selben Rhythmus atmend.

Schlaftrunken brauchte Nelly einen Moment, bis die Synapsen arbeiteten und erfassten, dass sie in ihrem eigenen Bett lag.

Julius lag ganz still auf der Seite, aber an seinem Atem erkannte sie, dass er wach war.

Sie streichelte seinen nackten Rücken. Er stützte sich auf die Ellenbogen und schaute in ihr Gesicht. „Ich weiß nicht, was diesmal anders war, aber das war der beste Sex, den ich jemals hatte."

Nelly wusste, was anders war, es war die Liebe, die sie ihm nun offenbaren konnte.

„Ich mache uns Frühstück", sagte sie zu dem auf der Bettkante sitzenden Mann. Nackt.

***

Der Tisch war bereits gedeckt und es schwebte der Duft von frisch geröstetem Kaffee durch die Küche.

„Sorry, es hat etwas länger gedauert. Meine Beine sind heute Morgen etwas passiv. In der Therapie habe ich einen erheblichen Ehrgeiz entwickelt. Im Stillen hoffte ich auf etwas mehr, als den Rollstuhl."

„Aber, es klappt doch mit den Beinen ganz toll, vor allem beim …!"

Sie schlug die Hand vor den Mund und kicherte: „Weißt du, was das Tollste ist, ich schäme mich noch nicht einmal."

Er rollte an den Tisch und bestaunte die liebevolle Dekoration. Nelly drehte ihm gerade ihre Kehrseite zu, trotzdem fühlte er sich beobachtet.

Sein Blick wanderte nach oben. Verblüfft starrte er in die Augen einer weißen Taube, die in entspannter Haltung auf dem Küchenschrank hockte.

„Auf deinem Küchenschrank sitzt eine Taube!"

„Ich weiß, die gehört zu mir!", antwortete Nelly.

Sie schaute nach oben: „Schätzchen, bist du wieder neugierig!"
Julius vergaß, seinen Mund zu schließen.
Der Vogel schaute ihn übermütig an, ohne einen Ton von sich
zu geben.

Um Fassung ringend fragte er: „Hat das mit der Taube etwas
zu bedeuten. Willst du mit mir darüber reden?"
„Nicht wirklich, aber, obwohl du mich für verrückt halten
wirst:
Sie ist zu einem treuen Gefährten, zu einem Bestandteil meines
Lebens geworden. Ohne sie will ich nicht mehr sein. Ich
spreche zu ihr, wie zu einem Menschen, erzähle meine Sorgen
und Ängste und auch die Momente des Glücks. Die Kleine hat
meinem Leben wieder einen Inhalt, ja einen Sinn gegeben."

Schweigend hielt Julius seine Hand in die Luft.
Der Vogel breitete die Flügel aus und segelte erstaunlich
elegant durch die Küche, bis er auf der Hand zielsicher landete.
Auf der Hand hielt Julius Krümel seines Körnerbrötchens
unter ihren Schnabel. In Windeseile waren diese aufgepickt.
„Na, sind wir Freunde?", grinste er glücklich und seine Augen
strahlten.
Sein gefiederte Freundin hüpfte wie ein Gummiball ein paar
Mal auf und nieder, ehe sie auf seinen Kopf flog und in den
wuscheligen Haaren scharrte, als ob sie ein Nest bauen wollte.

„Jetzt befindet sich eine Taube auf deinem Kopf!" Tusnelda
hielt sich vor Lachen den Bauch.
Julius kullerte angsterfüllt die Augen, die Züge leichter
Überforderung flatterten in sein Gesicht, er stöhnte ein
bisschen und fasste automatisch nach oben.
„Sie wird doch wohl nicht auf meinen Kopf …?"

„Aber nein, sie wird nicht. Sie ist stubenrein", lächelte Nelly, nestelte den sich festkrallenden Vogel aus den zerwühlten Haaren und setzte ihn auf den Boden.

„Deinen liebsten Schatz, die Katze, habe ich ja leider nicht gekannt, aber hat das Verhältnis, das du zu diesem Vogel hast, damit zu tun?", orakelte Julius.

„Vielleicht!", gab sie mit geschürzten Lippen zu verstehen. Nelly schwieg, während Julius sein Körnerbrötchen mit Butter bestrich. „Ich merke schon, du willst das Thema nicht weiter vertiefen."
„Nein, eher nicht. Jedenfalls nicht heute", gab sie mit einem Seufzen zu. „Ich habe dir ja gesagt, dass du mich für verrückt halten wirst."
„Ich halte dich nicht für verrückt", sagte er und nahm ihre Hand.

Nelly schaute der Taube hinterher: „Dass alles sich absonderlich für dich anhören muss, ist mir klar, aber ich weiß ja selbst nicht, was ich davon halten soll. Es darf nicht sein, was nicht sein kann. Entweder bin ich wirklich verrückt oder es gibt etwas, von dem wir keine Ahnung haben."

***

Er half ihr brav beim Abräumen des Geschirrs und reichte ihr Teller und Tassen einzeln, wobei er jedes Mal ihre Hand streichelte. Plötzlich zog er Nelly an sich und küsste sie. „Du hast die Wohnung extra für mich umgebaut, willst du, dass wir hier zusammenwohnen? Oder sollen wir heiraten?"
„Wer nimmt uns denn?"
Nelly glitt von seinem Schoß. Das Gesicht brannte ihr vor Verlegenheit.

„Ich habe bei dem Umbau weder an das eine noch an das andere gedacht.

Ich wollte damit nur untermauern, dass sich die Frage nie stellte, ob der Rollstuhl meiner Liebe zu dir im Weg stehen könnte. Ich habe mich auf Anhieb in dich verliebt. Aber meine Unabhängigkeit möchte ich nicht aufgeben."

***

Julius konnte die Enttäuschung kaum verbergen. „Stichwort *scheißbürgerlich* für die Ehe aus der 68er-Bewegung: Liebe ohne Vertrag, Beziehung ohne Einschränkung, Sex ohne Besitzansprüche. Willst du eine gnadenlos offene Beziehung führen? So etwa in der Art, wie Jean-Paul Sartre und Simone de Beauvoir es aufgrund ständig wechselnder Bettgenossen es fünfzig Jahre miteinander aushielten?"

„So war das doch nicht gemeint. Bei deinen Gehirnströmen wird ja der Hund in der Pfanne verrückt! Erstens war ich zu dieser Zeit verheiratet, und zweitens habe ich bei Unabhängigkeit weder an eine sexuelle Abart noch an eine sonstige Ausschweifung gedacht!"

„Lass den Blödsinn und komm mal her. Er streckte ihr auffordernd die Hand entgegen und zog sie zu sich ran. Sie küssten sich innig. Er streichelte sanft ihre Wange. Macht dich der Gedanke einer gemeinsamen Zukunft nervös?"

„Nelly schaute zum Fenster, als sie antwortete: „Ich bin etwas unsicher, vielleicht, weil du so lange fort warst."

„Jetzt bin ich ja wieder da, und nur für dich! Nun ist unsere Zeit gekommen. Wir werden glücklich zusammenleben, ob räumlich getrennt oder nicht. Wir werden all die verlorene Zeit nachholen."

Nelly kuschelte sich an seine Schulter. „Ganz so verloren war die Zeit ja nun doch nicht!" Sie schlug mit der flachen Hand auf seine Beine.

Kapitel 52

„Achtung, sie kommen!" Es wurde mucksmäuschenstill. Leises Flüstern und Raunen verstummten. Als jeder der meist aufgeregten Hochzeitsgäste hoffte, die wuchtige dunkle Eichentüre müsste sich jetzt öffnen, drang ein leises Kichern von draußen durch die schwere Türe. Und fast jeder ahnte, was da draußen geschah.

Ein Diener in einer alten Amtstracht öffnete nun endlich die Türe, das Hochzeitspaar schritt Arm in Arm durch den Mittelgang. Sie sahen beide überirdisch schön aus.

Als die ersten Töne aus dem *Concerto de Aranjuez*, gesungen von Andrea Bocelli, die kleine uralte Kirche ausfüllte, jagte der theatralische Gesang selbst den Hartgesottensten einen Schauer über den Rücken.

Das alte Gemäuer diente seit einiger Zeit als Standesamt. Das Ambiente konnte nicht besser sein, um den Bund fürs Leben zu schließen.

Lian zog ein Taschentuch hervor, sogar eines aus Stoff, um die Bäche von Tränen aufzutupfen.

Das Hochzeitspaar hatte Platz genommen auf den holzgeschnitzten mittelalterlichen Stühlen.

Dalvin rieb sich ebenfalls eine Träne aus dem Augenwinkel. Er blickte verlegen in die Runde.

Jetzt ergriff der Standesbeamte im seidig glänzenden Anzug das Wort.

„Liebes Brautpaar! Ich weiß, dass ihr es euch nicht leicht gemacht habt, zueinanderzufinden. Aber alle Anwesenden und

ich sind sich sicher, dass eure jetzt getroffene Entscheidung, den Bund fürs Leben zu schließen, richtig war."
Es geht um Verliebtsein, Liebe, um Zusammenhalt, Höhen und Tiefen und dann wieder um Liebe, die stärker ist als jeder Widerstand. Er weist darauf hin, dass Liebe füreinander da sein bedeutet. Das Brautpaar wirkt ergriffen und sehr glücklich.

Dann wird es ernst: Der Standesbeamte fordert die anwesenden Personen auf, sich zu erheben.
Der offizielle Bund des Lebens soll nun eingegangen werden.
„Wollen Sie die Partnerschaft auf Lebenszeit miteinander eingehen?" Vor dem Standesbeamten stehen zwei Liebende und geben sich das Jawort, dann unterschreiben sie die Urkunde. Es unterschreiben die beiden Trauzeugen. Nun sind sie frisch vermählt.

Irgendwo hinten knallt ein Sektkorken als Signal für eine entspanntere Atmosphäre. Sidney balancierte ein silbernes Tablett mit sechs Champagnergläsern und schritt feierlich auf das Brautpaar zu. Er sah selbst aus wie ein Bräutigam in dem weißen Seidenanzug mit einer roten Rose am Revers.
Dann reichte er den beiden und den Trauzeuginnen die Gläser. Und je eins für den Standesbeamten und für sich selbst, das er theatralisch erhob:
„Es ist für euch und uns der Schlussstrich unter eine etwas stürmische Zeit und der Beginn einer hoffentlich glücklichen und erfolgreichen Zukunft! Auch im Namen aller Kollegen, die das Geld für eure Hochzeitsreise noch mit Überstunden reinarbeiten müssen."
„Danke, vielen Dank", sagte Dalvin, legte einen Arm um Juans Schulter und küsste ihn zärtlich unter begeistertem Beifall der Anwesenden.

Und wieder knallte irgendwo ein Sektkorken.

Valentina und Tusnelda, die Trauzeuginnen, beglückwünschten das Paar.

Nelly schaute in die Gegend, wo sie ihr Herz vermutete. Tat es weh? War es überhaupt noch da? Dalvin nahm sie in die Arme und er strahlte am ganzen Körper. Seine Augen glänzten wie ein See im Mondschein. Er hatte sein Glück gefunden.

In Nelly keimte die Gewissheit, dass der Gordische Knoten, der Dalvin und sie umschlungen hielt, sich niemals lösen würde.

Valentina drückte Juan einen Kuss auf den Mund. Eine Spur zu lange.

Sie trat einen Schritt zurück und schaute Nelly mit feucht schimmernden Augen an. Es standen Wehmut und Trauer darin.

Die Hochzeit wurde ein rauschendes Fest. Der kleine Festsaal im *Hotel Adlon* erstrahlte in königlichem Glanz. Man hatte es sich nicht nehmen lassen, diese Feier unvergesslich auszurichten. Erlesene Speisen und Getränke wurden gereicht. Eine junge blonde Frau, deren dralle Kurven durch ein pinkfarbenes Kleid zusammengehalten wurden, überprüfte mit spitzen Fingern den Blumenschmuck auf seine Echtheit.

Wenn mein neues Kostüm nicht so klemmen würde, könnte ich mal richtig zuschlagen bei diesen Köstlichkeiten, dachte Nelly. Das verliebte Brautpaar lebte scheinbar nur von Luft und Liebe, sie pickten in ihrem Essen herum wie die Vögelchen.

Nelly stand auf, strich ihr Kostüm glatt, nahm ihr Glas auf und hielt eine kleine launige Rede, die einige Lacher auslöste, bevor sie die illustre Gesellschaft aufforderte, auf das Paar anzustoßen.

Als sie sich wieder hinsetzte, nahm Julius ihre kalte,
schweißnasse Hand in seine.

Hinter einer riesigen Palme wartete der in Verbannung
versetzte Rollstuhl auf seinen nächsten Einsatz.
Julius nahm Tusneldas Gesicht in beide Hände und küsste sie
zärtlich auf den Mund.

Ihr Gefühl sagte: Alles ist gut so – so, wie es ist.
Alles war richtig so – es fehlte ihr an nichts.

***

Epilog

Schnee, rein und jungfräulich lag dar. Bedeckte feierlich die Friedhofslandschaft. Es war schon fast eine Sünde, irgendwelche Fußstapfen in diese unberührte Reinheit zu treten.

Der dunkelhäutige Mann sah mit seinen silbergrauen Haaren hinreißend aus. Er ging leicht gebeugt, als ob er eine schwere Last zu tragen hätte.

Der kleine Junge folgte seinen Spuren und versuchte, in diese zu treten.

„Guck mal Papa, ich mache keine Abdrücke!"

„Sei nicht so laut, hier sollte man etwas leiser sein!"

„Warum? Hier ist doch niemand?"

„Doch, hier liegen die Menschen, deren Seele im Himmel ist."

„Aber, wenn die im Himmel sind, dann können die uns doch hier nicht hören." Er schaute mit großen Augen nach oben.

„Wo sind die denn?"

Dalvin strich dem Jungen über den Kopf.

„Weißt du, der Himmel ist nicht nur, wenn du nach oben schaust. Der Himmel ist ganz tief in deinem Herzen, wenn du dich an die schöne Zeit mit den Menschen erinnerst, die du geliebt hast."

Der Kleine nickte, schob seine Hand in die seines Vaters und zusammen stapften sie weiter. Obwohl er dankbar war, jetzt einen Vater zu haben,

war Dalvin ihm noch immer fremd. Er war oft so ernst. Juan, der zweite Vater spielte öfter mit ihm und warf ihn in die Luft, bis er kreischte.

Für Dalvin war der kleine Adoptivsohn das Schönste, was jemals passieren konnte. Vor drei Jahren hatten sie endlich nach vielen Tests und Gesprächen die Genehmigung bekommen, ein Waisenkind aus Haiti zu adoptieren.

Seit langer Zeit war die Dominikanische Republik ihr Zuhause, als seine Mutter die Ferienanlage an ihn und Juan übergeben hatte.

„Was suchen wir hier, Papa?"

Dalvin wurde leicht nervös. „Jetzt frage mir kein Loch in den Bauch!"

Die Tafel an der Abzweigung deutete darauf hin, dass hier das Grab sein musste. Die Grabsteine waren zugewachsen oder so verwittert, die meisten schneebedeckt, dass man sie kaum lesen konnte. Und da, das war es!

Tusnelda, ein unvergessenes Sahneschnittchen.
Wir werden dich immer lieben!

Bei seinem Besuch in Deutschland erfuhr er erst von Valentina, dass trotz langwieriger Therapien die Krankheit gesiegt hatte. Tusnelda hatte nie ein Wort darüber verloren. Aber die guten Erinnerungen an ihre einzigartige Freundschaft hatten die letzte, traurige Passage ihres Lebens überstrahlt.

„Papa, du weinst ja. Kanntest du die, die jetzt im Himmel ist und doch noch hier liegt, gut?"

Er sank auf die Knie in den Schnee und nahm seinen Sohn in die Arme.

„Diese Frau hat mir auf den ersten Augenblick gefallen. Sie schien mit mir bereits bekannt zu sein. Wie eine schicksalshafte zusammengeführte Seelenverwandtschaft. Obwohl ich Juan stark und innig liebe, war sie die größte Liebe meines Lebens."

„Papa, Papa, guck mal!" Der Kleine zeigte mit seinem Finger über Dalvins Schulter hinweg auf den Grabstein. „Da sitzt ein weißer Vogel! Ist dem nicht zu kalt?"
Durch die Schneehaube auf dem Grabstein war es zunächst nicht zu sehen, ein kleines weißes Täubchen mit bunten Flügelspitzen. Der Vogel piepte leise, legte das Köpfchen schief und ließ die beiden nicht aus den Augen.
Dalvin hielt dem Vogel eine Hand entgegen und lockte: „Komm, Schätzchen, komm her zu mir!"

Kleine Schneeflocken stoben auf und wirbelten umher, als die kleine Taube die Flügel ausbreitete und hoch in den Himmel flog, bis sie nicht mehr zu sehen war.

***

Printed in Germany
by Amazon Distribution
GmbH, Leipzig